小学館文庫

不協和音

クリスティーン・ベル
大谷瑠璃子 訳

不協和音

＊主な登場人物＊

リリー・デクラン…………………… ナッシュヴィルに住む音楽アーキヴィスト。

デズモンド（デズ）・デクラン … リリーの夫。オペラのバス歌手。

フィン……………………………… リリーとデズの息子。十二歳の中学生。

サム………………………………… リリーとデズの息子。幼稚園に通う五歳。

ジャズミン(ジャズ)・エルウィン… 手紙の差出人。

ケイ………………………………… シカゴに住むデズの母。

ブリアナ…………………………… デズの姉。救急センターの看護師。

クレイグ…………………………… デズの兄。

ディアドラ………………………… クレイグの妻。

ケヴィン…………………………… デズの弟。中学校教師。

エラ・モーア……………………… メアリーヴィルに住むリリーの母。

オーウェン・モーア・ジュニア… リリーの兄。

アン＝クレア……………………… オーウェンの妻。リリーのもとルームメイト。

ミリアム…………………………… グリーフケア〈寄り添いの輪〉の死別カウンセラー。

ルネ………………………………… ミリアムの新しい助手。ソーシャルワーカー。

カーリー…………………………… 〈寄り添いの輪〉の参加者。

ミセス・ヘンリエッタ…………… 〈寄り添いの輪〉の参加者。

スティーヴィー…………………… 〈寄り添いの輪〉の参加者。

アイリス・マローン……………… リリーの勤めるリンデン財団の同僚。

ヘンリー・リンデン……………… リンデン財団の創始者。

ガードナー・リンデン…………… ヘンリー・リンデンの息子。

ジーナ・ブラントン……………… 不妊クリニックのマネージャー。

ブライズ・テイト………………… デズのオペラ仲間。

ニア・サマーウッド……………… ディアドラの友人。

ハニー・サマーズ………………… リリーの伯母ルースの教会仲間。

エニス……………………………… ナッシュヴィルの巡査。警察犬部隊所属。

メイヴへ

フランコとM・Lの思い出に

――天使たちは待ちかまえている
ふとした瞬間にぼくらが足を止めるのを
そうして人たるものの忘れっぽさを讃《たた》えるや
その冷たい翼でぼくらの魂をひっぱたくのだ
のしかかる重さにぼくらはよろめく
くそったれの天使どもに乗っかられて
そいつらはとめどなく舞いおりてきてぼくらを捕らえ
祈るばかりの獲物を塵《ちり》のなかへひきずりこむのだ

――シャーマン・アレクシー

第一部

幸せにしてくれ。そうすればまた善良な心を取り戻そう。

——メアリー・シェリー

1　ナッシュヴィル

リリーは夫を喪《うしな》った悲しみがそばを離れることはないと知っていたが、それがこれほど強欲なものとは知らなかった。少しでもかえりみずにいると、これほど獰猛《どうもう》に襲ってくるものとは。悲しみは変幻自在に現れては心を乱す。家の中でも影のようにつきまとってくる。カーラジオからも飛びかかってくる。こんな歌になって――『君の胸に抱かれたい』。日常の隙間に入り込んだ悲しみは時間をゆがめ、記憶をねじまげる。ラジオから流れる歌声を聴きながら、リリーははっとわれに返った。ちゃんとまえを見なさい！

キツネが道路に飛び出した。ヘッドライトに浮かびあがった一瞬。

リリーは急ブレーキを踏んだ。そうしてこの世に遺《のこ》されたすべての生命《いのち》を救い、危険がないことを見とどけてから、また帰り道の運転を続けた。

子供たちは後部座席でおしゃべりを続けている。父親を亡くしたふたりの息子たち。

幼稚園児のサムが言う。「あしたのバレンタインのカード、持ってくる人はみんなにあげないとだめなんだって。アマンダにはあげたくないんだけどな」

「なんで？　その子が好きだから？」七年生のフィンが訊《き》く。

「ちがう、好きじゃないから。ぜんっぜん好きじゃないから。ねえママ、ラジオを小さくしてくれる?」

「だったらカードに自分の名前を書かなきゃいい」とフィンが言う。

ラジオから小さくなった歌声が流れる。〝腕のなかで揺らして……〟

「名前がなくても、ぼくのだってバレたら?」とサムが訊く。

「バレたらおまえは終わる。けど、誰にもあげなかったら鼻くそ野郎だと思われるから、どっちにしてもおまえは終わる」

「フィン、言いすぎよ」リリーはたしなめる。「それと、お願いだから〝鼻くそ野郎〟はやめて」ラジオを消し、ドライヴウェイに車を乗り入れる。

心の痛みを受容するようにと教えられてきた。自分自身の悲嘆に寄り添ってあげるようにと。それこそが今の歌の意味なのだろうか? 往年のモータウンの名曲が諭してくれていたのだろうか? 明日という日に――夫の死後はじめて迎えるバレンタインの日に――悲しみを胸に抱きしめなさいと? けれども悲しみはあまりに猛々《たけだけ》しく膨れあがっていて、もはや優しさで包み込めそうにない。すでに明日を乗りきれるとも思えなかった。誰にも気づかれずにひっそりと歩ききれるだろうか。なにも去年までのバレンタインデーがことさら甘やかなものだったわけではない。部屋に花びらが撒《ま》きちらされることもなければ、子供たちをシッターに預けて夫婦で食事に出かけるようなこともなかった。それでもその日は特別だったのだ。デズからリリーへの一輪の薔薇《ばら》、リリーからデズへのカップケーキ。どんよりとくすんだ二月のさなかにおとずれる、鮮やかな真紅の一日。

明日の収集に備えて、フィンがキャスター付きのゴミ箱を歩道のへりまで持っていった。長男のフィンはあまりにも父親によく似ているので、リリーは見ていて時に苦しくなる。まるで自分と出会うずっと以前の、若き日の夫の幻影を見ているようなのだ。この一年間でずいぶん背が伸びはしたが、顔はまだまだあどけなく、体つきもひょろっとしている。そんなフィンが通りの向こうから歩いてくるのを、あるいは学校の正面玄関に現れるのを目にするたび、リリーははっと二度見してしまう。あの歩き方——長身の若者に特有の体の揺らし方。少年デズモンドの亡霊。

次男のサムはどちらかといえば母方ゆずりの外見をしている。丈夫そうな体格はリリーの兄のオーウェンに似ているし、端然とした雰囲気はリリーの亡き祖父サミュエルを思わせる。一方でまた、サムはその大きな声と闊達《かったつ》な身振りをデズから受け継いでもいた。対するフィンのアパラチア人らしい用心深さはリリー自身に似たのだろう。ほら、また——リリーは自戒した——またそうやって無理に重ね合わせようとしてる。故人の面影を子供たちに求めたって仕方ないのに。この子たちはこの子たちだ。それにいくら個性が異なると言ったところで、ふたりはやはりどこからどう見ても兄弟なのだった。

サムが郵便受けから郵便物を取ってきた。ピンク色の封筒が一通、リリー宛てに届いていた。くるくるした華麗な筆記体で宛名書きがされている。が、今は読んでいる暇はない。帰宅後にやるべきことを次々とこなしていった。犬の散歩と餌やり。夕食、宿題、シャワー、洗濯。クラス全員分のバレンタインのカードを書くというサムの試練につきあうのもひと苦労だった。幼稚園で渡された名簿とにらめっこしながら、おそろしく慎重に宛名を書いていくのだ。熟考の末、サムはアマンダ宛てのカードに自分の名前を書いた。

リリーはキッチンのシンクを掃除した。サムが鍋を拭く番になると、五歳の手には重すぎる鉄製のスキレットを代わりに拭いてやった。自分の手に負えることを丁寧に心をこめておこなう――それが日々を乗りきるすべだと学んでいた。キッチンの床をきれいに掃き、乾燥機から出した洗濯ものを畳んだ。ようやく郵便物のまえに腰を落ち着けたときには、もう十一時近かった。請求書、チラシや広告、そして例のピンクの封筒。開けてみるとバレンタインデーのカードが入っていた。大きなピンクのハートが刷られ、メッセージが印字されている。〈人生でなにより大切にすべきもの、それはお互いの存在〉。そのカードと一緒に、タイプされた手紙が同封されていた。〝親愛なるリリアン――〟

この書き出しからして、ろくに面識のない相手からだろうとリリーは思った。復活祭の日に生まれた彼女は、復活祭の白百合《イースター・リリー》にあやかって〝リリー〟の名で洗礼を受けたのだ。封筒の消印と差出人の住所を確認すると、シカゴとなっていた。デズの幼なじみか誰かだろうか。

親愛なるリリアン

バレンタインのカード、こんなものしかなくてごめんなさい。お店を三つまわったんだけど、気に入ったお悔やみのカードが見つからなくて。このところずっと海外にいたの。つい最近帰国して、シカゴ大学の同窓会誌でデズモンドの追悼記事を読んで知ったのよ。いまだにショックで信じられない！ デズモンドの不慮の死。そればかりか、彼は十ヵ月もまえに亡くなっているのに、私はずっと知らなかったなんて。心臓が鼓動を止めてくれればよかったのに。せめて天使が夢に現れてくれればよかったのに。それとも予兆《サイン》は目のまえにあったのに、私が読みとり方を知らなかっただけ？ 同窓会誌によると、多発性骨髄腫《こつずいしゅ》だったそうね。ああいう血液がんの場合、デズモンドくらいの若年者の生存率は高いはずなのに――いったい何がどうなってしまったの？ 死んでしまうなんてありえない。私が彼の死を知らなかったこともそうだけど、あまりにもひどい話だわ！

そういう次第で、このたびのあなたとお子さんたちのご不幸に、心からお悔やみを申し上げます。フィン――それが上の子の名前だって、記事を読んで知りました。デズモンドはマーク・トウェインが大好きだったものね。ミシシッピ川を筏《いかだ》でくだるのにずっと憧れてるって話してくれたわ。それが子供の頃に生まれてはじめて夢みた大冒険なんだって。それに、サム――当然よね、下の子の名前はマークかクレムかサム、そのどれかに決まってるもの！ ふたりとも歌は歌うの？ デズモンドみたいな声量の持ち主？ パパ似だとしたら、さぞかしハンサムな坊やたちでしょうね！

私も伴侶を愛する者として、今のあなたのつらい気持ちはよくわかるわ、リリアン。ほんとうにお気の毒だと思っているのよ。

ひとつ、思い出話をさせてもらえるかしら。

デズモンドはユーモアのセンスが抜群だった。私たちみんな、ほんとうによく笑わせてもらったわ。大学時代はまさか将来オペラ歌手になるとは思わなかったけど、あの圧巻の重低音ボイスを無理やりラジオの歌にかぶせて歌おうとするの、いま思い出しても爆笑ものよ。エルトン・ジョンの『ブルースはお好き？』とか（デズモンドはオールディーズ専門局が大のお気に入りだった）、ストーン・テンプル・パイロッツの『プラッシュ』とか。ほんっと、笑えたんだから！

あなたならきっと今すぐ、私に心をひらいてくれるわよね（さっきも言ったように、私はまだ打ちひしがれてまもないから。この一年間ずっと悲しみに浸れたあなたがうらやましい。私はまだ突然のショックから立ち直れていないの）。

ほかにもあなたと分かち合いたい思い出がたくさんありすぎて。あなたも彼から聞いてるでしょうけど、私たちは魂の友《ソウルメイト》というべき仲だったから。どうか知っておいて――あなたの喪失感を心から理解できる相手がここにいて、あなたはいつでも彼の思い出を分かち合えるのだということを。そのためにも、こうして手紙のやりとりを続けることが大切よ。もしあなたがとっくに悲しみを乗り越えたというなら、それはそれでうらやましいことだけど、その場合もせめて礼儀として、あなたがこの手紙を読んで私の心からのお悔やみを受け取ったことは教えてちょうだいね。

ジャズ・エルウィン

（〝ジャズ〟は〝ジャズミン〟の愛称よ――私たち、ふたりとも花にちなんだ名前なのよね）

待って――心臓が鼓動を止めてくれればよかった？　彼の死を知らなかったなんてありえない？　何があったかそれほど知りたいなら教えてあげましょうか？　そもそもあんたはいったい何者なの？　読みながら次々と不快感が湧きあがった。デズなら話してくれたはずだ。過去にそれほど親しい友人がいたなら。それに、彼の家族は口が軽くてなんでもかんでもばらしてしまうから、こっちが知らないこと自体がそれこそありえない。

ふたりの出会いはリリーが二十二、デズが二十四のときだった。以来、ふたりはいつもどこへ行くにも一緒だった。デズの世界に否応《いやおう》なしに巻き込まれる日々をリリーは心から愛した。ふたりでシカゴをおとずれてはにぎわう街角を歩くことも、デズが通っていた地元の教会で人波にもまれることも。デズの実家で休日を過ごすたび、あるいは近隣の名所や行く先々で、リリーは彼の同級生や親戚に紹介され、歓《よろこ》んで迎えられたものだ。

手紙の最後の署名は手書きだった。これみよがしに大きくて華やかな筆記体。勾玉模様《ペイズリー》をふたつ合わせたような大文字のJに、ゆるい渦巻き模様を三つ連ねたようなE。リリーは心の中で叫んだ――こんな無神経な赤の他人に、どうして私の気持ちがわかるっていうの？

怒りにもまして疲労が押し寄せてきた。リリーはベッドに入った。帰りの車でブレーキが間に合わず、キツネを轢《ひ》いてしまう夢を見た。車がスピンした拍子に闇の中で目を覚ました。ベッドから起き出し、足音を立てないようにそっと廊下を歩いて、子供たちが寝ている部屋の外に立った。暗がりのどこかで野生動物が眼を光らせていないか確かめるために。何も潜んでいないことがわかってからも、なかなか眠りにつくことができなかった。死んだキツネが子供たちを迎えにきたような気がして、どうにも心が落ち着かないのだった。

2 黒いカラスとドリトス

生と死を隔てるヴェールは時としてあまりに薄く、起きぬけのリリーはたびたび忘れてしまう――つい忘れてしまうのだ――デズがもうこの世にいないことを。その朝、まだ目が覚めきらないうちに犬を裏庭に出し、キッチンテーブルにのったピンクの封筒のそばを通りすぎたとき、リリーは当然のように思った――デズがバレンタインのカードをくれたのだと。

それから思い出した。リリーの地獄の一年をうらやむ女からの、不快きわまりないお悔やみの手紙を。デズからのカードであるわけがない。彼は死んだのだ。あの手紙はいかにも悪気のない傲慢《ごうまん》な人々が書きそうなものだった。他人の気持ちを理解しているつもりの人々。葬儀で会ったあの女性もそうだった。かつてデズと共演したコロラトゥーラ・ソプラノのその女性は、リリーの腕をぽんぽんと叩《たた》いて言ったのだ。私も離婚を経験したばかりだから、今のあなたの気持ちがよくわかるわ、と。イギリス訛《なま》りのガート——たしかそんな名前だった——は自分がいかにわかっているかを伝えるために、わざわざ体を寄せてきたのだった。ええ、そうよね、離婚と死別は同じようなものよね、体が生きてるか死んでるかのちがいだけで。

そんなことを胸につぶやきながら、リリーはピンクの封筒をキッチンの引き出しにしまい、コーヒーマシンのスイッチを入れ、犬に餌をやった。

ガートはあのとき、ほかにも何か言っていた。あなたはご主人の居場所がわかってるんだからまだいいとかなんとか。デズが天国にいるとか？　よりよい場所にいるとか？　思い出せなかった。すすり泣きやお悔やみや慰めのことばが渾然《こんぜん》となったあの葬儀の場では、ろくに耳に入ってこなかったから。

新聞を取りにドライヴウェイへ出た。外は寒かった。リリーはデズが着古したフランネルのパジャマシャツの上に、これまたデズが愛用した厚手のバスローブを羽織っていた。十ヵ月前に持ち主が世を去って以来、バスローブは一度も洗濯していない。彼のウッディな残り香は、どのみちすっかり薄れてしまっていたが。

通りの向こうに目をやって気づいた。デズの髪が黒々ときらめいている。青白い曙光《しょこう》の中、地面すれすれのところで。向かいの庭のへりで倒れて死んでいるのだろうか？　そう訝《いぶか》ったとたんに艶《つや》やかな黒髪が動いて、漆黒の眼がくるりとこちらを向いた。カラスの眼。黒い鳥は胸をふくらませ、正面からリリーの顔を見据えると、にわかにことばを発した――ぶしつけに、耳障りな声で、まったくもって理解不能なことばを。

〝死別幻覚〟。リリーが参加している遺族サポートグループ〈寄り添いの輪〉のカウンセラーはそう言っていた。それはいわゆる悲嘆反応のひとつで、決してめずらしい現象ではないのだと。知覚が現実に遅れをとったときに幻覚となって現れるというだけの話で、怖がる必要はまったくないのだと。リリーは怖がってはいなかった。が、そういう場合はデズ自身の幻影が現れるものだと思っていた。一羽の鳥ではなく。

カラスはカアカアと啼《な》いた。ほんとうにただのカラスなのかもしれない。リリーはもっとよく見ようと、通りに足を踏み出した。ほら、やっぱりデズだ――〈ドリトス〉の袋をくちばしでつついている。デズのお気に入りのスナック菓子。「ハッピーバレンタイン、デズ」

リリーは声に出して呼びかけた。

夫は何かメッセージをよこしてくれたのかもしれない。あるいはバレンタインのキスを。そんなことはありえないとわかっていても、思いめぐらさずにはいられなかった。キスを残してくれたのだとしたら、あの袋を舐《な》めなければ。リリーは通りを渡った。彼を喪って以来、これほど美しい瞬間にまみえたのははじめてだ――乳白色の光を受けて輝く赤い袋、玉虫色の光沢を帯びた漆黒の羽。幻覚だとしてもかまわなかった。それならそれでいっこうにかまわない。

リリーが近づくと、カラスは飛び去った。ばさばさと黒い羽をはためかせて。「さようなら《バイ・バイ》、黒い鳥《ブラックバード》よ」そういえばデズはよくあの歌を口笛で吹いていた。闘病中ですら、まるで思いわずらうことなど何ひとつないかのように。リリーは膝をついてしゃがみ込み、アルミの袋の表面を検《あらた》めた。カラスが残していったコーンチップスのにおいを嗅ぎ、この世ならぬものの痕跡を探した。

車のクラクションが鳴り響いた。リリーは弾《はじ》かれたように立ち上がり、よろけながらも踏みとどまった。

「リリー、大丈夫?」同じ通りに住むベスが車の窓を開けて声をかけてきた。

リリーは微笑《ほほえ》んで手を振り、なんでもないかのように振る舞った。落ちていたゴミを見ていただけというように――寝間着姿のまま、向かいの家の庭で。そうして家の中に戻った。気にしないのがいちばんだと自分に言い聞かせた。悲嘆によるアポフェニア――無意味な偶然に意味を見出《みいだ》してしまう知覚作用――ほど残酷なものはない。望めばすべてが天与の幸いとなり、ゴミを漁《あさ》るカラスも墓場からの使者と化す。

3　大きいデズと小さいデズ

「こんな朝早くにかけてくるなんてどうしたの？　何かあったんじゃないでしょうね？」電話口から義母のケイの困惑した声が聞こえてきた。

「ええ、大丈夫です。まだおやすみでしたか？」とリリーは言った。

「いいえ、起きてたわ。あの子を亡くしてから、まえほど眠れなくなったの。そのうえ今度はケヴィンの結婚式があると思うと、ストレスがかかる一方よ。ケヴィンが結婚することは知ってるでしょ？」

「もちろんです、お義母《かあ》さま」義母が〝お義母さま〟と呼ばれたがらないことは知っていた。なんだか接客されてるみたいだから、だそうだ。ときどきリリーはそれを忘れてしまう。忘れずにいられることもある。

次に何を言われるかはわかっていた。この流れはもう何度も経験している。

「それで考えたんだけど、ケヴィンのお嫁さんに家族みんなからの贈り物をあげたいと思ってね。デクラン家への歓迎のしるしに。ケヴィンとデズは特に仲よし兄弟で、いつもくっついて遊んでたのよ」

「ええ。デズの闘病中も、ケヴィンはほんとうによくこっちへ来てくれて」

「デイナ伯母《おば》さんがあなたたちにあげた銀製のティーセットはどう？　フォーマルなティーセットなんてあなた、別になくても困らないでしょ」

リリーはこれまでも夫婦で譲り受けたはずの品を返還するよう、義母にたびたび要請されてきた。デザート皿のセット、子供時代の絵本、ニードルポイント刺繡《ししゅう》の枕、水彩画。モノグラムの入った家族用の銀食器を――持ってもいないのに――返してくれと言われたこともある。デズの両親は五年前に引っ越して暮らしを縮小させていた。シカゴでもあまり評判がよろしくない地区の、寝室が四つの狭苦しい一戸建てから、いくらかは評判がましな地区の、寝室がふたつの狭苦しいメゾネットアパートに移ったのだ。ケイはそのとき、四人の子供たちに何を分け与えるかでさんざん頭を悩ませていた。十九世紀のジャガイモ飢饉《ききん》という遺産を誇ってやまないアイルランド系の一族にしては、デクラン家は上等な陶磁器やら銀食器やらをずいぶんたくさん受け継いでいるようだった。

「ごめんなさい、ケイ。このところずっと忙しくて、まだデズの遺品を全部は見れてないんです。実はデズのお友達からお悔やみの手紙が届いていて。ジャズという名前の女性です。ジャズミンの愛称だそうですけど。ジャズミン・エルウィン。ご存じですか？」

「さあ、聞いたことないけど」

「エルウィンというのは結婚後の苗字《みょうじ》かもしれません。デズとは大学時代のつきあいだったようなので」

「いちいちおぼえてないけど、うちの息子は三人とも人気者だったからね。デズは高校で急に背が伸びてから、一気にモテるようになったでしょ。クレイグなんて女の子が次から次にうちへ押し寄せて、ディアドラにころっとなびくまでは大変だったんだから。そのジャズミンってのは、インドの名前かしらね？　デズにはインド人の彼女なんていなかったと思うけど」

「手紙では友達だと言ってました」

「なんであれ、あの子が結婚したのはあなたよ、リトル・デズ。それでおしまい」

リリーを〝リトル・デズ〟と呼ぶのは義母だけだ。その呼び方はもうやめてもらうように言わなければならない。死んだ夫の〝小さいバージョン〟として呼ばれるのはなんとも妙な心地がするから——それが最愛の夫でも。

ビッグ・デズとリトル・デズ。義母は息子夫婦をそう呼んだ。ふたりはそれほどよく似ていた。長年連れ添ううちに双子のように似てしまった夫婦さながら。漆黒に近い巻き毛、青白く抜けるような肌。濃く長い睫毛《まつげ》に縁取られた、黒い切れ長の目。広い肩幅、なめらかな歩き方。ただし、相似はそこで終わる。デズモンドは身長百九十五センチ、いかにも舞台人らしい精悍《せいかん》さに満ちていたが、リリーは小柄で、決してめだつタイプではない。彼女の一族は一九三〇年代に東テネシーの山中から出てきた。両親が暮らす実家は、ここナッシュヴィルの三百キロ東に位置するメアリーヴィルの山ぎわにある。父は高校の音楽教師として勤めあげ、母は家の近くにある大手クラフトショップ〈マイケルズ〉で今も働いている。

リリー自身は大学院まで進学し、一族ではじめての修士となった。地元の都市ノックスヴィルのテネシー大学でアメリカ民俗学の学士号を取得後、ミドルテネシー州立大学でアーカイヴ学および記録管理学の修士課程を修了。今は私立音楽図書館にアーキヴィストとして勤務している。法律家で音楽コレクターでもあるリンデン氏がテネシーの音楽史を保存するために設立した非営利財団だ。リリーは地域色の強い口承歌や民謡の語数をまとめ、こまごまとした情報を分類してデータベースに打ち込む作業を日々おこなっていた。古い録音資料やラジオ音源の年代や日付を特定し、既存の文字起こしデータと照合して記録管理するのも彼女の仕事だった。

デズはナッシュヴィル・オペラ合唱団の第一バス歌手だった。シカゴのデクラン家は代々警察官や消防士、看護師や教師の家系で、銀製のティーセットへの傾倒にもかかわらず、職業としてのオペラには懐疑的だった。

リリー・モーアとデズモンド・デクランは、舞台裏でサウンドチェックの最中に出会った。当時リリーはまだ大学院生で、テネシー舞台芸術センター《TPAC》から数ブロック離れた州立図書館の文書館でインターンとして働いていた。デズはオペラカンパニーの一員としてＴＰＡＣに来ていた。ナッシュヴィルで毎年開催される《音楽の祭典》に出演するためだ。学童期の子供たちを対象にしたこの祭典は、オペラ、ブロードウェイ、民族音楽といった、児童が日頃ふれる機会の少ない音楽に親しんでもらおうという善意の催しだった。リリーはそこへ歌の楽譜の入った大きな封筒を届けなければならず、舞台裏をうろうろしながらディレクターを探していた。舞台上では迫力満点のワグネリアン・ソプラノの歌い手が、素朴でせつないアメリカ民謡『ディンクス・ソング』を歌っていた。曲の雰囲気をぶち壊しにする、圧倒的な高音を轟《とどろ》かせて。

もしも私に翼があれば　ノアの鳩《はと》のように
愛する人のもとへ　川を遡って飛んでいくのに
さようなら　愛《いと》しい人　元気でね

ひどいなどというものではなかった。「これは聴かせちゃだめでしょ！」リリーはあきれてつぶやいた。そうして舞台からくるりと背を向けたとたん、見上げるような大男にぶつかった。彼は大きな手で口を押さえ、笑いをこらえながら言った。

「いや、まったく同感」それがデズだった。

リリーにプロポーズした夜、彼は『カルメン』のドン・ホセのアリア〝花の歌〟を彼女に捧《ささ》げた。低音域のバスのなかでも特に深々と響くドラマティック・バッソ・プロフォンドの声をテノールの旋律に合わせるのは容易ではなかった。キーを下げてもなお、高音になるとおぼつかない裏声《ファルセット》を出さざるを得ない。それでも彼は歌った。ささやくような声になっても。リリーは息ができなかった。

息ができない。彼を亡くしてからずっと。それなのに生きて呼吸している。これが現実だとリリーは思う。絶えず思い出さなければならなかった。食事をし、シャワーを浴び、髪を洗い、適当な服を身につけ、車にガソリンを入れることを。生きていくための手順を。仕事を辞めるわけにはいかない。支払いをしなければならない。子供たちを学校へ送っていき、帰りは学童保育のお迎えをしなければならない。子供たちに食べさせ、バックパックを開けさせ、学校からの連絡書類を確認しなければならない。犬に餌をやり、犬を庭に出し、出したらまた家に入れてやらなければならない。

夜はぐっすり眠った。睡眠が奪われることはなかった——目覚めが足りないことはあっても。隣で眠っているデズのぬくもりに手を伸ばし、寝具のひだの冷たさを確かめるばかりの朝。意識が呼吸を止めていると、リリーは忘れてしまう——つい忘れてしまうのだ——デズがもうこの世にいないことを。そうしてたちまち現実を思い知ることになる。今はじめて強《したた》か殴られたかのように。

4　エディ・マネー

　ピンクの封筒がいつまでもキッチンの引き出しに眠っていることはなかった。リリーはあれから何度も読み返していた。手紙の文面のなれなれしさに肌が粟立《あわだ》つような嫌悪感をおぼえながら。インターネットでシカゴ大学の同窓会サイトを調べてみたが、それらしい〝ジャズミン〟も〝ジャズ〟も〝エルウィン〟も見つからなかった。リリーは手紙を職場に持っていき、同僚のアイリスに読んで聞かせた。

「あなたに手を差し伸べたかったんでしょ」とアイリスは言った。あっけらかんとした、愛すべきバハマ訛りで。「それだけのことよ。たしかに書き方はなってないけど、とにかく本人はそれで手を差し伸べたつもりなのよ。全然知らない人なんでしょ？」

「ええ、まったく。デズから聞いたおぼえもないし」

「だったら返事はしないことね」バハマ生まれの四十歳、同性愛者のアイリスは職場の同僚でもあり、親しい友人でもある。彼女の言うことは何かと説得力があるので、リリーは今回も友人の意見に従うことにした。そう、見ず知らずの他人に返事をするいわれはない。まったくそのとおりだ。アイリスはデズの闘病中もよく力になってくれた。リリーが病院に詰めているあいだ、自宅に食料品を届けてくれたり、子供たちを学校へ迎えにいってくれたりした。デズのことは大好きよ、とアイリスは言ったものだ。彼を見てると、異性愛者《ストレート》になるのもそう悪くはないような気がするのよね、と。

金曜日の朝、リリーがいつものようにロックランド小学校併設の幼稚園のまえで車を停《と》めると、サムが車を降りるまえに言ってきた——科学博物館に遠足に行くから十ドルちょうだいと。この話はきのうの夜もしたという。

「おぼえてないわけないよ、ママ。だってきのうママがデザートを食べてるときに、グリーン先生からもらった連絡プリントをちゃんと渡したよ。ママは保護者の欄にサインして、十ドル札ならハンドバッグに入ってるって言ったよ」サムは歳《とし》のわりに体が小さかったが、それを歳のわりに達者な口調でカバーしていた。〝一丁前のサム〟——幼い次男がいっぱしの口調で会話に加わるたびに、デズはおもしろがってそう呼んだものだ。

リリーは思い出せなかったが、ゆうべのことはサムの言うとおりなのだろう。デザートを食べたこともおぼえていなかった。〈ジェロ〉のプリン？　クッキー？　ご近所からいただいたお手製のファッジ？　ハンドバッグを確認すると、サイドポケットから百ドル札が一枚出てきた。思わず息を吞《の》んだ。こんなところに百ドル札を入れたおぼえはない。最後に現金を引き出したのは一週間まえだが、あの食料品店のATMからは二十ドル札しか出てこない。百ドル札を引き出せるはずがないのだ。いったいなぜここに百ドル札があるのだろう？　訝りながらも、リリーは財布から十ドル札を一枚出してサムに渡した。

百ドル札が一枚――このことはおぼえておかなければ。

サムを降ろすと、今度は渋滞の多い市内を横切って、十キロあまり離れたワトキンズ・パーク・マグネット中学校へ向かった。

「フィン、ゆうべのデザートはなんだったかおぼえてる？」

「さあ。牛乳をおかわりして、すぐ数学の宿題の続きをしにいったことはおぼえてるけど。バスケが始まるまえに終わらせたかったから」

デズの死後、フィンは父親が贔屓《ひいき》にしていたスポーツチームにのめりこむようになった。それまではテネシー・タイタンズ――本拠地のスタジアムのそばを毎日学校の行き帰りに車で通る――を申しわけ程度に応援してはいたものの、フットボール以外のスポーツには無関心と言ってよかった。それが今ではバスケットボールと野球のニュースを求めて新聞のスポーツ欄を読み漁るようになっていた。シーズン中か否かを問わず、シカゴ・ブルズとシカゴ・カブスの動向を把握するために。学校がある日のまえの夜も、テレビの試合を観たい一心で家の手伝いと宿題をこなし、通信簿のAをなんとか維持していた。

学校の車寄せでフィンを降ろして見送ると、リリーはカーラジオをつけた。毎回ラジオをつけたとき、最初に流れてくる歌詞。それがデズからのメッセージだ。何ヵ月もまえにそういうことになったのだ。今よりもっと不安定だった時期に。選局ボタンはすべてデズが設定したのだから――カレッジ・オルタナティブ、オールディーズ、クラシック・ロック――車内に流れる曲はすべて彼から届くというわけだ。ダッシュボードからはささやくような音量でハートランド・ロックが聞こえてきた。ボブ・シーガー？　いや、ちがう。リリーはボリュームを一気にあげた。『天国行き超特急』が大音量で車内に響き渡った。デズはこの歌で何を伝えようとしているのだろう？　荷物をまとめて永遠に旅立ってほしい？　この世に別れを告げ、今夜自分のもとへ来てほしいと？　天の摂理に従えば、その日は遠からずやってくるだろう。けれども、今はまだ子供たちの世話をしなければならない。リリーは車内に熱がこもるのを感じ、窓を開けて冷たい朝の空気を入れた。

そのとき思い出した。エディ・マネー。このロック・シンガーの名前はエディ・マネーだ。それこそがあの世からのメッセージではないか。あのお金《マネー》をバッグに入れたのはデズだったのだ。

リリーはラジオを消した。こんなふうに考えるなんて正気じゃない、と自分に言い聞かせながら。死は特別な出来事じゃない。デズの死は特別だったとしても、誰かが先に死ねば誰かがあとに残されるのは当然のことだ。そんなことはわかっている。わかっているのに、どうしてまともじゃいられないの？

5　ある愛の詩《うた》

土曜日の朝、リリーは郊外のアッシュランド・シティに住むマレン一家の自宅までフィンを車で送った。サムはパジャマ姿のままで車に乗り、道中ずっとゲームボーイに興じていた。どういうわけか愛犬のゴーゴーまで同乗するはめになった。

「誰が犬を連れてきたの？　犬を連れていくなら先に相談してって言わなかった？　リードはちゃんと持ってきたの？」

子供たちの返事はなかった。が、バックミラーに映ったフィンがあきれたように目をまわすのを見て、リリーは口をつぐんだ。そう、たいしたことじゃない——こんなことで目くじらを立てる必要はまったくないのだ。

「しょうがないよ、来ちゃったんだから」とサムが言った。「ぼくたちが連れてきたわけじゃないもんね」

デズがいた頃は、リリーも犬のことでここまで神経質にはならなかった。しかし今、犬は一家のボスたるリリーの命令を待ってうろうろするばかりで、リリーには何をどうしていいかまるでわからないのだった。

ゴーゴーの体重は五十一キロもある。雌のジャーマン・シェパードが三十キロ以上になることはまずないとデズは言っていたが、この犬はおそろしく大きかった。リリーはそれまでハンドバッグに収まるような小さい犬にしかなじみがなかった。実家で飼っていたのはいずれもシェルターから引き取った、甲高い声で吠える小型の雑種犬だ。このジャーマン・シェパードの雌もはじめは仔犬《こいぬ》だった。〝イアーゴー〟。ヴェルディのオペラ『オテロ』に出てくるお気に入りの悪役の名前にちなんで、デズは仔犬をそう名づけた。メゾソプラノで吠える犬にバリトンの名前——そういう冗談をこめたんだっけ？　思い出せなかった。仔犬を家に迎えたその日に、サムが〝イアーゴー〟を〝ゴーゴー〟に変えてしまったからだ。あれから犬は巨大に成長し、夜になって子供たちがベッドに入ったあと、リリーの足元の床に——時にはリリーの足の上に——寝そべるようになった。命令されれば、ゴーゴーはキッチンに置いてあるクレートの中のベッドまで行って眠った。が、リリーが餌入れに近づきすぎると、歯をむいてうなった。子供たちには寄り添って歩いたが、リリーと歩くときは主人を無視してぐいぐいリードをひっぱった。リリーに名前を呼ばれて、来ることもあれば来ないこともあった。

子供たちとマレン一家は、がんサポート団体〈ギルダズ・クラブ〉の〝子どもの悲嘆《グリーフ》ケア〟の集《つど》いで出会った。ジョシュ・マレンはフィンと同い年だ。一家はその前年に、いちばん下の女の子を脳腫瘍《しゅよう》で亡くしていた。彼らの悲嘆の深さはリリーには想像もつかない。想像しようとも思わなかった。がん遺族の悲しみにもヒエラルキーが存在する。幼な子を亡くしたマレン一家の悲しみはその頂点に位置していた。

郊外の小さな市《まち》、アッシュランド・シティへの道のりは来《きた》るべき春の気配を感じさせた。広々とした早春の野がやわらかな輝きを放ち、枝いっぱいに花芽をつけたハナズオウの木々がピンク色に霞《かす》んでいた。

到着したフィンをアリス・マレンが出迎え、運転席のリリーのそばまでやってきた。ゴールドのネックレスと金線細工《フィリグリー》の十字架がリリーの目のまえに垂れさがった。せっかくだからコーヒーとペイストリーの朝食を一緒にどうかと誘われたが、リリーは遠慮した。マレン一家はフィンと一日を過ごす予定だった――午前中は〈ギルダズ・クラブ〉でグリーフケアの集い、そのあとナッシュヴィルのパンケーキの名店〈パンケーキ・パントリー〉で昼食、午後はヴァンダービルト大学で野球観戦。フィンは去年のクリスマスに自分からねだって手に入れたシカゴ・カブスのトラックジャケットを着ていた。

「これから植えつけをすること、フィンから聞いてる？」アリスが尋ねた。

「いいえ」とリリーは答えた。「なんのことかわからないわ」

「先々週だったかしら、子供たちが丘の上に場所を決めて、ハナミズキの苗木を二本植えることになったの。ジョエラのぶんとデズのぶん。この世では出会うことがなかったふたりを、ジョシュとフィンがこうして引き合わせてくれたのよ」

「そんなすばらしい計画があったのね。ほんとうにいろいろとありがとう」

「こちらこそ、フィンが遊びにきてくれてありがたいわ。ジョシュと仲よくなってくれて」

リリーはマレン宅をあとにした。カーラジオをつけ、すぐにラジオを消し、運転席側と助手席側の窓を開けた。みずみずしい土と草の匂いが流れ込んできた。くすんだ冬の野面《のづら》から芽吹きはじめた緑の匂い。なんというちがいだろうとリリーは思った。車の中で死者からのメッセージを求めてラジオを聴く自分と、自然の中で記念樹を植えているマレン家の人々。彼らの信仰心は疑うべくもない。マレン一家は十字架にかけられた哀れなイエスの姿に救いを見出した。リリーはその姿にいまひとりの犠牲者を見出した。信仰というのは努力して身につくものなのだろうか。酒をおぼえた人間がいつしか酒なしではいられなくなるように、その気になれば信仰にもどっぷり浸れるようになるのだろうか。そんなことを考えていると、後部座席からサムの眠たげな声がした。「ぼく、死ねたらいいのに」

心臓が悲鳴をあげる。喉から飛び出しそうな悲鳴を、心臓を、リリーは喉の奥に押し戻す。ぐっと自制し、落ち着いた口調で尋ねる——「サム、それはどうして?」

「死んだら生まれ変わって馬になれるから。幼稚園でアマンダが言ってたけど、馬が草を食べたらチョコレートみたいな味がするんだって。だからぼく、馬になって一日じゅうチョコレートの草を食べるんだ」

「へえー、それは美味《おい》しそうね」

よかった。五歳の息子はあくまでチョコレート味の草を食べたがっているだけであって、死に魅入られているわけではない。サムのチョコレート自死願望のおかげで、リリーは記念樹と信仰についての物思いから離れ、フロントガラス越しに外を見て気づいた。車はなぜか州道一二号線ではなく、リヴァー・ロード・パイクを走っている。なぜいつものルートではなく、この裏道から帰ろうとしているのか、自分でもわからなかった。

　ハンドバッグの中のピンクの封筒に指を触れて思った。なぜまたこれを持ち歩いているのだろう。キッチンの引き出しに戻すでもなく、ゴミ箱に捨てるでもなく。〝いったい何がどうなってしまったの？〟手紙の中のそのことばに、リリーは思いがけず同情をおぼえた。かつて愛した相手の死を、同窓会誌を読んで知るしかなかった書き手に。

　診断がおりた最初の年、デズの病気は対処可能な慢性疾患のはずだった。ところが二年目になると、対処など及びもつかない、文字どおり想像を絶するものとなった。さまざまな治験や市外での診療を受けたところで、〝緩和〟ということば以上のものは得られなかった――つらい症状を和らげ、少しでも居心地をよくする以上のことは望めなかった。

　居心地のいい肘掛け椅子に坐《すわ》ったデズと、ふたりで書斎にいたときのことを思い出す。広い肩を花柄の背もたれに埋《うず》め、苦しげに呼吸しながら、彼はリリーのほうを向いて言った。

「きみの声はいつだって古いレコードみたいにかすれてる。そのかすれ声が聞けなくなると思うと淋《さび》しいよ」デズはゆっくりと話した。さらなる緩和化学療法を受けるための、再入院まえのひととき。「きみの歌は聴けたもんじゃないし、南部訛りも耳に優しくはない。それでもその声はずっと聞いていたいんだ。きみは今にも自分だけのレコードに合わせて踊りだしそうな、そんな声でしゃべるからね」彼はわざと鼻にかかった声で〝踊り《ダンス》〟を発音してみせた。デエアンス、とリリーの東テネシー訛りをまねて。

「あなたは平気なの？」とリリーは尋ねた。〝あなたは平気なの？〟――そのときは適切に思えたその問いかけも、今となってはどうしようもなく愚かしい。

「ああ、平気だよ、リル。疼痛《とうつう》管理はだいたいうまくいってるし。死ぬことさえ怖《おそ》れなければ、ぼくは平気でいられる」

いったい何がどうなってしまったのか――これが答えよ、ジャズ・エルウィン。同じ世界に息づいているはずの人間が（分厚い同窓会誌のページをめくって）次の瞬間には息絶えているということの。

帰宅したばかりの家はいつも冷え冷えとしている。打ち捨てられた寒々しい空間。キッチンのからっぽの戸棚に巣食ったネズミのにおい。クッションも何も置かれていない裸の椅子。この空虚感の正体はわかっている。デズがもういないからだということは理解している。それでもリリーは必要以上に部屋の温度を上げ、熱いコーヒーを飲み、掛け布団を重ねずにはいられない。現実にはキッチンの戸棚はからっぽでもなければ、ネズミが巣食ってもいない。どの椅子にもクッションが置かれている。それでもデズ亡きあとでは、家の雰囲気がまるで違って感じられるのだ。

サムが居間で『くまのプーさん』のアニメを見はじめた。普段はいかにも幼児向けなのを気にして、兄のまえでは絶対に見ようとしないのだが、そんなサムが〈百エーカーの森〉の暮らしを眺める光景には心癒されるものがあった。その場の質感にもなごまされた——つややかな明るい画面、バター色のスエード張りの椅子、くたくたになったコットンのブランケット、フィンのおさがりのパワーレンジャーのパジャマ。

リリーはコーヒーをセットすると、キッチンから実家の母に電話をかけ、例のジャズ・エルウィンの手紙を電話越しに読み聞かせた。

「デズの葬儀のときの、あのテイトとかいう女性《ひと》を思い出すわね」とエラ・モーアは言った。山の民ゆずりの強烈な東テネシー訛り。リリーの母は線が細く内気そうな顔をしているが、一転してぱっと世界がはなやぐ笑顔の持ち主でもある。「ほら、お悔やみのときに言ってたじゃない。自分も独りぼっちになったから、あんたの気持ちがよくわかるって」

「あのイギリス訛りの人？　私もこのまえ思い出したけど、名前はテイトだっけ？　ガートじゃなかった？」

「それはおぼえてないけど。ご主人に先立たれたのかと思ったら、離婚の話をしはじめて、〝でもあなたはご主人の居場所がわかってるだけましょ〟なんて言ってたでしょ」

「天国のことを言ってるんだと思ってた」

「あれはそんな意味じゃないわよ。私はあんたの隣でずっと聞いてたんだから。さすがに我慢ならなくて、その人をあんたから引きはがして、さっさと次の人に挨拶するように促したのよ。たしかダン伯父《おじ》さんに」

「母さんの言いたいことはわかるわ。場ちがいなことを言う人ってどこにでもいるものね。それにしたって、なんだってこのジャズミンとかいう女にうちの子供たちの話をされなきゃならないの？　なんの関係もないでしょ？　それにこの最後の文章。返事を書くのがせめてもの礼儀だって言うなら、さっそく返事してやりたいんだけど――〝知るか、このクソ女〟って」

「汚いことばだけど許しましょう。まあ無理もないわね。いいんじゃない、返事は書かなくても」

「でも、ほんとうは返事するべきなのかもしれない。何があったのか知りたがってるし、打ちのめされてるみたいだし」

「それにしてはずうずうしい手紙だったわよ」

そう、まさに。リリーはうなずきながらコーヒーを注《つ》ぎ足した。この手紙の女は実にずうずうしい。子供たちのことにしても、デズの診断のことにしても。リリーは受話器を肩にはさむと、冷えきった両手で温かいマグカップを包み込んだ。

「とりあえず忘れなさい」とエラは言った。「しょせんはあれと同じことよ。ほら、一度聴いたら耳にこびりついて離れない歌ってあるでしょ。私も週末のあいだずっと、バハ・メンの『犬を放したのは誰だ？《フー・レット・ザ・ドッグス・アウト》』が頭の中でぐるぐるまわってたの。そしたらあんたのお父さんに言われたわ。同じ曲がずっと頭の中をまわってるときは、ちがう曲を聴いて意識をまぎらわすべきだって」

「母さん、これは自己啓発のエクササイズじゃないのよ」

「これはりっぱなエクササイズよ。話が通じない相手に腹を立てれば立てるほど、大事なことに費やす時間が奪われていくんだから。その手紙は燃やしてしまいなさい。それでもそのことばっかり思い出して嫌になるようだったら、『犬を放したのは誰だ？』か『ある愛の詩』のテーマ曲でも歌うようにしなさい」

「そうね、やってみる」リリーは『ある愛の詩』のテーマ曲を知らなかった。が、ともかく調子を合わせ、話題を変えた。「ねえ、キツネが目のまえを通るのってどんな意味があるの？」母はアパラチアの山の伝承に詳しく、古《いにしえ》の人々が重要だと考えたさまざまな徴《しるし》の意味を知っている。

「それって〝ニワトリはなぜ道路を渡ったのか〟ジョークの別バージョンか何か？」

「そうじゃなくて。このまえの夜、運転してたらアカギツネが道路に飛び出してきて、急ブレーキをかけるはめになったの」

「それは、運転するときは気をつけなさいっていう意味よ。で、あんたはそれを守ったというわけ」

「なるほどね……って、だからそうじゃなくて、民俗的にはどういうことなの？」

「だから言ったように、ちゃんとまえを見なさいってことよ。ほんとにキツネだったの？ コヨーテじゃなくて？ こっちではコヨーテがリヴァー・ラン一帯に出没してるからね。ベテル教会のそばではダックスフントが一匹殺されたのよ、家の裏のベランダで。あんたのところのゴーゴーは充分大きいから、自分の身は守れるだろうけどね。そうそう、忘れないうちに言っておくけど、先々週末にあんたが帰ってきたとき、お父さんが百ドル札を一枚、あんたのバッグにこっそり入れといたの。面と向かって渡しても受け取らないだろうからって。だけどあんたが自分の正気を疑わなくてすむように、私から言っておこうと思ってね。まったく、お父さんが退職してずっと家にいるようになってから、それこそこっちの頭がおかしくなりそうよ。職場で自分から残業をお願いしてるくらい」

電話のあとでリリーは泣いた。父の優しさに泣いた。百ドル札を入れたのがデズではなかったことに泣いた。『犬を放したのは誰だ?』の話が出たせいで、ジャズ・エルウィンの手紙にあったストーン・テンプル・パイロッツの歌を思い出して泣いた。あのバンドのボーカルも今はもうこの世にいない。デズはかつて『プラッシュ』の歌詞をリリーのまえで口ずさんだ。犬が匂いを嗅ぎつけるというくだりをふざけて歌いながら、膝をついてリリーの股に顔を埋め、彼女のジーンズを脱がせたのだった。

6　寄り添いの輪

リリーの兄オーウェン・モーア・ジュニアは、リリーがノックスヴィルの大学を卒業する二年まえに、ナッシュヴィルへ建設の仕事をしに出てきた。引き締まった頑丈な体格と黒い巻き毛、テネシー・タイタンズの三角バンダナがオーウェンのトレードマークだ。リリーにはすべてが運命だったように思える。志望した修士課程のある大学が兄の転居先にほど近いミドルテネシー州立大学だったことも、同じ年にデズモンド・デクランがナッシュヴィル・オペラと契約し、研修団員としてシカゴから移ってきたことも、オーウェンがのちにリリーの大学院時代のルームメイトだったアン＝クレアと結婚したことも。すべては運命だったのだろう。ナッシュヴィル界隈《かいわい》にいるその他百五十万の人々についてはさておき。

その晩、リリーは子供たちを兄夫婦の家に預けると、そのまま郊外のオールド・ヒッコリーにあるアガペー・フェローシップ教会へ向かった。毎週火曜の夜は、この教会の一室でグリーフケアの集いが開かれるのだ。部屋の床には大手量販店〈Kマート〉の大理石模様のリノリウムが張られ、リサイクル品の寄せ集めのソファチェアが置かれている。雨が降ったあとはじめじめした酒場のような、すえた煙草の臭いが室内に漂った。部屋の奥の片隅にひとつだけある蛍光灯が、かすかなノイズを発しながら青白い光をちらつかせていた。

進行役をつとめる死別カウンセラーは名前をミリアムといい、今夜は年季の入ったソファカバーのように縫い目が伸びきったクリーム色の亜麻布のワンピースを着ていた。この〈寄り添いの輪〉の集いでは、毎回ありきたりなエクササイズがおこなわれる。故人への手紙、詩の創作、思い出ボックス、写真のコラージュ。リリーはここへ落ち着くまでに別のグループを二箇所渡り歩いていた。ミリアムという母なる大地に抱《いだ》かれるためなら、悲嘆と向き合うための図画工作くらいたいした問題ではない。椅子に坐ったミリアムをはじめて目にしたとき、リリーは思ったものだ。あの膝に抱かれたら、どれほど幸せな気分になれるだろう。あの果てしない包容力に身を委ねたら、どんなにすばらしい心地がするだろう、と。
今夜のエクササイズは自由律俳句だった。リリーはこんな詩を書いた——

息を止め
死んでみたのも一瞬
また息を吐く死者

いちばん気に入ったのは、隣に坐ったカーリーの詩だ。

生きてるやつはクソ

死んだやつもクソ
あたしもクソ

カーリーのネイルはいつも完璧に塗られている。洗練されたグランジルックの着こなしにもまったく隙がない。自分も昔はおしゃれに気をつかっていた。なぜおしゃれであることにこだわっていたのかは思い出せないけれど。そんなことを思いながら、リリーは全員が詩を発表し終わるのを待った。六人の参加者による三行詩の朗読はすぐに終わった。そのタイミングを見はからい、リリーはひとことだけ前置きして(「先週、こんな手紙がうちに届いたんだけど」)、全員のまえでジャズ・エルウィンからの手紙を読みあげた。

「とっても思いやりにあふれた手紙ね」ミセス・ヘンリエッタが感想を述べた。この場ではみなファーストネームだけで呼び合うが、ヘンリエッタは〝ミセス〟付きで呼ばれることにこだわっている。彼女は常に膝の上にハンドバッグを置いて坐っていた。まるでいつでもこの悲嘆の集いから逃げ出す準備はできているとでもいうように。彼女は八年まえに夫を亡くしていた。

「ご主人はいつもまわりの人を笑わせていたみたいだね」とレオンが言った。

「私もお悔やみの手紙をもらって、メーガンのことが書かれてると嬉しくなるわ」とオリヴィアが言った。「私が知らなかったこととか、ちょっとした微笑ましいエピソードとか。それこそ、あなたのご主人が歌でみんなを笑わせたみたいな」オリヴィアはイギリスびいきを自認している。亡きパートナーと彼女は花柄の壁紙を好み、一点ずつ柄ちがいの華奢《きゃしゃ》な陶器を集めていたという。

「そうじゃなくて、おかしいと思わなかった？」とリリーは言った。ストーン・テンプル・パイロッツの歌とデズが口ずさんだ歌詞のことまで話すつもりはなかった。それは誰も知る必要のないことだ。だからこそ不快感をおぼえるのかもしれなかった。あの歌詞は自分だけのもので、昔の女友達のものではないと思うからこそ。「どうしてこの人のまえに天使が現れなきゃならないの？　どうしてこの人が予兆《サイン》を目にしなくちゃならないの？」

「でも結局、その人にサインはおとずれなかった。そうよね？」とミリアムが言った。

「ええ、それはそうだけど、でもこの人は自分にサインがおとずれるべきだったと思ってる。デズの思い出がたくさんありすぎるなんて言って、私に返事を要求してる。おまけに〝この一年間ずっと悲しみに浸れたあなたがうらやましい〟とまで言ってる」

「たしかにそれは不適切な言い方ね」ミセス・ヘンリエッタがうなずいた。

「手紙は私が預かるわ」ミリアムがそう言って、リリーの背後に歩み寄った。「この便箋《びんせん》の状態からすると、何十回も読み返したみたいね。そんなことはもう終わりにしなくちゃ。万一必要になったら返すけど、それまでは私が預かっておくわ」

リリーは手紙を渡すのをためらった。いっとき綱引き状態になったあと、便箋はミリアムの手に渡った。自分の椅子に戻ったミリアムは、クリップボードの書類の下に手紙をはさみ込んだ。

「あなたが怒りをおぼえるのは当然のことよ」とミリアムは続けた。「この手紙の女性は返信を要求している。ご主人の病気の詳細を知りたがっている。あなたが自分に心をひらくことを求めている。この人とは知り合いでもなんでもないのよね？」

「ええ、名前も知りません。義理の母に電話して訊いてみたけど、彼女もそんな名前は聞いたことがないって」

「この手紙を書いた人は、明らかに他人との距離の取り方がわかっていない。この人について何か知るべきことがあったなら、あなたはとっくに耳にしているでしょう。ご主人がこの人と浮気をしていたと思うなら、それはまちがいね。仮にそういう関係があったとしたら、この人はもっとまえにあなたに連絡していたはずよ。それは納得できる？」

「ええ。たぶん。そういう可能性は私も考えましたけど、それはないと思ったので。私がむかついたのはたぶん、手紙の文面があまりにも厚かましいからだと思います」

「あたしだったら、そいつを探し出して追いつめてやるけど」とカーリーが言った。

「わざわざその人と関わり合いになるの？　よけいに頭の中をややこしくするだけよ」とミリアムが言った。

「実家の母にも同じようなことを言われました」とリリーは言った。「私も最初はただの不器用な手紙かと思ったんです。でも読んでるうちに、やけになれなれしくて不愉快に思えて、でもそのあと可哀想な気持ちになって。でもやっぱりずうずうしく感じられて、結局また無性に腹が立って。そのことで義理の母に電話したら、彼女に〝リトル・デズ〟って呼ばれたので、それでまた嫌な気分になって」

「あなた、まえにも言ってたわよね。その呼び方はもうやめてくださいって、義理のお母さんにお願いするって」ミセス・ヘンリエッタが口をはさんだ。「適切じゃないからって」

「リリー、いつだったかあなたが話してくれたことをおぼえてる？」とミリアムが尋ねた。「ご主人の葬儀に来た女性に言われたのよね。自分も離婚したばかりだから、あなたの気持ちがわかるって」

ブライズ。リリーはやっと思い出した。ガートでもなければ、ティトでもない。彼女の名前はブライズだった。「その人に言われたのは、自分は夫に捨てられたけど、私はまだ夫の居場所がわかっているだけましってことでした」

「そうだったわね。そのときもあなたはしばらくそのことばに囚《とら》われていた。私がこの話を蒸し返すのは、これがひとつのいい例だからよ。死というものは私たちの日常の文化から切り離されてしまっている。だから悲しむ人にどうやって声をかけたらいいのか、まるでわからない人たちもいるということなの」

「私もいとこに言われましたよ。犬でも飼いなさいってね」とレオンが言った。「それ自体はいアドバイスでしたが、妻の葬儀の場で言われるのは場ちがいでしたね」

「そう、場ちがい。そのことばよ、レオン」とミリアムが言った。「ここで重要なのは〝場〟ということばです。いいわね、リリー。何かが――たとえば一通の郵便物が――あなたの家の中まで入り込んだ場合、あなたは自分の領域を侵害されたように感じるかもしれない。でも実際は、あなた自身や子供たちが侵害されたわけでもなんでもないのよ。エチケットの侵害ということは言えてもね。いずれにしても手紙は私が預かったから、これからはもうあなたの家の中には存在しないわ」

「あたしもそのうち、リリーがもらったみたいな手紙を受け取るんじゃないかって不安なんだけど」カーリーが出し抜けに言った。「さっきのみたいな、この人あきらかにヤバいでしょっていう感じのじゃなくて、ガチなやつが来たらどうしようって。私のほうが彼と親しかった、私のほうが彼を愛してた、みたいなやつ。しかもゲイブの場合、みんなでエルトン・ジョンの歌で盛りあがったみたいなエピソードはありえないし。ゲイブが死んで九ヵ月になるのにあたし、いまだにネットで彼のプライベートを監視してるんだよね。Eメールのパスワードも見つけたし、フェイスブックのアカウントもそのままにして、何日かおきにチェックしてて」

「それで何かわかった？」とリリーは尋ねた。

「高校の同級生だっていう女からフェイスブックの友達申請が来てた。できれば本人になりすまして、ほんとの狙いはなんなのか探ってやりたかったけど、あたしもいちおう大人だから、〝失《う》せろ〟って返しといたわ。リンクトインのほうにも女からリクエストが来てたけど、そっちは仕事の関係者だった。ゲイブは造園師だったんだけど、ユーチューブで水まきホースの修理方法を実演した動画が公開されてて。それを見たときはもう、マジで胸がつぶれるかと思った」

7　幼稚園と死

例の手紙を取り上げられてしまった今、リリーはなんとも言えない淋しさをおぼえていた。名前のある人間相手に腹を立てるほうがまだしも張り合いがあった。デズをさんざん苦しませ、三十八の若さで死なせた臨床診断に怒りを向けるよりは。

ものろのろと日が経《た》つにつれ、物足りなさを埋めるように別の考えが頭をもたげてきた。手紙の全文を一気に読みとおすことがかなわなくなったぶん、思い出せるかぎりの細かい点についてじっくり考えられるようになったからだ。とくに通勤中は、市内を横切る時間をたっぷり使って、ジャズミンの手紙の一言一句を掘りさげることができた。リリーが勤務するリンデン財団は南北戦争以前の大邸宅で、ナッシュヴィル西部のベル・ミード・カントリークラブとチークウッド植物園のあいだにある。子供たちを学校に送ったあと、そこまでたどり着くのに二十分はかかる。その朝も車を走らせながら、リリーは手紙の内容について考えをめぐらせていた。〝せめてもの礼儀として返信をしなさいね〟というあの命令にもまして、フィンとサムの名前の由来のくだりが癇《かん》に障ってきた。まるでデズが子供たちの名づけについて、赤の他人と語り合ったかのようではないか。それも自分と出会うよりずっとまえにそんなことがあったなんて。タイムトラベル先ではるか昔の裏切りに遭遇したような気分だ。

「単なる憧れじゃない。ぼくはハックルベリー・フィンそのものになりたかったんだ」とデズはリリーに語った。恋が始まったばかりの頃、ふたりで飽きもせずごろごろしていた日曜の朝に。そんななかで次々とお互いの共通点が見つかり――ふたりとも乳糖不耐症で、ふたりともエムアンドエムズはピーナッツ入りが好きで、ふたりともなぜこの世でリンゴという食べ物がそこまで人気なのか理解できなかった――すごい、こんな偶然ってあるんだね、これはもう運命だねと言い合ったものだ。〝私たち、ふたりとも花にちなんだ名前なのよね〟とのたまったジャズミンも乳糖不耐症だったのだろうか？　彼女もリンゴが苦手だったのだろうか？　デズとふたりで同じ会話を交わしたりしたのだろうか？　ふたりで過ごした翌朝、シーツにくるまってピーナッツ入りのエムアンドエムズを食べさせ合ったりしたのだろうか？　彼はジャズにも語ったのだろうか？　ぼくらのあいだに最初に生まれた男の子にはフィンと名づけたいと？

　サムについて言えば――リリーはなおも考え続けた――そう、マーク・トウェインの本名がサミュエル・クレメンズであることは誰でも知っている。けれどサムの名前は、あの子が生まれる前年に亡くなった私の祖父の名前をとって名づけたのだ。そうじゃなかったなんてことがある？

これではまるで、酒をやめたのに酒のことばかり考えている依存症患者だ。職場に着いたリリーは暴走する思考に引きずられまいと、しゃにむに仕事にのめり込んだ。このリンデン財団の音楽コレクションは、大学図書館を別にすれば、私立音楽図書館としては最大規模にあたる。創設者のヘンリー・リンデンは音楽業界で三十年にわたって弁護士として活動したのち、音楽収集への情熱に身を委ねたのだった。リリーは耳がよく、音を聴き取る能力に優れていたため、初めのうちこそ音楽図書館の目録作りというパートタイムの作業をあてがわれていたが、やがて資料を聴く仕事をまかされるようになった。そうして古い録音資料やラジオ番組の音源を既存の文字起こし原稿に照らして確認し、新たにわかったことを研究用のデータベースにまとめる現在の仕事が定着したというわけだ。

同僚のアイリスは近く予定されている資金集めのイベントの企画で忙しく、ここしばらくはオフィスを出たり入ったりが続いている。毎年恒例のこの資金集めは、音楽を愛好する富裕層のためにフォーマルなガラ・パーティー形式でおこなわれる。アイリスが外出中の今、オフィスには誰もいないが、ときどきこうして職場で独りになれることがリリーにはありがたかった。パソコンにつないだヘッドフォンを装着し、ボリュームをあげたままで作業を進める。一九三〇年代のラジオ番組の音源を、古いタイプ原稿のスキャンデータと照らし合わせる。雑音がひどいが、テキサス訛りが聴きとれた。〝アライグマ狩猟犬《クーンドッグ》〟と書き起こされているものが実は〝ケンタック〟だと気づいてから、ようやく早口の口上が意味をなしてきた。紹介されている歌い手は狩猟犬なのではなく、ケンタッキー出身だということだろう。それはわかったけど、この〝木々のモット〟というのはなんだろう？（モットは木立を意味する名詞。主にテキサス州で使われる）五時になるとリリーはいったんヘッドフォンを外し、携帯電話に入っていた留守電のメッセージを聴いた。

「ミセス・デクラン、サムの幼稚園の担任のグリーンです。息子さんのことは心配ありません。ほかのお子さんたちのことも心配ありません。できればサムの預かり保育のお迎えのまえに、私の教室に立ち寄っていただけないかと思いまして。今日は六時までおりますので、ご都合が悪ければ明日の朝にお時間を取っていただくのでもかまいません」

リリーは折り返しの電話をかけた。が、つながらなかったので、これから向かいますと留守電にメッセージを残した。いつもより一時間早く上がらざるを得ない。仕事はまだ終わっていないと言わんばかりに、デスクの上を散らかしたままで職場を出た。途中で信号待ちをしながら、グリーン先生が何も心配ないと言ってくれたことをありがたく思った。けれども次の信号で気づいた——ほんとうに何も心配ないなら、わざわざ言う必要はないはずだと。

幼稚園の教室には誰もいなかった。掲示板を見ると、雛菊《デイジー》の花の真ん中にあるサムの写真が目に飛び込んできた。グリーン先生が受け持っている十八人の子供たちがひとつの大きな花束になり、長い茎の先についた花の台紙にそれぞれの写真が貼られている。やっぱり、何も心配するようなことはないのだ。救急救命室から電話があったわけではないのだから。リリーはそう思いながら、サムの机に目を留めた。家でもきちんとしているサムらしく、きちんと整頓された机だった。

「ミセス・デクラン、お越しくださってどうもありがとう」グリーン先生が教室のドアを閉めながら言った。おっとりと落ち着いた様子で。リリーは微笑んでみせると、再び教室内にあるサムの痕跡を探しはじめ、サムの名前が書かれた洗濯ばさみを見つけた。洗濯ばさみの先には赤信号の切り絵が吊《つ》るされていた。

「どうぞお掛けになって。リリーとお呼びしてもかまわないかしら？　私のことはウィラと呼んでください」

ふたりはすでに授業参観や保護者面談で顔を合わせていた。グリーン先生は熱意あふれる中年女性で、たっぷりした白髪まじりの髪を頭の高い位置で無造作なおだんごにまとめている。教室の奥から大人用サイズの椅子を持ってくると、自分の机の脇に置いて言った。「実は今日、ちょっとした出来事があって、サムのことが気がかりになってお呼びしたんです」

リリーは坐った。

「ご存じのように、私も日頃からサムに目を配ってはいたんですが」とグリーン先生は続けた。

「ええ、それで？」

「みんなで遊び場にいるときに、何人か木箱の列車のてっぺんに乗って、サムのことを囃《はや》したてている子たちがいたんです。鬼ごっこのときに鬼をからかって歌うのと同じ節をつけて――〝サムの父さん、さっさと死んだ〟。子供がよくやる替え歌ですが、サムはいちばん中心になって囃していた子を列車から引きずりおろして、さんざん殴打したんです。一メートル近くの高さから、その子の足首をつかんで引きずりおろして、拳《こぶし》で殴ったんですよ。相手を地面に倒して、足で蹴って、その子に馬乗りになって、背中と顔の横側を殴りつけたんです。サムは〝ちくしょう《ヘル》〟とか〝ヘリー〟とか叫んでいました。相手の子のほうが体は大きかったんですが、サムは怒りに駆られているぶん、勢いがすごくて」

ウィラ・グリーンは話しながら次第にうつむきがちになった。園児たちと話すのは慣れていても、怒りに満ちた保護者のまなざしを受け止めることはめったにないのだろう。通常、保護者のクレームに対応するのは運営側の仕事だからだ。

「そこで私が駆けつけて」とグリーン先生は続けた。「サムを相手の子から引きはがしたんですが、そしたらサムがこんなことをわめきはじめたんです。〝おまえは死んだも同然だ。おまえは生ける屍《しかばね》だ〟って。びっくりしませんか？　どこからそんなことばが出てきたのかと思いますよね？　ふつう、そういうときに子供が言うのは、〝そんなこと言うな〟とか〝あっち行け〟とか……過去にはもっとひどいことばもありましたけど。私はなにも、相手の子たちがサムに言ったことを大目に見ているわけではないんですよ。ただ、小柄なサムがあそこまで怒りを爆発させたことに正直ぞっとしましたし、相手の子に向かって言ったことばは、それこそ脅しととられても仕方ないいんじゃないかと」

「あの子を囃したてた子は何人いたんですか？　それからウィラ、これは素朴な疑問なんですけど、職員のみなさんはそのとき一体どこにいらっしゃったんですか？」矢継ぎ早にそう尋ねてから、リリーは心の中で自分を叱りつけた――この人はサムの味方なのよ。

「私たち職員がどうしていたかというと、そのとき遊び場には私のクラスと、もうひとクラス出ていました。ハーディン先生の助手の先生は、女の子たちに靴を片方投げられてしまった男の子がいたので、フェンスの向こうまでその子の靴を取りにいっていました。私は嘔吐《おうと》していた子を――ずっと嘔吐が止まらない子がいたんです――園長室まで連れていって、ちょうど戻ってくる途中でした。副園長先生もそのとき遊び場に出ていて、子供たちが歌うのは聞こえていましたが、何を言っているかまではわからなくて、鬼ごっこをしているんだと思ったそうです。ハーディン先生はそのとき、女の子のとっても長い髪がブランコにからまってしまったのをほどいているところでした」

「なんだかずいぶん危険な環境みたいですけど」とリリーは言った。

「そんなことはありませんよ。そもそも幼児期というのはどうしたって危険なわけですから」

「息子がいじめられてるなんて、母親として見過ごすわけにはいきません」

「それは私も同じです」

「私にどうしろと言うんですか？　ここであの子を守るのは先生の役目でしょう？」

「これからロックスウェル園長が当事者の子たちからひとりずつ話を聞いたうえで、適切だと判断すれば、全員で面談することになります。殴られた子のご両親は極度にお怒りのご様子で、訴訟も辞さないとおっしゃっているので。なんとか怒りをおさめてもらおうと、園長先生ががんばっているところです」

「訴訟ですって？　幼稚園の子供同士のことなのに！　そもそも、その子がうちの子をいじめてたんですよ」

「園児がらみの訴訟がどう成立するのかは私もわかりません。話を聞いたかぎりでは、先方が訴えたいのはサムではなくて園側だという印象でしたけど、これも今の段階で私が勝手にお話ししてしまっていいことなのかどうか……。ただ、現時点で言えるのは、サムが相手の男の子を殴ったことと、〝おまえは生ける屍だ〟と言って脅したことで、停園処分になる可能性があるということです。園長先生からもあとでお話があるかもしれませんが、まずは私のほうでお話しさせてほしいと、こちらからお願いしたんです。どうしても直接ご説明させていただきたくて……あれほど気をつけて見ていたつもりだったのに、サムを守れなかったのは私の責任ですから」

そこまで言われて、なおかつうなだれた相手をまえにしては、いつまでも憤っているわけにもいかない。リリーはサムを園のカウンセラーに診《み》せるための同意書にサインした。殴られた男児の両親がこの件を教育委員会に持ち込めば、サムはおそらく停園になるだろうということだった。

「さきほどのもうひとつの質問の答えですが」とグリーン先生は言った。「息子さんを囃していた子は五人か六人いたと思います。サムは孤軍奮闘していたのでしょうね。心情としてはもちろんよくわかりますが、この社会ではそういうわけにはいきません。リリー、息子さんと話し合って、よく言い聞かせてあげてください。決してひとりで報復を試みたりしないように。もしお友達に敵対されたら、必ず先生を呼んでくるようにと」

帰り道を運転しながら、リリーは黙って考えていた。サム本人にはかすり傷ひとつなかった。グリーン先生の独特のボキャブラリーが思い出された――敵対される、囃したてる、報復を試みる、殴打する。あれでは子供たちに話が通じないのではないか。

〝敵対的なお友達を殴打してはいけませんよ、幼稚園児のあなた〟

〝してないよ、グリーン先生。叩いてるだけだよ〟

キッチンで夕食の支度をするあいだも、サムはずっとそばにいた。リリーはとことん話を聞いてやり、とことん話し合った。たっぷりの愛情と優しい手と、冷凍庫にあった豆乳アイスサンド《トーフッティ・キューティ》とでサムを包み込んだ。クラスの誰かに意地悪されたら、必ず先生を呼ぶように約束させた。そしてさっそくこんな提案をした。週末になったら、ママと一緒にお芝居しましょう。パパのオペラの舞台みたいに。誰かにいじめられたらどうすればいいか、いろんな場面をお芝居にして練習するの。サムはその考えを気に入った。ふたりで敵を戸惑わせる練習をするのだ。〝構えよ《アン・ガルド》！〟と一喝したり、〝だから何？〟と訊き返したり、いきなり『犬を放したのは誰だ？』を歌いだしたり。あるいは立ち去ったり。黙って立ち去る練習は大いに役に立つだろう。

「ねえサム、〝生ける屍〟なんてことばをどこでおぼえたの？」リリーは尋ねた。

サムは肩をすくめた。そこへ廊下からやってきたフィンが代わりに答えた。「父さんがケイお祖母《ばあ》ちゃんに言ったんだよ。ケイお祖母ちゃんが『まあ、おまえ、元気そうじゃない。まえよりずっとよくなったみたいよ』って言ったら、父さんがこう言ったんだ。『母さん、ぼくはもう死んだも同然だから。生ける屍としての一歩一歩を愉《たの》しんでるよ』って。なんかすごいカッコいいと思ったんだよね、ヴァンパイアみたいで」

それでリリーも思い出した。たしかにデズはそう言っていた。

「そのときに聞いておぼえたの、サム？」

「パパが言ってたのはおぼえてないけど、兄ちゃんがよく言ってたから。ねえママ、ぼくが今日、遊び場で秘密の合いことばを使ったのは知ってるよね」

「秘密の合いことば?」

「〝ヘリー〟だよ。ヘリー彗星《すいせい》の。何か困ったことがあったら〝ヘリー〟って言えばいいって、パパが教えてくれたじゃん」

「ママはおぼえてないわ」

「サム、ちがうよ。ヘリーじゃなくてハリーだから。しかもそれ、知らない人が迎えにきたときについていかないための合いことばだし」フィンは弟に向かってそう言うと、今度はリリーに向かって説明した。「父さんが病院にいるときに、三人でもう一回話し合って決めたんだ。父さんに何かあって、たとえば危篤状態とかで、母さんがずっとそばについてて動けないときに、誰かがぼくたちを迎えにきた場合。その人が〝ハリー彗星〟の合いことばを言えたらついていってもいいって、父さんに言われたんだ」

「危険な人から逃げなきゃいけないときの合いことばは?」とサムが訊いた。

「それは決めてなかったと思うけど」とリリーは答えた。

「ううん、それも決めた」とフィンが言った。「途中で誰かが変な人だとわかったり、父さんがぼくたちに逃げてほしいと思ったら、ゴーゴーの名前を言うことになってた。〝ゴーゴーに会いにいこう〟とか、〝ゴーゴーが来るぞ〟とか」

「それもおぼえてないわ」とリリーは言った。「だけど合いことばっていうのは、普段使わないことばにしたほうがいいんじゃない？　ゴーゴーがその場にいたら意味がないでしょ」

「じゃあ、〝アマンダ〟にすればいい」とフィンが提案した。「サムはその子が好きで、いつもその子から逃げまわってるから」

「ぼくはアマンダなんかぜんっぜん好きじゃない」サムが断固として言い張った。

「じゃあ、決まりね」とリリーは言った。「急いで逃げなきゃいけないときは〝アマンダ〟の合いことばを使って、緊急のお迎えのときは引き続き〝ハリー彗星〟を使うことにします。彗星には乗っていいけど、アマンダからは逃げるのよ。さあ、そろそろ寝る準備をしなくちゃ」

　この世はもはや安全な場所ではない。デズが病に冒されたときからわかっていたことだ。が、それはカルテを読む医師や病気そのものに限られた話だと思っていた。子供たちが寝てしまうと、リリーはキッチンの床にじかに坐り込んだ。ふとゴーゴーの柔らかな首に顔をうずめたい気持ちに駆られたが、そうはせず、丸まった背中の毛並みに指をすべらせた。そうして犬を撫《な》でながら思った――デズとフィンが万一のときに備えて合いことばを決めていたとき、私はあえかな望みにすがろうとしていた。サムが現実世界の悪意から身を守ろうとしている今、私は見ず知らずの他人がよこしたぶざまな手紙にいつまでも囚われている。ちゃんとまえを見なさい！

8　固定電話

深夜過ぎに廊下の固定電話が鳴り響いた。リリーが無視して寝ていると、やがて電話は鳴りやんだ。ああ、よかった――眠りの暗い靄《もや》に包まれたまま、リリーは安堵《あんど》した。病院のスタッフがデズのことでかけてきたのだとしたら、出るまで鳴らし続けるか、何度もかけ直すかするはずだから。次に彼女の眠りを覚ましたのはフィンの声だった。戸口に立ったシルエットが廊下の常夜灯に浮かびあがっている。寝起きでぼさぼさの頭。背はひょろりと高いが、やはりまだまだ子供にしか見えない。受話器を手に持ち、もう一方の手で通話口をふさいでいる。

「母さん、起きて。父さんと話したいって人から電話」

自動音声電話《ロボコール》だ、決まっている。デズは電話勧誘を拒否する消費者のリストに自宅の電話番号を登録したが、それでもかかってくるのだ。相手が真夜中で眠っていようが、夕食の支度で忙しかろうが、機械で割り振った番号に片っ端からかけまくる迷惑電話。受話器を取ってから録音されたメッセージが流れるまでの、なんとも不自然なあの一瞬の間。

「母さん、早く！」

まだ朦朧《もうろう》とした頭で苛立《いらだ》ちをおぼえながら、リリーは暗がりに向かって言った。「どうせまたあの電話でしょ――ミスター・デクランが海外旅行に当選されました？ 早く切りなさい、フィン。機械がしゃべってるだけなんだから」

「何言ってんの、母さん？ なんか泣いてる女の人からだよ。デズはいるかって言うから、いないって言ったら、そこにいるのはリトル・デズかって訊かれたんだけど」

リリーはようやく体を起こすと、枕元の灯りをつけた。フィンが差し出した受話器を受け取り、不機嫌な耳に押しあてた。

「もしもし」そう言ったとたん、電話の向こうの相手がはっと息を呑むのが聞こえた。続いてプツッと音がして、電話は切れた。

9 死のグラフ

まだ夜は明けていない。リリーは階上《うえ》の廊下に延長された電話線を抜いてからキッチンに降りた。コーヒーを淹《い》れたら、何箇所かに電話をかけなければならない。頭の中ではデズの声がする。州の電話勧誘拒否リストのウェブサイトで家の電話番号を再入力するやり方を教えてくれている。

だけどあれはロボコールじゃなかった。だからデズには早いところ指図するのをやめてもらって、コーヒーと餌やりと電話に専念させてもらわないと。リリーは疲れていた。夜中に受話器の向こうで息を呑む音と電話が切れる音を聞いたあと、眠りに戻るどころか、とうとう一睡もできなかったのだ。

苛々《いらいら》と落ち着かないまま七時になるのを待って、シカゴの親族に次々と電話をかけた。全員の留守番電話にメッセージを残した――デズの両親、デズの姉のブリアナ、デズの兄のクレイグ、デズの弟のケヴィン。

最初に折り返しの電話をかけてきたのは義弟のケヴィンだった。リリーは夜中に電話があったことを説明した。

「それはリリー義姉《ねえ》さんの携帯にかかってきたの？　それとも固定電話？」

「固定電話よ。普段はめったに使わないし、発信者番号の表示機能もないの」

「それ、たぶんうちのお袋だよ」とケヴィンは言った。「お袋が義姉さんのことを〝リトル・デズ〟って呼ぶのはおれも聞いたことあるし、おれにも何回か変な電話かけてきたことあるもん。うちの両親ふたりとも、ここんとこ危なくなってきてるんだよね。親父《おやじ》はもともと無口だったけど、デズが死んでからいよいよ貝になっちゃってさ。お袋はデズのことであることないことほじくり返しては、ずっとくよくよ気に病んでるし。最近は昔のご近所友達と会って、ふたりでデズを偲《しの》んで献杯してるらしい。〝女子会セラピー〟とか称して。もともとそんなに酒は飲まなかったはずなんだけどなあ。親父についてはそうも言えないけど、お袋はほんと、たまに家でカブスの試合を観ながらビールを一杯やるとか、結婚式でトム・

コリンズをちびちびやるとか、その程度だったから」

「フィンが言うには、その人はデズを出すように言ったあとで、そこにいるのはリトル・デズかって訊いてきたんですって」

「途中で気づいて、ばつが悪くなったんじゃないかな。おれも人のこと言えなくてさ、〝そうだ、これデズに教えてやらなきゃ〟って無意識に携帯取り出して電話しそうになることとか、もうしょっちゅうあるからね。しかもおれはお袋とちがって、飲んでないのにこれだから。まあとにかく、リリー義姉さんのことをリトル・デズなんて呼ぶのはうちのお袋だけだよ」

「お義母さんは大丈夫なの、ケヴィン？　何か私にできることはある？」

「とりあえず姉貴と話したほうがいいよ、ブリアナと。お袋は姉貴の言うことなら聞くから。二ヵ月くらいまえだったかな、お袋が急におれを目の敵《かたき》にしはじめてさ。あの子が最期のほうでどれだけ衰弱してたか、おまえがちゃんと言わなかったのがいけないんだとか言いだして。自分が死に目に会えなかったのはそのせいだって思い込んでるんだよ。リリー義姉さんのことも同じように恨んでるみたいだった」

「お義母さんにはちゃんと言ったのに。ああなるまえから伝えてたし、あのときだってちゃんと話したのに」

「いや、わかるよ。おれもちゃんと話したたし。とにかく、それは逆恨みだからやめてくれって、姉貴からお袋に言ってもらわなきゃならなかった。家族みんなで支え合うべきときに、姉貴に頼んでお袋の逆恨みをやめさせなきゃならないなんてな」

デズを看取《みと》ったときはケヴィンも一緒だった。点滴静注バッグの交換が必要になるたびに鳴り響いたアラームの音を思い出す。ホスピスに移る時間もなかった。幹細胞移植のあと、死は駆け足でやってきた。あの忌まわしい心電図モニター。鼓動が次第に弱まり、心拍と心拍の間隔が長くなっていくさまを容赦なく描きだす死のグラフ。看護師が部屋を出ていった隙に、リリーの兄のオーウェンがモニター画面を窓のほうへ向けた。デズの兄夫婦――クレイグとディアドラはすでに車でシカゴを出発しており、一時間もしないうちに駆けつけるはずだった。デズの姉のブリアナは仕事中だった。ケヴィンが何度も電話したのだが、シフトが終わるまでは行けないと本人に言われたのだ。ブリアナはシカゴの小児病院で外傷救急センターの看護師を務めていた。彼女が来られないと知って、あのときのケヴィンはリリー以上に動揺していた。

自分が訊きたいことは、この話の流れにはまったくそぐわない。これこそ場ちがいだと思いながらも、リリーは義弟に尋ねた。「ねえ、デズの昔の女友達で、ジャズっていう名前の人を知らない？　もしくはジャズミン」

「知らないな。その名前は聞いたことない。なんで？」

「シカゴ大学の卒業生らしいんだけど、その人からお悔やみの手紙をもらったのよ。ジャズ・エルウィンっていう人。あなたなら知ってるかと思って」

「デズの大学時代の友達はあんまり知らないんだ。お役に立てなくて悪いけど」

10　誰が私を愛したのか

その火曜日もアガペー・フェローシップ教会では〈寄り添いの輪〉の集いが開かれた。リリーはいつもながら二階の部屋の薄汚さに慰められる思いがした。今夜は新たな参加者がふたり来ている。デニムのロングスカートを穿《は》いた女性がミリアムにクリップボードを渡し、自分のコーヒーを淹れにいった。もうひとりは体にぴったり合った黒のシャツブラウスを着た女性で、戸口に立ったまま躊躇《ちゅうちょ》しているようだった。死、また死――リリーは心の中でつぶやいた。今日のミリアムは淡いグレーのワンピースを着ているせいで、色あせた室内に半ば溶け込んでしまっている。カーリーがコーヒーマシンのところへ行き、ミリアムに何やら話しかけた。チェックのミニスカート、ハイソックスにヒールという恰好《かっこう》のカーリーがミリアムと話している様子は、さながらカトリック校の落第生と尼さんのようだ。カーリーはコーヒーを手に戻ってきて、リリーの隣の椅子に坐った。

ミリアムが黒服の女性に手招きし、輪に加わって坐るように促すと、彼女を全員に紹介した。名前はイヴォン。三週間まえに夫を亡くし、牧師の勧めでここへ来ることになったという。

「みなさんの活動には敬意を表しますけど」とイヴォンは言った。「私は牧師さんに勧められて、ほんの体験で来ているだけですので。夫はイエスさまの腕に抱かれて天国へ行きましたから、ほんとうによかったと思っています」

金髪とほっそりした体つきが特徴的なイヴォンは、よどみない上品な口調で続けた。「私は悲しむどころか、むしろ喜んでいるんです。夫は心から神を信じていましたから」

「また厄介なのが来たよ」カーリーがリリーに体を寄せてささやいた。「今夜はついてないね」

「イエスは涙を流された」とレオンが聖書の一節を口にした。彼は聖書のことならお手のものだ。参加者のなかで唯一の男性であり、唯一のアフリカ系アメリカ人でもある。普段はどんな仕事をしているのだろう。その話しぶりからして教師ではないかとリリーは思っているが、ひょっとしたらこの教会の牧師なのかもしれない。ここでは誰も職業を名乗らないのでわからないが。

「それはイエスさまの死によって人類の救済が約束されるまえのことですよね」とイヴォンが言い返した。

「イエスは友であるラザロの死を悲しんだということですよ」とレオンは言った。

「私は神を信じています」イヴォンはそう言うと、すっと目を閉じた。

いったん間を置いてから、ミリアムが口を開いた。「ここでひとまず、新しく来てくれたアシスタントのルネを紹介するわね。ルネはテネシー州立大学《TSU》の博士課程に在籍中の公認臨床ソーシャルワーカーです。ちょうどいい機会なのでお知らせしておくけど、私はこの秋、二ヵ月ほどサバティカル休暇で国外へ行くことになります。そのあいだはルネに代理で入ってもらえたらと思ってるけど、早いうちからお互いに慣れてもらったほうがいいでしょ？」

紹介を受けたルネは点呼に応じるようにさっと片手を挙げ、輪の外にいるミリアムの隣の椅子に坐った。

ミリアムが私たちを置いていなくなる。変な感じだとリリーは思った。ミリアムが私たちとは関係のない人生を送っているなんて。ナッシュヴィルの北西の市《まち》、クラークスヴィルでミリアムが臨床診療をおこなっていることは知っているが、〝サバティカル休暇〟というといかにも研究者のようだ。仕事の延長で国外へ行くのだろうか？　それともただ愉しむための旅行？　ひとりで行くのか、それとも家族や友人と一緒に？

新しい助手のルネはなかなか感じがよさそうだった。せり出し気味の上の歯、思いやりに満ちた茶色い目。しかし皮膚炎か何かに悩まされているのだろうか、赤黒くなった手の甲のかさぶたを掻《か》きむしったかと思うと、今度はウェーブのかかったハニーブロンドの髪に覆われた頭皮を掻きはじめた。

「ご主人の死を悲しむのはちっとも悪いことじゃないのよ」ミセス・ヘンリエッタが唐突に

イヴォンのほうを向いて言った。

「私は常にまえを向いていたいんです。まえを向くことだってちっとも悪いことじゃありません」とイヴォンは返した。

聖体拝領さながらの厳粛さで、オリヴィアが焼きたてのライスクリスピーの皿をみんなにまわした。オリヴィアはよくお菓子を焼いてくる。今夜は甘ったるいマシュマロの匂いが、薄汚れた部屋へのカウンターパンチのように漂った。

「うらやましいわ」とリリーは言った。が、やたら甲高いかすれた声しか出なかった。リリーはイヴォンのほうを向き、声を大きくして言い直した。「あなたがうらやましい」イヴォンは髪を耳にかけて撫でつけた。〝うらやましい〟はリリーがめったに使わないことばだ。けれどもあのお悔やみの手紙を読んで以来、ずっと頭にこびりついている――〝あなたがうらやましい〟。ジャズは何をうらやましがっていたんだっけ？　私が打ちひしがれたこと？　悲しみに浸れたこと？　手紙はミリアムに取り上げられてしまったので、正確なことばは思い出せなかった。

「わざわざ悲観的になる必要はどこにもありません」とイヴォンはリリーに言った。「物事を前向きに捉えるどうかは、あなた次第ですから」

「そういうことじゃなくて、あなたのように、苦しみを飛び越してしまえたらどんなにいいかと思って。明日は私の結婚記念日なの。その日を飛び越してしまいたい」

「私は苦しみを飛び越してなんていません。イエスさまの手に委ねているんです。私は自分の信仰に基づいてそうしているんです」イヴォンはまた髪を耳にかけて撫でつけ、華奢な耳につけた小さなスタッドイヤリングを指先でいじりながら言った。「あなたが皮肉のつもりでおっしゃっているのか、私にはわかりませんけど」

「いいえ、皮肉じゃないの。あなたが不幸になればいいとか、妬《ねた》ましいとかっていう意味でもないのよ。単純に、あなたが心の痛みを手放せるということがうらやましいの。そうやって大いなる手に委ねられるということが」

「悲しむに時があり、踊るに時がある」レオンがまた聖書の一節を口にした。

「なんなら、みんなで踊ったほうがいいんじゃない？」とカーリーが言った。

ライスクリスピーの皿がまたまわってきた。今夜は参加者が少ないので、全員におかわりが行き渡る。リリーはマシュマロで固めた焼き菓子を口の中でじんわりと嚙《か》みしめた――目のまえの現実から離れていた意識が砂糖の甘さに包み込まれるまで。

「今日は〝空の椅子《エンプティ・チェア》〟と呼ばれるエクササイズをおこないます」とミリアムが言った。「からっぽの椅子と向かい合って坐りましょう。そこに坐った故人に、あなたがどんなふうに感じているか伝えてください。家でやったほうがやりやすいという人は、それでもかまいません。独りになれるところや、誰にも批判されることがない、ここのような場所であればけっこうです。あなたの大切な故人に向かって、声に出して語りかけてください。自分が感じるままを伝えればいいんです。たとえばそう、リリーは本来なら明日が結婚記念日だと言っていたわね。そのことについて話すのもいいでしょう」

「本来ならじゃありません。実際に明日が結婚記念日なんです」リリーの声に怒りはこもっていない。誤った情報を正しただけだ。「先週の話ですけど、真夜中に誰かがうちに電話してきて、名前も名乗らずに〝リトル・デズ〟はいるかと言ってきて、私が出たら電話を切ったんです」

「それはあなたの結婚記念日と何か関係があるの？」とミセス・ヘンリエッタが尋ねた。

「さあ、私にもわかりません」

「じゃあリリー、今日はあなたからどうぞ」とミリアムが言った。「ご主人に結婚記念日のことを話してもいいし、さっきの電話のことでもいいのよ。一般的なことでも、ごく個人的なことでも、お好きなように」

ルネが壁に立てかけてあったパイプ椅子をガチャンとひらいて、輪の中央に運んでくると、リリーと向かい合うようにして置いた。からっぽの椅子。

リリーは自分が一番乗りでなければいいのにと思った。いかにも芝居がかっていてわざとらしいし、これではまるで強制ではないか。これなら詩の創作や思い出ボックスのほうがずっといい。

「そもそもリリーの旦那さんは、そんなちゃっちい椅子には収まらないでしょ」とカーリーが言った。「めちゃめちゃ大柄な人だったんだから」

「それでも最終的には三十キロ近く落ちたのよ」とリリーは言った。「薬の副作用で意識が朦朧とするあまり、ときどき他人が死ぬのを見てるような気がするって言ってた」

「重病の人が体外離脱体験について語るのは私も聞いたことがあるわ」とミリアムが言った。

「臨死体験じゃなくて?」カーリーがまったく感情のこもらない声で訊いた。

「私の夫が大柄だったって、どうして知ってるの?」リリーはカーリーに尋ねた。

「ネットで検索しただけだよ。オペラ歌手だって言ってたから。旦那さん、イケメンだった」

「そういうことはしないで」とリリーは言った。

「そういうことって?」

「夫のことを検索したりしないで」

「え、なにそれ、ネットで調べるぐらい別によくない? 職場で暇なときとか、みんなのこと検索してるし。苗字がわからないから、調べがいがあって愉しいんだよね。レオンはナッシュヴィル法科大学院《NSL》で憲法学を教えてるでしょ。予想では牧師さんかと思ってたけど」

「カーリー、私の職業が知りたいなら訊いてくれればよかったのに」とレオンが言った。「私は別に隠すつもりはなかったんだから」

ルネがパイプ椅子をガチャンとたたんで輪の外へ運び出し、元の位置に戻した。そして今度は輪の中から、誰も坐っていない大きな革パッチの椅子を中央に押し出して、リリーのほうに向けた。「これならどう?」ルネがカーリーに尋ねると、カーリーはうなずいた。

リリーは思った――カーリーの言ったとおりだ。今夜はまったくついてない。最期のほうでデズに言われたことを思い出す。死ぬってことは何もかもがごちゃまぜになることなんだ、と。こうなるまではずっと、ある瞬間までは生きていて、次の瞬間に死ぬものだと思ってきたけど、今のぼくにはよくわからない。これから死のうとしているのが自分なのか、きみなのか、子供たちなのかもよくわからない。この感覚を理解できるのは自分だけなのに、どうすればみんなを救えるのかもわからないんだ、と。彼女は夫の手を取り、その両方の手にキスをした。干からびた骨と、病院の消毒薬のにおいがした。

リリーは目のまえの椅子を見つめた。デズのためにぽっかりと空いた大きな空間。さっきの折りたたみ椅子をそのままにしておいてくれればよかったのに。デズにはまちがいなく小さすぎたから。小さすぎたからこそ、現実味が薄れてよかったのに。

そこにいてくれるなら　私があなたに代わって話そう

リリーはかぼそい声で歌った。泣きながら歌った。あの日デズが言ったとおり、古いレコードみたいなかすれ声で、聴けたもんじゃない歌を歌った。デズが愛おしんだ声、どこにいてもすぐにわかると言っていた声で。

炎にも湖にも山々にもなろう
誰が私を愛したのだろう？

11　どうかしている

その日は一日、あたたかとも言える強い風が吹いていた。リリーはいつもより早く仕事を切りあげてサムを預かり保育へ迎えに行き、そのままフィンのサッカーの試合を——最後の最後だけでも——観るためにシェルビー・パークへ駆けつけた。フィールドをさかんに駆けまわる子供たちの声と、さざめく応援の歓声。観覧席の裏手には冬枯れた木々が立ち並び、その向こうにカンバーランド川が見える。フィールドには照明が灯《とも》っている。その煌々《こうこう》とした光の中では誰もがみな一様に白く見え、前々からの知り合いを見つけても名前を思い出すことができない。まもなく試合は終わった。ワトキンズ・パーク中学校は四対三で負けたものの、フィンはゴールを決めることができて嬉《うれ》しそうだった。
試合後のフィンを乗せて、今度はスポーツ用品店の〈オール・シーズンズ〉へ向かった。新しいサッカーシューズを買うようにと、コーチに言われたのだそうだ。このレベルでプレーする以上、中古ですませるという選択肢はないが、援助は必要かと。

「援助は必要かって――それはどういう意味なの、フィン？」

フィンは肩をすくめて答えた。「正確になんて言われたかは忘れたけど。〝お母さんに援助が必要なら〟だったかもしれないし、〝ご家族に援助が必要なら〟だったかもしれない。おぼえてない」

サムはうっとりと幸せそうな表情でテネシー・タイタンズの公式ユニフォーム売り場を行き来している。靴売り場の店員がフィンの足元にしゃがんで、新しいスパイク付きサッカーシューズの試し履きを手伝った。リリーも横から身をかがめてのぞき込んだ。店員の首筋からデズの匂いがする。髪からも。死んだ夫には似ても似つかないというのに。店員は二十歳くらいか、外見はヒスパニック系で、長距離走者のように痩せている。リリーはそっと手を伸ばして彼の髪に触れ、うなじの匂いを嗅ごうと顔を近づけた。

店員が立ち上がると同時に、後頭部がリリーの顔にぶつかった。「おっと、すみません」

店員は謝った。「さがりまーす、のバック音が必要でしたね。大丈夫ですか？」

大丈夫じゃない――リリーは心の中でつぶやいた――まったくどうかしている。死んだ夫の匂いをよその人の首筋から嗅ごうとするなんて。

「ええ、大丈夫。こっちこそごめんなさい」と彼女は言った。

駐車場に来てから、フィンが不機嫌な口調で言った。「母さん、何やってんの？　頭やばいんじゃないの？」

フィンが何を怒っているのか、リリーはとっさに理解できなかった。何をやってるも何も、買ったものを車のトランクに入れているだけだ。「いったいなんのこと？」

「あの店員の匂いを嗅いでたじゃん。思いっきり屈《かが》み込んで。しかもなんかニヤついてたし。マジでやめてほしかったんだけど」

三人とも車に乗り込み、シートベルトを締めた。

「ねえママ、お店の人、香水つけてたりしたのかな？」とサムが訊いた。

「そうね」とリリーは言った。「香水か何かつけてたんじゃないかしら」

「ポップコーンみたいなやつだよね」とサムが言った。「どうりでポップコーンの匂いがすると思ったんだ」

家に着いたときはもう遅い時間だった。玄関ポーチに大きな小包の箱が届いていた。高級デパート〈ノードストローム〉からだ。何も注文したおぼえはない。キッチンテーブルの上で開けてみた。ボール箱には紙の緩衝材が詰められ、その中に銀の包装紙とサテンのリボンを纏《まと》った洋服箱が埋まっていた。サムがわっと身を乗り出し、クリスマスの朝のように目を輝かせて言った。「ラッピングはとっといて、お誕生日に使おうよ」

「いらないって。破いちゃえよ」とフィンが言った。すでに機嫌は直ったようで、新品のサッカーシューズをさっそく履いて慣らしている。リリーは包装紙をむしり取って箱を開けた。中身を包んでいる白い薄紙をひらくと、精緻なデザインの白いネグリジェが現れた。透け感のある胴部はシルクの花飾りで覆われ、スカート部分は薄いシフォン地が滝のように幾重にも連なっている。

「ママ、それってウェディングドレス？」とサムが訊いた。

「ウェディングドレスに見えなくもないけど、これはネグリジェよ」とリリーは答えた。

「届け先をまちがえたのね」

宛先のラベルをフィンに確認させたが、住所も名前もリリー宛てになっていた。カードが入っていないかと箱の中を探すと、薄紙の下から小さなメッセージ入りの封筒が出てきた。

「記念日おめでとう、リトル・デズ」フィンが母親の肩越しにメッセージを読みあげた。

「それはケイお祖母ちゃんがママを呼ぶときの名前だね」とサムが一丁前の口調で言った。

リリーはネグリジェと薄紙を箱に戻して蓋を閉じた。

「変だな」とフィンが言った。「なんでケイお祖母ちゃんはこんな派手なものを母さんにあげようと思ったんだろ？」

「わからない」とリリーは言った。キッチンのシンクの窓が風で鳴っている。ざわめく葉が窓ガラスにこすれる音がする。

フィンが尋ねた。「記念日って、母さんの結婚記念日？」

「そうよ」

　すると今度はサムが尋ねた。「ぼくたちもママにプレゼントしなきゃいけなかった?」

「そうじゃない」とフィンが言った。「母さんにとっては悲しい日なんだよ。だからお祖母ちゃんがこんなものを送ってきたってことが異常なんだよ」

「たしかに異常ね。お祖母ちゃんが大丈夫かどうか、電話して確かめないと。パパが亡くなってから、お祖母ちゃんはずっとつらい思いをしてるから」

「ぼくだってつらい思いをしてるよ」とサムが言った。

「はあ?」フィンがすかさず声をあげた。「みんなつらいに決まってんだろ」

「そう、つらいのはみんな一緒よ。お祖母ちゃんは最近ちょっと頭が混乱しちゃってるみたい。とりあえずフィンにお願いがあるんだけど、冷蔵庫に〈ボアーズヘッド〉のターキーがあるから、自分でサンドウィッチを作って食べてくれる? サムが作るのも手伝ってあげて。戸棚に〈テラ・チップス〉もあるから食べて。私はあとで食べるから。あちこち電話をかけないといけないのよ。それから、弟に向かって〝はあ?〟とか言うのはやめなさい」

「どうでもいいけど、なんでそんなでかい声になってんの?」とフィンが言った。

12 花嫁衣装じゃない

リリーはいきり立っていた。贈り物が非常識だとかありがた迷惑だとか、そんなことはどうでもいい。それはどうでもいいが、贈り主がメッセージカードに名前を書かないのはなしだ。深夜の〝リトル・デズ〟への電話にしても——名前を名乗らないのはなしだ。黙って電話を切るのはなしだ。

書斎に入ってドアを閉めると、洋服箱の中身を空けた。ネグリジェを広げて振り、箱を逆さにして振り、薄紙をはたいて、何か落ちてこないか調べた。梱包《こんぽう》用の箱の中も探した。クレジットカードの控え、明細票、出荷ラベル、とにかく何かしらの情報が載っているものを。ふと、自分のルーツであるアパラチアの山の民間伝承が頭をよぎった。婚礼用の衣装を纏った自分の夢を見るのは、死の前兆とされている。昔むかしの女性は、花嫁衣装を二回着たという。一度目は自分の結婚式で。二度目は——それきり永遠に——棺《ひつぎ》の中で。髪を結われ、両手を閉じ合わされ、棺の蓋を閉められて。

義母に電話をかけようとした。が、指が勝手に動いて、気づくと実家の母にかけていた。父が電話に出た。このほうが却《かえ》ってよかったのかもしれない。いつもうっかり父のことを忘れてしまい、話しそびれることが多いから。三十五年にわたる高校教師としての経験から、父は厄介な状況にも慌てず着実に対処するすべを身につけている。憤慨した娘がまくしたてる話にじっと耳を傾け――「『ティム・バートンのコープスブライド』みたいに、これを私に着ろっていうわけ？」――怒りに震える声を受け止めた。

「その〝死体の花嫁《コープスブライド》〟ってのは映画か？」ひととおりの話を聞き終えた父が尋ねた。

「そうだけど、そこは別にどうでもよくて」

「重要なのは？」

「義理の母親が先週の夜中に電話してきて、無言で電話を切った。白いネグリジェを私宛てに送りつけて、カードに自分の名前を書かなかった」リリーは大声になるのをなんとか抑えようとしながら言った。

「そうじゃない。おまえがどうするかだ。義理のお母さんが花嫁衣装を送ってきた。明らかに常識を欠いている。それを踏まえて、おまえは次にどう動く？」

「花嫁衣装じゃない」

「衣装としか呼べないような代物《しろもの》だ。なんにせよ、考えてみなさい。ケイ本人と直接話すことが解決に結びつくのかどうか？　ケヴィンやブリアナやクレイグならどうか？　あの子たちはお母さんを専門家に診せるべきではないのか？　認知症の可能性はないのか？」

電話の向こうで母が口出しする声が聞こえた。「ねえ、リリーに訊いてみて。もしかしたらケイは店員さんに全部おまかせしたんじゃないの？　ネグリジェをプレゼントしたいから、適当に選んで送っといてくれって」

だとしても、カードに名前を書かないのは不自然ではないか？　リリーはそう思いながら通話を終え、努めて気持ちを落ち着かせた。デズの死を悲しんでいるのは向こうも同じなのだ。それに、義母はこれまで正しいことを山ほど成し遂げてきた。なんといってもデズを育てた人なのだから。改めて自分にそう言い聞かせてから、義母に電話をかけた。電話に出たケイ・デクランは言った――小包も何も送ったおぼえはないと。

「どうして私があなたに結婚記念日のプレゼントを送ろうなんて思うの？　あの子はもう亡くなってるのに。そもそもあなたたちの結婚記念日だってことすら知らなかったわよ。自分の結婚記念日だってしょっちゅう忘れるんだから。どうして私からだと思ったの？」

「メッセージカードの宛名が〝リトル・デズ〟だったんです。私をそんなふうに呼ぶ人はほかにいないので」

「私じゃないわよ。店に訊いてごらんなさい。私は送ってないから」

「先週、夜中にうちに電話しませんでしたか？」

「いいえ。このあいだも言ったとおり、私は夜中に電話なんかしていない。ケヴィンにも言ったとおり、何度訊かれても答えはノーよ」

「今後はもうリトル・デズと呼ぶのはやめていただけませんか。気持ちが落ち着かなくなるので」

「かまいませんよ。もうそんなふうには呼ばないわ。ついでに言うと、私は親しみを込めてそう呼んでいたのであって、あなたを侮辱していたわけでもなんでもないのよ」

リリーは思った――義母の言うことはいちいちもっともだ。逆にこっちが理性を失っていると思われているにちがいない。義母がほんとうにあのプレゼントを送ったのでないとすれば。

それからまた次々と電話をかけた。〈ノードストローム〉では自動音声が応答した。営業時間内にもう一度おかけ直しくださいと。義姉のブリアナと義弟のケヴィンには留守番電話のメッセージを残した。義兄のクレイグの家では奥さんのディアドラが電話に出て言った――そんなひどいことがあったのね。とりあえずクレイグに話しておくわ。何かわかったら連絡するわね。

そのあいだじゅうずっと――部屋の中を行ったり来たりしているあいだも、椅子に坐って携帯電話を耳にあてているあいだもずっと――リリーはそのネグリジェを前腕に掛けたままだった。まるでこのままもらおうかどうしようか決めかねているとでもいうように、無意識にシルクの花飾りをいじったり、シフォン地に縫いつけられた極小のビーズを指でなぞったりしていた。ようやくそのことに気づくと、それを床に放り出して思った。これをどうしよう？　棄《す》てる？　それとも燃やす？　白いネグリジェはラグマットの上で死んだように横たわっている。リリーはそれを拾い上げると、あの大きな肘掛け椅子にもたせかけるように置き、新たに生命《いのち》を吹き込もうとするかのようにシフォンの層を整えた。携帯電話で写真を撮ってアイリスに見せる？　ミリアムに見せる？　結婚記念日にやってきてデズの肘掛け椅子に陣取った、このいまいましい厚顔無恥なネグリジェを？

13　とっておきの秘密

強風のあとは雨の日が続いた。路上は見通しがきかず、朝も昼も夕闇に覆われているようだった。この世は太古のように暗く澱《よど》んでいた。まだ闇と光の区別がなく、すべてが渾然と溶け合っているかのように。

あまりの大雨にうんざりして、リリーはグリーフケアの集いに行くのをやめようかと思った。が、そうすると二週連続で休むことになってしまう。先週行けなかったのは、サムが幼稚園ではやり目をもらって帰ってきたからだ。そうやって〈寄り添いの輪〉を休んでしまうと、あとで如実に影響が出る。あの場で自分の悲しみと向き合っておかないと、何もかもが大きくなりすぎ、手に負えなくなってしまうのだ。結局、いつものように教会に向かったが、軽い接触事故やら水たまり走行からの横滑り事故やらで道路が渋滞していたせいで、開始時間に遅れて駆けつけることになった。リリーは戸口でレインコートを脱いでから席に着いた。

「妻が亡くなってから何ヵ月かして、雄の仔犬を飼いはじめたんですが」とレオンが言っていた。「ときどき思うわけですよ。妻は私を見守るためにあの子を遣《つか》わしたんじゃないか、私が毎朝ちゃんとベッドから出て、あの子の散歩のために外へ出るようにしてくれてるんじゃないかとね。で、あの子がいつ生まれたかを計算してみると、これが妻の死の一週間後だった。とすると、これはひょっとしたら、生まれ変わりの可能性もあるんじゃないかと思えてきましてね。こういうのもそうかな？」

レオンの問いかけにミリアムがうなずいた。ミリアムはひとりひとりが話し終えるたびに、必ずうなずいてみせる。今夜は植物柄《ボタニカル》のワンピースを着ているが、それが雨の室内でくっきりと異物のように浮かびあがって見える。遅れて参加したリリーは今夜のトピックが何か把握していなかった。生まれ変わり——輪廻転生？

次はエマの番だった。エマは半年まえに後期流産を経験していたが、今でもまだホルモンの影響を受けており、感情にも波がある。以前の集いでは、もう何ヵ月も経っているのに母乳が出るのだと言っていた。まるで涙を流しているみたいに、と。

「お別れした赤ちゃんが泣いてるのが聞こえるんです。ほんとに声をあげて泣いてて、私が歌ってあげたら泣きやむんです。それはそれで戸惑いはしますけど、私があやしてあげられるからよかったなって思います。これもひとつの授かりものなのかなって」とエマは言った。

その次はオリヴィアだった。「ときどきお庭に坐って昔のアルバムをめくってると、メーガンの手を肩に感じることがあるわ。そのままじっとしてると、彼女も手を置いたままでいてくれる。でも、振り向いたらその感覚は消えてしまうの。幻覚とはちがうのよ。その手は温かくて、たしかな重みがあって、現実そのものなの」

ちがう、輪廻転生じゃない。どんなときに故人とのつながりを感じるか？

カーリーが席をふたつ詰めてきた。そうしてリリーの隣に坐ったかと思うと、いきなりリリーの手をつかみ、自分のほうを向かせて言った。「ゲイブはあたしと踊った。顔をあげたら、すぐそこにいたんだ。ダンスフロアには百人くらいいたのに、ゲイブはあたしの目のまえにいたんだよ」愛という興奮剤に酔ったカーリーの目は瞳孔がひらき、爛々《らんらん》と輝いていた。

新顔のイヴォンは今夜も来ていた。「霊の正体はきちんと判別するべきだと思います」イヴォンはそう言うと、完璧なストレートの金髪を華奢な耳にかけて撫でつけた。

「どうやって霊の正体を判別するんです？」とレオンが尋ねた。

「犬の姿になって現れた奥さまというのは、穢《けが》れた霊か悪霊かもしれませんよ」イヴォンは質問を無視して言った。

「へえ、あなたってそういうことを言う人なんだ」とカーリーがイヴォンに言った。

「復活後のイエスが弟子たちのまえに姿を現したことについては？」レオンがまた尋ねた。

「彼の霊はどうやって判別するんです？」

「これってどういう会話なんだろうね」カーリーがリリーに耳打ちした。

「この話はまえにもしたから、おぼえてる人もいると思うけど」とミリアムが言った。「ぜひもう一度お話ししておきたいと思います。死者を見たり、聞いたり、感じたりすることがあっても、それはあなたの心が病んでいる証拠ではありません。これもいわゆる悲嘆反応の一部で、決してめずらしいことではないんです」

部屋の奥でミリアムの隣に坐っていたルネがさっと手を挙げた。発言する許可を求めているのだろうか。ルネは何度も咳払《せきばら》いを繰り返し、そのたびに空咳の音がじめついた部屋の隅々にこだました。

「お水、要《い》ります？」とレオンが訊いた。

「大丈夫」とルネは言った。「今の話に、ミリアムの同意を得たうえで、ひとつ付け加えさせてください。そうした霊的な感覚は、必ずしも心が病んでいる証拠ではありません。ただし、その故人が――あなたの大切な人が――自分と一緒に来てほしいと言ったり、あなたの自傷や他害行為を望むなど、本来のその人とは明らかにちがう様子であなたに語りかけてくる場合は別です。そういう場合は、実際に精神病が疑われることもありますから」

「ゲイブはただ踊ってただけなのに、そんな言い方されても」とカーリーが反発して言った。

「あたしたちはもともと踊るのが好きだったんだから」

「あくまで一般論としてお話ししたまでです」とルネは言った。

「来週、もっかいあのクラブに行こうかな。そしたらまた会えるかも」とカーリーは続けた。

「あのときはゲイブのお気に入りだった超絶セクシーなワンピを着てったから、今度もそれを着ていくことにするわ。何を何杯飲んでああなったのかがいまいち思い出せないんだけど。そのまえにみんなでハッパをキメてたんだよね。あのときと同じ組み合わせがわかれば一発なんだけどな」

「それはつまり、薬物の影響下にあったということですか?」とイヴォンが尋ねた。

「カーリー、あなたがゲイブとつながるためにアルコールやドラッグに頼るのは、残念ながら適切な手段とは思えないわ」とミリアムが言った。「個人的に話を聞くから、あとで私のところへ来てちょうだい」

「一方、私たちには祈りがあります」とイヴォンが言った。「お酒やマリファナではなく、祈りによって私たちは神とつながることができ、その神の導きによって愛する人とつながることができるのです」

カーリーは両手の拳を握りしめてはひらき、怒りをこらえている。リリーはそっと体を寄せてささやいた。「あなたがゲイブと踊れてよかったわ。私もデズが現れて一緒に踊ってくれたらどんなに嬉しいか」

ミリアムがコーヒーを取りに立ち上がった。ミリアムがコーヒーを取りに立つのは、決まって話題を変えようとするときだ。

「じゃあ、今度はリリーに訊いてみましょう。リリー、あなたは二週間まえに結婚記念日を迎えたばかりだけど、すぐにまたもうひとつの悲しい記念日がやってくるわね」ミリアムは奥のコーヒーテーブルのところに立ったまま続けた。「来週のご主人の一周忌に向けて、何か考えていることはある？」

ミリアムは常に故人の年忌を把握していて、常にまえもってその日を計画することを参加者全員に促している。

「州立公園のロッジに二泊の予約を入れました。子供たちがパパに手紙を書いて、その手紙で舟を折って湖に流したいと言っているので、デズがいた頃と同じようにボートを借りるつもりです。それを毎年、夜明けの儀式としてやれたらいいなと思ってます。日の出とともに紙の舟を流して、新たな始まりを迎えるんです」

「リリー、それはとっても素敵な考えね」とミセス・ヘンリエッタが言った。ジーンズにシャネルのジャケットを合わせ、〈マイケル・コース〉のハンドバッグを膝の上に置いた彼女は、市内でも裕福な地域の住人ではないかとリリーは思っている。「とっても素敵だとは思うけど、だからこそあなたには未亡人生活のとっておきの秘密を教えてあげなくちゃいけないわ。それはね、ご主人を亡くした最初の年より、二年目のほうがよっぽどひどいってことよ」

ミリアムはコーヒーマシンのそばに立ったまま動かない。彼女がいつもの落ち着いた声で割って入り、ミセス・ヘンリエッタの発言を正すことを誰もが期待した。が、ミリアムは何も言わなかった。

「今のは完全によけいな発言だったよね、ミセス・H」とカーリーが言った。

「かまわないわ、ミセス・H。せっかくなので最後までどうぞ」リリーはそう言うと、ふっと頭を反らした。防音タイルの張られた天井のところどころに染みが見える。そのまま耳を澄ました。と同時に、何も聞いてはいなかった。今はじめて気づいたのだ。まるで突然部屋に入ってきた誰かにメモを手渡されたかのように――この人たちは私の結婚記念日のことを知っている。結婚記念日のことだけでなく、間近に控えた夫の一周忌のことも、私が義母にリトル・デズと呼ばれるのを嫌がっていることも知っている。今夜は結婚記念日に届いたあのネグリジェの話をしようかと思っていたが、この新たな事実に気づいた以上、警戒しないわけにはいかなかった。

「少なくとも私の経験ではね、最初の一年はそれこそ悲劇のヒロインのような気分よ」ミセス・ヘンリエッタは言った。「あなたは毅然《きぜん》として顔をあげる。お友達はみんなしてお花やキャセロール料理を持ってきてくれる。お友達のご主人はあなたの家の芝生を刈ってくれる。あなたは〝ザ・未亡人〟というわけ。悲しみをこらえて気丈に振る舞おうとするあなたは、それだけでみんなに称賛される」

そのあいだもリリーは考えていた。まわりの顔を改めて見まわす必要もなければ、ひとりひとりになんらかの理由をあてはめてみるまでもない。この中の誰かが夜中にリリーの家に電話して、リトル・デズを呼び出さなければならない理由はどこにもない。彼女の結婚記念日にネグリジェを送らなければならない理由もどこにもない。ただ、ここにいる彼らは知っている。そのことに気づいたのだ。

ミセス・ヘンリエッタは続けた。「やがてあなたは一周忌を迎えるけど、その頃にはお友達のキャセロール料理のレパートリーはもう限界。それに死後一年も経ったら、まわりはみんな思うわけ。死んだ人の名前は墓石にとどめておくべきで、普段の会話には持ち込むべきじゃないって。実際、二年目はそれまでとは大ちがいなのよ。あなた自身、もはや悲しみのどん底に陥ることもなくなって、現実の生活と向き合うしかなくなるの。そうなったあなたは、もう一度どん底に突き落とされたいと願うはずよ。そうすれば自分の世界に浸っていられるから。だけどそうはいかなくて、あなたは途方に暮れるわけ。〝待って――これが現実なの？〟って」

「マジでクソだわ」とカーリーが言った。

「ねえ、カーリー」ミセス・ヘンリエッタはすぐさま応酬した。「あなたはボーイフレンドだかダンスのお相手だかを亡くして悲しんでるみたいだけど、私は三十四年間連れ添った夫を亡くしたの。子供だって四人いるのよ。その私が現実を知らないとでも思う？」

「ちょっと、何それ」カーリーが気色《けしき》ばんだ。「あたしがどれだけ彼を愛してたかも知らないくせに。なんなの、自分の悲しみのほうが上だって言いたいわけ？　初々《ういうい》しい若者の恋愛なんて、何十年もヤってた熟年夫婦には敵《かな》わないって？　あたしたちがどんな絆《きずな》で結ばれてたかも知らないくせに」

「ときどき思うんだけど……ふたりとも黙ってくれたらいいのにって」エマがつぶやいた。リリーはさっきのエマの話を思い出した。泣いている赤ちゃん、いまだに滲《にじ》み出る母乳。もうこの世にいない赤ちゃんをあやすとき、エマはどんな歌を歌うのだろう？

14 ラベンダー

その夜の集いがお開きになったあとも、リリーは自分の席から動かなかった。ピンクの布が張られた椅子に坐ったまま、肘掛け部分に残った煙草の焦げ跡を指でなぞっていた。「雨のせいかしらね。今夜みたいなことになったのは」とミリアムが言った。「どんなときに精神的なつながりを感じられるかというトピックだったのに、いつのまにかディスコでハイになるやら、犬の霊を判別するやらの話になるなんて」そう言いながら、ミリアムはリリーの隣の椅子に腰をおろした。ルネがコーヒーマシンの載ったキャスター付きテーブルを片づけている。簡易台所《キチネット》へ向かう彼女の足音が廊下に響いた。カーリーはあとで残るようにとミリアムに言われていたにもかかわらず、すでに帰ったあとだった。「この場があそこまで険悪になったのははじめてじゃないかしら」とミリアムは続けた。「単にことばや口調だけの問題じゃなくね。リリー、気分はどう？」

「今日ここに来たときから変わってません」とリリーは答えた。

「せめて少しでもよくなればよかったんだけど。今夜のことは忘れたほうがよさそうね。ここではどんな宗教的背景も尊重するけど、悪霊だの霊を判別するだの、ああいう話が出たことは今まで一度もなかった。それにあのミセス・Hの発言。二年目のほうがどうだっていう——あれはもちろん、誰もがそうだという話ではまったくないのよ」

「あの人がカーリーの彼をダンスのお相手呼ばわりしたことも忘れないでください」

「忘れられたらと思うけど、無理ね」

「ここって、全員の電話番号のリストとかあるんですか？」リリーは出し抜けに尋ねた。

「それか住所録とか？」

「どうして？」

「このあいだの結婚記念日に、誰かが高級なネグリジェを私宛てに送ってきたんです。無記名のカードを添えて。親戚に片っ端から電話して訊いてみたけど、誰もなんの心当たりもないそうです。頭にきて、お店のフリーダイヤルに電話しました。二日間電話のやりとりをしてわかったのは、支払いが現金だったことと、送り主の情報は記録にないってことだけ。しかも発送したのは〈ノードストローム〉のカリフォルニア州ローズヴィル店だったので、そこに電話したら、たまたまコンピューターで自動的にその店舗が選択されただけだって言われて。希望するサイズとデザインの商品が店頭にない場合、在庫がある店舗に注文が行くらしいんです」

「あなたがそこまで嫌な思いをしているのはなぜ？　それがネグリジェだったから？　どういう問題として捉えたらいいのかしら」

「新婚の花嫁が着るようなネグリジェだったんです。白いレースがついたシフォン地の。ほとんど純白のウェディングドレスかと思うくらい。そんな花嫁衣装みたいなネグリジェを未亡人に贈る人がいますか？　カードには〝記念日おめでとう、リトル・デズ〟ってメッセージまであったんですよ。署名はありませんでしたけど」

「それは義理のお母さんがあなたを呼ぶときの名前ね」

「義母は送ってないって言うんです。私も彼女が嘘《うそ》を言ってるようには思えなくて」

「ほかの親戚の人は？」

「誰も何も知らないみたいでした」

「ここには名簿の類いはないわ。教会の理事会からは、参加者の名前や電話番号や緊急連絡先を控えておくように頼まれたけど——保険契約上必要だってことでね——私は今のところ何もしていない。あなたたちの苗字すら知らないのよ。この集まりは〈回復のための十二ステップ〉なんかの自助グループとはちがうけど、匿名性を尊重するという点では同じ。私が主導するサポートグループでは、この十一年間ずっとそういうやり方でやってきたの。この中の誰かが送ったと思ってるわけじゃないわよね？」

「わかりません。そもそもそんなことをする理由がないとは思うんですけど。そのまえの週の夜中に、夫宛てに電話がかかってきたんです。家の固定電話に。電話帳には載ってません。息子が電話に出て夫はいないと言ったら、そこにいるのはリトル・デズかと訊かれたそうです」

「それはこのあいだも話してくれたわね。ここのグループの誰かに苗字や電話番号や住所を教えたことはある？　個人的に番号やなんかを交換する人たちもいるから」

「いいえ、それはないです。でも今日、この場に来て思い出したんです。二週間まえに一度ここで私の結婚記念日の話をしていますし、そのまえにもミセス・Hが言ってましたよね。私がリトル・デズと呼ばれるのが嫌だっていう話はまえにも聞いたって。それに、カーリーは私の夫がオペラのウェブサイトに載ってるのを見たわけですから、私たちの苗字を知っていたことになります」

リリーは携帯電話に保存した写真の一覧をスクロールし、書斎の肘掛け椅子に広げて置いたネグリジェの写真を探した。ミリアムにわかってもらわなければならない。これは現実の出来事なのだと。ありもしない話を悲しみのあまり信じ込んでいるのでもなんでもないのだと。リリーは三枚の写真を順番にミリアムに見せた。三枚目を表示すると、そのままミリアムの手に携帯電話を押しつけ、自分の膝に突っ伏して泣きだした。

「写真を撮ったのね？　リリー、そのネグリジェは今どこにあるの？」

いったん堰《せき》を切った感情を押しとどめることなどできなかった。ここしばらく泣いていなかったのだ。今はもう涙があとからあとからあふれて止まらなかった。

「まだ家にあるの？」

リリーはうなずいた。あのネグリジェは一夜明けてから元の箱にしまい、地下室に押し込んだのだ。クリスマス用の飾りが入った収納ケースのあいだに。あれは証拠としてとっておくべきだという思いがあった。なんの証拠かはわからないけれど、何かの証拠として。

ミリアムがリリーにティッシュの箱を渡して言った。

「無記名のカードと一緒にネグリジェを受け取ったあなたがどんな思いをしているのか、私には想像することしかできない。ここのグループの誰かがそういうことをするとも考えられない。あなたがバレンタインに受け取ったあの非常識なお悔やみの手紙を思い出すけど、あれにはちゃんと署名があったのよね。あの手紙の女性は自分のことをあなたに知ってもらいたがっていた」

「カーリーが私の夫をネットで検索したって言ったとき、なんだか嫌な気持ちがしたんです」リリーはむせび泣きながら言った。

「カーリーはレオンの職業も調べたんだったわね。あなたはまえにご主人がオペラ歌手だと話してくれたことがあったけど、レオンのことはみんな初耳だったんじゃないかしら。彼は自分が法律の専門家だとか教員だとか、そういう話は一度もしたことがなかったはずよ」

ミリアムは話し続けた。聴く者の心をなだめる穏やかな声でゆっくりと。やがて身を振り絞るような嗚咽《おえつ》はおさまり、リリーはすすり泣きながら顔をあげた。まぶたはぽってりと腫れ、流れる涙と鼻水で顔はぐしゃぐしゃだった。「近頃はみんなそうやって個人情報をたどれてしまうのね。職場のウェブサイト、新聞の追悼記事、業界のネットワーク、フェイスブックやブログ」ミリアムはそう言うと、リリーに携帯電話を返して尋ねた。「カーリーとはグループの外でも会ったりするの？」

それはなかった。どちらも個人的に接触を図ろうとしたことはない。子供の有無にしても死別まえのライフスタイルにしても、もとから接点が薄いふたりなのだ。リリーは洟《はな》をかんでから言った。「デズを検索したって聞いたときはびっくりしたけど、カーリーのことは好きなんです。いつも言うことが面白いし、彼女らしいなと思って。裏で何か悪いことをされたっていうふうには思ってません」

「専門家として付け加えるなら、彼女は別に隠れて悪いことをしたわけでもなんでもない。退屈しのぎに他人を検索して、素直にそれを認めただけよ。ただそれだけのことと言ってはなんだけど」

いずれにしても、リリーには思いつかなかった。カーリーやほかのメンバーが夜中に電話をかけてくる理由も、ネグリジェを送ってくる理由も。

「そうなるとやっぱり、義理の家族なんじゃないかとは思うんですけど。義母は電話もしてないし小包も送ってないって言うので、私もそれを信じるしかなくて」

「義理のお母さまになんらかの記憶障害が起きているということはない？　死別後に一時的あるいは一過性の記憶喪失が引き起こされることもあるから」

「それはわかりません。義理の弟の話では、お酒をよく飲んでるということでしたけど。少なくとも、まえより頻繁に飲むようになったみたいなんです。でも、私が電話で話したときはしっかりしていて、そんな気配はまったくありませんでした」

「個人セラピーの分野なら、何人か紹介できるカウンセラーがいるわ」

「シカゴにですか？　義母に紹介してくださるんですか？」

「いいえ、あなたによ。一対一のカウンセリングがよければ」

リリーは驚き、同時に裏切られたような怒りをおぼえた。このいかれた面々ばかりのなかで、なぜ自分だけがそんな扱いを受けなければならないのか。「デズが亡くなってすぐの頃に、病院のセラピストのところに通ってみたことはあります。でも、こっちのほうが自分には合ってると思ったので。ここに来るほうが、孤独なのは自分だけじゃないんだって思えて」

「両方に通う人もいるのよ。気が変わったら、私の名刺の番号にいつでも連絡して。今はとにかく、あなたが大事な一周忌の週末を予定どおり過ごせるように祈ってるわ。その嘆かわしいネグリジェを送った人は自分では認めないかもしれないし、おぼえていないかもしれない。結局、誰が送ったかはわからずじまいかもしれない。あまり思い詰めないようにしてね」

ミリアムは立ち上がると、身をかがめてリリーにハグをした。いつものラベンダーの匂い。リリーは安らぎを求めてその匂いを吸い込んだ。が、やはり自分だけが不当に扱われたとしか思えなかった。この場に集まったほかの誰より、自分ひとりが飛び抜けていいかれているかのように。

15 シカの親子

リリーは何度も経験して学んでいた。早く目が覚めてしまったときは、ぐずぐずと横になったまま夜明けや救済を待つのではなく、すぐに動くべきだと。だからその朝もすばやく移動した。バスルームを出たら、廊下を突っきって階段へ。階下《した》に降りたら、そのまま廊下を歩いてキッチンへ。途中で立ち止まってしまえば、まだ暗い家の中であの薄ら寒い思いに囚われることになる——これがデズのいなくなった家なのだという、あの冷え冷えとした空虚感に。

キッチンへ行くと、ゴーゴーがクレートの側面に体当たりを始めた。リリーはゴーゴーを裏庭に出してやり、〈ミスターコーヒー〉のスイッチを押した。ドライヴウェイに新聞の届く音がしたので、表へ出て取りにいった。外の空気を吸い込み、白みはじめた空に薄れゆく星々を見上げた。家のまえの歩道には誰もいない。見渡すかぎり人の姿はない。静謐《せいひつ》なひととき。リリーはその静けさを存分に味わった。これから始まる一日のために。

勝手口に戻ると、庭に出ているゴーゴーの姿が見あたらなかった。口笛を吹いて呼んでも来ない。リリーはパティオに出て、犬の名前を呼びながら庭に目をやった。

次の瞬間、ほの白い光の中でそれが動いた——庭にはいないはずの生き物が。

ゴーゴーは吠えもしなければうなりもしていない。まったく威嚇《いかく》しようとはしていない。裏庭を囲むフェンスのそばで跳ねまわっているのは仔ジカだった。ひょろりとした肢、優美な体のライン。ゴーゴーも一緒になって踊りはじめた。円を描き、飛び跳ね、鼻を鳴らしながら、仔ジカとつかず離れず戯れはじめた。

「おいで！」リリーは犬を呼び、もう一度口笛を吹いた。

ゴーゴーは口笛に反応して振り返ったかと思うと、すぐにまた向きなおり、仔ジカの首元にかぷりと嚙みついた。

「放しなさい！　だめ、おすわり！　ああ、なんてこと！」リリーは駆け寄り、ゴーゴーが仔ジカを放すと同時に犬の首輪をつかんだ。ゴーゴーは嬉々《きき》としていた。笑っていると言ってもいいほどに。仔ジカに危害を加えるつもりはなかったのかもしれない。

仔ジカはつぶらな眼をしていた。体にうっすらと白い斑点《はんてん》がある。怯《おび》えている様子はない。

ここはナッシュヴィルのダウンタウンから五分ほどしか離れていないが、すぐ近くにシェルビー・パークや川沿いの散策路があり、別天地とも言えるほど自然豊かな環境だ。とはいえ、公園内ではたびたびシカを目にしていても、フェンスに囲まれた自宅の裏庭で見かけることがあろうとは思わなかった。リリーは犬を家のほうへひっぱった。足元にはモミジバフウの実が散乱している。棘《とげ》に覆われた球形の堅い実をビーチサンダルでよけつつ、抵抗する犬をひっぱりつつ、リリーは綱渡りのような足取りで庭を歩いた。

そのとき、荒い鼻息が聞こえた。振り返ると——あっと思う間もなかった——突然現れた母ジカがフェンスを跳び越え、蹄《ひづめ》を踏み鳴らして向かってきた。ゴーゴーがリリーの手を振り切った瞬間、母ジカが後肢で立ち、前肢を振りおろした。リリーは悲鳴をあげ、パティオに向かって逃げた。ゴーゴーは黄褐色の怒りの化身に立ち向かったが、いよいよ荒れ狂った母ジカの蹄に捕らえられ、腹を見せた状態で動けなくなった。

気づくと、パジャマ姿のサムが庭で叫んでいた。シャベルを手にしたフィンが母ジカを追い立て、隣のブロックに越してきたばかりの二十代の夫婦が横のゲートを開けて、大声で何かをまくしたてた。何を言っているのかリリーには聞き取れなかったが、ともかく彼らは脱出口をひらいてくれた。シカの親子はゲートを抜けて通りへ逃げ出し、そのあとを二十代夫婦が追いかけていった。

ゴーゴーはしばらく鳴きながらぐるぐる円を描いていたが、やがてフェンスのそばにある月桂樹の茂みの下にもぐり込んでしまった。哀しみのアドレナリンがリリーの全身を駆けめぐった。ゴーゴーの顔には血が流れ、ぴんと凛々《りり》しく立っていた耳は片方がちぎれて目元まで垂れさがっている。リリーは茂みの下に手を差し出して懇願した。「お願い、どうか出てきて、お願い」ゴーゴーは歯をむいてうなり、空《くう》を嚙んだ。デズならこんなときもうろたえたりはしない。どうすればいいかちゃんと心得ているはずだ。リリーは手を突っ込んで犬の鼻づらに触れ、長い顎をしっかりと指で包み込んだ。ゴーゴーはフェンスと茂みに背中を押しつけたまま、ひっきりなしにくぐもったうなり声をあげている。

「サム、毛布を取ってきて。フィン、バスルームのクローゼットから包帯を持ってきて。早く！」

ちがう、デズならこんなことはしない。棘だらけの月桂樹の茂みの下に、ぎこちない角度で手を差し入れて、傷ついた犬の強靭《きょうじん》な顎をつかんだりはしない。

「そんなに追いつめちゃだめだよ、母さん」とフィンが言った。「ゴーゴーは怖がってるんだから、うしろにさがらせてやんなきゃ」フィンは茂みから離れて犬の尻尾《しっぽ》の側に立ち、揺るぎない口調でゴーゴーを呼んだ。リリーが鼻づらを押さえていた手をゆるめると、ゴーゴーは身をよじりながらあとずさりし、フィンがすかさず首輪にリードをつないだ。リリーと子供たちは車の後部座席を毛布で覆った。動物病院へ向かうあいだずっと、ゴーゴーはあまりにも静かだった。

16　死者の所在

携帯電話のメッセージは七件。リリーは職場に着くまでチェックすらしていなかった。もう昼休みになるという頃に子供たちを学校に送り届けてきたところだった。それぞれの遅刻届にサインし、理由の欄に〝家族の急用〟と記入して。

動物病院では手術が終わるまで三人で待ち、ゴーゴーと対面した。ぐったりした体。だらりと垂れた舌。四十針の縫い痕——肩の深い裂傷を閉じるのに十八針、耳を縫い合わせるのに十針、その下の切り傷を閉じるのに十二針。打撲を負った肋骨《ろっこつ》の内側に内出血がないことが確認できるまで、ゴーゴーはそのまま病院に預けられることになった。

リリーは携帯電話の設定を確認して気づいた。いつからかもおぼえていないが、ずっとバイブ設定のままだったのだ。メッセージはマレン一家から一件。近いうちにまたフィンが遊びに来られないかとのこと。職場の受付係のティファニーから二件。今日は出勤するのかどうかの確認。同僚のアイリスから一件。あと三件は〈メイウッド不妊治療センター〉からだった。

職場のデスクから不妊治療クリニックに電話したが、先方は昼休みで受付時間外だった。メッセージは残さなかった。夫婦でクリニックをおとずれた日のことを思い出す。契約書にサインして、サンプルを採取した日のことを。デズの体が標準的な治療に反応しなくなったとき、精子の凍結保存という選択肢があることを知らされたのだ。放射線治療も視野に入れた化学療法では、妊孕性《にんよう》が損なわれることがあるからと。リリーは当時まだ三十四歳、サムは三歳で、夫婦はもうひとり子供を持つ可能性を捨ててはいなかった。

あの日は深刻なことなど何もないように思えた。いたって気楽なクリニックでのひととき。優しい看護師のエレインと、マネージャーのジーナ。夫婦はさまざまな書面や保険の用紙にサインし、すべてのオプションに目を通し、万一デズが死亡した場合は、クリニックが死後一年をもって凍結精子を廃棄することに同意した。その頃はデズが死ぬなど、考えもつかないことのように思えた。絶対にありえないことのように。心配しなくたって楽勝だよ——デズはそう言っていたが、あれは精子の採取なんて簡単だという意味だったのか、それとも自分が死んだりするわけがないという意味だったのか。いずれにせよ、デズはトイレで雑誌を見ながらでは採精できなかった。視覚より聴覚で快感を得るタイプだから、というのが本人の弁だった。

「それはお気の毒だけど」と看護師のエレインは言った。「あなたのために喘《あえ》いでくれる人を一緒に入室させるわけにはいかないのよ」そう言ってリリーにウィンクしてみせた。デズはいったん車に戻って、アイポッドとヘッドフォンを手に採取室へとって返し、今度こそ採精に成功したのだった。精子の数も運動性も申し分ないとのことだった。あのとき彼は目的を果たすためになんの曲を選んだのだろう。結局デズは教えてくれなかったが、今になってそれが気になって仕方がない。プッチーニのオペラ？　それとも古きよきサザン・ソウル《マッスル・ショールズ》？　休憩室からもう一度不妊治療クリニックに電話し、保留音を聴きながら待った。イージーリスニング系のジャズ。やがてマネージャーのジーナ・ブラントンが電話に出た。聞きおぼえのあるアトランタ訛り。いかにも感じのいい声だが、どこまでもビジネスライクな話し方。

「ミセス・デクラン、恐れ入ります。こうしたお電話を差し上げるのはたいへん心苦しいのですが、やむを得ないこともございますので、メールではなく直接ご連絡させていただきました。奥さまがこの一年、あまりおつらい思いをされていなければいいのですが」

「お気遣いありがとうございます」妙な言いまわしだ、とリリーは思った。どの程度の〝おつらい思い〟であればいいというのだろう？

「以前お越しくださった際に、同意書におふたりのサインをいただいた件についてですが、ご主人さまが死亡された日から一年後に凍結精子を廃棄するというご希望でお変わりありませんでしょうか？」

そういえば何ヵ月もまえに日付を記入したことを思い出した。一年ごとに送られてくる契約書に、夫が死亡した日付を。

「変わるも何も、契約した以上はそれで決まりではないんですか？」

「法的な拘束力があるものではないんです。そのことはお伝えする義務がありまして。お気持ちが変わる方もいらっしゃいますよ。ご主人さまの死亡後は、凍結精子の法的な所有権が奥さまに移りますので」

「それは知りませんでした。今すぐ決めないといけないんですか？」

「いいえ、一時的に凍結保存を延長することができますので、そのあいだにお決めになっていただければ結構です。もう一年更新される方も多くいらっしゃいますよ。更新の場合の費用はそれほどかかりません」

「夫が亡くなってしまったのに、体の一部を残して使うなんて変な気がしますけど。でもだからと言って、今すぐ夫の一部を廃棄できる気もしません」

「では、更新の申請書をスキャンしてお送りしますね。そのほうがゆっくり考えていただけると思います。廃棄してしまうことに抵抗がある場合は、精子バンクに提供されるという選択肢もあります。精子提供の同意書にもおふたりのサインをいただいていますので、そちらを有効にすることもできますが」

「それは記憶にないけど」とリリーは言った。サインしたのに忘れていたということは、万が一にもそんなことはありえないと思っていたのだろう。よほどのことでもないかぎり、そんな異常事態になるはずがないと。

「ええ、まちがいはないですね、こちらにチェックマークが入っていますし、おふたりのイニシャルもありますので」

「病気のことはどうなるんですか？　健康な遺伝子とは見なされませんよね？」

「遺伝性のがんではなかったので、その点は問題ありません。当院ではもちろん遺伝子操作をするようなことはありませんが、精子提供を受けるカップルから、ご希望の条件を一般的な範囲で伺うことがあります。たとえば〝大卒で白人、音楽の素質がある〟といった具合に」

「そんなことを希望する人がいるんですか？」

「そういった条件を挙げられる方はとても多いんですよ」

もしそうなったら、フィンとサムに母親ちがいの弟か妹ができる？　育ての両親がいい人たちかどうかもわからないのに？　今から二十五年後にオペラを観にいったら、デズそっくりの声をした誰かが舞台上で歌っているなんてこともあるのだろうか？

「あくまでそういう選択肢もあるということです。Eメールに書類を添付してお送りしますので、ご確認ください。私の携帯電話の番号も入れておきますので、何かご質問があればお気軽にお電話くださって結構です。簡単に決められることではありませんし、今すぐ決めなければならないわけでもありません。さしあたって口頭で同意をいただいた形で、一ヵ月の更新とさせていただきますね」

リリーは困惑した——死んでしまった故人は結局どこにいるのだろう？　今このとき、デズは二年以上まえに凍結保存した元気な精子の中で眠っているのだろうか？　それとも、

〝パパ、どうかゴーゴーを見守っていて〟とサムが今朝お願いしたとおり、霊となって〈ベリーヒル動物病院〉を見守っているのだろうか？　はたまた、遺灰が撒かれたカンバーランド川の湾曲部で浮きつ沈みつしているのだろうか？　葬列の終着点はナッシュヴィルのダウンタウンから十五キロほど北の川岸だった。デズはそこに遺灰を撒いてほしいと望んでいた。そこからやがてミシシッピ川の支流に流れ込み、ハックルベリー・フィンの領域にたどり着くように。けれども川が蛇行したその地点はあまりに川幅が広く、流れが激しく逆巻いていたので、遺灰はあっというまに底知れぬ淵《ふち》に呑み込まれてしまったのだった。

休憩室からオフィスに戻ったリリーはヘッドフォンを装着し、一九三〇年代のラジオ音源から流れる死者の声を書き起こす作業を続けた。

17　アップグレード

「ハネムーン・スイートのお部屋にアップグレードされていますね」と〈ショーニー・ロッジ〉のフロント係は言った。

「なんですって？」

「お名前はリリー・デクラン？」

「ええ」

「記念日のお祝いの件でお電話くださいましたよね？　コンピューターの記録ではそうなっていますけど」

「フィン、サムをお手洗いに連れていって」

「サムはひとりで行けるよ」

「ぼくは行かなくたって平気だよ」とサムが言った。

リリーは有無を言わせない目つきをしてみせた。フィンは弟を連れていった。

「可愛いですね。お子さんたちもご一緒なんて素敵だわ」とフロント係は言った。名札には〝ジェイリーン〟とある。

「ジェイリーン、できればハネムーン・スイートじゃないほうがいいんですけど」

「お子さんたちには寝室とは別の部屋に折りたたみ式のソファベッドを、ご主人さまと奥さまにはキングサイズのベッドをご用意させていただいてます」

「主人は一緒じゃないんです」

ジェイリーンはそれを聞くと、肩をすくめて言った。「では、いらっしゃったときに」

「主人は亡くなってますので」

リリーはそこまで言ってしまってから、急いで取りつくろおうとした。今のことばをなかったことにし、アップグレードされたスイートルームを受け入れ、州立公園のホテルのごくありふれたロビーにふさわしい表情を浮かべようとした。

「まあ、なんてことでしょう。申し訳ありません。こんな手ちがいがあるなんて。予約係からは、記念日のお祝いでいらっしゃると伺っていたもので」

「一周忌の記念なんです。電話に出た女性の方は、その日は予約で満室だとおっしゃったんですけど、特別な機会か何かですかと訊かれたので、そうです、夫の一周忌の記念ですとお答えしました」

「予約係が申し上げたとおり、ハネムーン・スイート以外は満室なんですが、一般のお部屋に変更可能かどうかお調べしてみますね。ほかの予約と入れ替えできるかもしれません」

「いいえ、大丈夫。せっかくアップグレードしていただいたので、ありがたくお受けします」

ありがたいことは受け入れなくては――リリーは自分に言い聞かせた――たとえ手ちがいであったとしても。まだ朦朧としたゴーゴーの様子を見に動物病院へ戻ったときも、内出血は見つからなかったと言われ、ありがたいと安堵したものだ。病院はこの週末いっぱいゴーゴーを預かってくれる。さらにありがたいことに、隣のブロックに越してきた若夫婦が、裏庭のフェンスに穴があいているのを見つけてくれた。草木の生い茂った裏通り沿いに抜け穴ができていたのだ。仔ジカはおそらくそこから庭に迷い込んだのだろう。若夫婦は金網で穴をふさぎ、リリーの郵便受けにちょっとした手書きのメッセージを残してくれた。古いライラックの枝が伸びすぎてフェンスを突き破ったのではないかということだった。穴はきちんとふさいだので心配ないばかりか、ライラックの剪定《せんてい》までしてくれたという。メッセージには連名でサインがしてあった。ケン&ケンドラ・フレミング——なんと微笑ましい、夫婦にぴったりの名前だろう。

六階のスイートルームは想像以上に豪華な部屋だった。サービスの果物が入ったバスケットには二本の白い風船が結わえてあり、お祝いのカードとディナー・ビュッフェの無料クーポン、それにふたり分のスパークリングワインが添えられている。バルコニーはちょうど木々の梢《こずえ》を掠《かす》める高さに張り出し、錬鉄製の欄干の向こうに自然公園が一望できる。若葉をつけはじめた森林が広がり、かなたの湖面が眩《まぶ》しいばかりに碧《あお》く輝いている。

「父さんと一緒にここに来たのをおぼえてる」とフィンが言った。

「それはそうよ、フィン。最後に来てからまだそんなに経ってないもの。三年くらいかしら」

「そうじゃなくて、もっと小さい頃に来たのを思い出すんだ。もっと全然小さい頃。母さんとぼくと父さんの三人で。ねえ、サムとバルコニーで寝てもいい？」

バルコニーには手すりがあり、子供たちがソファのクッションと毛布を持ち込んで寝るだけのスペースもあるにはあった。リリーは高所恐怖症というわけではない。バンジージャンプをやってみたいとは思わないものの、高いところから景色を眺めるのは好きだ。が、フィンの思いつきは即行で却下した。この場所が子供たちが寝るのに安全だという保証はどこにもない。欄干のあいだに頭がはさまる可能性もあるし、手すりが崩壊する可能性だってないとは言えない。デズが生きていた頃、世界はここまで危険に満ちてはいなかったはずなのに。裏庭でのシカの襲撃、ゴーゴーの縫い合わされた傷痕、デズの死――それらは互いに関連のある出来事ではないのだと、リリーは自分を納得させなければならなかった。

その日は陽《ひ》が沈むまでの時間を三人で、舗装されたサイクリングコースを何キロも走って過ごした。無為にぶらぶらしていても、この世の危険が減るとは思えなかったからだ。

夕食後は図画工作にいそしむ時間と化した。備えつけのキチネットには作業するのに充分な大きさのテーブルがあり、今やアップグレードされたことが心からありがたかった。リリーは買い物袋いっぱいに文具や必要なものを持ってきていた――紙類、クレヨン、スティックのり、それから職場のスキャナーを借りてコピーした数々の写真。

サムは懸命に鉛筆を握りしめ、斬新な綴《つづ》りを交えながら父親への手紙を書きあげた。一文ごと、一文を書き直すごとに、大声で兄に向かって読みあげ、「うるさいよ」とたしなめられながら。フィンはすでに今週、学校の自習時間中に自分の手紙を書きあげており、何を書いたかは教えないと宣言していた。リリーはいかにも甘いトーンで夫を讃える手紙を書いた。ともに過ごせた時間と、すばらしい子供たちを遺してくれたことへの感謝。その手紙を子供たちのまえで読みあげると、サムは一丁前の口調でこう感想を述べた。「今までの人生で、こんなに感動した手紙ははじめてだよ」

手紙の次はデズの写真と花や葉っぱの絵を切り貼りしてコラージュを作り、さらに紙を折って舟をこしらえた。日曜日の夜明けに、紙の舟を湖に浮かべて流すのだ。

土曜日の朝は散策に繰り出した。色鮮やかなキンポウゲの花が咲き乱れる野原で、スイートルームのバスケットから持ってきた果物を食べた。子供たちは仔馬のようにエネルギーに満ちあふれ、サムはぐるぐるまわっては何度も黄色い花の絨毯《じゅうたん》に倒れ込んだ。リリーはよほどサムに注意しようかと思ったが——ほら落ち着いて、まだ地面が濡《ぬ》れてるから泥だらけになるでしょ、そんなにぐるぐるしてたら目がまわって気持ち悪くなるわよ——結局何も言わず、好きにさせることにした。子供たちも自然に飢えていたのだろう。これからは土曜の朝にキッズ・チャンネル《ニコロデオン》を見せるのはやめて、戸外へ連れていくようにしよう。リリーはそう心に誓った。こうして自然の中で思うさま羽目をはずすのは、サッカーや団体スポーツなどとはやはり別物なのだから。

昼食後は桟橋で子供たちに釣り竿《ざお》を持たせた。今となっては、もっと気をつけて見ておくべきだったと思う。デズがどんなふうに子供たちの釣り具を取りつけてやっていたか。とはいえ、あの頃は知る由もなかったのだ。デズがじきにいなくなるとは。彼が釣り糸をほどいたり釣り針に餌をつけたり、糸の結び方や手首の使い方のお手本を見せてやったりすることはなくなるのだと、あの頃の自分にどうして想像できただろう。子供たちに実生活の手ほどきをしてやれる頼もしい夫がいなくなるなどと。

湖畔のボートハウスで、リリーはトローリング用の小型のモーターボートをリクエストした。翌朝の夜明けまえから使わせてほしい旨を伝え、予約のためのクレジットカードを差し出した。予約係の若者――ローリング・ストーンズのTシャツ、短く刈りあげたミリタリーカット、歳はせいぜい十代後半――は、どんなに早くても朝九時からしか貸し出していないと説明した。

「どうして?」とリリーは尋ねた。

「財政カットっすね。五月の戦没者追悼記念日《メモリアル・デー》以降はもっと早く開くようになるんすけど、今の時期はまだ閑散期《オフシーズン》扱いなんで、スタッフも少なけりゃ時間も短いんすよ」

「だけど、どうしても明日の早朝に出発しなきゃいけないのよ。朝早く借りられないんだったら、今日の午後から借りて、明日の昼までに返すっていうのはどう?」

「いやー、二日分払っていただいたとしても、ボートをひと晩ずっと無人で放置するってわけにはいかないんすよ」

「今朝、ずいぶん早い時間にボートが出てるのを見たけど」

「土曜の朝だけはオフシーズンでも早くから開くんすよ。日曜はみんな教会に行っちゃうんで、土曜のほうが人が多いんで」

「明日の朝早くボートを借りるにはどうすればいいの？　この状況をなんとかするにはどう

したらいい？」

「いやー、どうにもできないっすね。申し上げたとおりっす」

リリーは今や苛立ちと焦りに支配されていた。自分が無茶を言っているのはわかっているが、どうしても引きさがるわけにはいかない。朝まだ暗き刻《とき》に、手紙とキャンドルをそっと湖面に解き放たなければならないのだ。そうして夜明けを見届けるとともに、この先も新しい夜明けが巡りくることを確信しなければならないのだ。二度とはおとずれないこの週末を、なんとしても毎年の巡礼の幕開きとしなければならないのだ。こうして押し問答しているうちにも、背後の順番待ちの列は長くなっていく。

「待ってるみなさんをお先にどうぞ」リリーはそう言って、うしろに並んだ人々を先に行かせた。十代の息子をふたり連れた男性、年配の男性ふたり、ひとりで来ているらしい女性。リリーはふと思った――未亡人だろうか？

また自分の順番がまわってくると、リリーはさっきの予約係のロビー（と彼が呼ばれているのを耳にしたので）に別のリクエストをした。今すぐホテルのフロントに電話して、ジェイリーンから事情を聞くように頼んだのだ。ほんとうに、ほんとうに特別な事情なのだからと。

「夫は夜明けに亡くなったの」とリリーは言った。

ロビーは受話器を耳にはさんだまま訊き返した。「え、なんすか？」

個人的なことを明かしすぎだ。リリーは自分を叱りつけると、桟橋へ歩いていって子供たちのそばに立った。ふたりともブルージーンズにTシャツ姿で釣り竿を掲げ、釣り糸を湖面に垂れている。ふたりの邪魔をしないよう、しばらくそっと見守ってから、リリーはボートハウスに戻った。

「すべて問題ないっす」とロビーは言った。「日の出は六時半頃なんで、ボートは六時には使えるようにしときますんで」

リリーはようやく微笑み、クレジットカードを差し出した。

「や、大丈夫っす。すべて手配済みなんで。お支払いもいただいてますんで」

ここは当然、礼を述べなければならない。が、リリーはうろたえてとっさにことばが出ないまま、順番待ちの人々に押し出されてしまった。いったい誰が〝すべてを手配〟したというのだろう？〈寄り添いの輪〉では、どこの州立公園に行くかまでは言わなかったはずなのに？いや、それとこれとはなんの関係もないはずだ。ホテルの予約でとんでもない手ちがいがあったから、経営側が埋め合わせをしようとしているのだろう。あるいは、夫の一周忌だからどうのこうのと必要以上に口走りすぎたために、誰も彼もが親切心で気を利かせてくれたのだろう。

あるいは単に〈ショーニー・ロッジ〉がもてなしの精神にあふれているだけかもしれない。

夕食についてくれたティーナという名のウェイトレスは、サービス精神のかたまりのような陽気なおばあちゃん《グランマ》だった。文字どおりのお祖母ちゃん——それも八人の孫の——であることは、八つの誕生石をちりばめた〝グランマ・ブローチ〟をエプロンにつけていて、それについてのサムの質問にこと細かに答えてくれたことでわかった。そんなティーナはサムのジンジャーエールにサクランボを余分にトッピングしてくれ、フィンがビュッフェから持ってきたハッシュドポテト《テイタートッツ》のひと口揚げとフライドチキンを抜群のチョイスだと褒めたたえ、リリーが持て余したシャンパンのクーポンを裏メニューのスパークリングアップルジュースと引き換えてくれた。

三人は窓際の席に坐っていた。リリーはこの光景をおぼえていた。まえにデズと四人で来たときも、この同じテーブルで食事したのだった。同じ夕陽が木々の梢を通り抜けて宵闇に沈むのをともに眺めたのだった。だから慰められるというわけではない。ただ同じだったというだけだ。黄昏《たそがれ》ということばをふと思い出す。この同じテーブルで、デズは黄昏ということばを口にしたのだ。そのときはいかにも哀愁ただようロマンティックなことばのように思えたが、今はなんともいえない重苦しさがのしかかるだけだった。

子供たちがデザートボウルにブラックベリーのコブラーを山盛りにしてビュッフェから戻ってくると、ティーナがホイップクリームのスプレー缶をテーブルに持ってきてくれた。これにはフィンも大喜びだった。ティーナはサムの髪をくしゃくしゃに撫で、兄弟ふたりはホイップクリームを好きなだけ絞り出し、薔薇形のクリームがてんこ盛りになったデザートをたいらげた。ふたりともすっかり満腹で上機嫌で、遊び疲れた顔をしていた。リリーは窓の外の黄昏から自分を引き戻し、陽気なウェイトレスにたっぷりとチップをはずんだ。

18　終わってくれてよかった

持っていくものはすべて揃《そろ》っている。衣類、スナック、懐中電灯。茶色い買い物袋の中には小さなアルミカップ入りのティーライトキャンドル、防水マッチ、手紙を載せたペーパーボートの船団。

デズが臨終を迎えたときは心からほっとした。なぜか今になってそんなことが思い出される。看護師が遺体から点滴や酸素マスクを取りはずすあいだ、ベッド脇に立ちつくしていたこと。あのときリリーは看護師に向かってこう言ったのだった。「やっと終わってくれて、ほんとうによかったです。これでみんな家に帰れると思うと」看護師は黙ってうなずいた。デズが文字どおり帰らぬ人となったことは、あのときのリリーにはまるで実感がなかった。

フィンがぱっと起きて部屋の灯りをつけた。冒険に乗り出す準備は万端とばかりに、もうすっかり目を覚ましている。サムはぐずりながら起き出した。天井の照明に目を細めて泣きながら、パパに書いた手紙をもう一回読むから聞いてと言い張り、ふたりのまえで読みあげた――〝だいすきなパパへ。パパがいなくてさみしいです。てんごくでしあわせにくらしてください。ぼくはYMCAのサッカーチームにはいりました。サムより〟。

「素敵な手紙じゃない。何を泣いてるの？」

「いっこ書き忘れたから、最初っから全部やり直さないとだめなんだ」

「大丈夫よ、書き直しなんかしなくたって。心の中でパパに伝えればいいの」

「なんだよ、泣きべそ幼稚園児。〝追伸〟も知らないのかよ」とフィンが言った。「手紙の最後に〝追伸〟って書くだけで、なんでも追加できることになってんだよ」

「それはいい考えね、フィン。それは別として、次にまた弟を馬鹿にするようなことを言ったら、あなたひとりでここに残ってもらうから」

フィンはしぶしぶ謝った。サムは元気いっぱいの〝ついしん〟を書き加えた——〝てんごくはたのしいってきいてます〟。

五時四十五分、三人は懐中電灯で足元を照らしながら枯れた松葉を踏みしめ、森林を抜けて湖畔にたどり着いた。予約したボートは桟橋につないであった。前部座席に花束が置かれている。花屋であつらえてリボンをかけたのだろう、茎の長い薔薇の花束。それを置いたのが誰であれ——ロビーであれ、ジェイリーンであれ、ホテルの経営側の誰かであれ——リリーの心の中では決まっていた。この花束はデズがくれたのだ。

バッテリー駆動のボートが湖面にすべり出す。環境にやさしいモーターの振動音がグレゴリオ聖歌のように響く。リリーは夜の名残をかき分けるようにボートを進め、近くに古い木橋と水門のある静かな入り江で錨《いかり》をおろした。三人はこのときのために用意した供物をそっと湖面におろし、穏やかなさざ波に委ねた。六艘《そう》のペーパーボートに分乗したティーライトキャンドルが小さな炎をゆらめかせながら流されていく。残りの紙舟には手紙と写真が載っている。三人はすべての舟が見えなくなるまで待った。消滅の早さを競い合うボートレースさながら、それらがひとつ残らず沈み、あるいは燃え、あるいは水門へ押し流されるまで。そうして夜明けを迎えた。

栈橋からの帰り道は三人とも、透明人間になったような気分だった。すれちがう人々が自分たちに笑いかけ、挨拶をしてくるのが不思議に思えるほどに。

青白く照らされた昼間の病室を思い出す。青白く照らされた夜間の病室を思い出す。昼もなければ夜もなかった。時間の経過すらも判然としなかった。点滴バッグの交換時と、看護師が十二時間ごとに交替するとき以外は。デズを眠らせ続ける病魔に抗《あらが》うように、付き添う家族は誰も眠ろうとしなかった。救われるには死を待つよりほかなかった。

けれどもあの数時間後も、その翌日も、誰もがようやく眠ったあとも、その翌週も、そして今このときも——彼はずっと死んだままだ。近しい人々の思いなどいっさい気にかけるふうもなく。

19 交霊術《ネクロマンシー》

早朝からの疲れを引きずり、ほとんど無言のまま、リリーは子供たちを車に乗り込ませた。サムはシートベルトを締めるが早いか眠りに落ち、フィンはゲームボーイで遊びはじめた。リリーはふたりを車内で待たせてホテルのロビーに戻り、テイクアウト用に無料のコーヒーと果物をもらって、いよいよ〈ショーニー・ロッジ〉をあとにした。駐車場に戻りかけたとき、昨夜の〝グランマ〟ウェイトレスが大声でリリーを呼び止め、急いで駆け寄ってきた。

「これは受け取れないわ」ティーナはそう言うと、きっちりと折りたたんだ紙幣をリリーの手のひらに押しつけ、その手を包み込むようにした。

「どういうことかわからないけど」とリリーは言った。勘定書きと一緒に置いた二十ドル札に何か問題があったのだろうか？

「あなたの小さい坊やがホイップクリームの缶の下に置いていったのよ。五ドル札だと思ったのかもしれないけど、五ドルと五十ドルをまちがえたにせよなんにせよ、チップはもう充分すぎるほどいただきましたし、とにかく、これを受け取るわけにはいかないわ」

リリーは手の中の紙幣を広げた。五十ドル札だった。

「何かのまちがいだと思います。これは私たちが置いたんじゃないもの。そもそもうちの子には五十ドル札なんて持たせてませんし、きっとほかのお客さんが置いたんでしょう。だから、これはあなたのものでいいんじゃないかしら」

「いいえ、どなたのものかはわかってますよ。受け取れないわ」ティーナはそう言うなり、くるりと踵《きびす》を返して去った。リリーはとっさに思った――実家の父が子供たちにお金をあげているのだろうか？　百ドル札をこっそりハンドバッグに入れられた前例もある。確認するため、母に携帯メールを送った。返事はない。おそらく仕事に出ているのだろう。

車に戻ると、サムを起こさないよう小声でフィンに尋ねた。ゆうべの親切なウェイトレスにサムがチップをあげたかもしれないことについて。フィンは何も知らないと答えた。サムはテーブルにお金を置いてなかった？　ううん、置いてない。あなたたち、五十ドル札を持ってるということはない？　フィンはしばらく考えてから言った――昔、サミュエルひいお祖父ちゃんがぼくの卒園式に来てくれたときにもらったような気がするけど、二十ドル札だったかもしれないし、銀行に預けたかなんかで、はっきりとはおぼえてない。

ショーニー州立公園から六四号線を七、八キロ走ったあたりで、リリーは思わぬものを目にした。道路沿いの追悼標――その場所で事故死した人を偲《しの》んで立てられた十字架や献花台――に、デズの写真が掲げられていたのだ。それまでずっと制限速度を意識しつつ、サムがまだお腹《なか》にいたときに亡くなったサムお祖父ちゃんのことを考えていたので、デズの写真に気づいてもじっくり見る余裕はなく、あっというまに通り過ぎてしまった。息が止まることはなかったものの、しばらくは呼吸が乱れたままだった。これは本気でしゃれにならない。バレンタインの朝のカラスよりなお悪い。〝死別幻覚〟を体験するなら、月明かりに照らされた霊妙な幻が見たかった。見知らぬ他人のラミネート写真に重なったデズの顔を通りすぎざまに一瞥《いちべつ》するのではなく。十字架に磔《はりつけ》にされた埃《ほこり》まみれの死が時速八十キロで流れ去るのを見送るのではなく。

この調子では、じきに何を見てもデズの顔が見えるようになるにちがいない。クロワッサンサンドが並んでいるのを見ても、デズとマザー・テレサの顔が並んでいると錯覚するだろう（ナッシュヴィルにはマザー・テレサの顔にそっくりのシナモンロールで有名になったコーヒーショップがある）。人工授精で生まれた赤ちゃんもことごとくデズに見えてしまうのではないか。そんなことを思いながら、リリーは次の出口で降りてマクドナルドのドライヴスルーに入った。エッグマックマフィンとコーヒーを注文し、商品が来るのを待つあいだに尋ねた。

「サム、ゆうべのお食事のあとでテーブルにチップを置いていった？」

「チップを置かなきゃいけなかったの？」とサムは訊き返した。

「そうじゃないの。ウェイトレスさんがね、サムがチップを置いてくれたと思ったんですって」

そう言いながら後部座席を振り返ると、サムは肩をすくめ、首を横に振った。まだ半分寝ぼけているようだ。

「誰かにお金をもらったりしたの？　オーウェン伯父さんとか？　それとも、どこかでお金を拾ったりした？」

「こないだのぼくのお誕生日みたいにってこと？　お祖母ちゃんがカードに二十ドル入れてくれたよ」

リリーはそれ以上追及するのをやめた。サムはいっぺんにあれこれ訊かれて混乱しているようだった。

三人は帰りに動物病院へ寄って、ゴーゴーを引き取った。首まわりにプラスチックのメガホンのようなエリザベスカラーを装着して微笑ましい姿になった愛犬は、あちこちの壁にぶつかりながら歩き、三度目の挑戦でやっと車に乗り込むことに成功した。「ゴーゴー的には見えない力と闘ってる感じなのかな？」サムがしかつめらしく疑問を口にした。

帰宅して郵便受けを開けると、金曜と土曜に届いた郵便物がなだれをうって出てきた。土曜と日曜の新聞は誰かが玄関ポーチの隅に投げ込んでくれていた。

リリーは日曜の午後が嫌いだった。日曜の午前中はまだ週末気分が残っている。日曜の夜はもはや仕方ないとあきらめがつく。が、茫漠《ぼうばく》と広がった日曜の午後はどっちつかずで、いたずらに焦燥感をかき立てる。そんなリリーの落ち着かない気持ちに、デズはいかにもそれらしく聞こえる名前をつけたものだ。世界的テノール歌手の名前と引っかけて、〝平穏な日曜日《プラシドドミンゴ》恐怖症《フォビア》〟。あるいは日曜日《サンデー》とドイツ語の不安《アンスト》をくっつけて〝日曜不安《サンダンスト》〟。そうして日曜の午後はほとんど毎週、子供たちの面倒を一手に引き受けてくれた。そのあいだに妻が映画を観にいったり散策に出かけたり、ひとりで羽を伸ばせるように。

数日ぶりに家でコーヒーを淹れながら、リリーは五十ドル札をティーナ宛てにレストランへ送り返すべきかどうか考えた。とりあえずは家で保管することにし、雑多なものを入れておくキッチンの引き出しに仕舞うと、ようやく腰を落ち着けて携帯電話のメッセージを確認した。キッチンのその場所からは、裏庭にいる子供たちの姿が見える。ゴーゴーとなにやら複雑なかくれんぼのようなことをして遊んでいるようだ。ゴーゴーは大きなエリザベスカラーをそこらじゅうの木や茂みに引っかけているから、すぐに見つかってしまうだろう。

最初のメッセージは実家の母からだった。曰《いわ》く――最初に言っておくけど、この悲しい日に私の心はあなたとともにある。そのうえで質問に答えると、いいえ、あなたのお父さんは孫にこっそりお金をあげたりはしていない。残りのメッセージは友人たちからだった。幼なじみのターニャ、同僚のアイリス、マレン一家。みんなこの日をおぼえていて、同情の意を寄せてくれていた。リリーはメッセージを聞き終わると、郵便物を開封した。デズの友人からのカードが一通、デズのいとこからのカードが一通。それにリリー自身の祖母からのカード――〝品格と尊厳をもってこの一年を乗り越えたあなたを、お祖母ちゃんは誇りに思います〟。

もう一通届いていた。シカゴの消印のある封筒。見おぼえのある大きな字、くるくるした飾りのような筆記体。懐かしの頭のいかれたご婦人からだ。リリーはナイフで切り裂くように封を開けた。きっとまた神経を逆撫でしてくれるのだろう。望むところだ。悲しみに打ち沈むよりは怒りに奮い立つほうがいい。

封筒から出てきたのはミュージアムショップで売っているような美術カードだった。表紙の絵柄は葉を落とした樹上でさえずる一羽の鳥。中には次のような文章がタイプされていた。

親愛なるリリアン

前回の手紙にあなたが返事をくれなかったのでがっかりしています（もし何かのまちがいで私の手紙を受け取っていないというなら、お詫《わ》びします——もしそういうことであれば、喜んでコピーを送るので言ってください）。この悲しい思い出の日に、あなたと坊やたちの心の安寧を祈るばかりです。坊やたちがお母さんからおまけの愛情をもらえますように！まえにも書いたように、私はまだ突然の悲報を受け止めきれていないの。だからこの記念日も一周年というよりは一ヵ月のように感じられるし、あなたの返事がないことで、どんどん置いてけぼりにされてるような気分よ。私にはこのやるかたない思いをなだめてくれるお通夜もお葬式もなかったんだから。あなたが連絡をくれていれば、私もいろいろとあなたの力になれたでしょうし、こうしたやりとりがお互いの悲しみを癒すのに大いに役立ったはずよ。

デズモンドがほんとうにすばらしい人だったことはもちろんあなたもわかってるでしょうけど、ほかにもこんな思い出があることを知ってもらいたいの。哀悼の意を込めて——デズモンドは私がはじめて愛した人だった。私は生まれてはじめて誰かを全身で求め、全身で満たされたの。彼に触れてはじめてもたらされた生の実感は、私の中に永遠に残り続けるでしょう。

今でも忘れられない。その年はじめての大吹雪の夜、暖炉の火が激しく燃えていたこと。五〇号線で彼の車が故障して、ふたりでヒッチハイクして私の母の誕生日パーティーに駆けつけたこと。

ダンスフロアのハイヒールの海の中、ひとりだけ裸足《はだし》で踊ったこと。デズモンドはコンバースのハイカットを履いていたわ。

お互いの思い出を大切に分かち合えば、私たちの悲しみはぐっとやわらぐはず。だからどうか、私の真心を込めたことばを受け入れて。私は荒野で涙にくれている気分です。

あなたの忠実なるしもべこと

ジャズ・エルウィン

最後はやはり手書きの筆記体で署名されていた。前回にもましてでかでかと。まるで筆記体を習いたての子供がサインしたかのようだったが、だからといって怒りが減じるわけもない。私たちの悲しみ？　お互いの思い出？　しかも何、坊やたちがお母さんからおまけの愛情をもらえますようにって――おまけのアイスクリームをもらうみたいに？　リリーは憤りながらも自覚していた。こうした無神経とも侮辱ともとれる物言いにばかり目を向けるのは、なまなましい他人の記憶から目をそむけるためだ。激しく燃える暖炉の火にしろ、ハイカットスニーカーを履いたデズにしろ。一年まえの病院からの帰り道を思い出す。兄のオーウェンに車を運転してもらい、自分は助手席に坐っていたときのことを。思い出しながら自問する。死んだ人間は誰のもの？　故人の思い出は誰のもの？　膝に置いて持ち帰ったビニール袋の中身を思い出そうとする。死んだ夫の衣類が入っている。ジーンズが一本、無地の黒か白かデニム――思い出せない――のボタンダウンシャツが一枚、白のVネックのインナーシャツが一枚、チェックっぽい柄のボクサーショーツが一枚。家に着いたらそれらを洗濯機に入れ、そのあと乾燥機にかけるのだ。万が一にも夫が死からよみがえって、それらを着たいと思ったときのために。

20　ビング・クロスビー

「ケヴィン」リリーは電話の向こうの義弟に言った。「お願いなんだけど、住所をひとつ調べてもらいたいの。今から言うからメモしてくれる？」

それからジャズの二通目の手紙を電話越しに読んで聞かせた。ケヴィンは返事を書くべきだと言った。もう二度と連絡してくるんじゃねえぞクソ女、と。リリーは頼み込んだ。その住所の家まで行って、その人に直接伝えてくれない？　これ以上私に関わらないようにって。あなたも自分の人生を生きて、私たちのことは放っておいてって。

　ケヴィンはとりあえず住所を調べてみると言った。うちのお袋に電話してやってくれ、とも。彼の母親は次男の一周忌に誰が連絡をくれて誰がくれていないかを把握しているとのことだった。リリーはどのみち義母に電話するつもりでいた。少なくともジャズのカードを読むまではそのつもりだった。

　先週の電話では、義母はあらぬ疑いをかけられ、明らかに気分を害していた。が、今日の電話はそれ以前に何かがおかしかった。ケイ・デクランは一日に三本、煙草を吸う。あるいは自分でそう認めている。ところが今日、彼女はその三本をいっぺんに吸ってでもいるかのような声で電話に出た。深々と吸い、長々と煙を吐く音。いまにも煙草のにおいが電話線を伝ってキッチンに広がってきそうだった。

「大丈夫ですか？　お声がかすれているようですけど」とリリーは言った。

「涙を流しすぎたせいよ。ブリアナには電話したの？」

　リリーはブリアナをよく知らなかった。四人きょうだいのいちばん上の彼女は、末のふたりであるデズとケヴィンとは優にひとまわり以上離れており、ふたりの姉というよりは叔母《おば》のような存在に思えた。リリーが例の純白のネグリジェのことで留守番電話にメッセージを残したときも、義姉は実にそっけない調子の携帯メールを返してきただけだった。

「いいえ、ブリアナとはお話ししていませんけど。何かあったんですか？」

「あの子は今日、誰からも電話をもらってない。それは知ってるの？」

「ごめんなさい、どういうことかわからないんですが」

「私はつらいのよ、リリー。お医者の言うとおりに抗不安薬を吞まなきゃならないんだから。お医者に命令されたとおりに。信仰にすがってもちっとも心が晴れなくてね。とにかく吞めって、お医者に言われたのよ」

「お薬は効いてるんですか？」

リリーはこの一年での義母の変わりようを思いながら尋ねた。かつてのやわらかな黒髪は、いつしかごわごわの白い蓬髪《ほうはつ》と化してしまっていた。

「効いてるわよ。血友病にバンドエイドが効くみたいにね。薬なんかのことより、これからはもっとブリアナのことを思いやってほしいのよ。あの子は去年の葬儀に出るために仕事を休まなきゃならなかったんだから。ほんとに勤務先での評判がいい子なのよ。なんてったって、救急センターの主任看護師なんだから。ケヴィンが中学校で教えたり、デズが歌を歌ったりしてたのとはわけがちがうんだから。クレイグだって金融サービスの会社に勤めてるなんて言っても、しょせんは実家がお金持ちのディアドラと結婚したおかげだってことはみんな知ってるわけでね。なんにせよ、私たちはみんなあなたの希望に従った。聖公会の教会で葬儀をやることを受け入れたのよ。デズモンドはよきカトリック教徒として育ったのに。うちの子はみんなそうやって育ったのに」

「ケイ、デズは自分から望んで聖公会の教会に通っていたんです」

「子供たちをカトリックの学校にやるために、うちがどれだけ犠牲を払ったか知ってるの？」

「それはもちろん、たいへんな苦労をなさったんだと思います」

「今朝はお父さんと一緒にミサへ行って、ふたりでブランチをしてきたわ。ブリアナも来るはずだったけど、きのうの長時間勤務のあとではさすがに無理だった」

「教会に行かれたのはよかったですね」

「いいえ、あなたはブリアナにもっとよくしてあげるべきだった。あの子はあなたが希望した葬儀じゃなくて、〈故人の人生を祝う会《セレブレーション・オブ・ライフ》〉にしてほしいと頼んだのに。陰気な葬儀なんていらなかった。ブリアナは弟の生い立ちをスライドショーにして上映したかったのよ。そうすれば私たちみんな、骨と皮だけになるまえのあの子の姿を目に焼きつけることができたでしょうに。あの子にはあなたと出会うまえにも人生があったんだから。あの子は大人になるまで幸せに暮らしてたんだから」

「彼は私と家庭を持ってからも幸せに暮らしていました」

「私は自分の思い出の話をしてるだけよ。みんな、あの子の幸せな姿をおぼえていたかったのに」

「ケイ、なんていうお薬を呑まれてるんですか?」

「ザナックスとかいうやつよ。私はヴァリウムがいいと言ったんだけど、お医者がくれたのはこれだった。毎日じゃない、たまに呑むだけよ。気持ちが沈んでどうにもならないときだけ。わが子に先立たれるなんて、こんな不幸なことがあってたまるもんですか」

「ほんとうに、考えられないことです」

「とにかくブリアナに電話しなさい。デズモンドに死なれて、あの子は弟たちよりよっぽどつらい思いをしてるんだから。ブリアナは誰より感じやすい子なのよ。あの子は昔からそうだった。ある意味では誰よりしっかり者でもあるけど。ブリアナはスライドショーのBGMにビング・クロスビーの『先祖の信仰』を使うつもりだった」

「私はちゃんと悲しんでおきたい気分だったんです」

「みんなもう充分悲しんでたのよ、リリー。ただでさえ悲しいのに、あなたは追い討ちをかけるような真似《まね》をしてくれた」

「ケイ、お加減が悪いときにお電話してしまってごめんなさい。私はただ、感謝をお伝えしたかっただけなんです。すばらしい息子さんを育ててくださったことに感謝しています。彼はよき父親であり、私にとってはよき夫でした」

「よき息子でもあった」

「デズのお友達からうちにカードが届いてます、高校時代のお友達のビリー・ハリントンという方から。それと、まえにも一度お話しした、大学時代の女友達のジャズミンからも。愛称はジャズだそうです」

「どっちの名前も聞いたことないわ。言ったでしょ、あの子にはインド人の彼女なんていなかったって」（またしても煙草を一服し、長々と煙を吐く音）「ゆうべはクレイグとディアドラが来て、私たちをディナーに連れ出してくれた。思いやりが身に沁《し》みたわ。お父さんはネクタイをしていった。今日はお友達のキティから素敵なカードとお花が届いたんだけど、あんまり大きなお花でびっくりしたわ。キッチンテーブルに飾って眺めてるところよ。キティは今朝早く電話もくれて、デズの話で笑わせてくれた。デズは小さい頃、犬にハリーって名前をつけたかったけど、やっぱり自分が将来結婚して女の子が生まれたときのためにとっておこうと思って、その名前はやめたんですって。結局、犬はスパイクって名前にしたんじゃなかったかしら。ケヴィンも今日、婚約者《フィアンセ》を連れて会いにきてくれたわ。そのあとデズに思いを馳《は》せるために、ふたりでどこかの原っぱだか公園だか草原だかに出かけていった」

「ハリー？　デズは犬にハリーって名前をつけたかったんですか？」

「ハリーっていうのはあれよ、彗星の名前よ。マーク・トウェインの彗星の話は知ってるでしょ」（マーク・トウェインはハリー彗星が観測された一八三五年に生まれ、自ら予見したとおり、次の観測年である一九一〇年に〝ハリー彗星とともに〟世を去った）

「ケイ、うちのサムの名前の由来はご存じですよね。サムがまだお腹にいたときに亡くなった、私の祖父の名前をもらったことは――」

「それはそうでしょうよ。うちの家系にサムなんて名前の人間はいやしないもの」

リリーは二の句が継げなかった。義母はこんなことを言う人だっただろうか。デズも言っていたように、もともと可愛げのある人ではないにしろ、ここまで露骨に意地が悪い人ではなかったはずだ。ケイ・デクランは専業主婦として四人の子供を育て上げた。毛足の長い絨毯やハーベストゴールド色の電化製品を七〇年代から使い続けている小さな家で。デズの父親は配管工で、毎晩六缶パックのビールを手に帰宅すると、ひとり静かに部屋にこもってしまうような人だった。リリーにとっての義父は今でもそういう印象だ。飲んだくれだとか感じが悪いとかいうよりも、まずもって部屋から出てこない。夫婦であるにもかかわらず、義父母のあいだには長年――今も――一定以上の隔たりがある。互いへの恨みもなければ愛情もない、そんな隔たりが常にある。

「とにかく、今日じゅうに折をみてブリアナに電話しなさい。あの子にはまわりからの支えが必要なのよ。旦那がパソコンの修理屋をやってるって言っても、家を担保に入れてるのはあの子のほうなんだから。あの子の子供たちも、今日という日にお母さんへの電話ひとつよこさないなんてね。そういえばあなた、私がデズにあげたミシガン湖の水彩画にブリアナが目をつけてたのは知ってるでしょ。あの絵、そもそも家に飾ってるの？　ナッシュヴィルなんかよりシカゴの家に飾ったほうが断然映えるわよ、あの絵は。デズはブリアナとほんとに仲がよかったんだから」

　またた。リリーは心の中で嘆息した。またあの水彩画。昔から一度も義母のお気に召さなかったはずの絵。湖というより海に見えるからという理由で。

「思うんだけどね」とケイは出し抜けに言った。「デズが死んだのは、あなたのお兄さんのところで建設の仕事をしてたせいかもしれない。あの子がそっちでやってた副業のことはすっかり忘れてたけど、ブリアナが思い出させてくれたのよ。私が読んだ記事にも書いてあった。あの子は建設現場で有害な化学物質を吸い込んで、そのせいでがんを発症したのかもしれない。あの子は歌だけ歌ってればよかったのに。ほんとうなら今日だって舞台の上で歌ってたかもしれないのに」

　オペラの仕事が少ない時期に、デズがリリーの兄のオーウェンを手伝って大工仕事をやるというのは長年のパターンだった。ケイ自身もそれを喜んでいたのだ――息子がついに〝まともな仕事〟を手にしたということで。そもそもはデズのほうからオーウェンに、仕事があったらやらせてほしいと頼んだのだ。デズは高校時代に工作実習の上級クラスを選択していただけあって、細かい作業を伴う複雑な大工仕事が得意だった。旋盤で手すり子を作ったり、キッチンや玄関ポーチの張り出し棚や腕木に凝った装飾を施したり。少なくとも有害な化学物質とはなんの関わりもなかった。

「うちががんの家系だなんてことは絶対ないんだから」ケイはなおも言った。

「もともと遺伝性のがんではありませんでした」

言い返しながらリリーは思う――ああ、なぜこんなひどいことばかり言われなければならないのだろう。あとでデズに話さなければ。さすがに彼もびっくりするにちがいない。

ようやく義母に別れのことばを言って、電話を切る。

そして気づく。またいつのまにか夫の死を忘れてしまっていたことに。

21 トレーダー・ジョーズ

子供たちが口をそろえてスーパーには行きたくない、留守番がいいと言い張るので、リリーはふたりをテレビのまえに残して家に鍵をかけ、ゴーゴーに番をさせて出かけた。なんのかんのと厳しく言いつけてはいても、子供たちだけを家に置いていくのは気が進まない。とはいえ、フィンはこの夏で十三になる。知らない人が来たらドアを開けてはいけないことはちゃんと理解しているし、何かあったときの連絡先も、近所の人の番号もわかっているから、そこまで心配しなくても大丈夫だろう。

市の西側にある〈トレーダー・ジョーズ〉まで車を駆った。健康食品の店を別にすれば、再開発されてまもないイースト・ナッシュヴィルには自然食品を豊富に取りそろえているスーパーマーケットがないからだ。メインストリートに乗ってダウンタウンに入り、街一番の大通りであるブロードウェイを走り抜ける。週末のダウンタウンは観光客向けに陽気なにぎわいをみせ、カウボーイハットをかぶった人々が通りにあふれていた。

店に入ると、リリーは必要なものをカートに入れていった。子供たちのランチボックス用に、パンとチーズとカップ入りヨーグルト。クロックポットでの煮込み調理用に、野菜と鶏肉。その次に紙パックのジュースを求めて飲料売り場をのぞいたとたん、見おぼえのある女性がそこにいた――ガート？　テイト？　ブライズ？――ブライズ・テイト。そう、それがフルネームだった。デズの葬儀のときに声をかけてきた、あのイギリス訛りの女性。ブライズはまるでたった今ベッドから這《は》い出たばかりのようななりをして、通路の中ほどを歩いていた。グレーのスウェットパンツ、ぶかぶかの茶色いカーディガン、ピンクのビーチサンダル、茶色い根元からぼさぼさに立ち上がった赤い髪。そしてなぜか両手にオーヴンミトンをはめている。リリーはさらに近づいた。ちがう、オーヴンミトンではない。冬用の手袋だ。ブライズは目をすがめてココナッツウォーターの陳列棚をのぞき込み、一リットルパックの箱をひっぱり出して自分のカートに入れた。

「お元気ですか？」リリーは声をかけた。

「お元気に見えます？　ええと、お会いしたことありましたっけ？」

「去年、私の夫の葬儀にいらっしゃいましたよね」

店内の雑音が遠ざかり、互いのことばだけがくっきりと切り離されたように響いた。

「ごめんなさい、お名前が思い出せなくて」きびきびしたイギリス訛りは相変わらずだ。

「あのとき、あなたに言われました。離婚するのは夫に先立たれるようなものだって」

「あなたは——」

「リリー」

「デズモンド・デクランの奥さん？」

リリーはうなずいてから尋ねた。「お悔やみのカードを私宛てに送ってきませんでしたか？」

「さあ、それはおぼえてないけど、離婚について言ったことはお詫びします。無神経だったわよね」

「去年じゃなくて、今週の話なんですけど」

「いいえ。カードを送るべきだった？　申し訳ないけど、ミセス・デクラン、私は今インフルエンザでそれどころじゃないの。だけど、インフルの時期はもうとっくに終わったはずよね？　だから何か別の厄介な病気かもしれない。まわりの人に感染《うつ》さないようにと思って、手袋をしてきたのよ」

「私の夫の一周忌の日に、あなたはここで何をしているの？」

「その前振りの意味がよくわからないんだけど。ここで何をしてるのかって、もどさずにちゃんと吸収できそうなものを買いにきたのよ。脱水症状で死なないように。ビタミンウォーターも買わないと」

「あなたはこう言った。自分は夫に捨てられたけど、あなたはまだご主人の居場所がわかってるだけましだって」

「去年は私もほんとにつらい思いをしていたの。だからごめんなさい」ブライズは熱っぽい額を手袋でぬぐった。「ほんとうに今じゃ考えられないような、とんでもないことを言ってしまったんだと思う。でもあなたが今言ったようなことは言ってないわ。夫を捨てたのは私のほうだから。私たちの結婚はもう何年もまえから終わってたのよ。離婚するときってみんなそう言うでしょ。少なくとも女性のほうは。男は〝なんで急にこんなことになったのかわからない〟なんて言うけど。とにかく、私の失言については心からお詫びします。なんだったら、一度ちゃんと機会をもうけて話し合いましょうか？　専門家を交えて？　今は無理だけど。ベナドリルを、咳止めの薬を呑んでるから――こんなにべらべらしゃべってるのはそのせいかも――車の運転もできないのよ。外でタクシーを待たせてるから、悪いけど急がないと」

「うちにプレゼントを送らなかった？」

「別の誰かとごっちゃになってるんじゃない？　私、あなたにプレゼントを送るべきだった？」

「ジャズまたはジャズミンっていう名前の人を知らない？　夫の知り合いらしいんだけど」

リリーの頭の中はめまぐるしくまわっていた。通路の先にブライズ・テイトを見つけた瞬間、確信めいたものを感じたのだ。ジャズ・エルウィンはこういう人間にちがいないと。いま目のまえにいるような——茶色い地毛を派手な赤毛に染めて短く立ち上げ、あたたかな四月の夕べに分厚い冬用の手袋を身につけているような——異形の人間にちがいないと。そのとき、店内のBGMが耳に飛び込んできた。『日本人になっちゃう《ターニング・ジャパニーズ》』。ヴェイパーズ——たしかそんな名前のバンドだった？　名前の記憶は曖昧だが、この曲に合わせてデズと踊ったことははっきりとおぼえていた。シカゴのどこかのクラブで。

「シカゴに住んでたことはない？」

「私が住んでるのは、ここから十分のヒルズボロ・ヴィレッジだけど。シカゴに住んだことは一度もないわ」

「デズとはどのくらい親しかったの？」

あのとき彼はハイカットスニーカーを履いていた？　自分はヒールの高い靴を履いていたはずだ。デズのいとこの結婚式のあとだったから。この歌にもデズからのメッセージが込められているのだろうか——人々が異邦人になってしまう？

「ミセス・デクラン、さっきから話が全然かみ合ってないと思うんだけど。あなたのご主人はすごく親切な人だった。私が夫と揉《も》めていて、歌詞を忘れてばかりいたときも、優しく接してくれてありがたかった。だけど、あなたのご主人はバスだった。優しくて素敵な人ではあったけど、バスだった。私はどっちかというと主役をやるタイプの人が好みなの。テノールの男性が。だいたい、デズモンドは非常識なことをするような人じゃなかったし。人懐っこくて感じがいい人、それだけよ。下心なんてものとは無縁の人だった。あなたが何を追求しようとしてるのかは知らないけど、とにかくあなたの心が穏やかであるように祈ってるわ」

ブライズ・テイトは自分のカートに寄りかかるようにして歩き去った。リリーはそのまま買い物を続けた。周囲のざわめきと一体化しながら、買い物客でごった返した店内をまわり、商品を次々とカートに入れていった。デズに食べさせるキウイと、彼の好物のパストラミ。バターと牛乳、自分と子供たちにはコーンフレーク、デズにはシュレッドウィートのシリアル。

会計のレジに並び、店員がカートから商品を出してスキャンするのを見守った。商品の半分がレジに通ったところで、目のまえの食料品を見て、ようやく自分が何をしでかしたかに気づいた。

「ごめんなさい」リリーは言った。「申し訳ないけど、全部キャンセルしてもらえますか。気分がすぐれなくて」

駐車場に戻ると、車の中で坐ったまま、店に出入りする人々を眺めた。胸を張っていいのだと思った。死んだ夫のために食料品を買おうとしていた——それも夫の一周忌の日に——

などと、店員によけいなことを言わずにすんだのだから。デズの仕事仲間ともきちんと正面から向き合ったのだから。このあたたかな夕べに分厚い手袋をはめている不審な相手と。

車の中でじっとしているあいだに、ケヴィンから折り返しの電話がかかってきた。

「レンタル私書箱だったよ、リリー義姉さん。個人の家の住所じゃない。今ちょうど来てるんだけどさ、見るからにいかがわしい一帯って感じだよ。ちなみにレンタル料は、一ヵ月で九ドル九十九だって。それを知って義姉さんの気分がよくなるかどうかはわからないけど」

「グーグルマップで調べた感じでは、マンションみたいな建物に見えたけど」とリリーは言った。

「ああ、地図ではそうなるね。マンションの一階に入ってる店舗だから。マンション自体もなんだか怪しげな建物だよ。〝何々号室〟ってのは部屋番号かと思いきや、実体はアルミ製の私書箱がずらりってわけだ。あ、ちょっと待った、いまジェシーに代わるね」

ジェシーは子供のようにあどけなく優しい声をしている。みんなが大好きな小学校の先生のように。彼女とケヴィンは結婚を来月に控えている。「リリーお義姉さん？ ジェシーです。ここはすごく寂れたところよ。その手紙の人がデズの大学時代のガールフレンドだったとしたら、きっとその人、社会に出てからいろいろ思うようにいかなかったんじゃないかしら。〈バーガーキング〉のぼろぼろの紙袋とか、煙草の吸殻なんかが床に散乱してるし、壊れて使い物にならないような郵便箱もあるわ。どれも鍵がかかってて、投入口がないから直接投函《とうかん》はできないけど、いま手元に付箋紙《ポスト・イット》があるから、その人の〝部屋番号〟のところにメッセージを書いて貼りつけましょうか？　私たちはあなたがやってることをちゃんと見てます、これ以上家族に関わるのはやめてくださいって」

「ありがとう、ジェシー。でも、こうなったからには私が直接返事を書くわ。私たちは文通友達じゃないんだってことを、自分ではっきり伝えるべきだと思うから」

ケヴィンがまた電話口に出て言った。「義姉さん、ここはひとまずジェシーの言うとおりにしてみたらどうかな。おれも箱の中にメモをねじ込むくらいならできそうだし。家族として、おれたちにもこれくらいのことはさせてよ」

「わかったわ。そうね、それはいい考えだと思う。ここまでしてくれてありがとう、ケヴィン。ジェシーにもありがとうと伝えてね」

結局、夕食には宅配ピザを頼んだ。その日を終えてリリーはふと思った――自分も義母のように抗不安薬を呑むべきだろうか。とはいえ、今はすっかり落ち着いている。今日一日の混乱が嘘のように。ただ、自分の居場所はここではないように感じられる。この家の中でさえ。デズが言ったとおり――死とは何もかもがごちゃまぜになることだ。ほんとうに。

22 雨音が耐えられない《キャント・スタンド・ザ・レイン》

職場が古い邸宅であることは悲しみを増幅させる。長い廊下には——決して不快なにおいではないが——朽ちゆくレースのにおいが立ち込めている。礎石はもう何十年もまえに大地と一体となり、雨が降ったあとのような湿った土のにおいが亡霊のように漂っている。かつてこの屋敷は大勢の人を住まわせていた。ここで生まれた人、病に臥《ふ》した人、亡くなった人。奴隷であった人、主人であった人。南北戦争中、屋敷の一階は軍の病院として徴用された。庭園は今もイギリス風の自然な風合いのまま保たれている。それらしい月の夜なら、長い喪服のヴェールを纏《まと》った女性が庭をさまよい歩いていても不思議はないと思える光景だ。

「週末はどうだった?」月曜の朝、誰もが朗らかにそう訊いてきた。リリーは休憩室でコーヒーにミルクを入れながら思った——きっと一周忌を境に、元の私に戻ることを期待されているのだろう。夫を亡くすまえの陽気な私に。

「とっても感動的でした。お天気もよくて、子供たちも愉しんでくれて」リリーは上司にそう答えた。

「よかった、よかった。アイリスが一周忌のことをみんなにリマインドしてくれたからね」リンデン氏は親愛の情をこめてリリーの肩を抱き寄せながら言った。「みんな気にかけてたんだよ」彼の〝日中の軽装〟はカシミアのジャケットにきちんとプレスされたジーンズという組み合わせだった。

「子供たちがパパにお手紙を書いて、ほんとうに素敵な儀式になったわ」助成金の申請を担当するアメリアにはそう答えた。

「あなたたちのために祈ってたのよ」とアメリアは言った。「リフレッシュできたみたいでよかったわ」

「これからもっといろいろ上向きになるといいね」メンテナンス担当のラルフにはそう言われた。「きみは幸せになるべきなんだから」

「ありがとう、きっとこれからいろいろよくなると思う」リリーはそう答えながら、心の中でつぶやいた。幸せになるべき——デズが生きるべきだったみたいに。

「最悪だったって顔してるけど、ちがうの？」アイリスがデスクから顔をあげて訊いてきた。このところ資金集めの準備で忙しい彼女とはほとんどオフィスで顔を合わせることがなかったため、リリーはひさしぶりに友人に会えたことを喜んだ。

「実はそう、最悪だった。ホテルの手ちがいでハネムーン・スイートをあてがわれるし、きのうは帰る途中でとんでもないものを見ちゃった。道路沿いの追悼標の十字架に、デズの写真が磔《はりつけ》にされてたの」

「リリー、彼は病院で亡くなったのよ。末期がんで。交通事故で亡くなったんじゃないんだから、そんなことはありえないでしょ？」

「わかってる。いろいろありすぎて、頭のねじが飛んじゃっただけよ。ゆうべなんて、〈トレーダー・ジョーズ〉でデズが食べるものを買おうとしたんだから。なんでそんなことになったかというと、その直前にデズのオペラ仲間の女の人に出くわして、徹底的に問い詰めたのよ。デズとはどれくらい親しかったのか、うちにプレゼントを送らなかったかって」

「プレゼント？　それって先月のネグリジェのこと？　あれは義理のお母さんの仕業だったんじゃないの？」

「具体的なことは伏せて、ただプレゼントを送らなかったかって訊いたら、なんのことかさっぱりわからないみたいだった。向こうは向こうで頭がぼうっとしてて、ただ単におかしな人間同士がスーパーでばったり会っただけ」

「ちょっとちょっと、リリー。このへんで落ち着こうか」

「でもって、あの頭のいかれたジャズって女からまたお悔やみの手紙が来たわけ。前回ロマンティックで愉快な思い出話を披露してくれた彼女が、今回なんて言ってきたと思う？　大学時代にデズに処女を捧げたんですって」

「いかれ女の爆誕ってわけね」とアイリスは言った。「さすがはクソ女。そんなことまで教えてくれちゃって」

「で、ケヴィンがフィアンセと一緒に差出人の住所を確かめに行ってくれたんだけど、その実体はいかがわしさ満点のレンタル私書箱だった。私の代わりに、ふたりが彼女宛てのメッセージを付箋に書いて残してきてくれたわ。金輪際こういうことはやめるようにって」

「幸運を祈るわ」

「一年経ったのはわかってるけど、まだまだ何かにつけ考えちゃうの」とリリーは言った。

「デズのことを？」

「デズがもういないんだってことを」

「あなたは若いのよ、リリー。ふたりの可愛い子供たちだっている。私たちはみんな、自分の墓の上で踊ってるの。みんないつか死ぬんだから」

ああ、まただ――リリーは思う――〝墓の上で踊ってる〟と粋がる人々。抗がん剤治療のあとで壮絶な嘔吐に苦しんでいたデズを思い出す。集中治療室《ICU》で高熱に浮かされ震えていた姿を思い出す。そんなことも何も知らないくせに、したり顔で受け売りのことばを押しつけてくる人々。だから私はグリーフケアの集いに行くのだ。何事にも思いやりをもって寄り添うすべを学ぶために。

「ええ、そうね」とリリーは言った。「みんな最後は死ぬんだものね」

預かり保育にサムを迎えにいくと、彼は胸を張って報告した。いじめられたけど、暴力じゃなくてちゃんとことばを使ったよ、と。「まえと一緒だよ、ママ。おんなじやつがいじめてくるんだ。でも今日の休み時間は雨が降ってきたから、体育館だったけどね。ジーク・バイロンが〝さっさと死んだ〟ばっかり歌ってきてしつこいから、ジークに〝くそやろう〟って言って、グリーン先生を呼びにいったんだ」

「〝くそ〟ってどういう意味か知ってるの、サム?」リリーはバックミラー越しに息子をじっと見ながら尋ねた。

「うんとね、〝くそやろう〟は〝ばかやろう〟みたいなものだけど、もっと悪いことばだね」

「そう、もっと悪いことばよ。それで、グリーン先生はどうしたの?」

「ジークには休み時間のあいだずっと反省してなさいって言って、ぼくには呼びにきてくれてありがとうって。ジークはぼくがチクリ屋だって言ったけど、先生はぼくのしたことは正しいって。ぼくは内部告発者《ホイッスルブロワー》なんだって」

「お友達に〝くそやろう〟って言ったことは、先生に言ったの?」

「言ったよ。そしたら、そういうことばは使っちゃいけません、だって」

23 わずかな名残

ゴーゴーの肩の傷口は癒え、柔らかな産毛に覆われた。抜糸がすんだ耳まわりの傷痕も、見ただけではもうほとんどわからない。エリザベスカラーからも解放され、ゴーゴーはもはや二週間まえのトラウマなどけろりと忘れてしまったようだった。

その土曜日は子供たちのサッカーの練習日だった。フィンはこれ以上ない速さで車から飛び出し、一目散に仲間のところへ駆けていった。母親のほうを一度も振り返ることなく。もっと年少の子供たちが集まったフィールドでは、サムがのろのろと歩きながらバックパックをのぞき込み、ちゃんとプロテインバーが入っているか、ゲータレードのボトルが入っているかを確かめ、母親が車から幸運を祈ってくれるまでぐずぐずしていた。リリーはそんな子供たちの姿を遠くから眺めるのが好きだった。仲間にまじってフィールドにいるふたりの姿を眺め、家の外にもそれぞれの居場所があることを知り、そのあいだだけでも安心して子供たちを委ねられることに幸せを感じた。そうしてふたりを見送ってから、元来た道を引き返して家に戻った。

帰宅すると家じゅうの床を掃き、ベッドを整え、春夏の衣替えのために服を精査し、フィンが着られなくなった服を保管している箱の中からサムに合いそうなものを探した。書斎の大きなクローゼットに手をつけるのも以前ほど億劫《おっくう》ではなかった――デズの冬物のコートを処分してしまった今となっては。テネシー・タイタンズの分厚いフード付き防寒着、カシミアのロングコート、〈ランズエンド〉のキャンバスコート。それらはすべて秋にフィンの学校の慈善イベントで寄付したのだった。それでも、なじみの深いデニムのジャケットや濃紺のスウェットパーカーはいまだに手放すことができずにいる。リリーはそのスウェットパーカーを取り出し――フラシ天の手ざわりに慰められながら――夫のうなじの匂いを嗅ぎとった。そう、彼は今もこの家に気配を残している。こうしたささやかな思い出の品の中に。濃紺のスウェットパーカーや、新たに見つかった買い物メモ――〈カンバーランド・ハードウエア〉で買うべきスプレー塗料《ラスト・オリウム》や電球の種類を書きとめてある――の中に。

パーカーの前部のカンガルーポケットは膨らんでいた。リリーはポケットの中身をひっぱり出すなり、それが蠢《うごめ》いたことに驚いてとっさに手を放した。床に落ちたそれは曇った被膜に包まれていた。生き物の死骸？　生きているけど、私と同じように恐怖で動けずにいるだけ？　リリーはそれを足で小突いた。なんの反応もない。思いきって足でひっくり返してみた。そこでやっとその正体がわかった。パーカーのポケットに入っていてもなんの不思議もない――デズがあの日着ていた服なのだから。彼が廊下のバスルームで頭を丸刈りにしている音を聞きながら、こんな会話を交わしたことを思い出す。

「リル、刈った髪はどこに入れたらいい？」

「ゴミと一緒にしちゃって大丈夫よ」

「いや、看護師さんに言われたんだよ。髪がまだふさふさなうちに切れば、それをそのまま残してかつらにできるって」

「薄毛隠し《トゥーペイ》のかつらにするってこと？」

「フランス語のほうがお好みなら、そう、トゥーペイにするんだ」

そのあとシャワーの音が聞こえてきた。そのまえの週から、彼は唇のすぐ下のひげだけを伸ばして〝ソウルパッチ〟スタイルにしていた。それもやがて抗がん剤の副作用で抜けてしまったが。

忘れようもない秋の朝だった。死を目前にした日々はかくも残酷なまでに美しい。果てしなく突き抜けるような蒼天《そうてん》を背に、木の葉のひとひらまでもが鮮やかに照り映えていた。デズが書斎に入ってきたとき、リリーは努めて無頓着なふうを装い、夫の足元から徐々に視線をあげていった。ランニングシューズ、ジーンズ、Tシャツ、ぶかぶかの濃紺のスウェットパーカー──体重はすでに十五キロ近く落ちていた──ソウルパッチのひげ、笑顔、目──ああ、あの落ちくぼんだ濃灰色の目──そして頭皮。きれいに剃《そ》られた彼の頭は、白骨のような色をしていた。

「意外に悪くないじゃない」とリリーは言った。

「いや、意外に悪いよ。でもまあ、きみがそう言ってくれるなら」デズは妻の豊かな髪のてっぺんにそっとキスを落とした。それから部屋を出てキッチンを抜け、子供たちがいる裏庭へ出ていったのだった。

被膜だと思ったものは薄いビニールの袋だった。リリーはそれを床から拾い上げ、袋を開けた。なぜかデズの名残はどこにも感じられない。ミントのようなシャンプーの香りが鼻をくすぐるばかりだった。

リリーはしばし考えをめぐらせた。死者の毛髪を処分する場合、どうするのが適切なやり方なのだろう。宗教的な儀式をおこなう？　真夜中に庭に埋める？　鳥が巣の材料にできるように外に置いておく？　手元に残しておいていいものなのだろうか。ヴィクトリア朝時代の人々が形見として肌身離さず持ち歩いていたように？　手の中のそれは小さな生き物のように感じられた。打ち捨てられたままひっそりと息づいている小さな生き物のように。

リリーは毛髪が入った袋を机のいちばん下の引き出しに仕舞った。納税申告書や古い小切手帳の下に。それからサッカーの練習が終わる時間に合わせて、子供たちを迎えにいった。

夫の一周忌は過ぎ去った。が、リリーのなかでは何も変わってはいない。一年という長い区切りを迎えただけだ。それまではデズとの隔たりは数日や数週間や数ヵ月でしかなかった。一年はそれよりはるかに長い。ふたりのあいだは途方もなく隔たってしまった。息ができない——その思いは変わらない——それなのに生きて呼吸している。彼を亡くしてからずっと。

第二部

婚礼の夜には必ず行くからな。

——メアリー・シェリー

24　ストップ・イン・ザ・ネーム・オブ・ラヴ

その夜は長かった。遠くの道路から風が吹きすさぶようないびつな轟音《ごうおん》が聞こえる。あたりは暗く、リリーは自分がどこにいるかもわからなかった。復活祭《イースター》と自分の誕生日を祝うために、子供たちと犬を連れて実家へ週末を過ごしにきたことはわかっている。子供たちは両親と家にいて、自分は友人たちと出かけたこともおぼえている。が、気づいたらこの野原にいた。あたりいっぱい草の匂いに満たされている。リリーは意識を集中させようとした。両手を伸ばし、大地に触れた。そこで自分が地べたに這いつくばっていることに気づき、身を起こした。頭上で星がぐるぐるまわっている。

「顔、真っ白よ」とターニャが言った。「お願いだから、また吐きそうとか言わないで。とりあえず家に帰ってコーヒーを淹れたげる。このままじゃあんたのお母さんのとこには連れて帰れないから」

「私、どうしちゃったの？」リリーはターニャにつかまりながら、駐車場までの果てしない二ブロックの道のりを歩いた。まだ酔いが抜けておらず、ターニャのミニヴァンにたどり着いたときにはぐったりしていた。ヴァンが走り出すと、開け放った窓に腕を置いて頭をもたせかけた。春の空気に体のすみずみまでが生き返るようだった。

「もう、びっくりよ。あんたがあそこまでやばくなるとは思わなかった」ターニャが言った。「踊ってるときは普通にいい感じだったのに。カラオケで『ストップ・イン・ザ・ネーム・オブ・ラヴ』を歌ったの、おぼえてる？」

「『ストップ・イン・ザ・ネーム・オブ・ラヴ』なんて定番中の定番でしょ。ねえ、〝あそこまでやばくなる〟ってどういう意味？」

「べろべろになるまで飲むなんて、ってこと。マルガリータをピニャ・コラーダに替えたのがよくなかったのかもね」

「いつから倒れてたの？」

「さあ。こっちはあんたがトイレに行ったのかと思ったのよ。十分か十五分かして携帯に電話しても出ないから、探しにいったわけ。なんで聖ジョセフ教会の墓地なんかに行ったの？」

「わからない」リリーは窓の外を見ながらそう答えた。が、ほんとうはわかっていた。デズを探しにあそこへ行ったのだ。彼の気配を感じようと、草の大地に寝そべっていたのだ。なんともいえずうっとりとした心地で。

目覚めたときはもう午後だった。リリーは洞窟から出てきたかのように起き出し、裏庭のパティオでシリアルを食べた。

「あんたがゆっくり寝てくれてよかった。父さんがゴーゴーと子供たちを裏山に連れていったわ。ブルー・ホローの谷の尾根に」母のエラが言った。

「谷の上まで？　あそこはちょっと傾斜がきついんじゃない？」

「馬車道をのぼっていかせたから大丈夫よ。ゴーゴーも元気そうじゃない。どんなすごい縫い痕かと思ったけど、ぱっと見ただけじゃ全然わからなかった」エラはパティオに並べた植木鉢に赤いゼラニウムを植え替えていた。母がしゃべるたびに紫色の園芸用手袋が視界をちらつくので、リリーは吐き気をこらえて目をそむけなければならなかった。「ゆうべはターニャとゆっくり会えてよかったわね。幼なじみがみんな出ていっちゃって、あの子も淋しい思いをしてると思うのよ。もうずいぶん長いあいだチャーリー・グレアムとつきあってるみたいだけど、どうなの、彼とはまだ続いてるって言ってた？」

リリーは黙ってうなずいた。が、ほんとうはおぼえていなかった。ターニャはそんな話をしただろうか？

「ターニャのお母さんはまだ〈キャリッジ・ハウス〉でウェイトレスをしてるのよ。何ヵ月かまえに会ったとき言ってたわ、〝死ぬまで働く退職計画〟を着々と進めてるんだって。相変わらず面白いこと言うわよね」

エラは新たに六鉢セットの真っ赤な花を手に取り、逆さにして根鉢を抜き取った。

「そのゼラニウム、下に降ろして作業してくれない？」とリリーは頼んだ。

「いいわよ、もう抜けたから。ペラルゴニウム」

「え？」

「私たちがゼラニウムって呼んでるのは、正しくはペラルゴニウムよ」

「母さん、聞いて。またあのジャズって女からお悔やみの手紙が来たの。デズの一周忌を記念して」

「記念日って、普通はおめでたい日のことを言うのにね。命日でもみんな〝記念〟しちゃうんだから厄介よね、まったく。で、今回はどんなひどい手紙だったの？　持ってきてるなら読むわよ」エラは紫色の手袋をはめた手をリリーに差し出した。

「ううん、家に置いてきた。母さんが喜ぶような内容よ。あんまり頭にきたから、持ち歩く気にもなれなかった。故人との愉しい思い出をぶっちゃけてくれたわ。デズとクラブで踊って、処女《チェリー》をあげたんですって」

しゃがんで作業していたエラは立ち上がり、腰を伸ばして言った。「チェリーなんて、いまどきそんなことばを使う人がいるの？　陽気なんだか屈辱的なんだかわからないような表現だけど。本人がそう言ったの？」

「本人曰く、生まれてはじめて全身で求めて満たされたんだって」

「可哀想な人じゃないの、リル。そんな大昔の——二十年もまえの思い出を蒸し返したりして。哀れな人だと思わない？」

「それはまあそうだけど、何も私のまえで哀れな人にならなくたっていいと思うんだけど」

リリーはオレンジジュースを飲んだ。二日酔いの状態を恥じるべきだと思いながらも、心は遠く離れていた。ここは自分の居場所ではない。

「ねえ母さん、ここの人たちには愉しみってものがないの？ ターニャは今の暮らしに満足してるの？」

「おことばだけどね、お嬢ちゃん。あんたの父さんと私はここで人生を築いたのよ」とエラは言った。

リリーは思う――デズはこのメアリーヴィルの妻の実家に来るのが好きだった。この地に魅了されていた。ちっぽけな家と広大な土地。自宅の裏の土地がどこまで続いているのかを、ここでは誰も把握していない。それを知ったとき、デズは目を丸くして驚いていた。

「そういう意味じゃないのよ、母さん。ターニャはデンソーの工場で在庫補充の仕事をして、私がビールと歌の集まりに来るっていうだけで舞いあがって喜んでた。昔は自然保護官《パーク・レンジャー》になりたがってたのに、今は自動車部品の工場で働いてる」

「ターニャは尋常じゃなくツタウルシにかぶれやすいの。三メートル以内に近づいただけで目が腫れて、一メートル半で水ぶくれだらけになるっていうんだから。だいたいあんただって、ゆうべはビールと歌だけじゃすまなかったみたいじゃない」

「そもそも一杯目がマルガリータだったから。起きてから頭痛がひどくて、さっきアスピリンを二錠呑んだとこ。お酒なんてクリスマス以来だし、そのときだって白ワイン一杯だけだったのに」

「なんだかんだ言っても、友達と出かけて愉しかったんでしょ？」エラは陽射しが目に入らないよう片手をかざしながら、娘のほうを振り返った。

「そうね、愉しかったけど」あんなにひどいとは思わなかった。リリーは心の中でそうつぶやいた。バックストリート・ボーイズやらマーシー・プレイグラウンドやらが流れるカラオケ、大量のアルコール。ターニャが片っ端から声をかけたおかげで、昔なじみの面々が大勢集まっていた。彼らのまえでリリーは無理をしすぎた――もう悲しみを引きずってはいない、こうして愉しい時間を過ごせている、地元を離れても自分のルーツは忘れていない、そんな空元気を無理に出そうとがんばりすぎた。ベタに感傷的な『スウィート・ホーム・アラバマ』なんかはとてもじゃないが歌えなかった。あのメキシカンバーで、あの顔ぶれのまえで。オフィスや学校や保険代理店で働いていても、彼らはみな苦労多かりし山の民の子孫なのだから。そんなわけで、とにかくひどい一夜だったのだ。あの教会の墓地で草の大地に寝そべるまでは。

エラは園芸用手袋を外しながら言った。「ここは子育てするには最高の場所だけど、退職後の生活にはどうかしらね。あんたのお父さんが今度のクルーズ旅行に行っても元気にならないようなら、医者に診せようかと思ってるの。デズが亡くなったのと長年の仕事を辞めたのとで、鬱状態になってるのはまちがいないから。とりあえず旅行中はルース伯母さんが犬の世話をしに寄ってくれるわ」

「去年のクルーズ旅行をキャンセルした分はちゃんと返金してもらえたの？」

「もちろん。去年じゃなくて二年まえね。予約金以外は全額返してもらったわよ。お父さんがデズの闘病中にそっちに行って手伝えたのはほんとによかったわ」

エラはリリーに鍬《くわ》を手渡した。毎年秋に、母は菜園の上げ床花壇を濡れた新聞紙で覆って重石《おもし》をのせる。そうして春になると、新たに種をまくために鍬で覆いを取り払い、雑草ひとつない新鮮な土にお目見えするのだ。

庭の奥には父の作業小屋があった。オーウェン・モーア・シニアは地元の高校で三十五年間、音楽を教えていた——初級オーケストラ、マーチングバンド、上級弦楽器。退職後は弦楽器職人に転身する計画を立てていた。今、作業小屋の棚には埃をかぶった木材が積み重なっている。彼が思い描いていたマウンテン・バンジョーやアパラチアン・ダルシマーといった弦楽器に形を変えることなく。父オーウェンは昔から手先が器用だった。デズがリリーの実家へ来たときはいつも、義父とふたりで何時間も木材の音色や音高の調整に精を出したものだ。緑に塗られた小さな植木箱が窓下についた作業小屋は、外から見ると大きな子供の家《プレイハウス》のようだった。最近はもう全然使ってないのよ、とエラは鍬で土を掘り返しながら娘に言った。

「先週末に一度掃除したんだけど、あんなふうに放置されてるのを見ると胸が痛むわ。だからお父さんに言ってやったの。『あんたは可愛い孫たちに不幸を伝えたいの、それとも音楽を伝えたいの？』って」

伝える《バス》。リリーはそのことばを嚙みしめ、やがて来る父の死を思った。テネシー州のこの地域では、亡くなることを去る《パス》と言う。夫に先立たれるまでは深く考えもしなかったが、自らの喪失をそのことばで語るのはなんともあっけなく、ばかばかしくすら感じられる――デズは去った、夫は去った、彼は私を過ぎ去った。

作業小屋の裏には色鮮やかな野が広がり、午後の陽にあたためられている。四月の雨が春を一斉に目覚めさせたかのようだ。白いハナミズキが裏山にたなびき、黄色いラッパズイセンが野をぬうように山林の手前まで続いている。

「リリー、あんたまさか、死にたがってるんじゃないでしょうね？」

「ちょっと、母さん、やめてよ。なんでそんなこと口に出して言うの？」

「口に出さずにどうやって訊けっていうの？　あんたがそんなに落ち込んでるとこ、はじめて見るからよ。パジャマのまま着替えもしないで、髪もぼさぼさ。もう午後の二時だっていうのに」

リリーは母を見て笑った。「二日酔いだって言ったでしょ。ほんとにひどいんだから。山の子たちの飲みっぷりにはついていけないわ。私なんて学生時代からお酒は苦手だったし、強くなるどころか、年々だめになってるみたい」

エラは線の細い顔に大きな笑みを浮かべて言った。「それならいいけど。とりあえずもうシャワーを浴びて、着替えてらっしゃい。あの子たちが帰ってくるまでに、ちゃんとお母さんらしくなってなくちゃ。まったく、私からそのチェリー女に手紙を書きたいくらいよ。いい加減にもう嫌がらせをするのはやめなさいって」

25　イースターのウサギ

翌朝、子供たちはリリーの母からウサギ形のチョコレートをもらい、リリーはサプライズの朝食で誕生日を祝われた。それから全員でよそ行きの服に身を包み、復活祭《イースター》の礼拝に参加した。

母の昔なじみの友人たちは、皺《しわ》だらけの両手でリリーの手を包んできた。「ひさしぶりね、リリー。ハンサムなご主人が去っていってから、元気でやってるの?」

父の昔なじみの友人たちは、ごつごつと硬くなった手でリリーの手を握ってきた。「やあ、リリー。ご主人が去っていってから、今もみんなであんたと坊やたちのために祈ってるよ」

「復活祭とはなんでしょうか」と牧師は説いた。「愛を葬ったとしても、お墓の中に愛がとどまることはありません。復活祭とはそういうことなのです」

デズは去った、夫は去った、彼は私を過ぎ去った。

リリーは早々に子供たちを車に乗せ、テネシー・スモーキーズ（ノックスヴィルに本拠を置くマイナーリーグの球団）の試合まえの渋滞を避けて帰路についた。午後の陽光が降りそそぐナッシュヴィルの自宅へ戻ったときはまだ三時まえだった。ドライヴウェイに車を入れたリリーは目をすがめ、思わずバックして車を出しそうになった。自宅にイースターの飾りつけがされていたのだ。木曜の午後に家を出たときにはもちろん、飾りつけなどされていなかった。

色とりどりのイースターエッグがまるでクリスマスの装飾のように、前庭のピンクのハナミズキの木からぶらさがっている。折り紙でつくった青い鳥が、そこここの枝のくぼみにくちばしを寄せている。リリーは次々と細部に目を留めていった。芝生は刈られ、イボタノキは剪定《せんてい》されている。後部座席の子供たちは相変わらずゲームボーイに夢中で、車が停まったことにも気づいていないのだろう。リリーは車から降り立った。続いてゴーゴーが躍り出ると、子供たちもようやく顔をあげ、愛犬に続いて車の外へ出た。

紫と白のチューリップが玄関まえの鉄柵のそばに植えられている。玄関上にはつるつるした木製のポールが掲げられ、紫色のイースターのフラッグがはためいている。旗布には三輪の白いユリの花がデザインされ、太字の筆記体活字がでかでかと宣言している――〈主はよみがえった〉。あんなところに旗を取りつけるための金具なんかあっただろうか？　リリーは訝《いぶか》った。自宅で旗を掲げたことはこれまで一度もなかった。

プラスチックのイースターエッグが芝生の上に点々と散らばっていた。子供たちはさっそく拾って開け、中に入っていたゼリービーンズを頬ばった。

「ママ、ありがとね」サムが口の中をいっぱいにしながら嬉しそうに言った。ゴーゴーは芝生の上の他人の痕跡を嗅ぎまわっている。

リリーは思った――デズがときどき通っていた聖トリニティ教会が、慈善活動の一環として飾りつけをおこなったのだろうか？　だとしても、私たちがこの週末に家を留守にすることがなぜわかったのだろう？　隣の家にも信仰心の篤《あつ》い男性はいるが、彼が全身のタトゥー以外に宗教的な人工物を掲げているのは見たことがない。週末に家を空けることを彼に教えたおぼえもない。同僚のアイリスには教えているが、彼女は信心深くもなんともない。それを言うなら兄のオーウェンもだが、一方で彼の妻のアン＝クレアはけっこうな信仰心を持ち合わせている。

「フィン、イースターの週末は出かけるってこと、マレン家の人たちに言ったの？」

「ううん、忘れた。向こうも家族でどっか行くって言ってたと思うけど。いとこの家とかそんな感じ」

リリーは携帯電話で兄に電話をかけた。

「兄さんがやってくれたの？　アン＝クレアのおかげかしら？　とにかくありがとう」

「おかげって、何が？」

「うちの庭にイースターの飾りつけをしてくれたでしょ」

「おまえの家の庭に？　なんの話かさっぱりわからないんだが」

兄夫婦でないとすれば、残るは実家の母だけだ。母が勤めている大手クラフトショップ〈マイケルズ〉なら当然、こういう季節ものの家庭用フラッグを売っている。とはいえ、息子のオーウェンにやらせたのでないとすれば、ナッシュヴィルに住むほかの誰に頼んだというのだろう？

リリーは携帯電話で前庭の写真を撮り、母の携帯電話にメールで送信した。オーウェンにも何枚か写真を撮って送った。

子供たちと一緒に家の中を抜け、キッチンの外の裏庭に出た。パティオのテーブルにイースターのバスケットが四つ置いてあった。それぞれに名前が印字された名札がついている。子供たちふたりには砂糖菓子と本。さらにフィンにはアニメキャラの描き方ガイド、サムには〝ゴーゴーズ・クレイジー・ボーンズ〟というプラスチック玩具のセット。ゴーゴーの名札がついた小さなバスケットには、犬用玩具ブランド〈コング〉のゴム製おもちゃと、骨形の犬用ガム。リリーのバスケットには職人手作りのラベンダーのボディローション、手作り石鹼《せっけん》、黄色いマグカップに入ったカモミールのティーバッグ、それにダークチョコレートのトリュフをローストココナッツでコーティングした〈トリニダード〉の箱。

「母さん、なんでそんながっかりしたみたいな顔してんの？」フィンが訊いてきた。

「あまりのことにびっくりしてるだけよ」とリリーは言った。「何から何まですごいサプライズすぎて」

「イースターのウサギはほんとにいるのかもしれないよ、ママ」サムがそう言うと、いかにも世慣れたふうにウィンクしてみせた。

フィンがそれに応えて言った。「それか、ほんとうに親切な人たちがいるのかも」

実家の母から電話がかかってきた。「リリー、いまオーウェンと電話で話したけど、あんたの庭を刈ったりやなんかしたのは私たちじゃないわよ。アイリスか誰かがやってくれたんじゃないの？　デズの教会の人たちか」

あるいは、とリリーは思った。今朝の礼拝で牧師が言っていたではないか――愛を葬ったとしても、愛は墓の中にはとどまらない。復活祭とはそういうことなのだと。

26　感謝すべきはただひとり

帰宅直後の驚きも感謝の思いも、翌朝にはすっかり薄れてしまっていた。リリーはイースターのバスケットに入っていた砂糖菓子をすべて処分した。庭に〝立入禁止〟の標示を掲げるべきかもしれない。裏庭に隠してあった置き鍵はちゃんとあるべき場所にあった。木の洞《うろ》に敷きつめた落ち葉の下の模造石の中に。

新聞を取りにドライヴウェイへ出ると、隣に住むハリーが声をかけてきた。「芝生が見ちがえるようだね、リリー！　〈主はよみがえった〉のフラッグもイケてるね」リリーはうなずき、手を振った。ハリーは二十代後半、クリスチャン・ミュージック専門のレコード会社で音響技術者として働いている。背が高く痩せていて、ぞっとするほど全身タトゥーだらけだ。首には『ヨハネによる福音書』三章十六節の文言が刻まれ、右の前腕には筆記体で〈神の恵みによるのみ〉と綴られている。右の眉毛の剃り跡を覆っているのは『ガラテヤ人への手紙』六章十七節の文言だ。胸筋からその下にかけてはイエスの姿が彫られているのだろう、血まみれの荊《いばら》の冠をかぶった頭頂がタンクシャツの縁からのぞいている。デズはそんな彼を〝ハンサム・ハリー〟と呼んだものだった。

リリーは彼に歩み寄って言った。「イースターのサプライズよ。びっくりしちゃった。きのうまで家を空けてたんだけど、留守のあいだに誰かここに来てなかった？」

「ああ、芝刈りの道具を積んだトラックが来てたよ。芝刈り機とチェーンソーの音がしてた。土曜日の午後と、日曜日の朝にも来てたみたいだね」

隣人のすぐそばまで寝間着姿で歩いてきたことを、リリーはとっさに後悔した。独りで寝るようになってからよく着ている組み合わせ――着古してくたくたになった、デズの大きすぎるシカゴ・カブスのTシャツに、太腿《ふともも》の真ん中でカットしたスウェットパンツ。春の朝の肌寒さに乳首が尖《とが》り、白いTシャツ越しに突き出ているのをハリーが見まいとしているのがわかる。リリーは体のまえで腕を組み、新聞で胸を隠すようにした。ハリーは顔をそむけた。

「そのトラックには業者の名前か何か書いてあった?」リリーは尋ねた。

「うーん、そこまでよく見たわけじゃないから」

一瞬、不吉な考えが頭をよぎった。「誰かが家に出入りするところは見なかった?」

「家に出入り——それはないな。ぼくも土曜日の夜は仕事だったし、日曜日の昼まえは礼拝に行ってたから、ずっと見てたわけじゃないけど、家の中には誰もいなかったと思うよ。教会の人たちがやったのかな?」

「誰のおかげかわからないの。わかったらお礼を言いたいんだけど」

「感謝すべきはただひとり、神のみだってこともあるよ」

リリーは兄に電話し、仕事のまえに家に寄ってもらえないかと頼んだ。オーウェンは自分のトラックから梯子《はしご》を運んでくると、妹の希望どおり、〈主はよみがえった〉のフラッグを玄関上から撤去した。

「誰がやったにせよ、見事な仕事ぶりだ」とオーウェンは言った。「飾りつけは若干やりすぎだが、庭の手入れは上出来だ。どうかしたのか? 顔が固まってるけど」

「ここはうちの庭なのよ。誰かが裏のゲートを勝手に開けて、裏庭のパティオにバスケットを置いていったのよ」無意識に歯を食いしばり、目を細めていたリリーは、顔の力をゆるめようとしながら言った。

オーウェンはポケットナイフを取り出すと、妹にゴミ袋を持ってきてもらい、ハナミズキの木に吊るされたイースターエッグを次々と枝から切り落とした。ふたりは芝生の上に残っていたプラスチックの卵を拾い集め、折り紙の装飾も残らずゴミ袋に放り込んだ。ものの五分で庭はすっかり片づいた。

「聖トリニティ教会がこれに関係してるのかどうか、電話して訊いてみた？」と彼は尋ねた。

リリーは教会に伝言を残していたが、折り返しの連絡はまだ来ていなかった。

「世の中みんな、どうやって他人の力になればいいかわからない。わからないから、自分なりに何かしようとするわけだ」とオーウェンは言った。「アン＝クレアはいつもおれに〝何事にも感謝する習慣〟をつけさせようとする。彼女が言うには、おれたちモーア家の人間はいまだに山の文化に縛られているんだそうだ。そのせいで他人の世話になることを嫌がるんだと。先週はおまえがうちの郵便受けに〈ウェンディーズ〉のギフトカードを入れてったことに腹を立ててたよ。それについてはおれにもひとこと言わせてほしい。たしかにおまえがグリーフケアの集まりに行ってるあいだ、子供たちを連れてあそこに食べに行くことはある。でも〈ウェンディーズ〉の食事代くらいどうにでもなるんだから、そこはおれたちにまかせてほしい。わざわざギフトカードなんか置いていくことはないんだ」

「〈ウェンディーズ〉のギフトカードなんて知らないわよ。私もそういうやり方を思いつけばよかったと思うけど、とにかく置いてったのは私じゃないわ」

「だったらたぶん、犯人はアン＝クレアのお袋さんだろう。おまえは善《よ》きおこないをしたかどで濡《ぬ》れ衣《ぎぬ》を着せられたわけだ」

オーウェンはハナミズキの木に歩み寄り、枝分かれした部分に折り紙の青い鳥がもう一羽はさまっているのを見つけると、それをぐしゃりと握りつぶして言った。「サムにこのまえ打ち明けられたよ。〈ショーニー・ロッジ〉のレストランでウェイトレスにあげようと思ってチップを置いたけど、ママには嘘をついたんだって。ママがテンパってるのはわかってたけど、面倒なことになるといけないから黙ってたんだって」

「ちょっと待って、兄さん。五十ドルよ？　どうしてあの子が五十ドルも持ってるの？」

「アン＝クレアのお袋さんにもらったんだと。子供たち三人でゲームショップに行くときに。フィンとテリーサはふたりとも小遣いを持ってたが、サムは持ってなかった。で、おれの義理のお袋がこっそり五十ドル札を渡して、このことはふたりだけの秘密だよと言ったそうだ。おれもサムに打ち明けられるまで知らなかった。ともかく、あの子はゲームソフトは買わなかったわけだ」

「どうして教えてくれなかったの？　私の息子は幼稚園でいじめに遭ってる。それが今度は母親に嘘をついてるなんて」

オーウェンは前ポケットの中で鍵束と小銭をじゃらじゃら鳴らすと、妹の目を見て言った。

「サムはいじめに立ち向かった。今はカウンセリングを受けてる。おれはあの子がウェイトレスにチップをあげたのは微笑ましいことだと思ったよ。いかにもデズの子らしいじゃないか。そのウェイトレスはすごくいい人で、ホイップクリームを缶ごと持ってきてくれたんだって？　五歳の子には五十ドル札も一ドル札も同じようなものなんだろう。とにかく、サムはママの機嫌がいいときに正直に話すつもりだそうだ。ってことは、ここ最近ずっと機嫌がよくなかったんだろ？」

「今度そういうことがあったら、ちゃんと私に教えてくれるの？」

「ああ、悪かったよ。おれがおまえに言いたかったのは、人の助けを受け入れてほしいってことだ。相手もそれで助かるんだから。とにかく受け入れてくれ」オーウェンはごつい手で身振りを交えながら言った。尻ポケットからテネシー・タイタンズのバンダナが飛び出ている。

「誰かが芝生を刈ってくれたこと自体はありがたいと思ってる。アン＝クレアの言うとおり、何事にも感謝したほうがいいのもわかってる。だけど、先月の結婚記念日に誰かが新婚用の白いネグリジェを私宛てに送ってきたのよ、差出人の名前も書かずに。今回の芝生にしたって、どうして書き置きひとつ残さないわけ？」

「結婚記念日のプレゼントの話はまえにも聞いたよ。言ってただろ、送ってきたのはたぶんデズのお袋さんだって。新婚用のネグリジェってのがどんなものなのか、おれにはいまだによくわからないんだが。見るからにやらしいやつか？」

「見るからに高級で派手なやつよ。新婚旅行の夜に花嫁が着るような、レース飾りでいっぱいの純白のネグリジェ。嫁入り衣装《トルーソー》に入ってそうなやつよ」

「そのトルーソーってのがなんなのか、おれが知ってて当然だなんて言わないでくれよ」オーウェンは笑みを浮かべ、妹の肩に腕をまわして続けた。「アン＝クレアは新婚旅行の夜に〈REI〉の保温下着を着てた。おれたちはバークレー湖でキャンプしてたからな」

リリーは話をうやむやに終わらせる気はなかった。「誰かが私に嫌がらせしてるのよ、兄さん」

「嫌がらせで芝生を刈った？　それはないだろう。嫌がらせでネグリジェを送った？　それはあるかもしれない。そっちの義理のお袋さんは精神的に問題を抱えてるのかもしれない。これでも気をつかって言うんだが――おれはあの人を気に入ってたよ。デズの病気をきっかけに様子がおかしくなるまでは。いつだったか、おれがヴァンダービルト大学病院に見舞いに行ったとき、ちょうどあの人も来てたんだが、デズは疲れてぐったりしてるみたいだった。で、おれが病室に入るなり、あの人はデズを怒鳴りつけたんだ。〝ちゃんとまっすぐ坐ったらどうなの〟って。それはもう異様な剣幕だった。あれはたまげたよ。でも自分の子がもう治る見込みがないとわかったら、おれだって自制心をなくすだろう。その気持ちはわかる。ただ、だからと言ってそんな手の込んだ嫌がらせをするだろうか？　どう考えてもそれは理屈に合わないとおれは思う」

27　チャールズ・アイヴス

オーウェンはそのまま仕事に出かけたが、四十分後に電話してきた。リリーは朝食をとっている子供たちをテーブルに残し、携帯電話を持ったまま外に出た。

「いま思ったんだが、デズのオペラ仲間の誰かが手配したのかもしれない」とオーウェンは言った。「木の剪定には相当な金がかかったはずだ。枯れ枝が全部切り落とされてたから」

リリーは庭を見上げた。「たしかに庭全体が明るくなったとは思ったけど、そこまでされてたのは気づかなかったわ。お隣のハリーはチェーンソーの音が聞こえたって言ってたけど」

「そっちの庭にはでっかいオークの木が三本あるだろ？　資格を持った専門の樹医に頼んだとして、その三本の剪定だけで千ドルはかかる。おまけに裏庭の奥に生い茂ってるモミジバフウの枯れ枝まで全部きれいに取っ払われてた。棘《とげ》だらけの実がごろごろなってるあれを剪定するのは厄介だし、時間もかかる。となると、オペラカンパニーの人たちが手をまわしたんじゃないか？」

「私自身はほとんど話したこともない人たちだけど」〈トレーダー・ジョーズ〉で出くわしたブライズ・テイトを除いては。リリーは心の中でそうつぶやいたが、オーウェンには彼女のことは黙っていた。オペラカンパニーのキャストやコーラスの人々と直接のつきあいはない。年に何度かカードをもらう程度だ。去年はオンラインの招待状で夏のピクニックに招かれたが、まだとてもそんな気分にはなれず、丁重に辞退したのだった。

「彼らはたいそうな金をかけて樹木を剪定し、そのあと裏のフェンスの切断部分を金網で補修した」とオーウェンは言った。

「切断？　古いライラックの枝がフェンスを突き破ったみたいだって、近所の人たちは言ってたけど。そこからあの仔ジカが迷い込んできたのよ」

「だったら、補修したときに破れ目をきれいに切ったんだろう。たしかに仔ジカならすり抜けられそうな大きさだった。そもそもおまえの家の裏庭に入るのに、誰がフェンスを切ろうなんて思う？　裏のゲートには閂《かんぬき》がついてるだけで、鍵がかかってるわけじゃない。庭に入るなら閂を外せばいいだけの話だ」

「鍵は今日じゅうにつけるわ。それより気になるのは、私が週末に家を空けるのを誰かが知ってたってこと」

「知ってたとはかぎらないんじゃないか？　向こうはおまえが家にいると思ってやってきたのかもしれない。おまえも家にいたならここまで度肝を抜かれることはなかったわけだ。とにかく彼らはやってきたが、家には誰もいなかった。で、仕方ないからそのまま庭の手入れをおこなった。そんなところだろう。近所の人には訊いてみたのか？」

「お隣のハリーだけ。トラックが来てるのは見たけど、ほかはあんまりおぼえてないみたい」どうしたらいいのだろう、とリリーは通話を終えて思った。近所を一軒一軒まわって訊き出す？

オーウェンが言ったことについて考えてみた。たしかに、彼らが作業をしにきたのが在宅中であれば、こんな不快な思いをすることはなかったはずだ。そもそも自分の留守を知っている誰かが庭の飾りつけをおこなったなどと、なぜ決めつけてしまったのだろう？

リリーには兄のいない生活など考えられなかった。とりわけ今となっては。過去には一家でナッシュヴィルを離れかけたことが一度ならずあったのだが。ワシントンDCからアーカイヴの仕事のオファーがあったときはサムを妊娠中で、つわりと闘うだけで精一杯だった。その二年後、今度はデズがカリフォルニア州バークレーの小さな新興オペラ団のオーディションを受け、採用が決まった。が、提示された給与額が想定以下だったため、一家はナッシュヴィルにとどまることにした。スター歌手になりたいとは思ってないから、と彼はリリーに言った。デズはすばらしい美声の持ち主だったが、バス歌手の数はバスの役を常に上回っていた。音楽院や研修制度は実際の求人数よりもはるかに多くの歌い手を年々輩出し続けている。だからナッシュヴィルでコーラスの仕事に就けるだけでも恵まれてるし、ぼくはこの街で歌えることを幸せに思ってる。デズはそう言ったのだ。

のちにデズが病に冒されたとき、リリーは自問せずにはいられなかった――どこか別の土地に引っ越していれば、こんなことにはならなかったのではないかと。まるでよその土地にはがんなど存在しないかのように。それがワシントンDCであれ、カリフォルニアであれ、イラクのサーマッラーであれ。

引き続き電話をかけ、同僚のアイリスに訊いてみた。週末に誰かがうちの庭をすっかりきれいにしてくれたんだけど、事情を知ってたりしない？ イースターのバスケットが置かれてたことについては？ 〈トリニダード〉っていうチョコレートの名前に心当たりはない？

「意味不明なことを訊くのね。そんなこと私が知ってるわけないでしょ？ トリニダードはバハマのご近所でもなんでもないし。ねえリリー、私に何かしてほしいなら、はっきりそう言ってよね。そういえばフィンがよく一緒に過ごしてるっていう、素敵なクリスチャンの一家はどうなの？ フィンと一緒に記念樹を植えたんでしょ？ その人たちがあなたのお庭をきれいにして、バスケットを置いてったんじゃないの？」

フィンが言っていたとおりなら、マレン一家も週末は出かけていたはずだ。が、リリーはともかくアリス・マレンに電話をかけた。話を聞いたアリスは〝善きおこない〟があったことを喜びながらも、自分たちではないと否定した。聴く者の心まで穏やかにするような小さな声でそっと、彼女はマシューの話をした。慈善を人に見られるためにおこなってはならない、右の手のすることを左の手に知らせてはならないという戒めについて。リリーは一瞬してから気づいた――それが『マタイ《マシュー》による福音書』の話であって、存命中の誰かの話ではないことに。そして、またしてもアリスをうらやましく思った。その慎《つつ》ましやかな信仰心と、このうえなく優しい声を。

そのあと聖トリニティ教会から折り返しの電話がかかってきた。庭の手入れをしたのは自分たちではないが、今後もし希望されるのであれば喜んで手伝いたい、との返答だった。

ガラ・パーティーが一週間後に迫った今、職場では誰もが当日に向けて動いていた。助成金の申請担当だろうが受付係だろうが音楽アーキヴィストだろうが関係なく、全職員が資金集めの準備作業を割り当てられている。リリーとアイリスは《南部再建時代《リコンストラクション》の音楽》の目録をひと月まえに完成させていた。解説文のほとんどはアメリカ音楽史の修士号を持つアイリスが執筆した。今、ふたりは展示する写真の調整作業を終えようとしている。スミソニアン協会や州立図書館から集めた古い写真の数々を大廊下の壁にスライドで展示するのだ。当日は小舞踏室で地元のアーティストがライヴ演奏を披露し、大舞踏室で晩餐会《ばんさんかい》がおこなわれる。

展示のBGMに使用する古いラジオ音源から『ツバメたちはどこへ消えた?』が流れている。十九世紀の女性詩人の詩を歌った、演奏者不明の一曲。リリーとアイリスは大廊下の椅子に坐り、音源がループ再生されることを確認する。アイリスが目録を読みあげ、リリーが写真を手元のログと照合する。

スライド118：解放された奴隷。掘っ建て小屋のまえで。メンフィス

119：荷車を押す少女と犬。ナッシュヴィル

「ねえ、チャールズ・アイヴスの多調音楽を聴いてる気分なんだけど」とアイリスが言った。「『血潮したたる主の御頭《みかしら》』（キリスト受難の讃美歌）をハミングしてるの？　音楽のマルチタスクはやめてよね、リリー。集中して早く終わらせなきゃいけないんだから」

120：保安官と山の蒸留所。

121：とっくに死んだ人たちだらけ——リリーは心の中でつぶやいた。

28　私たちの悲しみ

リリーはここしばらくのうちにため込んだ感情を〈寄り添いの輪〉で吐き出していなかった。このまえの火曜日は、デズの一周忌におこなった夜明けの儀式のことをみんなのまえで話したのだった。同じ日に〈トレーダー・ジョーズ〉で熱っぽいブライズ・テイトに遭遇したエピソードは省いて。今夜はマルガリータとカラオケの果てに酔いつぶれた週末の話をしようかと思ったが、目のまえの顔ぶれを見て思いとどまった。お高いマダムのミセス・ヘンリエッタのまえで話すには低俗にすぎるし、イヴォン——ふたことめには〝イエスさま〟を持ち出す女——もなんだかんだでまた輪に戻ってきている。庭を勝手に手入れされた件にしても、兄に諭されてから怒りはおさまっていた。昨夜帰宅してみてわかったのだが、旗と飾

りを撤去してしまうと、木々や芝生がすっきりと刈られた庭はそう悪いものではない。いつもはフィンが手押しの芝刈り機で草を刈るのだが、ここまできれいにはならないものだ。

「この続きを自分のことばで埋めてみましょう」ミリアムがその夜のエクササイズを促した。

「私は悲しみを味わった。それはまるで……」

「妻のキスのようだ」とレオン。「もう二度と戻らない」

「ウィスキー」とカーリーは答えた。「いい気分でハイになってるところから、これ以上飲んだら後悔するってわかってて、それでもぐいっとやるときの味」

次はリリーの番だった。「今日は手紙を持ってきました。またあのジャズミンって人が手紙を送ってきたので」

「それはあとにしましょう」とミリアムは言った。「悲しみの味については考えてみた？」

リリーが黙って肩をすくめると、ミリアムは次の参加者に向かってうなずいた。「イヴォン、あなたはどう？　あなたの悲しみの味は？」

「悲しみを味に喩《たと》えるアイディアはいいと思います。悲しみはその場かぎりのものですから。わざわざ呑み込む必要はありませんよね」とイヴォンは言った。

「悲しみは蜜の味」とミセス・ヘンリエッタは答えた。「悲しみにどっぷり浸るってことは、主人の思い出に浸るってことだから」

「あたし、右のほっぺたにゲイブの名前をタトゥーで入れたんだ」とカーリーが言った。

「惚《ほ》れ惚《ぼ》れする出来だよ」

ミリアムが輪の外の薄暗がりから首を伸ばし、カーリーの顔をのぞき込もうとした。アシスタントのルネが笑いをこらえながら言った。「カーリーはお尻のほっぺたのことを言ってるんだと思いますよ」

ミリアムはゆったりと椅子に腰を落ち着けてから尋ねた。「それは悲しみを忘れないため？それとも、タトゥーを入れることで心の痛みを体の別の部分に移したということかしら？」

その問いにカーリーが答えるまえに、ミセス・ヘンリエッタが横から言った。「お尻にタトゥーを入れるってことがどういうことかわかってるの？新しい相手とつきあったり結婚したりして、裸になったり愛し合ったりするたびに、相手はあなたのお尻に彫られたゲイブの名前を嫌でも目にすることになるのよ」

今夜はそれで全員だった。ミセス・ヘンリエッタ、レオン、カーリー、イヴォン、リリー、それにカウンセラーがふたり。そういうときもある。

「それは相手にお尻を向けた場合でしょ」カーリーが言い返した。「そもそもどんな相手であれ、ゲイブの名前を知らずしてあたしとお近づきになろうなんてありえないから」

「私に言わせれば」ミセス・ヘンリエッタはなおも言った。「主人の名前を自分のお尻に彫るなんて、主人に対して失礼よ」

「あなたの世代はそうかもね」

「もしあなたのお尻にほかの男性の名前が彫られてたとしたら、あなたの大事なゲイブはどう思ったかしら？」

「もしあたしがゲイブとつきあうまえに大事な相手を亡くしてたとしたら、ゲイブはその話をちゃんと聞きたがったと思うけど」

リリーはタトゥーをめぐる議論が終息するのを待った。それから例の手紙をハンドバッグから取り出し、ミリアムがうなずくと同時に読みはじめた。

……お互いの思い出を大切に分かち合えば、私たちの悲しみはぐっとやわらぐはず。だから どうか、私の真心を込めたことばを受け入れて。私は荒野で涙にくれている気分です。

あなたの忠実なるしもべこと

ジャズ・エルウィン

「このまえの手紙よりさらに立ち入ったエピソードを書いてきたわね」ミリアムはそう言うと、リリーの背後にまわって手紙をのぞき込んだ。「署名もこのまえより一段と大きくなってる。さあ、どうしたものかしら？」

「返事を書きなよ」とカーリーが言った。「言ってやんなよ、あんたの話は旦那から聞いたって。あんたのあそこは不味《まず》くて最悪だったって」

「そんな言い方をする必要があります?」イヴォンが口をはさんだ。「それではあまりにも下品だし、何より女性そのものを侮辱していると思います」

「議論を続けるまえに」とミリアムが言った。「過去の恋愛の意味を考えてみましょう。今夜ここに集まったあなたたちは全員、亡くなったパートナーの死を悼んでいる。ここでぜひ言っておきたいのは、あなたと出会う以前の過去があったからこそ、あなたの愛するパートナーがつくられたということです。みんなそれぞれがひとつのグループプロジェクトだということね。たとえばこんなふうに考えてみて——このジャズミンはいわゆる〝重い彼女〟だった。だからこそ、相手にしがみつくような関係はよくないということをリリーの未来のご主人に教えてくれたのかもしれない。つまり、事実がどうあれ、愛するパートナーの過去の恋愛関係は尊重するべきだということです」

「愛する亡きパートナーね」カーリーが言い直した。

「その手紙、いかにも未熟な印象を私は受けたんですけど」ルネがリリーに向かって言った。「あなたとしてはどうですか? その人におびやかされたように感じている?」

「〝おびやかされる〟っていう言い方がふさわしいのかどうかわからないけど」

「会ったことはあるんですか? 消印はどこになってます?」

「顔も知らない人です。デズからそれらしい人の話を聞いたこともないし。消印はシカゴになってます」

「なら安心ですね」とルネは言った。「近所でばったり顔を合わせるようなことはないわけだから」

「義理の弟がガールフレンドと一緒に差出人の住所を確かめに行ってくれたんだけど、そこはレンタル私書箱の番号だったそうです。ふたりがメモを残してきてくれました。もう手紙は送らないでくれって」

「いいアイディアね」とミリアムが言った。「これはふたりだけの個人的なやりとりじゃないんだということを相手に知らしめる。家族全体の問題であることをわからせる。つまり、あなたはご主人の一家に守られていて、彼女は一家の輪の外にいるということね。ほかに提案がある人は？」

「返事を出すなら、封筒に自分の住所は書かないことだね」とレオンが言った。

「こっちの住所は知られてしまってるし、返事を出すつもりもないわ」とリリーは応じた。

「レオンの言うとおりよ」とミセス・ヘンリエッタが言った。「住所を知られてるとしても、封筒にあえて書かないことがメッセージになるのよ」

「相手は悪気がなかったのかもしれませんよね」とルネが言った。「その可哀想な女性に返事を書いて、お悔やみの手紙をありがとうと、できるだけ短く伝えるのがいいと思いますよ」

「要は〝金輪際うちの死んだ夫に手を出すんじゃねえぞ〟ってことね」とカーリーが言った。

29 スタート・ミー・アップ

その夜、子供たちを迎えに兄夫婦の家に寄ると、アン＝クレアがソーダでも飲んでいってと、リリーを家に招き入れた。こういうことはめったにない。子供たちが何かしでかしたのだろうか？

アン＝クレアは柳模様の陶磁器を思わせる白い肌と青い瞳の持ち主だ。政治や宗教の話をしなければ、彼女とリリーは仲のいい友人同士でいられる。大学院時代のルームメイト同士。アン＝クレアはリリーを促してキッチンテーブルの椅子に坐らせ、話を切り出した——日曜日のイースターのサプライズのことだけど、オーウェンは事の大きさを理解していないと思う。私なら自分の娘はもちろん、よその子であろうと、出どころのわからない食べものなんか絶対に食べさせたりしない、と。アン＝クレアのその方針をめぐっては、ハロウィンの夜に家庭内でひと悶着《もんちゃく》あったという。彼女が娘のテリーサに近所の顔見知り以外の家をまわることを禁じたために。「誰からかもわからないイースターのバスケットが置かれてたんでしょ？　あなたが不安になる気持ちはよくわかるわ。お菓子は全部包装されてたの？」

リリーはうなずいた——砂糖菓子はすべて箱に入っていた、あるいは包装されていた。プラスチックの卵に入って芝生に撒《ま》かれたゼリービーンズですら、少量ずつセロファンで個包装されていた。どのみち捨ててしまったものがほとんどだが。

「誰かの善意だとしても油断はできない」とアン＝クレアは言った。「私も充分に目を光らせておくわ」

リリーは子供たちを車に乗せて帰路についた。途中でデズからのメッセージを求めてラジオをつけた。ローリング・ストーンズの『スタート・ミー・アップ』がスピーカーから流れてきた。聴いていて悲しくなるような歌ではまったくない。何か個人的な思い入れがあるわけでもない。情熱的な一夜のまえの特別なデートで、この曲に合わせてデズと踊ったわけでもなんでもない。それなのに急に泣けてきた。エリントン・パークウェイを走りながら、涙があふれてどうしようもなくなり、かろうじて路肩に車を寄せた。エンジンを切ると同時に音楽もやんだ。ハザードランプのことを思い出し、点灯させてから、ハンドルに突っ伏してむせび泣いた。子供たちがわれがちにシートベルトを外し、後部座席から身を乗り出してきた。ふたりして不器用な手つきで母親の髪を撫で、顔の涙をぬぐい、背中をやさしく叩いて落ち着かせようとした。

リリーは振り返り、ほのかな灯りに照らされたふたりの顔を見つめた。とまどいと心配の入りまじった、哀しげな仔犬のような顔を。

「スズメバチか何かに刺されたの、ママ？」とサム。

「あおり運転してるやつがいたの？　そいつに追い出されたの？」とフィン。

「大丈夫、なんでもないの」とリリーは言った。

「もうちょっと待っててくれる?」

後方から来た車が次々と通りすぎていく。

「これはきっと、パパに関係があることだね」サムが兄に向かってわけ知り顔でささやいた。

リリーはなんとか気持ちを立て直し、家まで運転した。

「あのさ、一回病院で診てもらったほうがいいよ」フィンが車を降りるまえに言った。「知ってると思うけど、ジョシュ・マレンのお母さんはハーフマラソンに出るために練習してるし、ウェイトトレーニングだってやってるんだ」


リリーは書斎のドアを閉め、不妊治療クリニックのジーナ・ブラントンに電話をかけた。彼女からのEメールに記載されていた携帯電話の番号に。夜の九時という遅い時間に電話したことを謝ると、ジーナは言った。

「とんでもありません、ミセス・デクラン。そのために携帯電話の番号をお伝えしていますので。ご連絡くださってありがとうございます。何週間かまえに精子提供についての書類をスキャンしてEメールでお送りして以来、お返事はいただいてませんでしたよね。〈メイウッド不妊治療センター〉の名前で送信したんですが、迷惑メールに振り分けられてしまったのではないかと思いまして」

「いいえ、見ました。そのメールで携帯の番号がわかったんです。精子の廃棄をお願いします」

「ずいぶん慌てていらっしゃるようですね。このあいだお電話でおっしゃっていたこととちがいますし。どういった理由でお気持ちが変わられたのでしょう？」

ある歌をラジオで聴いて、などと話すつもりはなかった。あれはやっぱりデズからのメッセージだったのだ――彼が自分で選局ボタンを設定したラジオからのメッセージ。死んだ人間は射精することもなければ、もう一度〝その気に《スタート・アップ》〟させられることもない。そういうメッセージだったのだ。もちろん、そんなことをジーナに話すつもりはない。誰かが自分の留守中に〈主はよみがえった〉の旗を玄関に掲げたことも。どちらもただのヒントにすぎない。おかげで現実を思い出したのだ。自分にはふたりの可愛い子供がいて、夫はこの世におらず、凍結された精子は死後のサプライズとして残されているわけではないという現実を。

「気が変わったわけじゃありません。このあいだはまだ何も決められなかっただけです。直接うかがって書類にサインしましょうか？」

「たしかご主人さまは生前、臓器提供をご希望でしたが、抗がん剤や放射線治療の関係でできないんだとおっしゃっていましたよね。実はちょうどこちらのクリニックにお問い合わせが来ておりまして、共働きのご夫婦が一組、音楽的素質のあるアイルランド系の提供者《ドナー》をお探していらっしゃるそうなんです。もしご承諾いただけるようであれば、奥さまには補償が提供されるかもしれません。もう少し詳しくお調べしましょうか？」

「補償って、金銭的にってことですか？　金銭を提供するとおっしゃってるんですか？」

「先方のご意向ですので詳しくはわかりかねますが、おふたりとも非常に熱心なご様子だとのことです」

「ジーナ、あなたにもその補償とやらが提供されるの？　この件で何かまちがいがあって困るなら、私は弁護士を呼んだほうがいい？」

「とんでもありません。こちらとしてはただ、お子さんに恵まれないご夫婦から毎日のようにご相談いただいてますので、せっかく条件にぴったりのドナーさまが見つかったのに最終的にご希望に添えないとなると、私としても大変心苦しいものですから」

「ミズ・ブラントン、精子を提供しているミュージシャンならナッシュヴィルには腐るほどいるんじゃないかしら。それこそアイルランド系でも何系でも」

沈黙ができた。リリーは待った。これではまるでモンティ・パイソンのブラックコメディだ。こっちは憤怒《ふんぬ》にかられているというのに。

「ご心配には及びません、ミセス・デクラン。すべてこちらで責任を持って対処いたしますので。では、凍結保管中の精子は廃棄させていただきますね」

30　危ない人

　ガラ・パーティー当日の土曜日、リリーは午後五時まで職場に残って、果てしなく続く細かい確認作業に追われていた。裏の駐車場はすでに車で埋めつくされ、横のフィールドはあとで係員が駐車を代行するために封鎖されている。厨房《ちゅうぼう》と休憩室はケータリング業者に占拠されている。前日に設営されたテントは花や枝葉で飾られ、大舞踏室は煌《きら》びやかなゴールドと薄紫を基調にしたフォーマルな晩餐会会場に姿を変えている。小舞踏室からはサウンドチェックやスピーカーの調整をおこなう耳障りな音が聞こえてくる。「資金集めは必要悪だ」リンデン氏は毎年決まってそんなことを言う。ことばとは裏腹に、彼自身はあらゆる瞬間を愉しんでいるようだったが。

　リリーとアイリスは人手が足りていない作業を手伝った。リリーは子供たちを一緒に連れてきていた。オーウェンは妻の実家へ行っているし、ベビーシッターは夜まで来られないのでやむを得ない。フィンとサムは午後のほとんどを戸外でサッカーをして過ごした。走りまわって汗だくになり、帰る時間になってもルールのことで言い争っているふたりをリリーは車に乗せ、それぞれがシートベルトをするのを待った。ガラ・パーティーでループ再生する音源が繰り返し頭の中でまわっている。リリーは車の窓を開け、車内の冷風を最大にして、不協和音に満ちた人生のBGMを吹き飛ばそうとした。

突然、車の横腹に金属的な衝突音が響いた。衝撃で奥歯が鳴った。いったい何をしでかしてくれたのかと、リリーはとっさに後部座席を振り向いたが、子供たちもショックで顔が固まっている。隣に駐車した車の横で、女性がひとり立ち動いている。

「ふたりとも大丈夫?」リリーが訊くと、子供たちは黙ってうなずいた。

動転したまま、リリーは窓の外に向かって大声で叫んだ。「ちょっと! いま私の車にぶつけましたよね?」叫ぶが早いかエンジンを切り、車の外に出て助手席側へまわり込んだ。

「なんのことかわからないわ」女性はそう言うと、大型のレクサスSUVのバックドアをゆっくりと閉めた。

リリーは愛車のトヨタに目をやった。シルバーの車体がへこみ、その傷を横切るようにレクサスの茶色い塗料が付着している。リリーはそこを指差した。それから女性を見て、もう一度そこを指差した。女性はヨガパンツにナイキのTシャツという恰好だった。プラチナブロンドの髪をきついポニーテールにまとめている。彼女は言った。「私は一時間まえからずっとここに停めてるのよ。いつあなたの車にぶつけたっていうの?」

「このへこみを見てください。あなたがたった今、そのドアを私の車にぶつけた証拠です」

「いいえ、私はぶつけてなんかいないわ。チャイルドシートを調節しようと思って、ほんのちょっとドアを開けただけよ」

レクサスの奥のチャイルドシートに、ブロンドがかった縮れ毛の頭が見えた。リリーは声を一段低くして言った。「私の車にも子供が乗ってるの。ぶつかった衝撃で車が揺れたのよ。このへこみを見て」

「あなた、危ない人なの？」女性は鼻に皺を寄せ、眉をひそめながら言った。

「何を言ってるの？　このへこみを見てみなさいよ！」リリーは声を荒らげ、車体の傷を手でなぞった。ダークブラウンの塗料が溝に沿って付着したところを。

「あーら、でもほーんのちいちゃなへこみじゃない。誰もバンドエイドを貼らずにすんだわけだし」と女性は言った。

リリーは思った――この女には言語障害でもあるのだろうか？

「車の保険証を見せてください」

「ほーんのちいちゃなかちゅりきじゅなのに、ひどーいひどーい言いがかりでちゅねー」

レクサスの女はわざとらしく肩を落とし、満面の笑みを浮かべてみせた。ちがう、この女は言語障害などではない――四十代で幼児語を話すというだけだ。リリーは首のうしろが総毛立つのを感じた。

「警察に連絡します」そう言うなり、リリーは車のうしろにまわってナンバープレートを確認しようとした。が、そうはいかなかった。

「わかりまちたー。こわーいおばしゃんのために保険証を取ってきまちょうねー」

レクサス女はポニーテールをひるがえし、自分の車に乗り込んだ。そうしてドアを閉めるが早いか、おそろしい速さで車を急バックさせ、駐車スペースから飛び出した。リリーはとっさに自分の車に張りつき、どうにか轢《ひ》かれずにすんだ。

あまりのことに、しばらく張りついたまま動けなかった。怒りにわななきながら、何度も息を吸っては吐き、それからようやく体を引きはがした。車のうしろに一歩踏み出し、事故現場から逃走したSUVが悠々と駐車場を出ていくのを見送った。

車のそばを行きつ戻りつしながら、受付係のティファニーに電話をかけた。ほかのスタッフ同様、彼女も今日は出勤している。リリーはたったいま何が起きたかを説明し、茶色いレクサスSUVと運転していた女について、知っている人がいないかあたってみてほしいと頼んだ。誰であってもおかしくない——生花業者、装飾業者、ケータリング業者。会社のロゴやIDのようなものはあの車には見あたらなかった。宣伝用のマグネットシートを貼るようなタイプのヴァンでもなかった。リリーは気持ちを落ち着かせてから車に戻った。

「さっきの、すごく変だったな」とサムが言った。「ベビーシートに犬が坐ってたんだよ。小さい子供だと思って見てたら、ぱってこっち向いたら犬だったんだよ。ラブラドゥードルの仔犬みたいなやつ。すごく変だった」

「警察を呼ばなきゃだめだよ、母さん」とフィンが言った。

「ナンバープレートを見るまえに逃げられちゃったのよ」あの数字は3だったか、いや、8

だったかもしれない——急バックされて飛びのくまえに目に入ったのは。「とりあえず保険会社に電話するわ。あと一時間したらシッターさんが来るから、それまでに家に帰らないと」

「ミケイラが来るの？」とフィンが尋ねた。

「そうよ」修羅場はおしまい、とリリーは胸につぶやいた。ミケイラはケイト・ミドルトン似のブルネットで、もう何年も子供たちの面倒をみてくれている。ふたりの大のお気に入りなのだ。そう、修羅場はおしまい——そうして怒りがおさまると、今度はどっと疲れが襲ってきた。

ウエスト・エンド通り沿いにあるスターバックスのドライヴスルーに立ち寄ったところで、デズのメッセージを聞かなければと思い立った。カーラジオをつけると、シェリル・クロウの『オール・アイ・ワナ・ドゥ』が流れてきた。そうね、デズ。愉しい時間を過ごせばいいのよね。今日にふさわしい一曲をありがとう——。デズとふたりでこの曲に合わせて踊ったことを思い出す。あんなに体が大きくなければ、なおかつ踊りながらあんなに屈託なく笑うのでなければ、デズのダンスはもっとさまになっていたことだろう。あれはシカゴのクラブだった。フロアで踊っていたラテン系の男性はみんな痩せて締まった体つきで、口元を真剣に引き結び、めりはりのある鋭い動きを披露していた。デズはジャズミンともあのクラブで踊ったことがあったのだろうか？　彼女が裸足で、彼がハイカットスニーカーを履いて？

それはない、とリリーはその考えを打ち消した。あのクラブは新しくできたばかりだった。デズのいとこの結婚式のあと、大人数で連れ立って踊りに行ったのだ。

リリーはラジオを消し、車を修理した場合の自己負担額が三百ドルだったか五百ドルだったかを思い出そうとした。それからコーヒーの代金を支払った。

31　ガラ・パーティー

「すみません、ミセス・デクラン。食中毒かインフルエンザかわからないんですけど、嘔吐が止まらないんです。三十分まえまではなんともなかったのに」

リリーは思わず憤りそうになったが、こればかりは仕方ないと自分を納得させた。ミケイラがキャンセルするのはこれがはじめてなのだから。オーウェンはアン＝クレアの実家へ泊まりで出かけていたが、リリーはベビーシッターの知り合いがいないか相談するつもりで、アン＝クレアの携帯に電話してみた。つながらない。シャーリーズはよその家で予約が入ってしまっている。ロンダは電話に出ない。向かいの家に住む年配の女性には、もう睡眠導入剤を飲んでしまったからと丁重に断られた。リリーは時計を見た──午後七時。

手持ちのフォーマルドレスを何着か出してきて、ベッドに広げた。〝キラッキラの勝負ドレス〟。デズはそう呼んでいた。見るからにきらびやかで派手やかなドレスたち。喪服のような真っ黒のドレス――高級販売店で買ったニナ・リッチのヴィンテージドレス――でさえ、スカートはふわりと広がり、襟ぐりは大胆にカットされている。デズの舞台の初日の夜に、リリーはこれらのドレスを着たものだ。夫が主役級でなくても、地元だけの公演であっても、終演後のレセプションには夫婦で出るものだったから。結局、今夜のガラ・パーティーにはベージュのレース地のミニドレスを着ていくことにした。フォーマルというよりはカクテル。身につけてみて思った――まるで全身が呑み込まれてしまったようだ。そんなに体重が落ちてしまったのだろうか？　いや、そこまでではない。とはいえ、もとが小柄なので、四、五キロでもかなり痩せたように見える。もっと顔色がよく、髪もきれいに整えたなら見栄えもするのだろうが、少なくとも悪目立ちすることはないはずだ。これにストラップ付きのサンダルとクラッチバッグを合わせれば。

子供たちのフォーマル服はどうしようかと考えた末、カーキパンツとボタンダウンシャツの組み合わせに落ち着いた。フィンは家に残りたがった。いつもリリーが犬の散歩や食料品の買い出しに行っているあいだ、自分たちだけで留守番しているのだから大丈夫だと言い張って。いつもみたいなわけにはいかないの、とリリーは言った。ガラ・パーティーは遅くまで続くし、そのあいだ携帯電話を見るわけにはいかないんだから、と。

「厨房の通用口からしれっと入っちゃえば、気づく人なんて誰もいないわよ」アイリスは電話でそう言った。「子供たちにはオフィスにいてもらって、私たちが交替で様子を見にいけばいいわ。来ないのはナシよ。わけわかんないハイソな空間にひとりだけ置き去りにされるのはごめんだからね。そういえばフェイスブックのあれ、素敵じゃない。こっちに来てからまた話しましょ」

〝フェイスブックのあれ〟とはなんだろう？ リリーは首を傾《かし》げた。リンデン財団はフェイスブックのページは持たず、高い制作運用費をかけて双方向型のウェブサイトを運営している。フェイスブックはありきたりすぎるとヘンリー・リンデンは考えていたはずだが、アイリスがついに彼を説得したのかもしれない。たぶんそんなところだろうとリリーは思った。

厨房ではケータリング業者や給仕係がせわしなく動きまわっていた。誰かの口笛が聞こえる。デズがよく吹いていた『バイ・バイ・ブラックバード』のメロディ。三人は奥の通用口から入り、リリー、サム、フィンの順に一列縦隊で進んだ。リリーは人や物のあいだを注意深くすり抜けながら、口笛の音に耳を傾けた。デズの吹く口笛とはちがう——もっと高音でジャズ調だ。ようやく口笛の主を見つけた。給仕責任者《メートル・ドテル》か、あるいはイベントの企画責任者か。いかにも上の立場の人間らしい雰囲気と仕立てのいいタキシードを身に纏《まと》い、食堂へと通じるドアの内側に立っている。

「どうしてその曲を吹いてるんですか？」リリーは口笛の男に尋ねた。

男はリリーを見て微笑んだ。「つい悪い癖でね」茶色い髪、短く刈りそろえた顎ひげと口ひげ、青い目。この人の辞書に不機嫌ということばはないのだろう。そう思わせる顔をしている。「口笛なら『ドック・オブ・ベイ』のほうが得意なんだけど。聴きたい？」

「いいえ、結構です」とリリーは言った。「せっかくですけど」もはや確信していた——これこそがメッセージだったのだと。夕方、カーラジオからシェリル・クロウの曲が流れたのはそういうことだったのだ。デズはどこぞのバーで見知らぬ相手とビール片手に愉しい時間を過ごせと言いたかったのではない。リリーの周囲に目を光らせていると伝えたかったのだ。バレンタインの朝に見たあのカラス《クロウ》のように。

「大丈夫ですか？」男が訊いてきた。

リリーは涙をぬぐいながら思った。今日つけてきたのはウォータープルーフのマスカラだっただろうか。こんなことはもうやめなければならない。日替わりの星占いのように、フォーチュンクッキーのおみくじのように、ラジオから死者のメッセージを読みとるなどということは。

「列席者の方でいいのかな？」男はうしろのテーブルからクリップボードを取り上げ、来賓のリストを掲げてみせた。

「ええ」とリリーは答えた。「ここの職員なんですけど、頼んでいたベビーシッターがインフルエンザで来られなくなってしまって、あちこち電話したんですけど誰もつかまらなかったので、とりあえず子供たちをこれからオフィスに連れて行って、私はあとで——」

「そんな必要はまったくありませんよ。お子さんたちも一緒に坐ればいい」

「そうは言っても席の用意がないと思いますし、子供たちもオフィスにいたほうが気が楽ですし」

「大丈夫ですから、ぼくについてきてください。もっと余裕のあるテーブルに案内できますから」男はリリーの腕をとって晩餐会会場へ連れ出し、強引にエスコートしながら人波をぬって歩いた。

「待ってください、困ります」リリーの声には腹立ちが表れていた。まわりの人々が何事かと視線を向けてくる。フィンとサムは白鳥の群れに放り込まれたアヒルの子よろしく、ロングドレスやタキシードの海の中をおっかなびっくりついてきている。「私はここの職員なんです。ほんとに困るんです」

「ぼくもここの職員ですよ。だったら問題ないでしょ?」男はリリーに対抗して、わざと喧《けん》嘩腰《かごし》で言い返した。

リリーはいたたまれなかった。シャーベットカラーのシルクドレスに身を包んだご婦人方の頭上にこんな吹き出しが見えるようだ——〝あの子たちは五百ドルのチケットを持ってるの?〟〝お子さまは無料で食べ放題ってわけ?〟

給仕責任者の男はリリーたちを前方のテーブルに連れていくと、椅子を引いて彼女を坐らせ、自分もすぐ隣の椅子に坐った。

「ご挨拶が遅れましたが、ガードナー・リンデンです」と彼は言った。「アイリスにはもうお会いしたから、あなたがリリーですね。ぼくらはみんな親父の下で働いてるってわけだ。ぼくも子供の頃はしょっちゅうブラックタイのイベントにひっぱり出されてましたよ。だからお子さんたちにもぜひ、惨めな思いを味わってもらいたいと思ってね」彼は頭を一方に傾げ、冗談めいた口調でそう言うと、握手を求めてきた。リリーは差し出された手を握り返すと、身を乗り出して彼に耳打ちした。

「お気持ちはありがたいけど、ここまでしていただかなくてけっこうです。ここがプレミアム席だってことも知ってます。子供たちはオフィスにいたほうがいいんです」

「実はさっき、キャンセルが二席出たんですよ。だからここにいてもらえると助かるんだけどな。晩餐会で空席が出るのは避けたいんで」

サムが嬉々としてバックパックから『スター・ウォーズ』の塗り絵ブックと六十四色セットのクレヨンを取り出した。フィンはここにいるならサメに食い殺されたほうがましだと言わんばかりの表情を浮かべている。

「ぼくの頼みを聞いてくれてありがとう」とガードナー・リンデンは一方的に続けた。「ほら、そんな顔しないで、笑って。ではではみなさん、愉しい夜を」そうしてクリップボードを片手に立ち去った。

アイリスがフィンの隣に坐った。おかげでフィンは母親の険しい顔ばかりを見ずにすみ、いくらか救われたようだった。アイリスに助けてもらいながら、フィンとサムは〈ムラードダックの胸肉のたたき〉に〈ピーカンとブルーチーズのグリーンサラダ〉がのったものを最初の一品に選んだ。

「これはいったいどういうことだね？」ヘンリー・リンデンの声がリリーの右耳に飛び込んできた。

「息子さんにこの席を案内されたんです」とリリーは答えた。

「それで？　きみの子供たちがここにいる理由は？　事前にそんな話は聞いていたかな？」

彼のほうはそれ以上何も言う必要はなかった。リリーに選択肢はなかった。上司のことが苦手だからといって、ここで職を失うわけにはいかないのだ。アイリスが代わりに事情を説明しようとしたが、リンデンはすでにタキシードを着た男性とサテンドレスの女性のほうを向いて握手を交わしていた。

母子三人はサムのクレヨンをかき集めてバックパックにしまい、会場をあとにした。給仕係や人の行き来や話し声にまぎれて、それほどあからさまに人目を惹《ひ》かずにすんだ。アイリスは憤然としていたが、リリーは黙って子供たちをオフィスへ連れていった。

少し経つとノックの音がして、アイリスがリリーたちの食事の載ったトレーを持って入ってきた。「今ここでリンデン・シニアに何を言っても無駄みたいね」と彼女は言った。

「言わぬは言うにまさるっていうけど」とリリーは言った。「とりあえずあなたは向こうに戻って食べて」

「お断りよ。あの会場には黒人がふたりしかいないのよ、ケータリングのスタッフと私以外に。おかげで人種融合政策の見本みたいに二秒ごとに写真を撮られて、もううんざりなんだから。私が消えれば、みんなあっちのふたりに注目してくれるでしょ。今夜ここに来ることを心から望んでチケットを買ったご夫婦に」

リリーとしてもオフィスにいるほうがはるかにましだった。子供たちは食べ慣れない料理をつついたあと、床に寝そべって絵を描きはじめた。フィンはプリンター用紙にロボットやドラゴンの絵を描き、サムが自分も描きたいというのを嫌々ながら手伝った。アーチ形の高い窓から夜の風が流れてくる。晩餐会のにぎわいがかすかに聞こえてくる。人々が愉しそうに笑いさざめく声。会場から離れてそうしたざわめきを聞くのは心地よかった。

「みんなが写真を撮るのは、それだけあなたが魅力的だからよ」とリリーは言った。

アイリスは椅子をひっぱってくると、リリーのデスクに自分たちの夕食を広げた。

「魅力的で、なおかつ黒人だからよ」とアイリスは言い直した。肩を大きく出したピーチカラーのシフォンドレス。長い裾が底の厚いサンダルの甲まで届いている。「これは〈アンソロポロジー〉のセールコーナーで買ったの。ねえ、リル。私たち、一緒に買い物に行くべきよ」

「やっぱりそうよね」とリリーは言った。今さらながらベージュのミニドレスが時代遅れで場ちがいに感じられた。

「そういう意味で言ってるんじゃなくて、まえみたいにふたりで気軽に出かけたりするべきだってこと。そのへんで買い物したり、お茶したり」

アイリスはフォークを置いて皿を脇へ押しやると、リリーのサラダの皿と水の入ったグラスを越えて両手を伸ばし、友人の両手を握った。

「どうして急に手を握ってくるの？　私は別に自分のドレスのことなんかどうだっていいのよ。今夜ここに来られただけで上出来だと思ってるわ」とリリーは言った。

「私だって別にあなたのドレスのことなんかどうだっていいけど、これだけは言わせて。会場に戻るまえにリップだけでもつけてくれる？　チークもしたほうがいいかも。だけど、それが言いたくて手を握ったんじゃないの。私はただ、あなたにもう少し信仰があればいいのにと思ったの。だってそう、あなたとデズはもうすでに永遠にひとつなんだから。それさえ実感できれば、あなたは自分の人生を取り戻すことができるんだから」

なんという気まずさ。ミセス・ヘンリエッタの言ったとおり、二年目のほうがひどいというのはほんとうかもしれない。そんなことを思いながら、リリーは子供たちのほうを見やった。ふたりともまったく注意を払っていない。アイリスが信仰の話をするのははじめてだった。

「要はあのフェイスブックのページが気に入ったって言いたかったの。祭壇を立てるみたいな感じよね。きっと心の回復につながると思う。あなたはこの一年、ずっと小さな世界で生きてきたんだもの。これを機に窓を開けて、外の空気を取り入れていけるといいわね」

「なんのことかさっぱりわからないんだけど」

「デズのフェイスブックの追悼ページのことよ」

「ますますなんのことだかわからない。私はフェイスブックはやらないし、デズは二年まえに自分のアカウントを削除してるもの。追悼ページなんかあるはずがないわ」

「嘘でしょ？　追悼ページを作ったのはあなたじゃないの？　じゃあ誰だろ、デズのお姉さんとか？」アイリスは自分のデスクからノートパソコンを持ってくると、リリーのまえの皿をどけてノートパソコンをひらき、アドレスを打ち込んだ。

リリーは画面を見つめた。デズがそこにいた。追悼されるためによみがえったラザロ。生まれたてのデズ――細長い体と閉じた目。二歳のデズ――ぽってりした頬と丸っこい体。トランスフォーマーのフィギュアを得意げにカメラに向かって掲げている。アイリスがタイムラインをスライドショーに切り替えた。

スライドショーにBGMはついていなかった。ありがたいことに。デズが歌うヴェルディのオペラを何ヵ月もまえにCDで聴いたときは、彼の声がその後何日も耳にへばりついて離れなかった。さすがにあのときは言いたくなったものだ――お願いだから安らかに眠って、と。

スライドショーの画像は次々と切り替わった。ブリアナやクレイグと並んでクリスマスツリーのまえに立つデズ。

「よくもこんな」リリーは思わずつぶやいた。が、声に怒りはなかった。いま目にしているのはルビンの盃《さかずき》だ。見方によって盃にも、向かい合う人間の横顔にも見える反転図形。それと同じことなのだ。これは愛しいデズの大切な過去なのだと思う一方で、よくも勝手にこんなことをしてくれたとも思う。ただし、同時に両方を捉えることはできない。これは私への嫌がらせだ——ちがう、デズを記念しているだけだ。たしかなのは、どちらにもとれるという事実だけ。

二年生のクラス写真に写ったデズ。ところどころ抜けた歯を見せて、顔からはみ出そうな特大の笑みを浮かべている。ハロウィンの仮装をしたデズ。これは案山子《かかし》？　ハックルベリー・フィン？　なんとも言えなかった。

「アイリス、ひどいと思わない？　私にはなんの相談もなかったのよ。この人たちはどういう神経をしてるの？　勝手にこんなことをしていいと思ってるの？　これだけの写真があるってことは、まちがいなくデズの家族がやったのよ」

「彼のお姉さんだと思ってる？　お母さんかお兄さんか弟さんの可能性もあるけど」

「ブリアナはデズの闘病中に、デズとケヴィンが並んだ写真を撮ってフェイスブックにアップしたのよ。デズをタグ付けして。デズ本人はそれを見て、自分の病気がそこまで進んでることにはじめて気づいたって言ってた。おまけにろくに知りもしない人たちからお見舞いのコメントが届くようになったから、アカウントを削除したの。ブリアナはそれですっかり取り乱して、私にブログを開設しろって言ったのよ。家族や友達にデズの様子がわかるようにって。末期がん患者の闘病ブログ——最近はずいぶん流行《はや》ってるみたいね」

「みんなどうしていいかわからない時期だったのよ」アイリスはいつになく穏やかな口調で言った。

「あの人たちは何もわかってなかった」リリーは昂《たかぶ》った気持ちを鎮めようと、ひと呼吸置いてから続けた。「ええ、私はブリアナだと思う。ケヴィンはフェイスブックをやってなかったと思うし、クレイグやディアドラがこんなことをするとは思えないし。デズのお母さんはパソコンやITの知識がゼロなのを誇りに思ってるような人だし、お義父《とう》さんは仕事用のEメールを送るのに化石みたいなマックを修理して使ってる人だし。デズの小さい頃の写真と最近の写真の両方を持ってることを考えても、ブリアナだと思う」

　リリーはスライドショーを終了し、タイムラインをじっくり見ていった。見たことのない写真が何枚もある。少年時代のスポーツの写真——リトルリーグのチーム写真や、サッカーをしている写真。高校時代のプロムの写真——スーツやタキシードを着て、別々のガールフレンドと写っている。デズが学校のミュージカルやオペラカンパニーの舞台に出たときの新聞記事をスキャンしたものもあった。

「これを見て」とリリーは言った。「デズの初聖体式と堅信式の写真はあるのに、結婚式の写真は抜かしてる。しかも子供たちとキャンプに行ったときの写真はあるのに、私が写ってる写真は一枚もない。これじゃまるで、デズが私なしで子供をふたり授かったみたいじゃない」

シカゴの実家の家族旅行に自分だけ行かなかったことはあるが、これはそのときの写真なのだろうか？　リリーは訝《いぶか》った。いや、一枚は自分で撮ったおぼえがある。何年かまえにショーニー州立公園で撮った子供たちの写真だ。ということは、デズが写真を焼き増しして母親に送って、それをブリアナが母親からもらったのだろうか？

「私が写ってる写真が一枚でもある？　このページそのものが私に対する侮辱で、しかも私はその侮辱の一部ですらないってどういうこと？　まるっきりこけにされた気分よ」

「どうかしたの、ママ？」サムが訊いてきた。

「大人の話だから、気にしなくていいからね」とアイリスが答えた。

「どうやってこのページを見つけたの？」リリーは彼女に尋ねた。

「フェイスブックに〝いいね！〟リクエストが届いたのよ。あなたからなんにも聞いてなかったから、いつのまにこんなページを開設したんだろうってびっくりしたわ」

「それ以上に私自身がびっくりしてるけど」リリーはどこかに自分が写った写真がないかと探し続けた。あった。十年まえに聖スタニスラウス教会の外で撮られた、デズの姪《めい》っ子の洗礼式の写真。代父《ゴッドファーザー》となったデズが生まれてまもないフィオナを抱いている。よちよち歩きのフィンと手をつないだリリーがかろうじて背景に写っている。もう一枚は独立記念日のグループ写真。デズは最前列の真ん中、リリーは彼のうしろのピクニックテーブルで大人数にまぎれて坐っている。

「フィン」アイリスが呼びかけた。「フェイスブックやってる？」

「やってない」と彼は答えた。「クラスの女子はやってるやつが多いけど、男子は少ないよ。女子はめっちゃハマってる」

「お友達にクリスチャンのご家族がいるでしょ？　その人たちは娘さんの追悼ページを作ってたりしない？」

「パソコンでってこと？　さあ」

「〈ギルダズ・クラブ〉ではパソコンは使わないの？」

「みんなで話すのがメインだから。なんで？」

「そろそろ会場に戻らなくちゃ」アイリスはリリーに向かって言った。「もうすぐ九時よ」

彼女はノートパソコンを閉じ、自分のデスクに仕舞って鍵をかけた。「あれは故人を偲《しの》ぶために作られたページよ。それはわかるでしょ？　誰もあなたを貶《おとし》めようとしてるわけじゃない。さあ、ガラ・パーティーに戻りましょ。ふたりで笑顔を振りまいて、お客さまの相手をしなくちゃ」

アイリスが口紅を渡してきた。リリーは手の中のそれをじっと見つめた。まるでそれが未知の物体であるかのように。アイリスはコンパクトをひらいてリリーに持たせ、小さな円い鏡をリリーの顔の高さまで持ち上げて言った。「あとでちゃんとはっきりさせるから大丈夫よ」

32　ガラ、過去そして現在

幅十メートルの大廊下。中央に長いベンチがいくつも連なって置かれている。厳粛な南部再建時代の写真がひび割れた壁に直接投影され、映像に合わせて再生されるループ音源がパチパチと雑音を立てている。

リリーは去年のガラには出席しなかった。夫を亡くしてまだ日が浅かったため、辞退を許されたのだ。その前年のガラ《山々からの音楽》は、先行きの暗い闘病生活からの願ってもない息抜きだった。その夜のあいだはたびたび忘れた――気づくと忘れているのだった――デズが病気であることを、デズが入院していることを。豪奢《ごうしゃ》なドレスの饗宴《きょうえん》が終わり、オフィスへクラッチバッグを取りにいって、携帯電話に十件以上着信が入っていることに気づくまでは。リリーは最後の伝言だけを聞いた。ヴァンダービルト大学病院の看護師からのメッセージ――〝至急こちらまでお電話ください〟。

駐車場で折り返しの電話をかけた。エメラルドグリーンの薄いシルクドレス姿で、自分の車にもたれて。身を引き締めてくれる夜気の冷たさがありがたかった。病棟の受付係がハーヴィー看護師に電話をつないだ（彼女のことはおぼえていた――ハローキティ柄の看護衣、疲労をにじませた皺の深い顔）。

「ミセス・デクラン、ご主人が行方不明なんです。どこにいらっしゃるかご存じないですか？」

行方不明。死んだわけじゃない、行方不明というだけだ。リリーは答えた――夫の行方については何も知らないと。今でもときどきわからなくなる。彼がどこにいるかを忘れてしまう。

「今、警備の者が病院内を捜しています。監視カメラも調べています。警察にも連絡しようとしているところです。ご主人はすぐに戻ると書き置きをされましたが、もう二時間以上経っているので。ご自分で点滴を外して出ていかれたんです。廊下の先のお部屋に重体の患者さんがいらっしゃったので、スタッフは誰も点滴のアラームが鳴っているのに気づかなくて、ご主人は心電図モニターを外して出ていかれました。ここしばらく思考がぼんやりされることがあったようですが、抗がん剤治療を受けている患者さんにはめずらしいことではありません。それに何週間もの入院生活で点滴のアラームや検査のたびに起こされて、二時間ごとにバイタルサインの測定があって、お部屋が完全に暗くなることもないような環境ですから、患者さんの意識が混乱されるのも無理はありません。それからご主人が服用されていた吐き気を止めるお薬ですが、こちらも精神障害を誘発する可能性があるお薬になっています。ですが、今日のご主人の様子を見たかぎり、日中は特に何も問題なく――」

看護師の説明はあまりに長く、要を得なかった。「これからどうすればいいんですか?」リリーは彼女の話をさえぎって尋ねた。

「ご主人から連絡はありませんでしたか? 奥さまの携帯電話におかけしてもつながらなかったので、ご自宅にお電話してみたんですが、どなたもいらっしゃらないようですし、ご主人の携帯は留守電につながってしまうので、こちらからは連絡が取れなくて」

「私もこれから帰るところなんです。職場の資金集めのイベントに出ていたので。いま携帯をチェックするので待ってください」リリーは通話を保留にし、電話やメールの履歴を調べた。デズからの着信はなかった。見知らぬ発信元からの着信も。彼の携帯電話にかけてみたが、留守番電話につながった。リリーは通話に戻った。

「ご自宅にベビーシッターやご家族の方はいらっしゃらないんですか?」ハーヴィー看護師が訊いてきた。

「ええ、誰もいません。子供たちはふたりとも兄夫婦の家にいます。兄にマディソンから車で来てもらうより私がここから帰ったほうが早いので、今からすぐに帰って、家に着いたらまた電話します」

帰り道を運転しながらリリーは思った――いったいどうすれば二メートルの大男が行方不明になるというのだろう？　点滴にも心電図モニターにもアラーム機能がついているのに？　そのまえにデズと話したとき、彼は疲れを見せながらも朗らかに笑っていた。ふたりとも担当の看護師のことが気に入っていたのに。ジョー・ハーヴィーは有能で面倒見のいい看護師なのに、どうしてデズを見失ってしまったのだろう？

リリーは帰宅し、寝室に行ってデズを見つけた。入院患者用の病衣姿で、ふたりのベッドに寝ているデズを。点滴の針を無理に引き抜いたせいで、病衣のガウンは血だらけになっていた。

「〈ウーバー〉の運転手に乗車拒否されたから、タクシーに乗ってきた」と彼は言った。

リリーは病院に電話した。夫が家にいることを説明し、明日の朝そっちに連れて戻ります、と一方的に告げた。ハーヴィー看護師は賛成できない理由をくどくどと並べ立てた――ご主人のお薬がどうの、精神状態がどうの、病院の方針がどうの、医療上の指示に背いて病院を離れた場合の保険上の問題がどうのと。

「夫をちゃんと見ていなかったのは私じゃありません。あなたです。私は夫を見つけただけです」電話口でそう言い返したのをおぼえている。

アイリスが腕に触れてきた。「リリー、坐らなくて大丈夫？　ぼーっとして見えるけど。フェイスブックの件はあとではっきりさせましょ。デズのお姉さんとは明日話をすればいいわ」

リリーは友人の手を振り払いたくなる衝動をなんとか抑えた。あのときの怒りを思い出す。今も怒りを感じる。なぜ病院は彼を見失ったの？　なぜ私は彼を喪《うしな》ったの？　もっとほかに治療法はなかったの？　受けそびれた治験があったんじゃないの？　あの凍結精子は再出発のために残されていたんじゃないの？　いまひとたびのチャンスを私が台無しにしてしまったんじゃないの？

あのあと、リリーはお湯でしぼったタオルと石鹸を用意し、夫の腕と胸にこびりついた血を落とそうとした。が、いくらも拭かないうちにデズが震えはじめたので、リリーはそれ以上拭くのをやめ、夫の首元まで毛布をひっぱり上げた。

「どうして抜け出したりしたの？　しばらく治療をやめて家に帰りたいなら、言ってくれればいつでも迎えにいくのに。夜遅くにタクシーで抜け出すなんて、ドラマじゃないんだから。もう少しで警察を呼ばれるとこだったのよ」

デズは微笑んで言った。「これが最後のチャンスかもしれないと思ったんだ。今週ならきみの父さんはいないし、ケヴィンも来週末まで来ない。だから今夜、銃を買った。小型だけど威力は充分だって言われたよ。金庫に入ってる。これが鍵だ」彼は握りしめていた指をひらいて、手の中の鍵を差し出した。

「どうして銃なんか買ったの？　最後のチャンスって、自殺でもするつもり？」それにしては現実が嚙み合わない。夫は笑顔で鍵を差し出している――プレゼントでも渡すみたいに。

「私たちのベッドで自殺するつもりなの？」

「自殺してきみか子供たちに見つけてもらおうって？　まさか。きみのために買ったんだ」

リリーは鍵を受け取って言った。「私は銃なんか欲しくない。うちの家族は銃とは無縁なんじゃなかったの？　〝威力〟なんてことば、口にしたこともなかったのに。フィンのお泊まり会のときだって、向こうのお宅に銃器がないことがはっきりするまでは行かせないって言い続けたのはあなたでしょう？」

「きみの兄さんだって奥さんに小型の拳銃を買って渡してる。ぼくが買ったのも似たようなやつだ。護身用の二二口径だから、きみでも充分に扱える」

「オーウェンが銃を買ってあげたんじゃない。アン＝クレアが自分で買ったのよ。彼女は銃があたりまえにある環境で育ったから。でも待って、話を戻すけど――病院を出て、それからどうしたの？　駐車場でそれらしい売人でも見つけて、その男から銃を買ったの？」

「いいや。電話であちこち問い合わせて、トリニティ・レーン沿いにある二十四時間営業の質屋に行った。銃を買うことはしばらくまえから考えてたんだ。いつかの晩にきみがめいっぱい着込んで病院を出ていったとき、いたたまれない気持ちになったから」

「なんのことかわからない」

「きみはオーウェンの家に子供たちを迎えにいくところだった。もう深夜に近い時間だったんじゃないかな。きみはあのでかいダウンコートにくるまって、帽子をかぶってマフラーまで巻いてた。きみの姿があんなに小さく見えたことはなかった。幼い子供みたいだったよ。そのままきみはひとりで外に出ていった」

「とにかくあなたはタクシーに乗って、終夜営業の質屋に行った。血だらけの入院着を着たあなたを見て、お店の人は何も言わずに銃を売ってくれたの？」

「そのとおり。コンピューターで身元を確認するのに十分くらいかかって、そのあとクレジットカードで支払いをすませた。ぼくを嫌いになった？」

「銃は処分するつもりよ。あなたもわかってると思うけど」

「ああ、だろうと思った。領収書は一緒に入ってるよ。返品条件については聞かなかったけど。警察署に持ってくって手もある。あとでケヴィンに頼んでおくよ。きみがそんなにびっくりするとは思わなかった。いいアイディアだと思ったんだけどな」

「弾丸《たま》は入ってないでしょうね」

「入ってないよ。弾薬はぼくの下着が入ってる引き出しの奥に入れてある。一緒に保管するのはまずいから」

「正気で言ってるの？　ねえ、デズ。薬で頭がめちゃくちゃになってるの？」

「がん業界ではそれを疼痛《とうつう》管理と呼ぶけどね」

リリーは笑みを返さなかった。デズは手を伸ばして彼女の手を取った。「すまない。きみが独りになると思うと耐えられないんだ。きみがたった独りで子供たちを育てていくと思うと。きみを置いて死んでいくぼくを赦《ゆる》してほしい」

アイリスに腕をつかまれ、リリーは意識を現実に戻した。タキシード姿の男性たち、ロングドレスの衣擦《きぬず》れの音。デズはもう一年以上まえに逝った。今夜家に帰っても、彼がベッドで寝ていることはない。

あの夜、金庫がロックされていることを念入りに確認したあと、リリーはクローゼットの最上段に保管してある冬用ブーツのつま先に鍵を隠した。そのときはじめて――すでに夫は入院治療を繰り返し、予後が悪いことはわかりきっていたにもかかわらず――はじめて思い知ったのだった。遺される自分たちの身を、夫は本気で案じているのだと。

あの夜。ふたりの人生。血だらけの病衣の夫、緑のシルクドレスの妻。並んでベッドに横たわっていた。眠れずに。それでもいつしか眠りに落ち、夜は白んで朝になった。

33　アウトリーチ

月曜の朝にはもう、華やかな催しの名残はどこにもなかった――湿った空気の中で〈フォレスト・ヒルズ・レンタルズ〉とロゴの入ったトラックにテントやリネン類を積み込んでいる三人組の業者を除いて。リリーはいつもより早い時間に子供たちを起こし、へこみがついた車を見積もりと修理に出してから、ふたりを学校へ送り届け、職場に出勤した。自己負担額の五百ドルをきっちり支払ってから。

「ボスがお呼びよ」受付係のティファニーにそう告げられた。

リリーは身構えた。子供たちを晩餐会に連れていったことを追及されるのだろうか。彼の息子に言われて、重要な支援者《パトロン》が坐るべき最前列のテーブルに坐らされたことを。場所を移さなければならなかったことを。もしひとことでも何か言われたら――

「機嫌はよかった？　悪かった？」リリーは尋ねた。「それと、私の車にSUVをぶつけたレクサス女のことは何かわかった？」

「それが、みんなにお願いしたんだけどね。厨房のスタッフにも、ケータリングの人たちにも、お花の業者さんにも。門のところの警備員にも気をつけて見張っておくように頼んだんだけど、それらしい情報は何もなし。ボスの機嫌は月曜日の朝にしては悪くなかったわ。そういえばボスのご子息、タキシードでびしっとキメてて素敵じゃなかった？　噂《うわさ》じゃもうすぐ、パパと一緒にここで仕事することになるみたいよ」

「あんまりよく見なかったから。とりあえず、ボスのところに行くまえにバッグとコートを置いてきてもいいと思う？」

「別に急いで来なくてもいいって言ってたわよ」

オフィスには子供たちが描いたロボットエイリアンやスポーツロゴの絵が散乱していた。

リリーのデスクにもアイリスのデスクにも、窓台にも。

「散らかしてごめんね」リリーはあとから出勤してきたアイリスに謝った。アイリスはどういう風の吹きまわしかと思うような春爛漫《らんまん》の装いで現れた。鮮やかな赤紫色《マゼンタ》のバレエシューズに、目がちかちかするほどまばゆいターコイズグリーンのワンピース。黄色いスカーフが完璧なアクセントになっている。

「散らかしてごめんじゃないわよ、これぜんぶ額に入れて飾るつもりだから。それよりおといの追悼ページの件、デズのご家族と話し合ったの？」

「きのうは午《ひる》まで寝てたの。午後に何本か電話をかけたけど、折り返しはかかってきてない。電話がつながったのは実家の母だけ。母が例のページを見て、電話越しにふたりで泣いたわ。念のために母があちこち電話してくれたけど、私の側の親族は誰も関わってなかった。そもそもシカゴ時代の写真が手に入るわけないしね。とりあえず、今から階上《うえ》に行ってくる。リンデンに呼ばれてるの。まさか馘《くび》になったりしないわよね？」

「なんで馘になるの？　ベビーシッターが急病になったから？　大丈夫よ。ヘンリーって呼ぶようにだけ気をつけて」

ヘンリー・リンデンはリリーに坐るよう促し、自分のデスクのうしろから出てくると、リリーとさほど離れていない距離まで椅子をひっぱってきて腰をおろした。リリーは彼の息子の姿を思い浮かべた。やはり親子だけあって似ている。が、髪色はガードナーのほうが濃く、父親のほうが明るい。ガードナーはファッショナブルな無精ひげが似合っていたが、ヘンリーはあくまで磨きあげられた上品な外見を保っている。

「最前列のテーブルできみの子供たちを見かけたときは、突然だったので驚いてしまってね。子供にやさしい職場であるよう、私もつねづね心がけているんだよ」

リリーは黙って膝の上で両手を組み合わせた。リンデン氏も膝の上で両手を組み合わせた。リリーとアイリスはこれについて推測を交わしたことがある。リンデン氏はおそらく経営者セミナーか何かで、同調効果《ミラーリング》によって好感度を上げるコミュニケーション術を教わってきたのだろうと——残念ながらマイナスの効果しかなかったが。リリーは組み合わせた両手をほどいた。リンデン氏も同じように両手をほどいた。何をやってもこの調子なのだ。リリーは立ち上がって踊り出したくなる衝動をこらえた。

「おことばですが、あのとき息子さんがどうしてもとおっしゃらなければ、子供たちがあの場に連れ出されて最前列まで行進させられることもなく、あなたのお目に留まることもなかったはずです。ミスター・リンデン、あの晩はベビーシッターがインフルエンザで来られなかったんです」

「それはもちろん、きみひとりで子供の面倒を見るのは大変だろう。私もつい早とちりで、きみが自分であの席に坐ったものと思い込んでしまった。息子によく言われるんだが、私は油断するとすぐCEOモードになる癖があるんだそうだ。自分でも直そうとはしているんだがね。実業界を離れたのもまさにそれが理由だった。それが原因で、いや、私自身が原因で、結婚生活を二度も破綻させてしまったんだ」

そんなこと誰も訊いてないのに、とリリーは心の中で突っ込んだ。彼が結婚にしくじったことなど、今この場においてはどうでもいい。デスクのうしろの窓に目をやった。木々の梢と空を眺める。鳥がさっと空を横切っていく。リンデン氏も振り返って窓の外を眺めた。

「ガードナーがあのあと言ってきたよ。きみは最後まで断り続けたんだって？　善意の押しつけだったと自分でも反省したようだ。私がきみのご主人の話をしたら、ますますうろたえていたよ。あの子たちが今までどんな思いをしてきたか、きみがどんな思いであの子たちの世話をしてきたか。私たちはそんなことにも思い至らずに、そのうえ私が一気に事態をこじらせてしまった。きみにも子供たちにも、このうえない恥をかかせてしまったんだ」リンデン氏はいったんことばを切り、ひと呼吸置いてから言った。「どうか心から謝罪させてほしい」

リリーはとっさに反応できなかった。が、上司の話はまだ続いている。

「ところでだ、リリー。土曜日の晩餐会に来ていた友人が、きみの子供たちを見て思い出したようでね、こんな話をしてくれた。彼の交響楽団では、学校を対象にした教育普及《アウトリーチ》プログラムを実施しているそうなんだ。そこで思うんだが、われわれも学校向けのアウトリーチ・プログラムを企画してはどうだろう？　学童期の子供たちが民族音楽にふれる機会はあまりにも少ない。実に憂慮すべきことだ」

「ええ」とリリーは答えた。「実に憂慮すべきことです」

電話が鳴った。リンデン氏が受話器を取り、リリーは退室を許された。

「学校向けのアウトリーチ・プログラムを企画したいんですって」オフィスに戻ったリリーはアイリスに報告した。「しかも向こうから謝ってきたわ」

「あなたの車にぶつけてきた人のことは何かわかった?」

「いいえ。でももう、そのことは考えないようにするつもり。それから追悼ページのことだけど、おとといは健全な意見を言ってくれてありがとう。あなたが言ったとおり、あれは私を貶めるためとかじゃなくて、ほんとうに故人を偲ぶためのページなのよね」

「こう言ってはなんだけど、実は私も気が変わったの。最初は単に素敵なページだと思ったんだけど、それはあなたが開設したと思ったからで、今となってはなんとも言えないわ。あなたがうしろや端のほうにしかいないのは不自然だし、昔の家族写真なんかを見るかぎり、出どころはシカゴだとしか思えない。なんであのときフィンを疑ったりしたのかしら」

「いいのよ、気にしないで。ページの内容にしたって、別に何か害があるわけでもないし。ただ私が管理してないっていうだけで」

「管理しないまでも、相談されてしかるべきよ。参加のお誘いもないなんてありえない。あなたが承認しなければ、アカウント自体が存続できないはずなんだから。リル、フェイスブックにアカウントの削除を依頼できるフォームがあるから、それに削除すべき理由を書いて送信すればいいわ」

ふたりは一緒に文面を考え――プライベートな家族写真が勝手にアップされているという事実を強調して――削除依頼フォームに記入した。リリーは過度な期待は抱いていなかった。これであのページが削除されるとは思えない。誰かが自分になりすましているわけでもなければ、道義上よろしくない写真が使われているわけでもないのだから。それでもとにかくフォームに文面を入力し、送信ボタンを押した。すぐに〝苦情受付担当者〟の名前とともにメッセージが返ってきた――お問い合わせの内容を確認次第ご連絡しますので〝今しばらくお待ちください〟と。

34　ディズニー・ワールド

「愛する故人がどこにいるか思い浮かべてみましょう」ミリアムがその夜のエクササイズを説明した。「故人がよくおとずれた場所、子供時代の思い出の場所、休暇を過ごした場所。あるいは亡き人がそこにいてくれたらいいとあなた自身が思える場所。あなたが思い描く天国でもかまいません。それはどこでしょう？　愛する人をどうやってそこへ連れていきますか？　これは想像力をめいっぱい使うエクササイズだから、いくらでも自由に考えていいのか？

よ」

カーリーが〝勘弁してよ〟と言わんばかりのあきれ顔を向けてきたので、リリーは黙ってうなずいてみせた。〈寄り添いの輪〉の常連になると、今夜のようにばかばかしくなることもある。その場だけのわざとらしい親密さ――さあ、みんなでウィスキーをぐっとやって、胸のうちをさらけ出しましょう、どうせ朝には何もかも忘れてしまうんだから、とでも言うような。

「天国」とカーリーは言った。「子供の頃に信じてたみたいな、天使が歌ってて道に黄金が敷きつめられてる、昔ながらのいかにもって感じの天国。あたしはただ彼を解き放つの。鳥か妖精を解き放つみたいに。で、彼は天使の羽を広げてそこに飛んでいくってわけ」カーリーの声には皮肉と希望が同じだけ込められているようで、リリーにはその真意が読みとれなかった。

「キッチンテーブルのまえに坐ってもらうわ。コーヒーと新聞を置いて」とミセス・ヘンリエッタは言った。「子供たちはシリアルを食べていて、私はシンクで洗い物をしてる。それから主人にごめんなさいって謝るわ。心のどこかでずっと主人を責めてたから。常に前向きに生きていれば、病気になんかならないと思ってたのよ。病気になっても、楽観的に希望を持って生きていれば治るはずだって。だからそのことを謝って、あとは主人の好きなように過ごしてもらうわ。朝のキッチンで、家族と一緒に」

「ディズニー・ワールド」とオリヴィアは言った。「私のパートナーは一度も行ったことがなくて、いつも行きたがっていたから。行くときは車に乗ってもらって——オープンカーがいいかも——私が運転するわ。絶対にふたりでミルクシェイクを飲むの。メーガンが〈ボビーズ・デイリー・ディップ〉のシェイクを飲みたがったとき、私はバニラ味の栄養パウダーを溶かして飲ませることしかできなかったから」

「リリー、あなたはどう？」ミリアムが声をかけて待った。

「最近、フェイスブックで私の夫の追悼アカウントが開設されたんです。誰がやったのかわからなくて、親族に電話してるんですけど、折り返しの連絡がまだ来なくて。友達が私の息子に心当たりがないか訊いたら、自分はフェイスブックをやってないし、学校でも——息子は七年生ですけど——フェイスブックは女の子しかやらないって言うんです」リリーは早口で一気にしゃべった。まるで自分の声が場所を取りすぎているとでもいうように。

「リリー、その話はエクササイズが終わってからにしましょう。ご主人がどこにいるか思い浮かんだ？　ご主人が幸せでいられる場所はどこかしら？」

全員が待った。ミリアムは質問をしたきり、黙ってクリップボードに走り書きをしている。ルネがその隣で耳をぽりぽりと掻き、続いて手首の内側にここぞという場所を見つけたのか、ぼりぼりと派手な音を立てて腕を掻きむしりはじめた。

「いいえ」とリリーは言った。「今夜はそういうあざといことを考えられる気分じゃありません」

窓の外でぼうっと滲んだ最後の灯りが宵闇に呑み込まれた。

「それならそれでいいのよ」ミリアムはそう言うと、リリーの向かいに坐った女性を見てうなずいた。

「そばにいてほしい」はじめて見るその女性は言った。遅れてやってきて、自己紹介もしていない。坐った椅子を前後に揺らしながら繰り返した。「そばにいてほしい。私と一緒にいてほしい」堂々たる長身に、五年まえに流行したマホガニーレッドの髪。口元は引き結ばれ、うつろな目は病的な熱を帯びている。全身に悲しみを漂わせた彼女は顔をあげ、リリーの目を捉えて言った。「そばにいてほしい。この世でもあの世でも。私と一緒にいてほしい」

35　マーク・Tーウェイン

帰宅した一家がまず目にしたものは糞《ふん》だった。洗濯室の床にでんと横たわった犬の糞。まわりの床一面に白いポリウレタンフォームが散乱している。ちぎれた白いふわふわの残骸――糞にまみれた部分は別として。

背中を丸めてうなだれたゴーゴーがそそくさとリリーの脇をすり抜け、廊下へ出ていった。

「犬を捕まえて！」リリーは怒鳴った。夜のあいだはゴーゴーをクレートに入れ、昼間も家に置いていくときはキッチンから出さないようにしている。そのためにキッチンと廊下のあいだにドッグゲートを設けているのだ。が、そのゲートではなく、キッチンの奥の洗濯室へと通じるドアが開いていた。出かけるときにドアがちゃんと閉まっていることを確認したかどうかは思い出せなかった。

「うんちのにおいを嗅がせたらいいよ、ママ」サムが自分の鼻を指でつまみ、鼻声をつくって言った。「お祖母ちゃんちではそうやってお仕置きしてるよ。うんちのにおいを嗅がせて、新聞紙でぶつんだよ」

リリーは犬の糞をつかみ取るために、ビニールのレジ袋をシンクの下からひっぱり出した。

「いいから犬を連れてきて、サム」

「だめだ」フィンが寝室から叫んだ。「ゴーゴーをぶつなんて許さない！」

フィンが声を嗄《か》らして叫ぶなど、リリーが知るかぎりはじめてのことだった。気のせいではない。自分たちは未知の領域に向かっている。

「誰もぶったりしないわよ！」リリーは叫び返した。何度も嘔吐《えず》きそうになりながら歯を食いしばり、胃の中のマカロニ＆チーズが喉の奥にこみあげるのを押しとどめた。二重にしたレジ袋を両手にはめ、息を止めたまま犬の排泄《はいせつ》物を掬《すく》い取った。「とっとと犬を外に出して！」そのときフィンのサッカーシューズの片方が目に入った。新品のスパイク付きシューズが嚙みつぶされて転がっている——ゴーゴーのベッドだったポリウレタンフォームの残骸ともに。〝耐久性抜群〟の犬用ベッドは一ヵ月まえに買ったばかりだった。フィンのサッカーシューズに至っては、まだ数回しか履いていない。

「父さんの犬にやつあたりしてんじゃねーよ」フィンが廊下に現れて叫んだ。「自分が悪いんだろ。どうせ最初っからゴーゴーのこと嫌いだったくせに」

リリーはあやうくフィンに向かって糞入りの袋を投げつけるところだった――これが十代の息子を持つということなの?

「ゴーゴーのことは好きよ」リリーはささやくように言い返した。また大声で叫び出さないように。「問題を起こすこともほとんどないし、あなたたちと遊んでるところを見るのも好きよ。でも、正直言うとちょっと怖いの。あんなに大きくなったのに、仔犬みたいに元気がありあまってるんだもの。私だってあなたのお父さんがいなくなってつらいのよ。ほんとにつらいの。だからさっきみたいなひどい口の利き方はやめて、フィン。心が傷つくから。私に対して失礼だから。先に言っておくけど、もしまたあんな口を利いたら、テレビで試合を観ることは一切禁止するからおぼえておいて。バスケも野球もよ」

フィンは懸命に怒りを抑えながら言った。「ゴーゴーに言うことを聞かせたいなら、ぼくに訊いてよ。こつを教えるから。それと、サッカーシューズを食べちゃったのはしょうがないけど、コーチが言ってたよ。新しいシューズを買う余裕がないなら、援助してもいいって」

「援助が必要かって訊いてきたのはそういう意味だったの？　今まで全部買ってあげてるじ

ゃない。あなたのユニフォームもすね当てもシューズも全部」

「全部じゃないよ。まえに履いてたシューズとそのまえのやつは、体育室に捨ててあったやつをもらったんだ。買ったら高いのは知ってるから」

「うちは貧乏じゃないのよ、フィン。お金持ちでは決してないけど、だからって新しいシューズも買えないほどじゃない」

「母さんがちょっとでも楽になったらいいと思ったんだよ」

「おかげで充分助かってるわ。ありがとう」リリーはハグをするつもりで腕を広げた。フィンは苦笑いを浮かべて立ち去った。リリーは糞入りの袋を手にしたままだった。両手に二重にはめたレジ袋には、どちらも糞がべっとりとついていた。

フィンとサムが懐中電灯で近所を照らしながらゴーゴーを散歩させた。ふたりが寝たあと、リリーはようやく洗濯室の後始末を終えた。消毒剤《ライソール》のにおいが家じゅうに漂っている。シャワーを浴び、それから郵便物を開封した。小さなブロック体で宛名書きがされた事務用封筒。中に入っていた手紙を広げると、次のような文章がタイプされていた。

親愛なるリリアン

あなたにはがっかりしています。どうして私の手紙に返事をくれないの？　すばらしい思い出をあなたと分かち合えると思って書いたのに。きっと忙しくてそれどころじゃないのね。それか、あなたはもう次の人生を歩んでいるのかも。でも子供たちはまだ小さいんだから、どうかたっぷり時間と愛情をかけてあげて。私がデズモンドの死を知ったばかりだということも忘れないで。いつか立ち直れる日が来るのか、私にはそれすらもわからない。

今週もデズモンドのいろんなエピソードを思い出していたわ。そういえば一度、こんなことがあった。私たちが将来結婚するつもりでいたときのこと。彼がマーク・トウェインことサミュエル・ラングホーン・クレメンズ信者なのを私がからかって、「最初に生まれた子の名前はラングホーンにしましょ」って言ったら、彼はこう返したの。「いや、もっと今風がいいな。T-ウェインなんてどう?」って。あのときは涙が出るほど笑ったわ。

私は今も泣いています。私たちは似たもの同士なのよ、リリアン。きっとお互いの心を慰められるはず。あなたの苦しみに私の心が寄り添えますように。

ジャズ

おなじみのでかでかとした筆記体の署名——それも今度は赤で。もう我慢ならない。ケヴィンとジェシーがレンタル私書箱にメモを貼りつけたのが効いて、ジャズは引きさがったものとばかり思っていたのに。見ず知らずの女が、今度は私の子育てに口を出そうって言うの? 冗談じゃない。リリーは書斎の机に直行し、小さな白いメッセージカードに次のように書きつけた。

拝啓、ミセス・エルウィン

わざわざお手紙をありがとうございます。夫の死や生前の思い出にふれることは私にとっていまだにつらく悲しいことです。そのため、今後あなたと連絡を取るつもりはありません。ご承知おきください。

敬具、ミセス・デズモンド・デクラン

36　人生は短い

車を修理に出してから三日、代車のシボレー・アベオにはまだどうにもなじめない。車内には新車独特の樹脂のにおいが漂っている。あらかじめ設定されたカーラジオのチャンネルはデズからのメッセージを届けてはくれない。届けてくれるわけがない。それでもリリーは職場へと車を走らせながら、カウンティング・クロウズが歌う『ミスター・ジョーンズ』の歌詞に耳を傾け、その意味を真剣に解き明かそうとした。それから思い出した――これがデズのラジオチャンネルではないことを。このささやかな狂気の沙汰を終わらせるはずだったことを。

リンデン邸には朝靄《あさもや》が立ち込めていた。まるで十九世紀から抜け出たような光景。フェイスブックの時代とは思えない。むしろカントリーバラードの名曲『ロング・ブラック・ヴェール』の舞台にふさわしいとリリーは思う。カップホルダーに置いたスターバックスのコーヒーよりも、手の中の携帯電話よりも。電話はまだ駐車場にいるときにかかってきた――ブリアナから。

「リリー、どういうことなの？」義姉の声にはこらえきれない眠気と苛立ちが表れていた。「フェイスブックにデズの追悼ページを作るとかで、留守電に四件もメッセージが入ってたけど。私も写真を送るべきなの？　だけどそれって、今この時期にやることじゃないでしょ？　もうすぐケヴィンの結婚式なのはわかってるわよね？」

「ページはもうできてるんです。私にひとことの相談もなく誰がそんなことをしたのか、お義姉《ねえ》さんならご存じかと思ったんですけど」

「私にはなんのことだかわからないし、今はとにかく疲れてるの。言いたいことがあるならはっきり言ってくれない？」主任看護師たる彼女の十二時間シフトは、ややもすれば十四、五時間にまで及ぶことも少なくない。ブリアナはそんな自分の職場を〝神が遣わした救急班《ゴッド・スクワッド》〟と呼んでいた。

「フェイスブックにデズモンド・デクランの追悼ページが開設されてるんです。お義姉さんがデズの葬儀で上映したがっていたような、子供時代からのスライドショーまで付いて」

「そんなことのために電話してきたの？　それが急を要することなの？　こっちはたったいま仕事から帰ってきたのよ。あなたの伝言を聞いて、至急電話してくださいって言うからかけたのよ。こっちはそれどころじゃないっていうのに。日曜日はボート事故と百日咳でてんやわんやだった。きのうはスクールバスの横転事故で十八人の子供が搬送されて、そのうち三人が重体だった」

「実は、警察に行こうかと思ってるんです」今の台詞《せりふ》はどこから出てきたの？　リリーは言ったそばから自問した。ブリアナを相手にすると、つい黙っていられなくなるのだ。彼女はいつでもデズを半人前のように扱った――〝あんたはせいぜい歌でも歌ってなさい、弟ちゃん。私は人の命を救うのに忙しいの〟とでも言わんばかりに。「削除するなら今のうちだということをお伝えしたくて。私がこれ以上の措置をとるまえに」

「つまり、あなたじゃない誰かが――ついでに言うと私でもないけど――フェイスブックにデズの追悼ページを立ちあげたってこと？　あなたかデズの知り合いの誰かがやったんじゃないの？　なんにせよ、あなたにとってはそれが緊急事態で、警察に訴えにいくってこと？そういうことで合ってる？」

「子供たちの写真を勝手にアップされても困るんです。私は承認したおぼえはありません」

「私も承認を求めたおぼえはないわ。写真をアップしたのは私じゃないから。それって人目に触れたらまずい写真なの？　児童ポルノとかそういうやつ？」

「まったくちがいます。それでもプライベートな写真です」

「誰かがあなたの家に入って写真を盗んだとかそういうこと？」

「ちがいます。いえ、それはわかりませんけど」

「リリー、別に根掘り葉掘り訊くつもりはないのよ。待って、ここだと話しづらいから、いったん外に出るわね」

　電話越しに部屋を移動する音と義兄のくぐもった声が聞こえた。リリーは思った――ブリアナはいつだって根掘り葉掘り訊いてくる。デズとつきあいはじめたばかりの頃もそうだった。リリーはひとり脇に呼ばれ、避妊はどうしているのかと訊かれたうえに、子宮内避妊器具《IUD》の使用について聞きたくもない話を聞かされたのだった。

　ブリアナが電話口に戻ってきた。「リリー、セラピーには通ってるの？　私としても家族に冷たくされてる気がしてつらいのよ。母はすぐみんなにそういう話をするから、あなたも聞かされてると思うけど。デズの死を私はほんとうに重く受け止めたの。毎日職場で人の命を救っているのに、どうして可愛い弟を守れなかったんだろうって、自分を責めずにいられなかった。でも教区の神父さまとお話しして、だいぶ気持ちが楽になったわ。あなたはカトリックじゃないから、そういうわけにはいかないわよね。私がデズの追悼式でスライドショーを上映したがったときも、あなたが腹を立ててたことは知ってる。私はただ、家族の一員としてのあの子をみんなに知ってもらいたかったの。ほんとうに家族思いの子だったから。がんの犠牲者である以前に、あの子は弟でもあり、夫でもあり、息子でもあり、父親でもあった。それを知ってもらいたかっただけなのよ。とにかく、誰の承認を得ようと得まいと、私はフェイスブックであの子の追悼アカウントを立ちあげたりはしていない。そもそもSNSをやる暇がないんだから。最後にフェイスブックにログインしたのなんて、それこそクリスマスとかよ。でもまあ、追悼ページがあること自体は素敵だと思うわ。それは誤解しないで。だから話は戻るけど、リリー、どうかひとりで抱え込まないで、セラピーを受けるなりしてちょうだい。子供たちのためにも。あなたが傷ついてることは誰にわからなくても、私にはわかるのよ。あなたには小さい子供がふたりいることを忘れないで。人生は短いんだから、ほんとに」

リリーはめいっぱい腕を伸ばして電話を耳から遠ざけた。それでもまだブリアナの声が聞こえる。

「私はそれを毎日職場で実感してるんだから。人生は子供にとってさえ短いのよ、リリー」

リリーは電話を耳元に戻して言った。「ご迷惑をおかけしてごめんなさい、ブリアナ。ほんとうに申し訳ないと思ってます」

「いいのよ、気にしないで。あなたに責められたことは残念だけど、少なくともこうやって話ができてるのはいいことだから。言いたいことはお互いにはっきり言ったほうがいいのよ、母を――私が心から大切に思っている母を――あいだに挟むんじゃなくて。さあ、今から少し眠らせて。あまりにも寝てないと、しまいに目がかすんでくるのよ。ひと眠りしたらフェイスブックを見てみて、何か心当たりがあれば知らせるわね。母や親戚にも電話してみる。うちの親族の誰かかもしれないし。もしそうだったら私が対処するわ」

「ありがとう、ブリアナ。調べてくださったら助かります」

「ケヴィンの結婚式には子供たちも連れてこっちに来るんでしょ？　せっかく結婚式でみんなが盛りあがってるところに、この件で水を差さないようにしましょう。それにしても信じられない、あんなに小さかったケヴィンがあんなに可愛いお嬢さんと結婚するなんて。あなたも感謝祭のときにジェシーに会ったでしょ？」

「ええ、何度か会ってます。可愛らしい人ですよね。ケヴィンはフェイスブックをやってないと思いますし、ジェシーがあんなことをするはずありませんよね？」

「考えられないわ。ジェシーはデズに会ったこともないのよ。ケヴィンと出会ったのだって十ヵ月まえなんだから。ねえ、リリー、今までずっと独身だったケヴィンがやっと人生を共にできる相手とめぐりあって、私たちはみんな喜んでるの。だからどうか、結婚式のまえに揉めごとを起こさないでくれる？　フェイスブックの件で誰かを問いつめたり、まえに母を質問攻めにしたみたいに、デズの昔の彼女のことを聞き出そうとしたり、そういうことはやめてね」

「せっかくの晴れの場に水を差すつもりなんてありません。みんなで何かをお祝いできるのは、ほんとうにおめでたいことだと思ってますから」

「わかってくれたらいいのよ。亡くなったのは私の弟でもあり、あなたの夫でもあるけど、それ以前にデズは私の母の息子だから。母は抗不安薬を処方されてて、そのせいで頭が混乱してるの。公の場で取り乱したりしないように、なんとか無事に結婚式を乗り越えさせてあげたいのよ」

「ええ、わかります」まるで死者をめぐる所有権争いだ。リリーは心の中でため息をつき、アイリスがBMWのステーションワゴンを駐車場の向こう側に停めるのを眺めた。アイリスは今にもスキップせんばかりの足取りで駐車場を横切り、職員用の通用口へと向かった。真っ赤なスキニージーンズに、白いレース地のペプラムトップス。オールバックにした髪にきらきら光るヘアバンドをつけている。リリーに気づいた彼女は、腕いっぱいにはめたバングルを揺らしながら手を振ってきた。アイリスは恋でもしているのだろうか？　ふとそんな考えが頭をよぎった。

その日はもっぱらヘッドフォンを装着したまま作業した。アイリスの艶《あで》やかな装いに目を奪われながら。リリーはバギージーンズの上に黒とベージュのボーダー柄のコットンセーターを着ていた。花が咲いたような同僚の隣ではまるで囚人服だ。ヴィクトリア朝時代の未亡人がうらやましかった。喪に服す数年間は規範に従って黒や灰色や薄紫を着ればよかったのだから。リリーは思う──悲しみと向き合うためだけの時間と場所がほしい。心ゆくまで喪に服すための大学に行けたらどんなにいいだろう。きっと誰より熱心に学んでみせる。そうして四年経ったら卒業し、この世の春に戻ってくるのだ。

37 どんな顔で笑えば

リリーは思春期のように人目を気にして思い悩んだ。義弟の結婚式にパステルブルーのフレアドレスを着ていったら、浮かれすぎに見えるだろうか？ 濃紺のドレスは黒以外で葬儀に着ていくにはいいかもしれないが、お祝い事にはどうだろう。ケヴィンの結婚式には明るい顔で参加したい。とはいえ、デズが亡くなったこともある。未亡人はどんな顔で笑えばいいのだろう？

悩んだ挙句、結婚式前夜のリハーサルディナーには濃紺のドレスを着ていった。フィンとサムはいとこたちが集まったテーブルでピザを食べることになり、リリーは会ったことはあるがほとんど名前を思い出せない親類縁者のテーブルに取り残された。そのあと化粧室でブリアナにつかまり、ショールと言っていい大きさのシルバーのスカーフで肩まわりを覆われた。リリーは礼を述べ、エリス島に降り立った移民女性のような自分の姿を見て途方に暮れたが、どでかい真四角の布にくるまれたままどうすることもできなかった。そもそもリハーサルディナーがこれほどカジュアルな雰囲気になるとは思わなかった。ほとんどの女性が——女の子と呼んだほうがいいような若い子たちが——花柄のシルクのトップスとレギンス姿で頭をつんとそらし、意気揚々と歩きまわっている。花嫁のジェシーに至っては、短いピクシーカットの髪にストレートジーンズとメタリックゴールドのTシャツ、つま先の見える厚底ヒールパンプスという恰好だ。リリーには何もかもが遠くかけ離れたもののように感じられた。彼女たちの愉しげな雰囲気も、花柄の服もパステルカラーの靴も、人生はうまくいくという確信に満ちた表情も。

サラダと前菜とひっきりなしに交わされる乾杯の合間に、リリーは会場を抜け出し、吹き抜けの階段まで行って実家の母に電話をかけた。自分たちのリハーサルディナーのことが思い出せなくなり（何ひとつ思い出せないのだ）、パニックでおかしくなりそうだったからだ。デズとの結婚式前夜のリハーサルディナーはどこでおこなわれたのだったか、自分は何を着ていたのか、どんな顔で笑っていたのか、人生がうまくいくと信じていたあの頃の自分はどんな花嫁だったのか。

「リリー、あんたたちのときはリハーサルディナーをやらなかったじゃない。〈コンティーズ〉でイタリアンを食べるはずだったけど、シカゴが猛吹雪で飛行機もキャンセルになって、みんながいつ来られるかわからなかったから、結局ルース伯母さんとダン伯父さんのところで中華のテイクアウトを食べることになったじゃない。思い出した？」

そうだった。やっと思い出した。赤い竜の絵柄が刷られた白い紙箱、おみくじ入りのフォーチュンクッキー。父のおみくじを見てみんなで笑ったこともおぼえている。内容は忘れてしまったが。

「さあ、もうディナーに戻って、最後までがんばって乗りきりなさい」電話越しに母が言い、リリーは銀色にきらめくショールをもう一度肩に巻きなおした。

デザートの最中に花嫁のジェシーがやってきてリリーの椅子のそばに膝をついてしゃがみ、来てくれてありがとう、ほんとにありがとうと、何度も感謝のことばを繰り返した。「リリーお義姉さんにはほんとに大変な状況のなかで来てもらって、なんて言ったらいいか。例のレンタル私書箱の人は、あれからまた何か言ってきてませんか？」

リリーは首を振った。少なくともこのおめでたい場で話せることは何もない。

「よかった。実は先週、ケヴィンと一緒にもう一回あの建物に行ってみたんです。お義姉さんがこっちに来るまでに確認しておこうと思って。そしたらあの人の郵便箱、もう使われてないみたいだった。鍵も開いてて、からっぽで。きっとあのメモが通じたのね。とにかく、お義姉さんが来てくれてほんとに嬉しいわ。まるでお義姉さんがデズの分まで私たちを祝福してくれて、幸せになっていいのよってケヴィンに言ってくれてるみたいで。私、ほんとに思うんです。ケヴィンと私がお義姉さんとデズの半分でも幸せになれたら、それ以上はもう何も要らないって」そう言うと、ジェシーは次のテーブルへ移動した。すでにもう幸せで胸がいっぱいな様子で。

リリーはいくらか安堵をおぼえた。ジャズはあの短い返事を読んだにちがいない。もしくはジェシーの付箋紙とリリーのメッセージカードの両方を。それを読んでさすがに現実を受け止めざるを得ず、レンタル私書箱を解約したのだろう。

デズの母親のケイは抗鬱剤と抗不安薬を服用しているとのことだったが、悲しげな顔にピンクの口紅を大きく塗りたくった以外に、服薬の効果があるようには見えなかった。その横ではデズの父親がさりげなく周囲に目を配りながら、妻を静かに見守っていた。

ケヴィンが廊下でリリーをつかまえ、ハグをしてから言った。お袋が銀食器や家財道具のことで何度も電話してると思うけど、全部無視してくれていいからと。おれたちはもう充分いろいろ持ってるし、互いのアパートから新居のマンションに物を持ち寄るだけでいっぱいいっぱいだから、と。ケヴィンはデズとはまるで似ていない。ひょろっとした体格も、ダークブロンドの髪も、金色の顎ひげを生やした若きヴァイキングのような風貌も。それでも、ハグをしたときの彼はデズのような匂いがした。

その週末は誰が誰の車に同乗するかを決めるだけでもひと苦労だった。会場では駐車場の数が限られているため、遠方から来たゲストはホテルに車を置いてくるように言われていたからだ。リリーと子供たちはリハーサルディナーのあと、ロビーで四十分待つはめになった。

リリーは義母の隣に坐り、瞬時に彼女を赦していた。電話で理不尽になじられたことをすべて水に流していた。ケイはまだ七十歳だが、この一年で急激に老いてしまったようだった。手は震え、ほっそりしていた体はむくんだようにひとまわり大きくなっている。「やったわね、リトル・デズ」ケイは緩慢な口調で言った。「私たちはちゃんとここへ来て、ちゃんと笑ってみせた。よくやったわ。明日ももう一回、同じことをやるのよ」彼女はフィンをデズと呼んだ。サムをケヴィンと呼んだ。リリーは子供たちにそっと身振りで合図した。お祖母ちゃんのまちがいを正さないようにと。そして思った——やっぱりあの白いネグリジェを送ってきたのはケイだったのかもしれない。真夜中に無言電話をかけてきたのも彼女だったのかもしれない。電話はたぶんそうだとケヴィンが言っていたように。義母は薬を過剰に服用し、意識が混乱している。そのせいでふたつの人格が存在しているのかもしれない。ネグリジェを送ったことを認めない、正気でありながら攻撃的な人格と、今しもロビーで〝リトル・デズ〟の隣に坐っている、薬のせいで朦朧《もうろう》とした人格のふたつが。そんなことを思ううちに義父の車が到着し、リリーはフィンを祖母に付き添わせて一緒に車まで歩いた。

翌朝はホテルでビュッフェ形式のブランチが用意された。結婚式のゲスト全員ではなく、ホテルに泊まっている親戚や友人だけだが、それでも多すぎるほどの人数だった。ろくに会ったこともない彼らのリリーへの挨拶はどれも判で押したように同じだった——ケヴィンとジェシーが幸せそうでほんとうによかった、でもご主人のことはほんとうに残念です。そのたびにリリーはうなずいて礼を言い、フィンはあきれた顔をしないように努めた。サムはお得意の一丁前の口調で「お気づかいありがとうございます」と返した。五歳児にしては低くこもった、エルヴィス・プレスリーのものまねでもしているような声で。

38　アット・ラスト

午後の結婚式にリリーはパステルブルーのドレスを着ていくことにした。軽やかなフレアスカートを哀しげな笑顔で相殺すれば、白い目で見られることはないだろう。子供たちにはワンタッチのネクタイをつけさせた。正しい結び方のこつを知っているのはデズだけだったから。挙式と披露宴は市の反対側にある教会でおこなわれる。三人はホテルのロビーで車を待った。結局、この日はデズの叔母の車に乗せてもらうことになった。

「姉さんがデズにあげた家財を返してほしがってること、許してあげてね」と陽気なマージョリー叔母さんは言った。「私たちは幸い誰もそんな経験をせずにすむだろうけど、姉さんはわが子を亡くしたんだから。あの子のものを取り戻すことに必死になってるだけなのよ」

「私だってデズの家族です」リリーはそう言い返しながら思った――この人たちは一族総出で私を追いつめようっていうの？

「あら、そんなつもりで言ったんじゃないのよ。どっちみち、あなたの家にあっても仕方ないようなものでしょ？」

「まだ遺品を全部整理できてないんです」

「やるなら今すぐやったほうがいいわ。もう一年以上経ってるんだから」

「フルタイムで仕事をしてますし、子供たちを独りで育ててますので」

「私たちが手伝うわよ。リリー、あなたは自立した女性で、それはもちろん立派なことだけど、誰だって時には助けが必要なの。うちの息子夫婦がヴァンを持ってるから、近いうちにそっちへ行って手伝うわ。週末ならいいでしょ？　要らないものを整理してすっきりさせましょう。誰かに頼るのはちっとも悪いことじゃないのよ」

披露宴のディナーが始まっていくらもしないうちに、リリーは自分たち三人が親族席から離れたテーブルをあてがわれていることに気づいた。デズが死んでしまったから、妻子はもはや親族ではなくなったってこと？　この扱いは何？　リリーたちが坐っているのは後方のテーブルだった。同席しているのは六十代の神父ふたり――かつてケヴィンとデズが通ったカトリックの高校で教えていた――と、リリーと同年代のニアだかニダだかいう名前の独身らしき女性、それに花嫁の祖母の友人がひとり。会場では生バンドが食事中のBGMを奏でていた。イージーリスニングと呼ぶにはうるさすぎる音量で。食事があらかた終わると、子供たちはケーキカットを待たずにテーブルを離れ、次第に人数を増すいとこたちのグループに流れていった。

『アット・ラスト』。ああ、やっぱり。新郎新婦のウェディングソングは『アット・ラスト』。

ト』だった。デズとリリーが自分たちのウェディングソングに選んだように。ケーキのまえに供されるフルーツパイとコーヒーが目のまえになければ、リリーはテーブルに突っ伏して泣いていただろう。心はもう擦り切れかけていた。無理に明るく振る舞おうとしすぎたのだ。このままタクシーを呼んで帰ってしまおうか。そう思ったにもかかわらず、気づけばフィンとサムのいる列に連なってダンスフロアに出ていた。『今夜はロウ☆ロウ☆ロウ』。『ブリック・ハウス』。次々とビートの効いた曲が流れ、頭の中でぐるぐると混ざり合う。『スーパー・フリーク』。まわりの祝祭ムードに押し流されてしまいそうだった。

席に戻りかけたリリーは義兄のクレイグに腕をつかまれ、もし先にひとりで帰りたいなら、同じテーブルのニアがちょうど帰るところだから、ホテルまで送ってもらえばいいと言われた。まるで心を読まれてでもいるようだった。子供たちはクレイグとディアドラが責任を持ってあとで送ってくれるという。リリーは義兄をハグした。彼もまたデズのような匂いがした。

「ニアはディアドラの友達だけど、途中で抜けるかもしれないってことだったから、一緒にうしろの席に坐ってもらったんだ」とクレイグは言った。「席の配置についてはブリアナから話があったんだよね？　うしろのテーブルのほうがきみも気楽でいいだろうってことだったんだけど。ぼくはどうかと思ったし、ケヴィンは反対したんだよ。でも母さんは神父さまが同じテーブルにいるなら安心だと思ったらしい」

「何が安心なの？」リリーは思わず訊き返していた。「クレイグ、この際だからはっきりさせておくけど、席についてはブリアナからはなんの話もなかった。今ここで恨みごとを言うべきじゃないのはわかってるけど、このままじゃどう考えていいかわからない。ブリアナは私に腹を立ててるの？」

「いや、そういうわけじゃない。なんていうのかな、あの人はいつだって世の中に対して怒ってるようなところがあるから。とにかく母さんを不安にさせたくないんだそうだ」

「そういうことなら、よろこんで先に失礼するわ。あなたの奥さんのお友達と一緒に」

「ぼくはブリアナが正しいとは思ってない」

「たいしたことじゃないのはわかってるのよ、クレイグ。どこに坐るかなんて、考えてみればどうでもいいことだもの。ただ、自分が場ちがいに思えて仕方ないだけ」

「フェイスブックの追悼ページの件でも、ぼくはブリアナが正しいとは思ってない。ちょっと外の廊下で話せる？」

ふたりはダンスミュージックに負けじと声を張りあげるのをやめ、いったん厨房の外の廊下に逃れた。リリーは壁にもたれ、足元のサンダルに目をやった。ストラップがこすれた足首の部分が赤くなっている。クレイグはデズに似ていたが、もっと年上で、なおかつ雑誌の『GQ』にでも載っていそうな雰囲気だった。

「今朝もう一回見てみたら、ページが更新されてたんだ。それはもう見た？」

「うっかり見るといけないから、ノートパソコンは家に置いてきたの。結婚式では面倒を起こさないようにするって、ブリアナと約束したから」

「ブリアナはあの追悼ページは単にデズの古いアカウントを更新しただけだと思ってる。誰かがデズの死亡記事と一緒にリクエストを送信するだけで、公開参加型の追悼アカウントに切り替わるはずだからって」

「だけど、デズは自分のフェイスブックのアカウントを二年まえに削除したのよ。最初の抗がん剤治療のあとでブリアナに写真をアップされて、これ以上同情が集まるのは嫌だからって」

「あくまでブリアナがそう思ってるってだけの話だから。きのうぼくに言ってきた時点でね。ぼくとディアドラがあのページを見たのは最初にきみから電話があったあとだけど、今朝見たらデズのお気に入りリストが更新されてたんだ。好きな映画、好きなバンド、好きなスポーツチーム。どれもたしかにデズのお気に入りだったような記憶はある。それからプロフィールの写真も変わってて、八年生のときにふざけて撮った変顔写真になってた。ほとんど誰だかわからないようなやつだ。でもって〝ダルマ69〟って名前のユーザーが、コメント欄に六十九件も投稿してるんだ。一件一件まったく同じ内容のコピペで。〝デズモンドとモリーのジョーンズ夫妻の庭で子供たちが走りまわってる〟とかなんとか」

「それって——ビートルズの『オブラディ・オブラダ』の歌詞ってこと？　デズがよく私に

歌ってくれてた」

「〝ダルマ69〟ってのがきみじゃないことはわかってる。ぼくはね。でもブリアナはきみが更新したのかもしれないと思ってる。勝手に追悼ページにされたのが気に入らなくて、嫌がらせしてるのかもしれないって」

「ありえない。中学生の嫌がらせじゃないんだから。それにブリアナはフェイスブック世代じゃないからわからないだろうけど、公開参加形式のページだからって、誰でもプロフィール写真を変えたりお気に入りを追加したりできるわけじゃないのよ」

「ぼくもそういうのには疎い世代なんだ。何がどうなってるのかさっぱりだけど、とにかくあれは妙なページになってしまった。いかにも誰かが荒らしてるような」

「いちおう削除リクエストは送ってあるの。友達のアイリスが先週、削除依頼フォームを見つけてくれて。だからしばらく様子を見ることにするわ。とにかくありがとう、クレイグ。私はお先に失礼するけど、子供たちをお願いね」

そう、自分はもう帰ったほうがいいのだ。そのほうがきっと気分もよくなる。リリーは子供たちの様子をのぞきにいった。ふたりともダンスフロアでエレクトリック・スライドを踊っていた。新郎新婦を筆頭に、整然と連なった長い列に溶け込んで。ここならふたりとも安全でいられる。たぶんこの場を愉しんですらいる。場ちがいなのは自分ひとりだ。そんな思いを嚙みしめながら、リリーはダンスフロアに背を向けた。

39　もっと悲惨なこともある

ミラーボールが煌《きら》めく教会ホールの外はまだ明るかった。黄昏《たそがれ》に霞《かす》んだ空が街路をセピア色に染めあげている。ニア・サマーウッドの車から眺めるシカゴの景色はいまだ春の気配に満ち、結婚の祝宴やリリーの不快感とは無縁の人々が通りを行き交っていた。

ニアはよけいなおしゃべりをするタイプではないようで、もの静かに運転している。リリーにはそれがありがたかった。助手席で黙って外を眺めるうちに、いかに全身ががちがちに強張《こわば》っているかに気づいた。朝からずっと力が入りっぱなしだったのだろう。ぎゅっと握りしめていた拳をひらいて指をのばし、耳元で凝り固まっていた肩の力を抜いた。もうつくり笑いを浮かべなくていいのだと気づいたとたん、心からの笑みが浮かび、思わずふふっと笑いが洩《も》れた。

「何かおかしいことでもあった？」ニアが訊いてきた。

「いいえ、ごめんなさい。私、夫を亡くして一年経つんだけど、結婚式に出るのはやっぱりちょっと無理があったみたい。外に出られてほっとしてるの」

「お気の毒に。あなたがデズモンドの奥さんなのは知ってるわ」

「ええ。彼のことはご存じ？」

「よくは知らないの。教区ではいちおうみんな顔なじみだったけど、私は少し年下だったから。あの頃は学年がひとつふたつちがうだけで、全然世界がちがったのよね」

リリーはうなずいた。自然におとずれた沈黙のなか、車は高速道路の入口を通り抜ける。ニアはノースリーブのシルクドレスを身に纏《まと》っていた。その深みのあるワインレッドのドレスに比べると、リリーの淡い水色のフレアドレスはいかにも子供っぽく垢抜《あかぬ》けないものに感じられた。ニアは端整な美貌の持ち主で、黒いショートの巻き毛の下から真っ青な瞳をのぞかせていた。

「結婚式に来るのは勇気が要ったでしょう」と彼女は言った。「実はディアドラに頼まれたの、あなたから目を離さないようにって。でもあなたはほんとに立派だったと思う」

「やだ、そうなの？」なんてこと――リリーは思った――この人は私の監視役を仰せつかってたの？「悪いけど、あなたが披露宴の途中で抜けたのが私のためなんだったら、どうか今すぐ会場に戻って。私はタクシーを拾うから」

「私の言い方が悪かったわ。あの人たちはあなたを心配してた。ただそれだけよ。私は私で、ほんとうは一時間まえに帰るはずだったの。主人の具合がよくないから」

車のヘッドライトが次々と点灯を始め、夕暮れのセピア色がかき消えていく。このあたりはデズの運転する車で何十回と通ってきた。ミシガン湖の汀線《ていせん》、摩天楼のスカイライン。おなじみのシカゴらしい風景。それが今はぐしゃぐしゃに滲んで見える。

「ホテルはハイアットでいいのよね？　先にちょっと自宅に寄らせてもらってもいい？　主人の様子を見ておきたいの。もっと早く帰ってればよかったんだけど。長くはかからないわ」

リリーは黙ってうなずいた。仕方ない。結婚式で揉めごとは起こさないと約束したのだ。ニアの自宅はノースショアの高級住宅街にあった。ガラスと鋼と金《かね》で光り輝く高層マンション。薔薇の茂みに囲まれた大きな噴水のあるエントランス。ドアマンが出てきて運転席側のドアを開けた。

車を降りたニアはリリーの側にまわり込み、ドアを開けて言った。「部屋まで一緒に来て。さめざめと泣いてるあなたを車で待たせるわけにはいかないから」

リリーは涙でぐっしょり濡れた顔に手をやった。二日間懸命に明るく振る舞ったあとで、彼女の顔は生命を取り戻していた。

「いいの、車の中で待ってる。私は大丈夫だから」

「大丈夫なのはわかってるわ。目を離すななんて言う義理のお姉さんのほうこそどうかしてるわよね。でも約束したのは事実だから、どうか私の頼みだと思って、一緒に階上《うえ》まで来て。ほんとにすぐだから」

背後に別の車が停まった。ニアはリリーの側のドアを開けたままで続けた。「ディアドラとは教会の集まりで一緒なの。私はまだ参加して日が浅いんだけど、ディアドラはほんとにいろいろよくしてくれるのよ」

リリーは車を降りた。エレベーターで十六階まで上がるあいだ、鏡に映った顔を見ながら、涙で落ちてしまったマスカラをティッシュで拭きとった。お目付け役がいて正解だったのかもしれない、と思いながら。

マンションの居間は薄暗かった。一灯のピクチャーライトが奥の壁にかかった大きな油彩画を照らし出している。フランス印象派風の風景画。リリーが何も言わないうちからニアが説明した。「フレデリック・バジールよ」

「ふうん」リリーは中途半端な相槌《あいづち》を打った。聞きおぼえがあるような気がしないでもない。ニアが壁のスイッチを押すと、フロアランプが灯った。「どうぞ楽にして」彼女は何脚か置かれた鳩羽色《ダヴグレー》のクラブチェアのほうを身振りで示した。

長居するはずではないのにと思いながら、リリーはしばらくその安楽椅子に坐っていた。まったく安楽を得られないまま。ニアが別の部屋で立ち動いている音が聞こえる。おそらくキッチンにいるのだろう。リリーはバルコニーの窓越しに夕焼け空を眺めた。仕方ない、あと三時間を披露宴会場で過ごすよりはましだ。そう思った次の瞬間、耳障りな金属音が響いた。続いてうめき声——低い男のうめき声。それがいきなり近くで聞こえたので、リリーは驚いて立ち上がった。驚きのあまり、とっさにうめき返してしまったかもしれない。胸の高さほどの中国風の衝立《ついたて》の向こうに男がひとり、病院用のベッドに横になっている。ベッドも男もうめき声も、見るからに贅《ぜい》を尽くしたこの広大な居間にはまるで似つかわしくなかった。いや、ちがう――見るからに贅を尽くしたこの居間こそが、あまりに人間じみたこの男の存在を侮辱しているのだ。

「大丈夫ですか？」リリーは衝立をノックしながら声をかけた。これがニアの言っていた〝具合がよくない〟夫なのだろうか？　男は横向きの体勢でじっとしている。わずかにもたげた頭をベッドの隅にあずけたまま動かない。リリーは相手に見える位置まで移動した。目が合った。薄い皮膚のひだに囲まれた、怒りに満ちた暗い双眸《そうぼう》。頭にはまったく毛が生えていない。体は丸まった肩の上まで重たげな寝具で覆われ、そこからつるつるの頭をちょこんと出した様子は、まるでカメの頭がにゅっと突き出ているようだった。

「ニア？」リリーは廊下に向かって声をあげた。

「あら、私の愛しいジュードを見つけちゃった？　ねえ、リリー、ご主人を亡くされたことはお気の毒だけど、この世には死ぬより悲惨なこともあるのよ」

ジュードが怒りのこもった目を見開いた。リリーはニアの声がした方向をたどり、キッチンにいる彼女を見つけた。

「なんてことを言うの、ニア。ご主人に聞こえたわよ」

天井から低い位置に吊るされた手吹きガラスのペンダントランプが、大理石のアイランドカウンターを照らしている。ニアは乳鉢に入れた錠剤を砕いていた。

「ジュードがまわりで起きてることを理解してると思う？　彼は脳障害を負ってるの。おぼろげにしかわかってないことを願いたいわ。彼はすばらしい人だった――過去形にしちゃいけないわね。でも、すばらしい不動産ブローカーだった。頭が切れて、誰からも好かれるような。彼は心から情熱を燃やしていた。顧客企業にとってこの世で最もふさわしい場所を提供することに」乳棒を持つ手によりいっそう力を込めて、ニアは錠剤をすりつぶした。「何かを創出し何かを実現する人々を、自分たちの生み出す空間へと導くことに。ほら、このプロテインシェイクを持っていってあげて。私はお薬の準備をしなきゃいけないから」

ニアはそう言うと、リリーの手に真空断熱構造のカップを押しつけた。プラスチックのストローも。「大丈夫よ、蓋はしっかり閉まってるから」

ベッドはスタンド式だった。小さなナイトテーブルが横に置いてある。

「ベッド脇のランプをつけて」ニアがキッチンから言った。リリーは従順な子供のようにランプをつけ、カップをテーブルに置いた。

「ストローを挿す穴があるでしょ。ストローは曲がるようになってるから」

私が飲ませなきゃならないの？　リリーは戸惑いながら病人を見つめた。ランプに照らされた顔は思ったより若かった。断言はできないが、三十から四十のあいだだろう。病に冒された皮膚は黄色くなっている。彼は目を閉じ、さっきよりも小さなうめき声を洩らした。リリーはカップの蓋にストローを挿し込み、手すり越しにカップを差し出した。ストローで飲ませるにはベッドの位置が低すぎやしないかと思いながら。彼は目を開け、苦労しながら少しずつカップの中身を啜《すす》った。飲んでいる途中でカップを持っていかれないよう、ずっとストローをくわえたままで。

私はこのためにここへ連れてこられたの？　リリーはそんな疑念にかられた。この世には死ぬより悲惨なこともあるのだと思い知るために？　ほんとうに悲惨かどうかはともかく。デズがこの状態で生き続けるとしたら、私は却って慰められるかもしれない。でも本人にとっては？

「ジュードはまだ三十歳のときにこうなってしまったの」ニアがそばへやってきて言った。ナイトテーブルにプディングの容器を投げ出すように置くと、粉々になった錠剤を混ぜ込みながらリリーに指示した。「まだ続けて。喉と口の中が充分潤ってないと、お薬を呑み込めないから。プディングに混ぜてもね」彼女はベッドの反対側に移動した。「チューブで栄養補給するのはできれば避けたいのよ」

窓側にまわったニアの姿が、煌びやかな夜景を背にくっきりと浮かびあがっている。彼女は白いラテックスの手袋を両手にはめた。モデルのように優雅な身のこなしで、官能的なまでにゆっくりとした手つきで。リリーはなんとも決まりが悪くなり、ニアの夫の口にくわえさせた曲がるストローに手を添えたまま視線を逸《そ》らした。

「車の衝突事故だったの」とニアは言った。「運転してたのはジュードのお父さんだった。

事故だったことはわかってる。でも、お義父さまは息子が収入も財産もほとんどない相手と結婚したことに腹を立ててた。つまり、私と結婚したことに」

ニアは話をしながらこれみよがしに寝具の下に両手をすべり込ませた。そのまま一心に手先を動かしている。おむつか体かに手を触れている。リリーは自分の手元に意識を集中させようとした。ジュードの口元に、指先のストローに。

「もちろん、お義父さまも今では私を気に入ってくれてるわ。義理の娘としてだけじゃなく。あらまあ、ジュードったら、可愛いリリーが気に入ったのね？　私には手にとるようにわかるんだから」

リリーは彼の口からストローをもぎ取り、カップをテーブルに置くと、ベッドからあとずさった。

「ごめんなさい、どん引きさせちゃった？　そういうつもりで言ったんじゃないんだけど。お義父さまが気に入ってるのは、ジュードを手厚く介護しながら一生愛し続ける嫁がいるってことよ」

リリーは顔を赤らめた。ランプの灯りの外にいてよかったと思いながら。

「お願いがあるんだけど」とニアは言った。「ここからだと彼の目が見えないから、私の代わりにまばたきの回数を数えてくれる？　ちゃんと理解できるかしらね。イエスなら一回、ノーなら二回よ。ジュード、私の言ってることがわかる？」

リリーは一歩まえに出た。彼はゆっくりと一度、たしかにまばたきをした。リリーはうなずいた。

「オーケー。お腹はすいてる？」

もう一度、たしかなまばたき。リリーはうなずいた。

「職場には歩いていく？　それともお弁当を持ってく？」

「ニア、もう失礼するわ」

「そんなお堅い顔しないで。占い用のおもちゃ《マジックエイトボール》に答えを訊くようなものなんだから。ブラックユーモアのセンスでも身につけなきゃやってらんないわよ。いいわ、ホテルまで送ってあげる」

ニアは慣れた手つきでラテックスの手袋を外し、ゴミ箱に投げ入れて言った。「あなたはご主人を亡くした悲しみを冠のように戴《いただ》いている。それはそれでとってもお似合いだけど、悲しみを抱えて生きているのはあなただけじゃないのよ。私は毎晩ひざまずいて祈るの——どうか別の人生を与えてくださいって。子供はつくろうと思えばつくれるのよ。お義父さまにもずっとせっつかれてるんだけど、それって正直どっちなんだろうって思うのよね。孫が欲しいのか、それとも息子がもうひとり欲しいのか」

「今のは聞かなかったことにするわ。あなたが言ったとおり、ご主人が何もわかってないことを祈ります。さようなら」リリーはそう言うと、ベッドに身を寄せ、ジュードの耳にそっとささやいた。「お気の毒に」それから安楽椅子の上のハンドバッグを取って部屋を出た。

「タクシーを呼んでください」ロビーに降りた彼女はドアマンに告げた。

「すでに手配済みです、ミセス・デクラン」

ドアマンは外で待っているタクシーまでリリーをエスコートし、ドアを開けて彼女が乗り込むのを待った。「運転手に行き先を自由におっしゃってください。お支払いは済んでますので」彼はそう言って車のドアを閉め、建物の中へ戻った。

午前一時にマージョリー叔母さんがフィンとサムをホテルの部屋に送り届けたとき、リリーはほとんど眠りかけていた。サムはベッドにもぐり込むまえに、母の手をぽんぽんと叩いて言った。「ぼくたちだけ楽しんでごめんね。ママが楽しめなくてぼくも残念だよ」

40 片づいた家

日曜日、一家の車は南へ七時間の帰途をひた走り、シカゴの春は道のかなたへ過ぎ去った。おなじみのイーストランド・アヴェニューから脇道へ折れる頃には、外の湿気が窓を閉めきった車内にまで浸《し》み込んでいた。リリーはエアコンの風量を一段あげて思った。借りていた代車が今さらながら惜しまれる——エアコンの効きがそれはもうすばらしかったから。

最後の角を折れて懐かしのオードウェイ通りにすべり込んだとき、リリーはほっと肩の力が抜けるのをおぼえた。誰も留守のあいだに芝生を刈ってはいない。庭を飾りつけてもいなければ、玄関の上に旗を掲げたりもしていない。家の様子は出てきたときとまったく変わっていなかった。

子供たちがトランクから荷物を出し、リリーは玄関の鍵を開けて家に入った。防犯アラームが鳴らない。出てくるときにセットし忘れた？　それともゴーゴーを兄夫婦の家に預けた際に何か忘れ物があって、あとでオーウェンが取りにきたのだろうか？　デズ亡きあとに新しく変えた暗証番号を知っているのはオーウェンだけだ。けれども何かがおかしい。家の中の様子が変わっている。廊下の様子も変わっている。まるで別の誰かが住んでいるかのように。リリーはあとずさりながらドアの外に出ると、車内へ戻るよう子供たちに命じた。

すぐに兄に電話をかけて尋ねた。自分たちの留守中に家に入らなかったかと。

「いいや。どうかしたのか？」

「誰かが家に入ったからよ。防犯アラームが解除されてて、廊下のものが勝手に動かされてるの」

「誰かが侵入したってことか？　外で芝刈りやなんかをしたんじゃなくて、家の中に？」

「そうよ、兄さん。家に押し入られたの」

「警察を呼ぶんだ。家の中に入っちゃいけない。おれも今から行く」

「どうされましたか？」緊急通報番号《911》の女性オペレーターが応答した。

「自宅に押し入られたんです」

「今は家の中からお電話されてますか？」

「すぐ外からです」

「侵入者はまだ家の中にいると思われますか？」

「わかりません」

「このまま電話を切らないでください。それと、家の中には入らないように」

それからさらに質問が続き、リリーはそのたびに口ごもりながら答えた。まるで自分の名前や住所や固定電話や携帯電話の番号をそらで言うのははじめてだとでもいうように。「電話を切らないで」オペレーターが繰り返した。「もしもし、聞こえますか？」リリーはいったん電話口から離れ、息を吸って吐いたところだった。

三人は窓を開けた車の中に坐っていた。リリーは口々に訊いてくる子供たちに向かって言った――何がどうなってるのか、ママにもわからないの。

「電話を切らないでください」オペレーターが再度繰り返した。「ミズ・デクラン、聞こえますか？　警察が今そちらへ向かっています。じきに到着しますのでお待ちください」

パトカーから最初に出てきた警官はまだ高校生くらいに見えた。リリーは彼らを出迎えに歩道のへりまで歩いた。今まで何度耳にしたことだろう――そのへんにいる社会人がほんの高校生くらいに見えるようになったら、自分が歳をとった証拠だと。純真そのもののようなすべすべの顔を目にして、リリーはことばを失いかけた。それと同時に、本来意識すべき恐怖を差し置いて、こんなとりとめのないことを考えているこの状況のシュールさを思った。まるで他人の危機を眺めているようだ。あどけない顔の警官はハウ巡査と名乗り、リリーの名前を確認した。エニス巡査と名乗ったもうひとりの警官は、パトロール要員にしては歳をとりすぎているように見えた。白髪まじりの赤毛、あばただらけの顔。口にくわえた爪楊枝《つまようじ》を禁煙二日目のヘヴィースモーカーのような勢いで嚙んでいる。手に握ったリードの先には筋肉の引き締まったベルジアン・シェパードがつながれ、心得顔でおとなしく坐っていた。

「詳しい状況を教えていただけますか」少年のような巡査が訊いてきた。

リリーは思いつくままにぶつ切りの説明を並べた。９１１のオペレーターに伝えたときと同様、なんてばかげて聞こえるのだろうと思いながら。

「週末は家を空けてたんです。結婚式に行っていたので。玄関の鍵を開けて入ったら、アラームが鳴らなくて、入ってみたら家の中がいつもとちがって。奥までは見てませんけど、家具の置き場所が変わってて、出てきたときとちがってて、あちこちに花があって、全部きれいに片づいてるんです」

「花、ですか？」若い巡査が訊き返し、リリーはうなずいた。

「このまま外でお待ちいただけますか」とエニス巡査が言った。「お子さんたちと一緒に坐っていてくださいわれわれで中を見てきますので」彼はベルジアン・シェパードを連れて家に入った。

車の中はますます暑くなってきた。三人はすべてのドアを開け放った。車に照りつける午後の陽射しよりも、落ち着きをなくした子供たちの苛立ちが車内の温度を上げているようだった。

オーウェンがゴーゴーを連れて到着した。やがて警官ふたりが家から出てきて、オーウェンとことばを交わした。エニス巡査のベルジアン・シェパードはゴーゴーによく似た雄だったが、ゴーゴーより小柄で毛色が濃かった。名前をエンジェルといい、立派な像のように行儀よく坐っていた。一方のゴーゴーは落ち着きなくあたりを嗅ぎまわり、さかんにリードをひっぱった。

「ゴーゴー、おすわり」リリーは懇願した。「坐りなさい。お願いだから坐って」

「ドッグトレーニングを受けたほうがいい」とエニス巡査が言った。

「いつもはもっと言うことを聞くんです」

「いや、あなたがトレーニングを受けるべきだという意味です。命令は一度で伝えるものであって、だらだら繰り返すものじゃない。犬に〝お願い〟はしません。それにもう少し声のトーンを低くしたほうがいい」

オーウェンが子供たちとゴーゴーを散歩に連れていった。

リリーは警官ふたりと家の中を順番に見ていった。ふたりはラテックスの手袋をはめ、彼女には何も触らないようにと念を押した。警察犬のエンジェルはおとなしくにおいを嗅いでいる。玄関まえの廊下は常に雑多なもので散らかっていた――子供たちのサッカー用具やら犬のリードやら再利用できるレジ袋やらレインブーツやらで。それらがすべて見おぼえのない大きなふたつのバスケットに収納されている。玄関脇に積んであった、貸出期限を過ぎた図書館の本がなくなっている。ドア枠に以前はなかった黒い汚れがいくつもついている。侵入者が汚い手で触ったかのように。リリーはふたりに向かってその汚れを指し示した。

「それはわれわれがやりました。指紋がついていそうな場所に黒い粉をまぶして調べるんです」とハウ巡査が言った。「でもどうやら、全部きれいに拭き取られてるみたいでした」

「ほかにこの家の鍵を持っている人は？」とエニス巡査が尋ねた。

「実家の両親がひとつ、兄がひとつ持ってますけど、新しいアラームの暗証番号を知ってるのは兄だけです。あとは職場の同僚のアイリスにも鍵を渡してます」

「誰か教会の人に鍵を預けていませんか？」

「いいえ。教会には通っていないので。これって教会がやりそうなことなんですか？」

「清掃業者や誰かに家の掃除に来てもらうことは？」

「ありません」

「家のまわりに置き鍵をしていませんか？」

「ええ、裏庭の木の洞《うろ》の中に落ち葉をかぶせて隠してあります。そこは先月一度確認しました。イースターの週末に誰かが勝手にうちに来て庭の飾りつけをしたときに」

「誰が庭の飾りつけをしたんです?」

「それはわかりませんけど、その人たちは家の中に入ったわけじゃないんです。芝生を刈って、イースターのバスケットを置いていっただけです」

エニス巡査が若いハウ巡査にうなずいてみせると、ハウ巡査は裏庭へ消え、ややあってから置き鍵を手に戻ってきた。「家の外に鍵を隠すなら、よその家に置いておくのがいちばん安全です」ハウ巡査はそう言いながら、模造石と中の鍵を小さな証拠品袋に入れた。

居間では二脚の椅子が元の位置を離れ、ソファと向かい合うように置かれていた。まるで何人も来客があったかのように。さらに卓上用のブーケがいたるところに置かれていた――サイドテーブルにも、炉棚にも、コーヒーテーブルにも。

「まるで葬式ですな」エニス巡査が言った。

「そう、まさにそれが言いたかったんです」とリリーは応じた。

キッチンでは食洗器に入らなかった皿やフライパンが常時水切りかごに立てかけてあったが、それらは所定の場所にしまわれていた。水切りかごが見あたらなかったが、シンク下の収納を開けると見つかった。そこも雑然としていた中身がすっかり整理されていた。床はモップがけされており、カーテンはドライクリーニングでもされたようだった。

「普段は散らかしているほうなんですか？」エニス巡査が尋ねた。

「いいえ。まったく。でも散らかったり汚れたりするのはあたりまえでしょう？　ここは生活の場ですから。これじゃまるでモデルハウスです」

キッチンの窓台にも小さなブーケが飾られていた。骨灰磁器《ボーンチャイナ》のカップ&ソーサーの中に。

リリーは椅子に乗って上段の戸棚をのぞいた。義母から返せと言われていた銀製のティーセットがそこにあることを確かめるために。あった。デズの先祖伝来のデザート皿も。そのあと、警官たちに言われて携帯電話と固定電話の伝言をチェックした。誰かがこの件を説明してくれていないかどうか。何もなかった。

それから階上《うえ》にあがって寝室を見ていった。子供部屋はまるで知らない部屋だった。見ちがえるように片づいているうえに、新品の本棚とおもちゃの収納ラックが導入されていた。ゲスト用の寝室は模様替えされていた。より感じのいい配置になるよう、ベッドが斜めに置かれ、クローゼットに保管していたキルトが足元の部分にたたんで掛けられていた。

リリーの寝室はさらに花だらけだった。

「家を出るとき、ベッドメイクはしていかれましたか？」エニス巡査が尋ねた。ええ、しました、とリリーは答えた。いつもしています。ベッドメイクはこの世で自分がコントロールできる数少ない物事のひとつなのだから。けれども、このベッドを整えたのは自分ではない。自分はこんなやり方はしていない。隅々までぴっちりと折り込まれ、カバーにもシーツにも皺ひとつない、こんな軍隊的なやり方は。ナイトテーブルの上の本もまっすぐに揃えられていた。クローゼットの中で入り乱れていた靴も、きちんと一足ずつペアになって並んでいた。

オーウェンが子供たちを連れて帰ってくると、若いほうの巡査は彼と話をするために出ていった。エニス巡査はリリーに言った——これから犬を連れて地下室に降りるので、一緒に来ていただきたいと。

「安全はわれわれが確認済みです。先ほど一度降りましたから」リリーが躊躇《ちゅうちょ》するのを見て彼は言った。「何かなくなったり変わったりしていないか、確認をお願いしたいんです」

「どうして犬を連れてきたんですか?」

「私は警察犬部隊《K9》の所属でしてね。進行中の押し込み強盗らしいということで、近くでパトロール中だったわれわれが駆けつけたわけです」

リリーは地下室が苦手だった。床は地面がむき出しで、室内は冷たくじめじめしている。竜巻警報のサイレンが鳴ったらここへ避難するという目的にはかなっていたが。ともかく降りてみると、防災用品やクリスマスの装飾品が入ったプラスチックの収納ケースはそのままそこにあった。が、ケースを覆っていた埃はすっかり取り払われていた。あのネグリジェの入った〈ノードストローム〉の箱も置き場所は変わっていなかった。

それから一階に戻り、今度は書斎をのぞいた。一見何も変わっていないようで、やはり違和感がある——花柄の肘掛け椅子が窓に向かうように置かれている。エニス巡査は肘掛け椅子を室内に向けると、リリーに坐るように促し、自分は斜向《はす》かいに置かれたオフィスチェアに腰をおろした。

「われわれは花束もすべて調べました。この状況を説明してくれるようなカードがはさまっていないかとね」彼は新しい爪楊枝を口にくわえて言った。「はっきり申し上げましょう。誰かがこの家に侵入した。一見、どこにも悪意や危険があるようには見えない。しかし正直、私はぞっとしています。身の毛がよだつと言うんでしょうかな。もし同じことが自分の身に起きたとしたら、家をバリケードで塞いで守るでしょう。といっても、何から守るというのか——花束や清掃業者から？　お兄さんから伺った話では、これ以前に庭の手入れや剪定《せんてい》がされていたということですが、それはいつのことです？」

「イースターの週末です。私たちが実家に行って留守にしてるあいだに、誰かが業者を呼んで芝生を刈らせて、木を剪定させたんです。うちは夫が亡くなって一年になるんですけど、夫の闘病中に近所の人たちが芝刈りやなんかをしてくれたことはあります。でもそれは庭だけの話で、誰も家の中には入っていません。夫が亡くなってからは、上の子が芝刈りをやってくれてます」

「その近所の人というのは？」

「以前通りの先に住んでいたマックス・ヘレーラという男性です。シルヴァン・パークに引っ越してしまいましたけど。五軒先のベスのご主人も、十二月の氷雨《アイス・ストーム》を伴う暴風のあとに屋根板を補修してくれました。聖トリニティ教会からも二回、芝生を刈りにきてもらったことがあります。ふたり組の女性だったけど、名前はおぼえてません。全部一年以上まえの、夫が闘病中だった頃の話です。最近では隣のブロックに住むご夫婦にフェンスを補修してもらいました。ケンとケンドラのフレミング夫妻に」

「家の中に薬物の類いはありませんか？」

「私はクスリはやりません」

「ご主人が服用されていたお薬がどこかに余っていたりしませんか？　あるいは奥さんご自身が病院でもらってきた痛み止めとか」

「薬めあての泥棒が花を置いていくんですか？」

「そこは私にもわかりませんが」と彼は言った。

リリーはエニス巡査のまえで引き出しやキャビネットを次々と開けて見ていった。何も盗《と》られた形跡はない。デズの薬は彼の死後にすべてヴァンダービルト大学病院の薬局に戻していた。自分の薬はボトルに三分の一ほど残った処方睡眠薬くらいで、それはメイク道具入れの奥にそのまま残っていた。ふたりはダイニングルームに戻り、テーブルに着いて坐った。そこにも花が飾られていた。カラーリリーと赤い薔薇のブーケが。

「現金はなくなっていませんか？　銃器や化学薬品の類いは？　お宅に銃はありますか？」

「化学薬品？」

「メタンフェタミンや爆発物を合成するのに使われる化学薬品のことです。まさかと思われるでしょうが、必ずひととおり質問することになっているのでね」彼はすっかり嚙みしだかれた爪楊枝をポケットに入れ、新しい一本を取り出して口にくわえた。

「化学薬品はありませんけど、銃は以前ありました」

「その銃はどうなったんです？」

「それがよくわからなくて。夫が二年まえに購入したんです。まだ生きてたときに」

あたりまえだ――リリーは自分の馬鹿さを呪った――銃を購入したのだから、生きていたに決まってる。

「なぜ購入されたんです？　身の危険を感じるようなことがあったんですか？」

「いえ、そういうわけじゃなくて、私に護身用として持たせたかったみたいです。でも私は銃なんて持ちたくなかった。だから返品してくれって言いました。夫が返品したと思いますけど、どうなったかはわかりません」リリーは涙があふれるまえに目を閉じた。

エニス巡査はリリーが落ち着くのを待ち、やがて彼女が目を開けると言った。「銃を保管していた場所を見せていただけますか」

リリーはまず書斎へ行ってクローゼットを開け、子供たちが着られなくなった衣類の奥に半分隠れた金庫を示してみせた。それから階上《うえ》の寝室へ行き、クローゼットの最上段に保管している古いスノーブーツを棚から降ろした。金庫の鍵はまだブーツの中にあった。最後に鍵を使ったのは、デズの死亡証明書の写しを金庫に仕舞ったときだった。

「つまり、この一年ずっと銃をチェックしていないということですか？」

リリーは彼に向きなおって言った。「当時はひとつのことしか頭になかったんです。夫のことしか。夫が生きていることと、夫が死んでしまうことしか考えられなかったんです」自分でも驚くほど、一語一語がくっきりと怒りを帯びて響いた。「夫が死んだら死んだで、そのあともひとつのことしか考えられなかった。子供たちのことしか」

「家にお子さんがいるなら、銃があるかどうかは把握しておく必要があります。鍵はこちらで扱います」エニス巡査はラテックスの手袋をはめたまま、器用な手つきで鍵と錠を扱った。腰の高さまである金庫の扉を開け、装備していた懐中電灯で中を照らした。それから次々と中身を取り出した——書類、大学の卒業証書、フィンの育児日記、結婚二十周年のお祝いに開けてねと友人から結婚祝いに贈られたワインのボトル、死亡証明書の入った茶封筒、保険証書、デズのものが入った箱（彼の結婚指輪、彼の祖父の純金のカフスボタン、タオルにくるまれた銀食器セット——もしやこれが義母が返してほしがっていた、モノグラム入りの銀食器というやつだろうか？）、さらなる書類。

「銃はここにはありませんよ、奥さん。どこかほかの場所にある可能性は？　許可を受けた銃ですか？」

リリーは膝をついて金庫に手を入れ、棚の奥を探った。三段とも隅々まで。

「待った、デズモンド・デクラン名義の許可証がある」エニス巡査は書類の山から一枚の紙を引き抜いて言った。「これだけでも見つかってよかった。質屋に流れた場合なんかに追跡できるかもしれない」彼はリリーと目を合わせると、今度は優しげな警官の口調になって言った。「そもそもここに銃があるかわからないと思われた理由を、もう一度お話しいただけますか」

「さっきもお話ししたように、夫は私の護身用に銃を買ったんです。でも私が断ったので、夫は返品すると言ってました。それか、自分の弟に頼んで警察署に持っていってもらうって。私もあのときは頭の中がごちゃごちゃで、夫は薬の影響を強く受けていて。そのあとは悪くなる一方でした。それから五日間の忌引き休暇があって、また仕事に戻って、毎日なんとかベッドから抜け出して子供たちの世話をして。そのあいだに金庫を開けたのは一度だけだと思います。夫の死亡証明書と結婚指輪の箱を仕舞ったときだけです」

「ひとまず登録情報を照合して、追跡できるかどうか見てみます。ご主人は病気で亡くなられたわけですね？」

「そうです。ヴァンダービルト大学病院で。死亡証明書もここにあります。必要ならどうぞ」

エニス巡査は首を振った。それでもリリーは封筒から証明書を出して渡した。彼の顔は直視しづらかったが、よく見ると顔立ちは整っており、いかつい印象はまったくなかった――

あばたに覆われていなければ。彼は証明書をリリーに返して言った。「ご主人のことはお気の毒です」その目は澄んだ緑色だった。「拳銃に使用する弾薬がここには見あたらないようですが」

「夫は自分の下着類の引き出しに弾薬の箱を保管していました。それはもう私が捨ててしまいましたけど。彼の下着を捨てるついでに」

「ひとまず銃がどうなったかを突き止める必要があります。義理の弟さんの電話番号を教えていただけますか。電話はこちらでかけますので」

リリーはケヴィンの名前と電話番号を書いて渡した。エニス巡査は外に出ていってパトカーのところへ行き、若い巡査とことばを交わした。それからまた家の中に戻ってきた。

「ご主人が亡くなってから、ほかに何か変わったことはありませんでしたか？　イースターの飾りつけ以外で？」

「それを言うなら、夫が亡くなってからはおかしなことばかりです。義理の母が私に白いネグリジェを送ってきて、でもカードには名前がなくて、自分は送ってないって言い張ってるとか。でもお聞きになりたいのはそういうことじゃないですよね？」リリーは洟《はな》をすすり、背すじを伸ばしてから続けた。「夫の大学時代の友人だという人から、何度か妙なお悔やみの手紙をもらいました。それからつい最近、誰かがフェイスブックで夫の追悼ページを開設したんです。私にはなんの断りもなく勝手に」

「そのお悔やみの手紙を見せていただけますか？　それからパソコンでその追悼ページをひらいて見せてください。ご主人は著名な方だったんですか？　芸能人や政治家のような？　奥さんのご職業は？」

「夫はナッシュヴィル・オペラ合唱団のバス歌手でした」

「このあたりではよく知られた存在だった？」

「いいえ」

「奥さんのお仕事は？」

「私設財団で音楽アーキヴィストをしています。パソコンでデータベースにデータを登録するのが主な仕事です」

「おふたりとも、職業上のライバルや敵はいませんでしたか？」

「いいえ、まったく」リリーはキッチンの引き出しからジャズの手紙を持ってくると、一通だけ遺族サポートグループのカウンセラーに預けているのでここにはないと説明した。エニス巡査は立ったまま二通の手紙に目を通した。

「思いあがりもはなはだしい」読み終えると彼は言った。「他人の心の苦しみにずかずか踏み込んでくる人というのは一定数いるものです。配慮のかけらもない。もっとも、この手紙自体に危険は感じませんが。ここにないもう一通の手紙も似たようなものですか？」

「それは一通目でした。あまりにも出し抜けで、読んでいて不快ではありましたけど、内容は似たようなものです」

リリーはノートパソコンを立ち上げ、問題の追悼ページをひらいた。エニス巡査はキッチンテーブルのまえですばやくページをスクロールしていった。

「この〝ダルマ69〟というのは誰です？」

「私にもわかりません」

「荒らしかもしれませんね。この写真はどれも——ご主人の実家側の家族写真ですね？」

「そのとおりです」

「危険を感じるような書き込みはありませんでしたか？　あるいは家をきれいにするとか、花を届けるというようなメッセージは？」

「そういうことは何も」

「では、一緒に外へ来ていただけますか」ふたりは家の周囲をゆっくり歩いてまわった。彼は窓のまえで立ち止まり、そのつどエンジェルににおいを嗅がせた。

「見たところ侵入された形跡はありません。警備会社にも連絡しましたが、防犯アラームが作動した様子もありませんでした。ハウ巡査が近隣の何軒かに聞き込みをおこなったところ、たしかに家の中に人がいたそうです。清掃会社のヴァンが来ていたこともわかっていますが、詳しい情報はまだ得られていません。いずれにしろ、隠れて忍び込んだり人目につかないように行動していたわけではなさそうです。近所の人の話では、土曜日に〝メイドの制服を着た綺麗な黒人女性〟が玄関から家に入るところを見たということです。アフリカ系アメリカ人のお友達やお知り合いはいらっしゃいますか？」

「職場の同僚のアイリス・マローンは私の友人ですけど、彼女はバハマ人ですし、清掃会社に勤めてもいませんし、私に無断で家に入ったりはしないはずです」リリーの声は不安でうわずっていた。

「あなたのお友達が何か罪を犯したと言っているわけではありません。これまでに誰かお宅の掃除を手伝おうと言ったり、清掃会社や手伝いの人をよこそうと申し出た人はいませんでしたか？」

「いいえ。そもそも清掃会社が花を持ってきたりしますか？　キッチンの布巾が見たこともない新品のものに替わっているのも変です」自分でもなぜ布巾のことを持ち出したのかわからなかったが、あれはいつもの心休まるひとときだった。夕食後に洗った鍋やフライパンをなじみの青いコットンの布巾で拭くのは。それが今では、見たこともない新しい布巾がタオルラックに掛かっているのだ。

「その布巾に触りましたか？」

「いいえ」とリリーは答えた。

「キッチンに戻ってください。布巾には手を触れないように」

数分後、エニス巡査はエンジェルを連れてキッチンに入ってきた。男性らしいぎこちなさでラテックスの手袋を外し、新しいものをはめると、リリーが指し示した新品の布巾を手にとってエンジェルの鼻先にあてがい、しばらくにおいを嗅がせた。アイボリーの麻地に黄色い薔薇模様がちりばめられた布巾。それから犬の耳元で何事かささやきかけた。エンジェルはとたんにそわそわと興奮しはじめた。「ここでお待ちいただけますか」エニス巡査はリリーにそれだけ言うと、エンジェルの先導でキッチンを離れた。

警察犬コンビが戻ってくるまで優に十分はかかった。エニス巡査は占い杖《づえ》で水脈を探して歩くかのように、エンジェルのリードを体のまえに据えて歩いた。コンビはいったん玄関から外へ出ていったあと、裏のパティオから洗濯室を通って家の中に戻り、ぎしぎしと軋《きし》む階段を降りて地下室へ消え、そのあとあちこちの部屋をまわって階上《うえ》へ行き、ようやく降りてくると、リリーが待つキッチンへ戻ってきた。リリーはふと思った――〈トレーダー・ジョーズ〉で出くわしたデズの同僚のことを話すべきだろうか。あたたかな夜に冬用の手袋をはめていた、イギリス訛《なま》りのブライズ・テイトのことを。

エニス巡査は犬を隣に従えたまま、キッチンテーブルに着いて坐った。「私は警察犬と仕事をして二十三年になります。エンジェルが人間のことばを話せない以上、これは推測になりますが、彼がたどった経路を見るかぎり、この家に侵入した人間は裏庭の置き鍵を使って勝手口から入ってきたようです。防犯アラームの暗証番号を知らなかったんでしょう。私もさっきまで見落としていたんですが、ブレーカーが落ちていましたから。最後にアラームが鳴ったのはいつでしたか？」

「わかりません。ほんとうにおぼえてないんです。いつも出かけるときにセットして、帰ってきたら暗証番号を入れて解除していました。暗証番号は去年、自分たちでリセットしました」

「自分たちというのは？」

「兄と私です。夫の闘病中はいろんな人に鍵を渡して暗証番号も教えてましたし、最後の入院まえは訪問看護やなんかにも来てもらってましたから」

「ブレーカーはシステム専用のものでした。何ヵ月もまえにリスが配線を齧《かじ》った可能性もなくはない。あるいは誰かが入ってくるときに意図的に遮断したのかもしれません。いずれにしても、ミズ・デクラン、状況がはっきりするまではお兄さんに泊まりにきてもらったほうがいい。錠前はすべて取り換えてください。置き鍵は使ってはいけません。警備会社を呼んで、新しい防犯システムに換えてもらうことです。これは二十年まえの設備でしょう。もっと古いかもしれない。もとから家にあったものですか？」

リリーはうなずいた。

「ブレーカーが落ちても予備電源が作動するシステムに換えるべきです。私の名刺をお渡ししておきます。実に不穏な一件ではありますが、これが善意に基づいたものであることを祈りましょう。ハウ巡査があなたの義理の弟さんからお話を伺ったところ、銃については何もご存じないとのことでした。こちらとしては当面のあいだ、お宅の周辺のパトロールを増やすことで対応します。そのうち誰かが名乗りをあげるかもしれません。感謝を求めてか、はじめから名乗るべきだったことに気づいてか。もしわかったらご一報ください。ただし、それまでは充分警戒するようにしてください」

41　ニコニコマーク

オーウェンとリリーは子供たちを不安にさせないよう、この一件がたいしたことではないかのように振る舞い、こんなふうに説明した——誰かが私たちの役に立とうと思ってやったことだけど、ほんとうは家の人の許可を得ずに勝手にこういうことをしてはいけないのだと。リリーにはいつもながら頼れる兄の存在がありがたかった。彼がいてくれるだけで必要以上に深刻にならずにすみ、落ち着きを取り戻すことができる。オーウェンは階上《うえ》の来客用の部屋で寝るのを断り、階下《した》のソファで横になった。ゴーゴーをそばに置いて。

深夜二時過ぎにリリーはその写真を見つけた。その時間までずっと侵入者の痕跡を探して、ドレッサーの引き出しやクローゼットやワードローブの中身をくまなく漁《あさ》っていたのだった。

それはワードローブのてっぺんにあった。デズが子供の頃から持っていた、今では埃まみれのシカゴのスノードームの横に。何年もこのまま置いてあったのだろう。自分たち家族四人の額入り写真。身をよじった赤ん坊のサムをデズが笑顔で抱いている。フィンはリリーと手をつないでいる。何もかも当時のままだ。リリーの顔が小さな黄色いニコニコマークのシールで覆われている以外は。それだけだった。顔がひとつ、ニコニコマークのシールで消されているだけ。

と、リリーは階下《した》に降りてキッチンテーブルのまえに坐った。やがてオーウェンが目を覚ますと、リリーはコーヒーを沸かしはじめ、キッチンに入ってきた兄に問題の写真を見せた。

「最後にこの写真を見たのは?」オーウェンが尋ねた。

「わからない。ずっとワードローブのてっぺんに放置してたの」

「埃だらけだな。このシールまで埃をかぶってるみたいだ」

実際、シールまで埃をかぶっていた。リリーが今しがた指で触った部分を除いて。

オーウェンとリリーは家じゅうのブーケをかき集め、外のゴミ箱に投げ込んだ。オーウェンは妹をなだめるような真似はせず、最後の薔薇を投げ捨てると、ゴミ箱に唾を吐いた。リリーは大小さまざまな十七個の花瓶をすべてギャラティン通りのリサイクルショップに持っていった。電話をかけるにはあまりに不安定な状態だったので、オーウェンが代わりに心当たりのありそうな相手の番号を聞いて問い合わせた。デズが通っていた教会、シカゴのデズの親族、デズのオペラカンパニーの友人や知人。誰も何ひとつ事情を知らなかった。ハウスクリーニングの件についても、そのまえのイースターの飾りつけの件についても。

鍵屋がやってきてドリルで破錠し、新しい錠前に交換した。彼らはドアと窓にスライドロックを追加した。巡回中のパトカーが何度かオーウェンの目のまえを通りすぎた。電気工が人感センサー付きの防犯灯をドアの上と家の角に設置した。オーウェンは勝手口のドアに内鍵を取り付けた。警備会社は二日かけて古い防犯設備を撤去し、新しいシステムを設置した。

三日目の午後、リリーはもう大丈夫だから帰ってくれてもかまわないと兄に言ったが、オーウェンはそういうわけにはいかないと首を振った。新しい設備に問題がないか確認できるまではここにいると。警備会社のスタッフが引き揚げると、ふたりは子供たちを学童保育へ迎えにいき、そのままオーウェンの家へ行って夕食の時間を過ごした。オーウェンが妹の家に泊まり込んでいるあいだ、妻のアン＝クレアは母親のシェルビーに来てもらっていた。シェルビーが自家製のラザニアをふるまい、誰もが夕食を愉しんだ——このちょっとした非日常の混乱のなかで。アン＝クレアは妊娠三ヵ月だったが、アラバマっ娘《こ》らしさはいつもと変わらず、他愛のない雑談で場を盛りあげた。八歳の娘のテリーサも母と同じおしゃべりの才能に恵まれていた。フィンとサムはオーウェン伯父さんといられることが何より嬉しそうだった。オーウェン伯父さんは一緒にホッケーで遊んだり、動物園のキャンプに連れていったりしてくれる。いつもそばにいて揺るぎない安心感を与えてくれる。サムは大好きな伯父さんの隣に坐っていた。すぐ横にぴったりとくっつくようにして。

42　オブラディ・オブラダ

故人への感謝の手紙を書きましょう。それがその夜のエクササイズだった。アシスタントのルネが〈寄り添いの輪〉の面々に黄色い罫線《けいせん》の入ったメモパッドを配り、皮膚炎のかさぶたに覆われた手で人数分のペンをまわした。

リリーは覚醒していた。朝、眠りから目覚めたときのように。もはや悲しみにしがみついてはいない。悲しみがすべきことを自由にさせているだけだ。もはや黒いヴェールが目のまえにかかってもいなければ、霧のなかに閉じ込められてもいない。貪欲な悲しみの相手をしてやる必要もなければ、相手をせずに追い返す必要もない——悲しみはここにある。常に共にあり続ける。共に歩んでいくのだ。どんな未来が待ち受けていようと。

彼女は覚醒していた。

渡されたプラスチックのボールペンで、黄色いメモパッドに三つの段落に及ぶ文章を書きあげた。十分が経過してタイマーが鳴ると、ミリアムがリリーに手紙を読みあげるよう促した。が、リリーは自分は最後がいいと答えて順番を譲り、ほかの参加者の発表にじっと耳を傾けた。故人に感謝したいあれやこれや。あのうつろな目をしたマホガニーレッドの髪の女性はスティーヴィーという名前だったが、その彼女ですら、死んだ双子の兄に感謝したいことがたくさんあるようだった——子供の頃、いつも彼女のために冷水機のボタンをずっと押してくれていたこと。三年生のとき、彼女をのろま呼ばわりした男子を突き飛ばしてくれたこと。靴下が左右ちがっても気にしないでくれたこと。そんな話を聞いていると、辛辣《しんらつ》になっていた気持ちがいくらかやわらぐように感じられた。自分だけがことさらつらい思いを抱えているわけではないのだと。

リリーの番になった。「実は今、身の危険を感じているんです」

「それって、ご主人への感謝の手紙と関係があるの？」ミセス・ヘンリエッタが苛立ちをあらわにして言った。この人は何事もルールどおりでないと不満なのだ。

「私が言いたいことと関係があります」リリーはそう言うと、大きなバッグからノートパソコンを取り出した。フェイスブックのページはすぐひらけるようにブックマークしてあった。

「どうして身の危険を感じているんですか？」イヴォンが尋ね、いつものように髪を耳にかけて撫でつけた。それが髪を整えるためのしぐさではないことにリリーは気づいていた。イヴォンはごく小さなクロス形のスタッドイヤリングをつけていて、髪を耳にかけるたびにその十字架に触れているのだった。その小さなお護《まも》りに、祈りをこめて。

リリーは黄色い罫線の入ったメモパッドに書いたばかりの文章を読みあげた。

「私が週末家を空けているあいだに、誰かが勝手に家に入りこんで家じゅうを片づけ、家具を動かし、お葬式ができるくらい大量の花を置いていきました。誰がやったのかはわからず、書き置きひとつありませんでした。警察はこれを住居侵入事件として扱い、侵入者が防犯設備のブレーカーを遮断したのではないかと考えています」

「その事件のあいだ、あなたはどこにいたの？　あなたが家を空けることを知っていた人は？」ミリアムが尋ねた。

「義理の弟の結婚式でシカゴにいました。木曜日から休みをとったので、職場の人には言っていました。私の身内も知っていました。夫の側の親族はみんな結婚式に出ていたので、その人たちでないことはわかってます」

「あなたのご両親は？」ミセス・ヘンリエッタが口をはさんだ。「いつもいろいろ手伝ってくれてるって言ってたじゃない」

「両親はディズニーのクルーズ旅行でカリブ海にいます」

「私たちがやったって言いたいの？」スティーヴィーが言った。

「家を留守にすることはここでは言っていませんでした。ですから、あなたたちがやったと言いたいわけじゃありません。そうじゃなくて、みんなの考えを聞きたいんです」リリーはいったんメモパッドの二段落目に目をやってから、フェイスブックの追悼ページをひらいた。ノートパソコンの向きを変え、画面が全員に見えるようにした。「誰かがフェイスブックで私の夫の追悼ページを開設したことは話しましたよね。ものすごく不快な気持ちになりましたけど、私はアカウントの所有者じゃないのでどうにもできません。このページは週末に更新されました。プロフィールの写真が変わっていて、〝ダルマ69〟という名前の人が六十九件のメッセージを投稿しています。ビートルズの歌の同じ歌詞をひたすらコピペして」

輪の面々は身を乗り出し、画面をよく見ようと顔を近づけた。スティーヴィーが『オブラディ・オブラダ』のメロディをハミングしはじめた。腕を組んで椅子にもたれ、前後に体を揺らしながら。

「やめてください」とリリーは言った。

「ええ？　だってなんだか可愛いじゃない。あなたの苗字がジョーンズだとは知らなかったわ。リリーとデズモンドのジョーンズ夫妻。元の歌ではモリーとデズモンドなのよね？　その写真はあなたの息子さん？」

「私の苗字はジョーンズじゃありません」

「でもそれ、デズモンド・ジョーンズの追悼ページになってるけど」とカーリーが言った。

リリーはノートパソコンを自分のほうに向けて画面を見た。朝見たときから変わっていた。プロフィール写真はそのままだが、名前が変わっている。お気に入りも友達もなくなっている。表示されているのはデズの昔の写真と〝ダルマ69〟のメッセージだけだ。リリーはいったんページを閉じ、グーグルで〝デズモンド・デクラン　追悼　フェイスブック〟と打ち込んで検索した。何も出てこなかった。自分のブックマーク一覧から〝デズFB追悼〟と名前をつけて保存したページをひらいた。いま見たばかりの新しいページが表示された。スティーヴィーがハミングしながらさもおかしそうに笑った。

「やめて！」リリーは言った。

ミリアムがクリップボードにはさんだ書類をめくりながら尋ねた。「リリー、あなたはどう思うの？　まえに手紙を書いてきたジャズって人の仕業だと思う？」

「わかりません。でもあなたが以前おっしゃったように、ジャズはいつもでかでかと署名をするんです。今回は誰も名乗りをあげていません」

「銃を買うべきだと思います」イヴォンが言った。今度は両方の耳に触れながら。

「それはいけない」レオンが言った。「家の中に銃を置くべきじゃないことは統計が証明している。暴力に頼るのはやめたほうがいい」

リリーとしては盗まれた銃の話をするのは避けたかった。「もうひとつ、週末に家に入られたあとで見つけたものがあります」そう言うとノートパソコンを閉じ、バッグから例の家族写真を取り出して掲げた。「この写真は私のワードローブの上に何年も置いてあったものです。誰かが家に侵入したあと、私の顔をニコニコマークで消していきました」

小学校の発表の時間《ショー・アンド・テル》で家から持ってきたものをみんなに見せて説明するように、リリーは額入り写真を掲げてみせ、輪の反応をうかがった。全員がぞっとした表情で写真を見つめている。

ミリアムが輪の中に入ってきた。色あせたピンクの花柄のワンピースを着た彼女は、〝個人セラピー〟というタイトルとともに名前や住所や電話番号が印刷された紙をひとりひとりに手渡しながら言った。「グループセラピーは必ずしも万人向きではありません。グループセラピーの恩恵を受けている人でも、個人セラピーでまた別のメリットが得られることがあります。リリー、これはあなたに限ったことじゃないのよ」

「私の被害妄想だとおっしゃるんですか？」リリーは思わず訊き返した。「私がひとりで勝手に思いつめて正気をなくしていると？」手に持った額入り写真が怒りで震えている。リリーはそれを膝の上に置いた。

「あなたが警察に通報したことは何よりだと思うわ。不法侵入のような事件は、このグループで扱える範疇《はんちゅう》を超えています。警察には錠前や防犯設備を新しくするように言われたでしょう。たとえそれが善意による行為だったとしても――お友達やご家族がよかれと思って家の中をきれいにしたのだとしても――あなたのプライベートな空間が侵害されたことは事実なんだから。私が個人セラピーの話をするのは、残念ながら無視できない現実があるからなの。二年以内に死別を経験した人の死亡率は、そうでない人に比べて四十から六十パーセントも高くなるという統計が出ているんです。これは自殺だけじゃなくて、事故や病気、不注意による死も含まれます」

「私は充分注意しています」とリリーは言った。〝このグループで扱える範疇〟――それは何、法律用語？　ミリアムのことばに納得できないまま、個人セラピーの案内用紙を受け取った。ほかの参加者同様。

「いざとなったら相談できる専門家がいることを知っておいて」とミリアムは言った。「このリストには死別カウンセリングの分野で優秀なカウンセラーやセラピストを載せています。場合によっては予約で埋まっていたり、新規の受付を中止しているかもしれません。保険が適用にならないところもあるから、まずは電話で訊いてみて、その際に私の紹介だと伝えてください。リリー、あとで残って話をしましょう」

リリーは残らなかった。ミリアムと輪の全員に対して、ある種の一線を越えてしまったのだと自覚していた――〝みんなの同情を集める人〟から〝深刻な助けが必要な人〟へと。その夜の集いが終わると、レオンが真っ先にミリアムのところへ行き、個人セラピーのリストを見ながらことばを交わした。イヴォンはリリーのために祈っていると言ってきた。リリーはすぐに部屋を出た。今夜はオーウェンが車で送ってくれ、今も外で待っているはずだ。廊下を歩いていると、うしろからルネが小走りでやってきた。リリーに追いつくと、並んで歩きながら言った。「これ、ミリアムの名刺です。あなたに渡すように頼まれたので。連絡してほしいとのことです。でもそのまえに、私から少しお話しさせてもらってもいいですか？」

リリーは名刺を受け取ってうなずいた。

「フェイスブックのあの写真がご主人のものだというのは確かですか？　十三歳とか十四歳とかの写真ですよね？　画質も粗い感じでしたし」

「夫の写真にまちがいありません」

「警察うんぬんは別にして、自分の気持ちは尊重するべきです。不安や怖れの感情というのは、建設的に使うこともできるんですよ」ルネは掻きむしった痕のある手を軽く動かしながら続けた。「待って――むしろ恐怖は感情ではなく、生き延びるための反応だとしましょう」

リリーは足を止めて言った。「兄が外で待ってるんです。あなたが言わんとしていることがよくわからないんですけど、どういうことですか？」

「現代の生活において、私たちは常に警戒状態にあるということです。聴覚的にも視覚的にも、刺激や情報が多すぎるんですね。だから常に過剰な警戒を解くよう、自分に言い聞かせる必要があるんです」ルネは頭を低くしたまま、鋭い視線で前方を見据えていた。真っ黒に近いダークブラウンの瞳。いつもミリアムの陰になっていて気づかなかったが、リリーには意外なほど強いまなざしだった。ふたりはまた歩きはじめた。「今期の授業で、退化した恐怖について学んでいるんです。たとえばこういうことです――大自然の中で巨大な象が突進してきたら、誰でも飛びあがってそのへんの茂みに逃げ込むでしょう。では街中で巨大なトラックが猛スピードでこちらへ向かってきたら？　その場合も同じ逃走反応が起こりますが、誰も飛びあがったり逃げたり声をあげたりはしませんよね。交差点の信号が赤になって、トラックが停まることがわかっているから。そんなふうに、私たちは差し迫った――と見えて実はそうでもない――危険を無視することに慣れきってしまっているので、本物の危険に遭遇したときも、そうやって自分を落ち着かせようとしてしまうんです。ミリアムはもちろん、私なんかよりあなたのことをよく知っているんでしょうけど、正直に言うと私はちがう意見です。これまでのことを総括して、個人セラピーを受けるべきだという結論になるのはちがうと思うんです。フェイスブックのご主人の追悼ページにしても、私は侵害的な行為だと思いましたよ。ビートルズの歌詞が投稿される以前に。あなたの留守中にお宅を掃除したり、花を持ってきたりしたのは教会の人たちかもしれませんが、写真のあなたの顔にシールが貼られていたというのは、悪意を感じて当然だと思います」

「それはつまり、私が危険な状況にいるということですか？」リリーは尋ねた。

「そこまではわかりません。ただ私に言えるのは、この場合、身の危険を感じるのがほんとうに適切な反応かもしれないということです」

43 ヴォードヴィル

眠りは容易にはおとずれなかった。いまだに葬儀を思わせる花の香りが家じゅうに立ち込め、階上《うえ》の廊下のテーブルに飾られていた黄色と薄紫の薔薇からなる巨大な盛り花の残り香が鼻をつくようだった。家はもはや侵入者を寄せつけないよう厳重に警備されている。オーウェンは今夜も階下《した》のソファでゴーゴーをそばに置いて眠っている。それでもいつしか忍びやかな気配がじんわりと夢に溶け込み、リリーは目を覚ました。毒かもしれない。ふとそう思った。どこからか微量ずつ家の中に放たれた毒がまわってきたのかもしれない。窓を開けたかったが、そうはしなかった。深夜過ぎに起き出して二階の窓の施錠を確認し、子供たちが眠っていることを確認した。外の人感センサーライトが三度にわたって点灯した。三度目にリリーは階上《うえ》の廊下の窓から見た――アライグマの群れがヴォードヴィル芸人の集団よろしく、裏庭をぞろぞろ横切っていくところを。

それからベッドに戻った。夢を見たのでなければ、ようやく眠りに落ちたことが自分でも信じられなかっただろう。彼女はデズのあとを追っていた。彼は暗い通りを歩いてダウンタウンへ向かい、墨を流したような川の中へ服のまますべり込むと、カンバーランド川の流れに抗《あらが》いながら泳ぎはじめた。リリーは彼に続いて川に飛び込み、氷のような水の冷たさに驚いた。夢のような感覚ではまったくなかった。そのままデズのあとを追って泳いだ。冷たい水面にヘンゼルとグレーテルのパンくずのように散らばった彼の服をたどりながら。懸命に水を蹴って泳げば泳ぐほど、彼はますます遠ざかって見えなくなった。そして彼女は絶頂を迎えた。激しいオーガズムの波が次々に襲ってきた。心地よさはまるでなかった。性の実験が暴走したかのような違和感だけが残った。リリーは体を起こし、枕元の灯りをつけた。いたって冷静に、それこそアーキヴィストのように事実を整理して気づいた。もう二年近くもオーガズムを得ていなかったことに。はじめて眠りの中で絶頂を迎えたことに。結局デズには追いつけなかったことに。そうしてベッドサイドランプの灯りの中で夢の意味を考えた。彼をつかまえ、彼を救おうとしていたが、ほんとうはあとを追って死のうとしていたのだと自分でもわかっていた。

立ち上がってカーテンを押し開けた。窓の外は早朝だった。色あせた映画のような乳色の景色。

悪いことじゃない――リリーは思った――冥《くら》い水の中へ最愛の人を追っていくのは。デズと死別してからの毎日、日々刻々が小さな闘いの連続だったのだから。自分もあとを追ってしまいたい。生と死を隔てる薄いヴェールの向こうに手を伸ばし、もう一度彼を抱きしめたい。もう一度抱きしめられたい。そんな思いとずっと闘ってきたのだから。

リリーは長いあいだ熱いシャワーに打たれた。川の中で凍えた血が融《と》けてふたたび全身を巡りだすまで。

階下《した》に降りてゴーゴーを裏庭へ出す頃には、外はすっかり蒸し暑くなっていた。リリーはシリアルを食べ、犬に餌をやり、熱いコーヒーを飲んだ。スケジュール帳を確認し、まだ見ていない子供たちのサマーキャンプの案内に目を通した。ふたりの夏休みのスケジュールはもうほとんど埋めてしまっている。あと三週間半で学校は休みになる。それまでにはこの狂乱状態も終わりを告げていることだろう。必ずや平常な生活が待っているはずだ。自分にそう言い聞かせながら、各機関のカラフルなリーフレットを次々と広げていった。ＹＭＣＡ、聖バーナード、サイエンス・クエスト、パークス&レクリエーション、サマーサッカーリーグ。実家の両親も孫たちが夏休みになると、めいっぱい時間をつくって遊んでくれる。夏は子供と過ごす貴重な機会なのだ。

リリーは兄のためにトーストと卵を焼いた。オーウェンは子供たちを連れて何日かうちへ泊まりにきたらどうかと提案した。そのあとは実家の両親に泊まりにきてもらったらいいと。そこへフィンがいつもどおり弟より先に起きてきて、自分でボウルにシリアルと牛乳を入れ、グラスにオレンジジュースを注いだ。コーンフレークを頬ばったフィンは、にんまりと笑いながらカウンターを指差して言った。「母さん、ごめん。悪気はなかったんだ」

カウンターの電子レンジの横には例の写真が置いてあった。リリーの顔にニコニコマークが貼られた額入りの家族写真が。

「何がごめんなの?」リリーは訊き返した。

「そのシール、剝がれるかな? ほんとは全員の顔に貼るつもりだったんだ」

「あなたが貼ったの? どうして? なんでこんなことするの?」

「だからごめんって。そのときは笑えると思ったんだよ。五歳か六歳くらいだったからさ。父さんのスノードームのうしろにあった写真でしょ?」

「言ったろ、埃だらけだって」オーウェンが言った。

44 落ち着ける場所

その朝はオーウェンが仕事の現場へ向かうついでにフィンとサムを学校に送り届け、リリーはいつもより早く出勤した。足を踏み出すたびに軋む長い板張りの廊下を歩いて誰もいないオフィスに入り、パソコンのまえに坐った。温かいコーヒーを手元に置いてヘッドフォンを装着し、小さな音量で音楽を流した。デズの闘病中ですら、ここは落ち着ける場所だった。現実の世界から切り離されているようで。

ここしばらく取り組んでいるダストボウル（一九三〇年代に中西部を襲った、土地の荒廃による砂嵐）期のラジオ番組のアーカイヴ作業を続けた。〈ホルバーズ・グロウサーズ・ヴァラエティ・モーニング〉の生放送の録音にじっと耳を傾ける。『イエスの御許《みもと》へ』を歌う女性のしゃがれ声が哀調を帯びた声に変わる。目録にはコーラ・メイズと記載されていた。テキサスの吟遊詩人《テキサス・トラバドー》のひとり、ヴァーノン・メイズの妹だ。リリーはもう一度再生ボタンを押した。音源はサンノゼの音楽制作会社でデジタルリマスター処理されたもので、ノイズは除去されている――〝彼らはウィスキーをあけジンをあけた／彼らはウィスキーをあけジンをあけた／母さん、もう泣かないで／神よ、どうか天国に迎えて〟。

この声には聞きおぼえがあった。コーラ・メイズではない。気取りのない質実な歌声。急なオクターブジャンプもない。南部訛りはあるが、鼻にかかった訛りではない。

早送りと早戻しを繰り返しながら、音声を古い書き起こしのデータと照らし合わせた。アナウンサーは〝われらがテキサス・トラバドーの妹に盛大な拍手を〟と言っているが、歌い手の名前も不明なら、兄の吟遊詩人が誰なのかもわからない。ヴァーノン・メイズやアーネスト・タブがそう呼ばれるようになるまえから、テキサスには吟遊詩人が大勢いたのだから。

わかった、セイディ・ウェクスラーだ。これは彼女の歌声にちがいない。リリーはアーカイヴからほかのウェクスラーの録音資料を探して聴いてみた。もっと後年のものばかりだが、レコーディングマイクの音質は格段によくなっている。まちがいない、ウェクスラーだ。

新たな発見を保存し、メールにファイルを添付して上司のリンデン氏に送った。録音時間にしておよそ十時間ごとに、こうして成果を報告するのだ。

ふと携帯電話に目をやった。不在着信の通知ランプが点灯している。リリーはヘッドフォンを外した。エニス巡査が十五分まえにメッセージを残していた――警察はリリーの家にあった銃の登録状況を調べたが、デズモンド・デクランによって購入されたあとの記録はデータベース上では見つからなかった。返却・再販・再登録の記録がどこにもないため、住居侵入の際に盗まれたと判断し、盗難事件として扱うことになる。そういう伝言だった。

そんなはずはない。あれはデズが処分したに決まっている。金庫がこじあけられた形跡はなかったし、唯一の鍵はブーツのつま先に隠したままだったのだから。

リリーは自分にそう言い聞かせ、またヘッドフォンを装着した。窓の外ではハナミズキの葉がふるふると風にそよいでいた。幾多のさまよえる心のように。芝生の上では二羽のマネシツグミが複雑な求愛のダンスを披露していた。

ふと顔をあげると、アイリスの鬼のような形相がそこにあった。額がぶつかりそうなほど近くに。リリーはヘッドフォンをむしり取り、デスクチェアごと飛びのいて叫んだ。

「なんなのよ、いったい？」

「ご主人さまがお呼びだよ、奥さま」アイリスはそう言うと、怒りに震える両手をトレンチコートのポケットに突っ込んだ。「さて奥さま、膝を曲げておじぎしましょうか？　それともメイドの制服を着ましょうか？」

「顔を近づけないで。そのわざとらしい芝居もやめて！」

「ミスター・リンデンがオフィスにお呼びだって言ってるのよ。元友達として言うけど」

「何をそんなに怒ってるの？」

「お巡りが私に話を聞きに来たのよ。この職場に。メイド服をお持ちでないですかって訊かれたわ」

「あなたが傷ついたならごめんなさい。留守のあいだに誰かがうちに侵入したの。家の鍵を持ってるのは誰かって警察に訊かれて、全員の名前を教えなきゃならなかったのよ。私の兄と義理の弟も含めて。ねえ、もう勘弁してくれない？」

「そのおふたりはメイド服をお持ちかどうかなんて訊かれなかったでしょうよ。ねえ、せめて電話くらいくれてもよかったんじゃない？　家に侵入されたって教えてくれてもよかったんじゃない？　職場に警察が来るって教えてくれてもよかったんじゃない？　とっととリンデンのところに行きなさいよ」

ヘンリー・リンデンのオフィスに着いてもまだリリーの心臓は早鐘を打っていた。警察がアイリスに話を聞きにきたのがまずかったのだろうか？　警察が職場まで来たことが？

リンデン氏――ヘンリーと呼ぶように気をつけなければ――は自分のデスクのまえの椅子をさっと腕で示して言った。

「きみのEメールを見たよ。あれがセイディ・ウェクスラーだというのがどういうことかわかるかね？」

「ウェクスラーにまちがいありません」とリリーは言った。

「ああ、まちがいないだろう。私も音源を聴いて納得した。さっそくオースティンで教授をやっている知り合いに転送したよ。今はサウンドチェックの最中だと思うが。ウェクスラーはフォーク・レコーディングでは過渡的な存在だったんだ。われわれは彼女が一九三四年の時点でシカゴにいたと思っていたんだが、実はテキサスにいたことがこれでわかったわけだ」

リリーはそういう音楽史には疎かった。普段はニッチきわまりない仕事をしているのだ。

なんにせよ、四日も欠勤したのに上司の機嫌がいいことに救われた。そこでようやく笑顔になろうとした。どうやって笑えばいいのか思い出そうとした。ひさしぶりの笑顔はぎこちないしかめ面にしかならなかった。

「家宅侵入の件は災難だったね」とリンデン氏は言った。「ここにも警察が来たんだよ、月曜日に」

「ほんとうにどうしていいかわからなかったんです、ヘンリー。新しい防犯システムと人感センサーライトを設置して、鍵も換えないといけませんでした。欠勤してしまって申し訳なかったです」

「アイリスがその件に関係してると本気で思ってるわけじゃないだろう?」

「もちろん、そんなことは思ってません」

「警察はずいぶん長いあいだ彼女と話をしていたよ。アイリスは鍵を持っていた。それに、彼女の外見と一致する制服姿の女性がきみの家に入るところを近所の人が見たそうだね」

「うちの鍵を持ってる人の名前を全員、警察に言う必要があったんです。アイリスが鍵を持ってるのは、私の夫の闘病中に子供たちのお迎えや食料品の買い出しをやってもらっていたからです。彼女を疑ってるなんて、私はひとことも警察に言ってません。言うわけがありません」

「きみがアイリスの名前を警察に教えたこともそうだが、彼女はきみが電話ひとつくれなかったことがショックだったようだ」

「教えたくて教えたんじゃありません。警察が言ってきたんです、近所の人がメイドの制服を着たアフリカ系アメリカ人の女性を見かけたって。誰が鍵を持ってるかはそのまえに訊かれてたんです。私はアイリスのはずはないとはっきり言いましたし、彼女がバハマ人であってアフリカ系アメリカ人ではないことも言いました。アイリスがメイド服を着てるところなんて想像もできません。警察にはもちろん、私の兄や両親の名前も教えました」

リリーはそこで口をつぐんだ。警察にはケヴィンの名前も教えただろうか？　思い出せなかった。デズが入院中の週末によく来てもらっていたので、彼にも鍵を渡していたのだが。

「バハマがアメリカ州の一部だということはきみもわかってるだろう？　この合衆国もその一部に過ぎないが、残念ながら合衆国出身のわれわれは自分たちだけが本物のアメリカ人だと思ってしまうようだ」

「ここ数日ほんとうに大変だったんです、ミスター・リンデン。今はアイリスの個人的な怒りに対処する余裕はありません」

アイリスの憤懣《ふんまん》とリンデン氏の質問とで頭の中がばらばらになりそうだった。リリーは上司を見つめ、あのスーツはいくらするのだろうと考えた。こっちは電気工と鍵屋と防犯システムの刷新のために総額千二百ドルをクレジットカードで支払ったばかりだ。あのスーツは特別あつらえにちがいない。淡いクリーム色のリネンかシルクか、夏用のいかにも軽そうな素材で仕立てられている。彼はいつも次なるPR活動のために隙のないファッションで決めていた。次なる特別な寄付者のために。

「警察の話では、誰かがきみの家に侵入して室内を掃除したんだそうだね？　もしそれがほんとうなら、われわれが一般的にイメージする家宅侵入ではなかったのかもしれないね」

「アイリスがうちに来て掃除をしていったとは思えません。もしそういう意味でおっしゃっているんであれば」

「リリー、必要ならしばらく休むかね？」

「いいえ」

「今の状況に鑑《かんが》みれば、そうしたほうがいいように思うんだが」

「それはつまり、警察に協力したのがいけなかったということですか？　こっちは生活がかかってるんです。休職なんてできません」

「私の言い方が悪かった。実は息子に勤務形態の見直しを提案されてね。きみには在宅で仕事をしてもらおうと思うんだよ。さっきのウェクスラーについての発見にもいたく感心したばかりだが、日頃からきみの仕事ぶりは実に頼もしいと思っていたんだ。在宅勤務なら、家を守りながら今までどおり仕事を続けることができる。ここにはミーティングのときだけ顔を出してくれればいい。子供たちももうすぐ夏休みだろうからね。きみには家で勤務記録をつけてもらうことになる。アイリスが気分を害した理由についてはまあ、そういうことだ。

彼女も時間が経てば落ち着くだろう。さあ、そろそろきみのオフィスに戻ろうか」

ふたりとも立ち上がった。ヘンリー・リンデンはジャケットのボタンを留めた。淡いブルーの目と同じ色のネクタイを締めている。「私も実業界に三十年いたからよくわかる。破滅寸前まで追い込まれたからね」

「子供たちは夏休み中ずっと家にいるわけじゃありません。サマーキャンプもありますし、実家の両親もいますので、私が在宅で仕事をする必要はないんです」

「こういう職場での対立やなんかが、私が実業界を離れた理由のひとつでもあるんだ」

「私は別に誰とも対立していません」

「子供たちもお母さんが家にいてくれたら安心だろう。私としては、きみの顔が毎日見られなくなるのは残念だがね。きみにはなんというかこう、独特の雰囲気があるよ。花のようにさびしげな、なんともいじらしい雰囲気が」

「花のようにさびしげ?」リリーは思わず訊き返していた。「どうして私だけが在宅勤務を命じられるんですか? 感情的になっているのはアイリスのほうなのに」泣き言めいた口調になっているのが自分でもわかった。そんなのずるい、と訴えるような声になっているのが。アイリスのように真っ向から啖呵《たんか》を切れない自分が恨めしかった。

それでも今の生活を守らなければならない。子供たちの世話をしなければならない。家を手放すわけにはいかない。仕事を辞めるわけにはいかない。この理不尽な流れに従うしかないのだ。花のようにさびしげな雰囲気とやらを持ち帰って、在宅で働くしかないのだ。

「リリー、ブルックス・マズリンにはもう会ったかな？」ヘンリー・リンデンが言った。彼のオフィスの外の居間で椅子に坐っていた女性が立ち上がった。体にぴったり沿った赤いタイトドレスにハイヒール、プラチナブロンドの髪。洗練された容姿のその女性はリリーに向かって手を差し出した。

リリーはその手を無視した。この女のことはよくおぼえている。あのガラ・パーティー当日の午後にはヨガのレッスンへ行くような恰好をしていたが、同一人物にまちがいない。

「ええ、まえに一度お会いしました」とリリーは言った。「茶色いSUVの人ですよね？犬を飼ってますよね？」

「犬を飼ってる人なんて大勢いるでしょ？　それに私のSUVは茶色《ブラウン》じゃなくて栗瑪瑙色《マルーンアゲート》だから」あのときポニーテールに結ばれていた髪はほどかれ、肩の下でたっぷりと波打っていた。

「じゃあ、茶色っぽいSUVという言い方にします。ガラ・パーティーの日の午後に、駐車場で私の車にぶつけましたよね。あなたは赤ちゃんことばを使っていた。そのあと私に保険証を見せるはずだったのに、なぜか猛スピードで現場を離れた」

「それはあなたの勘ちがいだと思うけど」女は一語一語をはっきり発音しながら、タイトドレスのヒップラインのあたりをゆっくりと伸ばして撫でつけた。

「いいえ、勘ちがいだとは思いません。あれは犯行現場からの逃走だと思います。しかもあなたは犯行現場から逃げる拍子にもう少しで私を轢《ひ》き殺すところだった。さんざん人を踏みつけにしておいて、このままですむと思わないで。私の勘ちがいなんかじゃない。あなたは嘘つきの犯罪者よ」

「悪いけど人ちがいよ」ブルックス・マズリンはそう言うと、両手でまわりを押しとどめるようにしてリリーの脇をすり抜け、ヘンリー・リンデンのオフィスの中へ消えた。

45　業務命令違反

それからわずか十分で、リリーは八年勤めた職場から解雇された。リンデン氏から直接言い渡されることすらなく、経理担当のカミール・パジェットと受付係のティファニーから解雇を告げられ、サインすべき書類と、団体保険に全額自己負担で継続加入するための申請書類を渡された。

リリーはカミールに尋ねた。「解雇って、馘《くび》ってこと？　事前に予告が必要なんじゃないの？」

「民間の団体の場合は必要ないの」とカミールは言った。「業務命令違反の場合もね」

「業務命令違反？　ミスター・リンデンのオフィスにいたあの女が、ガラ・パーティーの日に私の車にあて逃げした犯人なのよ。こっちは修理するのに自己負担で五百ドル払って、三日間代車に乗るはめになったのよ」

「あの人は重要な寄付者で、もうじき理事会の役員になるかもしれないんですって。だからどうってことじゃないけど――あなたは病気休暇も有給休暇もめいっぱい使ったうえに、最近は休むのにも連絡ひとつよこさないで、それがあたりまえみたいになってたでしょ」とカミールは言った。

「親戚の結婚式に出るからって木曜金曜と休みをとった時点で、あなたが休める日数はとっくに超えてたの」今度はティファニーが言った。「おまけに月曜と火曜は休みますの連絡もなかった。警察が来なかったら、誰もあなたの身に何が起きたのかわからなかったはずよ」

あの結婚式は先週末の出来事だったの？　まるで実感が湧かなかった。そもそもなんのために行ったのだろう？　うしろのテーブルでふたりの神父と、あのニアとかいうとんでもない女と一緒に坐らされるために？　そのあいだに誰かを留守宅に侵入させるために？

リリーの私物はすべて、コピー室から持ってきた段ボール箱ひとつに収まった。オフィスにアイリスの姿はなかった。

46 移りゆく景色

リリーは脇道を運転して帰った。時速六十五キロ以上で走行する自分は信用できなかったからだ。車を運転しながら、路面の色が今まで思い込んでいたような黒ではないことにはじめて気づいた。どちらかというと白っぽい灰色だった。熱された大気のかなたに陽炎《かげろう》がゆらめいている。リリーはデズのメッセージを求めてラジオをつけた。飛行機事故で早逝した優しいバディ・ホリーの『ノット・フェイド・アウェイ』が流れてきた。「ありがとう、デズ」リリーはそっとつぶやいた。が、何かがしっくりこない。同じ曲をカバーしたグレイトフル・デッドの有名なアルバムジャケットの画《え》が浮かんでくるのだ——薔薇の冠をかぶった骸骨のイメージが。なぜそんなものを連想してしまったのか自分でもわからず、リリーはラジオを消した。

いま一度、心の中で目標を唱えた——子供たちの世話をすること。ふたりは今どこにいる？　学校にいる。見知らぬ人々に交じって。遊び場にいるあいだに誰にさらわれてもおかしくない。〝一丁前のサムはどこ？〟グリーン先生の声が聞こえるようだ。遊び場から教室に戻る途中で水飲み場に寄ったまま帰ってこない？　うしろでクラクションが鳴り、リリーははっとわれに返った。いつのまにかのろのろ運転になっている。制限速度ぎりぎりまでスピードを上げた。フィンはどこにいる？　あの子はだいぶ大きくなったから、誘拐犯の車に担ぎ込まれることはないにしても、ひとりでふらりと遠くへ行ってしまうかもしれない。マーク・トウェインが家を出て働きはじめたのはいくつのときだった？　相当若かったはずだ。今のフィンより若かったかもしれない。

仕事を辞めないこと――ああ、優先順位のふたつめがそれだった。でももう終わりだ。家を手放さないこと、それも優先項目だった。でもなぜ？　家じゅうが花の香りで葬儀場のようになっているのに。窓を開けて空気を入れ換えて何年経っても、誰かが家の中にいたという事実は消えはしない。何者かが空気を毒し、カーペットの上で家具を動かし、元の場所にぽっかりと置き跡を残したという事実は。ともかく今の生活はもう維持できない。リンデン財団での仕事はニッチそのものだった。同じような仕事はそう簡単には見つからないだろう。幸い病院への支払いは終わっているし、デズの死亡保険金の残りで当面は住居費と健康保険料をまかなえる。けれども数ヵ月後には家を売ることになるだろう。そうしてメアリーヴィルの実家へ引っ越し、修士の学位を頼りにファイリングの仕事でも見つけて、土曜の夜にはカラオケで歌うのだ。

赤信号のまえで停車した。真っ赤な薔薇の色。停止中の静寂に耐えられなくなり、またラジオをつけた。デズは今度こそまともなメッセージを送ってくれるはずだ。消えゆく《フェイド・アウェイ》うんぬんよりもっとましなメッセージを。

〝まちがった街で目覚めた〟ラジオから歌声が流れる。〝ジョークみたいに虚《むな》しい楽園／塵《ちり》と煙にまみれるだけ〟

まちがった街。消えゆく。ちがう、こんなのはメッセージじゃない。リリーはラジオを消した。

最後の角を曲がり、家のまえの通りに入った。誰かが――女がひとり、玄関まえの階段に坐っている。手前のブロックまで来ると、警察無線の割れた音声が聞こえてきた。パトカーが家のまえに停まっている。あの女が侵入しようとしたところを捕まえたのだろうか？

女はアイリスだった。首を一方に傾げて坐っている。すべてはアイリスがしたことだったのだろうか？　善行が裏目に出ただけだったのだろうか。大量の花はあまりに過剰だっただけで、何か危害があったわけではない。家族写真のシールにしても、あれはフィンが何年もまえに貼ったものだった。そこでリリーははっと気づいた。アイリス――花の名前。いや、それも偶然に決まっている。

警官はあのベビーフェイスのハウ巡査だった。リリーは車を停めて外に出た。彼の姿を目にして、自分がひどく歳をとったような気がした。アイリスが手を振ってきた。ただの友達のように。玄関まえの階段に坐って待っていただけだというように。緋色《ひいろ》とオレンジの花柄がプリントされたつややかなサンドレスは、それ自体が花束のようだった。

リリーはハウ巡査のそばへ歩み寄った。

「ねえ、私があなたの友達だってこと、その職務熱心な若いお巡りさんに言ってあげて」アイリスが大声で言ってきた。

「元友達じゃなくて？」とリリーは返した。

ハウ巡査がリリーについてくるよう促し、パトカーの運転席側に移動した。リリーはアイリスに背を向けたまま話を聞いた。

「われわれは月曜日にあの女性から話を聞きました。週末に関しては確かなアリバイがあり、確認も取れています。今日は十分まえからここであなたの帰りを待っているとのことですが、この状況に問題はありませんか？　周辺のパトロールを増やしていることはご存じかと思いますが――」

間近で見るハウ巡査はいっそう若く見えた。が、よく見ると口のまわりには硬い皺が刻まれていた。

「ええ、あの人は友達なので問題ありません」そう答えながら、リリーは心から安堵していた。アイリスのアリバイが確認されたことに。同時に心から恥じ入ってもいた。アリバイがなければ友人のことを信じられなかったのだから。今の返答になんの感情もこもっていなかったことに気づき、リリーは声を一段明るくして続けた。「今日は事情があって職場を早退してきたんです。でもとにかく、彼女は職場の友人なので大丈夫です。必要でしたら、またあとで立ち寄っていただければ助かります。彼女を怖がってるからじゃなくて、あの日誰かに入られて以来、不安で落ち着かないので」

「お察しします。こちらも通常のパトロール中でしたので、このあと非常事態など何もなければ、またあとで立ち寄ります。私の名刺をお渡ししておきますね。緊急通報以外で何かあれば、丸をしたほうの番号にかけてください」

ハウ巡査はリリーの脇を通ってアイリスのところへ行った。「ご協力に感謝します、ミズ・マローン。住居侵入があったときは付近のパトロールを増やすことになっているんです。あくまで通常の手続きですので」

「人種による取り締まりじゃないってわけね？」とアイリスは言った。

ハウ巡査はパトカーに乗り込み、無線に向かって何やら連絡を入れると、そのまま走り去った。

リリーは職場から持ち帰った私物の箱をしっかりと胸のまえに抱えて玄関に向かった。段ボールの盾で未来を防ごうとでもするかのように。

「あなたが解雇されたってティファニーから聞いたんだけど、信じられなくて。私のせいで馘《くび》になったんじゃないでしょうね」

「まさか。ぜんぶ自業自得よ。あて逃げ女を糾弾したら、それが有力な寄付者だったらしくて」

「それもティファニーに聞いたけど、信じられない。ミズ・マズリンはただの資金提供者じゃないのよ」

「ミズ・マズリンは――リンデンの待合室にいたあの女は――ガラ・パーティーの午後に私の車にあて逃げした犯人だった。あのときは名前を知らなかったのよ。相手が教えてくれなかったから。でもあの女にまちがいない。これは私の憶測でもなんでもなくて、ほんとうの話だから」

「だとしても、それって仕事を犠牲にするほどのことなの？　どうして黙って立ち去らなかったの？　いじめっ子は相手にするなってサムに教えたみたいに、黙って立ち去って、あとでリンデンとふたりだけで話をすればよかったのに」

リリーは動けなかった。胸に抱えた箱をアイリスに投げつけてしまいそうで。ゴーゴーが家の中からクンクン鳴いている。アイリスのことはよく知っているから吠えないのだ。

「こんなときに私のお説教なんか聞きたくない、でしょ？」アイリスはそう言うと、リリーの腕から段ボール箱を受け取ってドアのそばに置いた。それからまた腰をおろし、すぐ横の階段を叩いてリリーを隣に坐らせた。「屋内に引っ込むにはもったいないお天気だと思わない？　夏本番になるまえに、うるわしい初夏の最後のひとときを愉しまなきゃ」アイリスの陽気なバハマ訛りを聴いていると、世界がもっと気楽な場所のように思えてくる。もっと安全で手に負える場所のように。

「その件だけじゃないの。侵入事件のあと二日間、職場に連絡しなかったことも言われたわ。

ほんとのところはわからないけど。リンデンは私がガラ・パーティーに子供たちを連れてきたことを根に持ってるのかもしれないし、もしかしたらそのまえから厄介なやつだと思われてたのかも」

「そうかもね。あなたは体は小さいくせに、大きな騒ぎを起こすのが得意だし？」とアイリスは言った。「とりあえず、この家からしばらく離れるべきよ。お兄さんの家に泊めてもらうか、なんならうちに来たら？」

「その点は大丈夫。兄が泊まりにきてくれてるから。鍵も換えたし、防犯設備も新しくした。ねえ、警察にあなたの名前を教えたのは、誰が鍵を持ってるか訊かれたからなのよ。さっきも言ったとおり。あんなにかんかんになって怒るようなことじゃないと思うんだけど」

「それはよくわかったわ。私が言いたかったのは、警察が私のところに来るまえに教えてくれたらよかったのにってこと。しかもメイドの制服を持ってるかって訊かれて、なんでいきなりそんなこと訊かれなきゃならないのって感じだったし。警察はあなたのお兄さんやご両親にはそんなこと訊かなかっただろうしね」

「私もそれはよくわかったわ」

「例のグリーフケアの人たちに電話して訊いてみたら？　こういうときどこに助けを求めたらいいのか」

「なんとかするわ」

「まだあきらめちゃだめよ。仕事がなくなったとはかぎらないんだから」

「アイリス、私はもう終わったの」

「何それ、どういう意味？　子供たちを連れて実家に帰るの？　リンデンが謝罪してあなたを職場に復帰させても？　今朝のあなたの発見でウェクスラーがテキサスにいたことがわかって、あの人すっかり浮かれてたんだから」

「仕事に集中すること自体、今の私には大変なの」

「よく言うわ。集中してなかったら今朝みたいな発見ができるわけないでしょ？」

「不安で過覚醒状態になってるっていうほうが近いかも」

「だったらその状態を利用して、状況が落ち着くまで乗りきることね」

「そうしたいのはやまやまだけど、仕事がないことにはどうしようもないわ」

見慣れない黒い車がやってきて、パトカーが停まっていた場所にすべり込んだ。ひと目で高級車とわかるスタイリッシュな外観からして、覆面パトカーでないことはたしかだった。

男がひとり、車を降りて弾むようにふたりのほうへ向かってきた。Tシャツにジーンズ、無造作な髪に無精ひげ。リンデン氏の息子だった。

「リリー、こんなことになって申し訳ない」ガードナー・リンデンは慌てた様子で言った。

アイリスが彼ににっこりと笑みを向けた。職場ではいまだにガードナーがリンデン財団に加わるらしいと噂されていたが、現状はたまに立ち寄る午後もあるという程度だった。

「必ず復職できるようにするから」と彼は言った。「きみにはわからないだろう。自分と歳の変わらない、あるいは自分より若い継母がいるってのがどういうことか。なかでもブルックス・マズリンは最悪だった。何か気に食わないことがあると、すぐ赤ちゃんことばになるんだ。あれは異様だった。さっき階上《うえ》のオフィスに寄ったときもまだ被害者みたいな顔してたから、親父を正気に戻すにはもうしばらく待たないといけない」

「あの人、あなたの継母なの?」

「そこはあえてあなたに言わなかったんだけど」とアイリスが言った。

「元継母だ。離婚してもう九年か十年になるのに、いまだに親父を支配してる。最近またよりを戻しはじめたんじゃないかな。とにかく金を持ってる人でね。つい先日も財団に高額の寄付をしてくれた」

ガードナーの説明を受けても、リリーの不安は消えなかった。どうしてこの人はいきなり私の家へやってきたのだろう?

「アイリスがきみの住所を教えてくれたんだ」彼はリリーの心を読んだかのようにそう言うと、身を乗り出してアイリスの頬にキスをした。ふたりは微笑みを交わした。「きみをランチに連れ出して、一緒に作戦を練ろうと思ったんだ。きみは何も心配しなくていい。ぼくらがなんとかするから」

ぼくら。アイリスとガードナー。ふたりは親しい仲らしい。とても親しい仲らしい。

「〝ぼくら〟？　どうして教えてくれなかったの？」リリーはアイリスに向きなおって尋ねた。

「教えるって何を？　ガードナーと私が仲よしだってこと？　おかげで彼の親しい友達と私がつきあってるってこと？　正確には彼の元カノだけど。リリー、あなたはこのところずっと暗い顔して、パソコンからろくに顔をあげもしないじゃない。そんなあなたに何を言えばよかったわけ？　〝ねえ、私のハッピーをおすそわけさせて〟とか？」

「あなたとガードナーがそんなに仲よしだなんて知らなかったのよ。彼があなたに友達を紹介してたなんて」

「じゃあ、ランチはきみたちふたりだけのほうがいいかな？」とガードナーが言った。「ぼくはあとで合流してもいいし。なんならまた日を改めようか？」リリーは彼を無視した。アイリスが彼に向かってうなずき、ガードナーは立ち去った。リリーとアイリスは黙って彼が車に乗り込むのを眺めた。エンジンのスタート音が聞こえるまで。

「私は友達をつくっちゃいけないの？　恋人とデートしちゃいけないの？」アイリスが言った。「あなたには悲しみに沈む権利がある。でも私は私で幸せに浮かれる権利があるの。ずっと腫れ物に触るみたいに気をつかってきたけど、いいかげん勘弁してほしいわ。もう一年経ってるのよ」

「悲しみに期限なんてない。デズは死んだままなの。一年経っても彼は死んだままなの」

「ごめんなさい、リリー。どうか今のことばは撤回させて。自分でもそんなこと言ったなんて信じられない。さっきのことはもう気にしないで」

「私もまえはそう思ってた。そのうち悲しまなくなる日が来るはずだって。もし来なかったとしても、それならそれで、なんていうか、もっと人として成長できるはずだって。自分が傷ついたぶんだけ、他人を癒せるような人になれるんじゃないかって。でもまえより成長したような気がするたびに、別の何かに打ち砕かれるの」

「別の何かって？　お悔やみの手紙とか、フェイスブックの追悼ページとか、サムのいじめとか？　家に侵入されたこととか？　これだけいろんなことがあったら、あなたが参るのも無理ないとは思うけど」

「ずっと腫れ物に触るみたいに気をつかわせてごめんなさい。あなたの幸せを妬むつもりもないし、教えてくれなかったからって責めるつもりもないわ。このごろは人の笑顔を見ただけで気が張っちゃうの。車の中からあなたの春ワンピを見たときは目が眩《くら》むかと思った」

「これからどうするの、リリー？」

「あなたは職場に戻って、ミズ・マズリンをぶちのめしてくれる？　ついでに私が自腹を切った五百ドルの自己負担金を取り戻してくれたらありがたいんだけど」

「そのまえにふたりでランチに行きましょうよ」

「きょうはだめ。明日以降でもいい？　馘になったのははじめてだもの。まずは自分を取り戻さないと」とリリーは言った。「それから計画を立てるわ」
「計画を立てつつ、祈ることね」アイリスはそう言うと、自信たっぷりな笑みを浮かべた。
「私たちにまかせて。あなたの仕事は必ず取り戻してみせるから」

47　ここではない場所へ

帰宅したばかりの家はいつも冷え冷えとしている。春が去り、蒸し暑いナッシュヴィルの夏を迎えようというこの時期でさえも。いまや家に入るにはふたつの錠を開け、鳴り響くアラームを新しい暗証番号で解除しなければならない。リリーの心の目はがらんとした室内に向かう。デズはあの世でも抜け出したりはしていないだろうか。すぐに戻るからと死への置き手紙を残して、鍵を片手にこの家へやってきてはいないだろうか。今でも家族を見守っていることを妻に伝えるために。

キッチンへ行ってドッグゲートを開けた。ゴーゴーがいない。ほんの一分まえにクンクン鳴いているのが聞こえたから、近くにいることはわかっている。そこへひたひたと廊下をやってくる足音が聞こえ、ゴーゴーがのっそりと姿を現した。頭を低く垂れたまま、リリーと眼を合わせようとしない。

「ゴーゴー、またやらかしたの？　私だって嫌なのよ、あなたをクレートに閉じ込めるのは」リリーはため息をついた。とはいえ、仕事に出かけるあてがなくなった以上、しばらくは家にいることになるのだ。勇気を出して書斎に入った。まるで子供がつくったジオラマのように、部屋じゅうが不恰好な雲で埋めつくされていた。白い雲と黒っぽい雲——白い綿からなる雲と、茶色い馬毛からなる雲。ゴーゴーは花柄の肘掛け椅子をずたずたに食い破って中身をぶちまけ、木枠だけの残骸にしてしまっていた。

リリーはキッチンのシンクの下から黒いゴミ袋を二枚ひっぱり出し、二枚ともふわふわの綿と馬毛の詰めものでいっぱいにした。骨組みだけになった椅子は重すぎてひとりでは動かせなかった。フィンに手伝わせて、今夜のうちにゴミに出さなければ。床の上にへたり込み、忘れないよう自分に念を押した。よっぽど泣こうかと思った。デズの椅子だったのに、もはやゴミになってしまったのだから。職を失ったことより椅子を失ったことのほうが現実味があった。そもそもこの椅子を好きだったことなど一度もないのだと自分に言い聞かせなければならなかった。大きすぎたし、派手な花柄も好きではなかった。それでもデズはこの椅子と共に育ち、その坐り心地を愛していた。リリーは思った——彼と一緒にこの椅子も火葬すべきだったのだ。

ゴーゴーがやってきてリリーの首に鼻づらをすり寄せた。それからあくびをし、口角をあげて嬉しそうに眼を細めた。こんなふうに親愛の情を示してくるときでも、ゴーゴーの顎は巨大だった。

リリーは箒《ほうき》を持ってきて残った小さいくずを掃き集め、満杯になった袋をふたつとも表のゴミ箱に放り込んだ。

ゴーゴーが外に出たがって鳴くので、パティオに出る裏のドアを開けてやった。ゴーゴーは一直線に外へ飛び出した。うなり声をあげ、さかんに吠えたてながら。

裏庭に誰かがいた。異様に背の高い誰かが。亡霊のような白いドレスをひるがえし、奥のモミジバフウの木にぶらさがっている。顔がない。頭がない。腕がない。

「付け！ おいで、だめ、来ないで！ 待て！」リリーは裏庭に踏み出しながら叫んだ。どう命令すればいいのかわからなかった——私を助けて。

ゴーゴーが吠えながら侵入者の真下に坐った。本来なら足がぶらさがっているはずの場所に。足はどこにもない。リリーはよろめきながらあとずさった。生きた人間ではない。人間の死体でもない。人間の脱け殻だ。白いドレスがこちらに背を向けているのだった。白いサテンのハンガーに掛けられ、葉の生い茂った木の枝に吊るされて。

暴れていた心臓がいくらか落ち着き、ようやく息ができるようになった。人じゃない。ただのドレスだった。誰かが〈ピンタレスト〉やなんかの写真共有サイトに載せているような。白いシフォン地がふわりと風にそよぎ、緑の葉の下で幽《かそけ》き妖精のように揺れている。

この家の庭にあるべきものではない。

リリーはさっとしゃがんでゴーゴーの首輪をつかむと、ドレスをまえから見ようと正面にまわり込んだ。それはすぐ目のまえにあった。うっかり触れてしまいそうなほど近くに。シフォンの層が中央の股の位置でぎゅっと縫い縮められ、そこに縫い糸かピンかで何かが留められていた――びっしりと密集した黒い陰毛が。

リリーはあとずさり、手で口を押さえた。そのまま身をかがめて嘔吐《えず》いた。吐き気だけで何も出てこなかった。喉が締めつけられたようで息もできなかった。

ハウ巡査は長々と時間をかけすぎた。写真を撮りすぎ、質問をしすぎた――

まえにもこんなことはありませんでしたか？

今朝家を出た時点でこのドレスがここになかったというのは確かですか？

先ほど玄関まえの階段に坐っていた女性――ミズ・マローンですね――彼女はあなたに腹を立てていたんじゃないですか？

ミズ・マローンがいつからここであなたの帰りを待っていたのかはご存じですか？　リリーは彼に言った。アイリスはこんなことはしていません。アイリスとガードナー・リンデンは私をランチに誘いにきただけで、こんなことをするはずがありません。ふたりともこんなことをする理由がありません。

ご主人が亡くなられてから、お子さんたちに妙な振る舞いが見られることはありませんでしたか？

ありません。そんなことはいっさいありません。

ハウ巡査はいったん質問をやめてリリーのほうを向き、独り言のようにつぶやいた。「妙だな。悪意に基づいた不法侵入かもしれない」

それからまたドレスと木のまわりを歩いて調べ、裏のゲートが施錠されていることを確認した。

このドレスに見おぼえは？

ええ、あります。〈ノードストローム〉から私宛てに送られてきたのと同じものだと思います。誰かが匿名で送ってきたんです。三月の結婚記念日に。私はとっくに未亡人でしたけど。

ハウ巡査はラテックスの手袋を装着し、股の部分の黒い毛を検《あらた》めた。慎重な手つきで丹念に探りながら、動物の毛ではないことを確かめたいのだと説明した。

「これはあなたの髪の毛のようですね」彼が振り向いて言った。リリーにもやっとわかった。それが陰毛ではないことが。それが何かがやっとわかった。

「それ、夫の髪の毛です。私と同じような髪質だったんです。色もほとんど一緒でした」

「奥さん、亡くなったご主人の髪の毛を誰がどうやって手に入れたんでしょう？」ハウ巡査はリリーをじっと見つめた。はは、わかりましたよ、とでも言いたげな表情で。これはあなたの仕業だ。あなたは虚言癖をお持ちのようだ。そうやってまわりの気を惹こうとしているんでしょう。

「私がやったんじゃありません。もしそういう意味でお尋ねなら。まさか私がやったと思ってるんですか？」

リリーは説明した。デズが最初の抗がん剤治療のあとで頭を剃ったこと——髪が抜けてしまうまえに剃り落としたこと。そのときの髪の毛はビニール袋に入れて、納税申告書や古い小切手帳の下に仕舞っておいたこと。それが今ここにあるということは、先週末にこの家に侵入した人間が、その袋を書斎の机の引き出しから盗み出したにちがいないこと。ハウ巡査は警備会社に電話をかけ、この数時間のうちにセキュリティの侵害がなかったかどうか確認させた。リリーが職場にいたあいだに誰も家に侵入していないことを確かめるために。

それからふたりで家の中を見てまわった。リリーは彼を書斎の机に案内し、毛髪の袋を保管していた引き出しを開けて見せた。

ハウ巡査が尋ねた——最後にその袋を見たのはいつです？

リリーはおぼえていなかった。イースターのまえに見つけて、それ以来一度も確認していなかったと説明した。そのあとハウ巡査を地下室に案内し、例のネグリジェがあった場所を見せた。クリスマスの飾りが入った収納ケースのあいだ——果たして洋服箱はそのままだったが、中身は空《から》だった。

ハウ巡査は警察犬コンビの応援を求めようとしたが、エニス巡査と相棒のエンジェルは別の事件現場へ出てしまっていた。

巡査はさらに何枚も写真を撮り、書斎の机の引き出しに指紋の粉をはたいた。リリーは無残に詰めものを抜かれた肘掛け椅子と、そのまわりの掃除しきれなかった綿や馬毛についても説明を求められた。

ああいう下着のようなドレスをなんて言うんでしたっけ？　ハウ巡査は裏庭に戻りながらリリーに尋ねた。ペニョワール？　ネグリジェ？　透け透けのウェディングドレスみたいですよね、と彼は感想を述べた。

こんなことをしてもなんにもならない。リリーにはわかっていた。警察に来てもらったところで、この家に住み込んでもらうわけにはいかないのだから。ハウ巡査の質問にはっきりと簡潔に答えながらも、頭では別のことを考えていた。もはや一刻の猶予もならない――家族を連れてここを出ていくのだ。リリーは頭の中でチェックリストを作成した。新聞と郵便を止めること。誰かに家を監視されていることを想定し、出ていくのだと気づかれないように出ていかなければならない。衣類はゴミ袋に入れて車に運び込むしかない。

パトカーがもう一台到着した。女性警官が出てきて、ヒスパニック寄りの南部訛りでリタ・フローレスと名乗った。彼女とハウ巡査はリリーに聞こえないところで何やら話し合った。フローレス巡査はさらに何枚も写真を撮り、ネグリジェとサテンハンガーを大きな証拠品袋に入れてラベルを付けた。

リリーはここを出ていくことを誰にも言うつもりはなかった。もちろんオーウェンは別だが。名刺をくれたあの年かさの警官——警察犬部隊のエニス巡査にも電話して知らせるかもしれないが、ほかの誰にも告げるつもりはなかった。兄の家に厄介になることはできない。オーウェン自身にも世話をしなければならない家族がいるのだし、この家で三泊もしてくれたばかりなのだから。子供たちのサマーキャンプはキャンセルしなくてはならない。夏休みまではあと三週間半残っている。学校にも事情を話すつもりはない。結膜炎だの連鎖球菌咽《いん》頭《とう》炎だのと、毎日理由をつけて病欠の連絡を入れるだけだ。ミリアムなら安全に身を寄せられる場所を教えてくれるだろうが、〈寄り添いの輪〉のメンバーに知られるわけにはいかない。とりわけあのスティーヴィーとかいうマホガニーレッドの髪の女には。そもそも自分は彼らの何を知っているのだろう？　あの場で彼らが言ったこと以外に。カーリーは死んだ恋人のフェイスブックのアカウントを勝手に使い続けているうえに、デズをネットで検索したと言っていた。イケメンだった、と感想までつけて。レオンは社会病質者《ソシオパス》には見えないが、ほんとうのところはわからない。そしてそして、どう見てもまともとは思えないスティーヴィー。

少なくとも職場に連絡する必要がないのはありがたかった。まったく——リリーは身震いした——もし馘になっていなければ、帰宅して真っ先に犬を庭に出していたのは子供たちだったかもしれない。ふたりが最初にあのネグリジェを見つけ、幽霊の股間に黒々と縫いつけられたデズの頭髪を目にしていたかもしれない。

「子供たちが危険じゃないかと心配なんです。今すぐ迎えにいくべきでしょうか？　ふたりとも学校にいるんです」とリリーは言った。

「お子さんたちが危険かどうかは、われわれには判断がつきません」ハウ巡査が言った。

「あなたのお兄さんなら――お兄さんと相談して決められたほうがいいかもしれません。お宅に侵入された以外で、ご自身やご家族の身に危険を感じることはありましたか？」

「これに危険を感じます。これはなんなんですか？　子供たちがこれを見たらどうするんですか？」

「ご近所とトラブルがあったことは？」フローレス巡査が尋ねた。

「ありません」

「お仕事に行かれるとき、裏のゲートは施錠されていましたか？」

「はい。警察が来てからロックを外しました」

「どこか一時的に避難できるところはありますか、ミセス・デクラン？」フローレス巡査は続けた。「この状況がはっきりするまで、ご家族を連れて滞在できるような場所は？」

リリーはうなずいた。

「先方のお名前や住所を教えていただけますか？」

「市外です」とリリーは答えた。「身内のところです。携帯電話なら連絡がつきますので」

クルーズ旅行中の両親に電話して、メアリーヴィルの実家に泊まらせてもらうと伝えるつもりだった。両親の留守のあいだはいつもルース伯母さんが家を見てくれている。学校にはいつもどおり子供たちを迎えに行ったほうが不審に思われずにすむだろう。とはいえ、時間が早すぎる。まだ一時にもなっていない。リリーは肚《はら》を決めた。このまま五時や六時になるまで待つつもりはない。

「ご在宅でも留守中でも、防犯アラームは必ず設定しておいてください」フローレス巡査が念を押した。

リリーはうなずいて言った。「それと、タイマーで照明がつくように設定しておきます。なので、留守中も家の照明がついているかもしれません」

「われわれのほうで先ほどのお友達にもう一度お話を伺うことになりますが、ご了承ください」とハウ巡査が言った。「あなたが帰宅するまえに何かを見ていたかもしれませんから。ご本人には事前に知らせないでいただけると助かります。われわれにおまかせください」

デズの言うとおりだったのかもしれない。護身用に銃が必要だったのかもしれない。今はもう、あの銃はどこかへ消えてしまった。

警察が去ったあと、リリーは急いで支度をした。車に持ち込むためにクラッカーや水のボトルを用意し、衣類をダッフルバッグに詰め込んだ。ダッフルバッグをそれぞれ大きな黒いゴミ袋に入れ、そのゴミ袋を車のトランクに積み込んだ。リストの項目を次々と消していった——歯ブラシ、充電器、ノートパソコン。そのあいだずっと、リサイクルショップに服を持っていくのだと、偽の目的を念じ続けた。まるで誰かが外から監視していて、家の中にいる彼女の考えまでも読み取ることができるかのように。リリーは新聞を止めるよう電話した。ルース伯母さんの家の固定電話にメッセージを残した。照明のいくつかをタイマーにセットした。玄関の防犯アラームを設定し、ゴーゴーを車に乗せて発進し、車を走らせながら偽の目的を念じ続けた。ギャラティン通りのリサイクルショップへ行ってバックで車を乗り入れ、トランクを開け、不用品の寄付について店員と話をした。実際には何ひとつ寄付することなく。それから郵便局へ行き、未開封の請求書を手に何食わぬ顔で建物の中に入ると、郵便物停止を依頼する黄色い用紙と一緒に局内のポストに投函《とうかん》した。

子供たちのお迎えはまずサムの幼稚園へ行った。病院の予約があるから早めに迎えにきたと嘘をつき、担任のグリーン先生には事前に話してあるふりをした。フィンの中学校では単純にオフィスで早退手続きをとった。

リリーはふたりに説明した。何日か休みをとって、お祖父《じい》ちゃんとお祖母《ばあ》ちゃんの家の留守番をしにいくのだと。自分たち一家が安全だとわかってから解雇の問題に対処するつもりだった。子供たちは母親の説明を黙って受け入れ、何も訊かなかった。訊けるような雰囲気ではないことを感じ取っていた。ふたりは各々のゲームボーイで遊び、ゴーゴーの世話を焼いた。ナッシュヴィルからメアリーヴィルまでの州間高速道路《インターステイト》四〇号線の長い道中、リリーはずっと目を光らせていた。何者かがあとを尾《つ》けていないことを確認するために。途中で何度も出口を降りて知らない市《まち》を走り、バックミラーを確認してからインターステイトに戻った。交通量は少なく、度々のまわり道にもかかわらず、車は予定より早く進んだ。

第三部

来たれ、わが敵よ。命がけの闘いはまだこれからだ。

——メアリー・シェリー

48　夏のラジオ

メアリーヴィルに着いたのは午後半ばだった。夏をさかりに生い茂る蔦蔓《つたかずら》がすでに田舎一帯を搦《から》め捕っていた。種々のつる草がふもとから山へ這いのぼり、群生した葛《くず》が木々やフェンスにびっしりと絡みついていた。

リリーは実家とルース伯母さんの家の両方に電話してメッセージを残していたが、どちらからも折り返しの連絡が来ないまま、ひとまず市の北部にある伯母夫婦の家へ向かった。黙って両親の家にあがり込み、犬の散歩や郵便物の整理をしにきた伯母を驚かせることはしたくなかったからだ。ルースはリリーの母エラの姉にあたる。長年勤めた電話会社をとっくに退職しているが、伴侶のダン伯父さんは相変わらず郡の公共事業委員会に携わり、相変わらずビートルズが世界一のバンドだと思っている。

そのダン伯父さんがドアを開け、大騒ぎする三匹のヨークシャーテリアとともにリリーを出迎えた。ダンは笑顔でリリーをハグし、犬が外に出ないようにドアを閉めると、車の中で待っている子供たちとゴーゴーに会いにいった。

ダンはもう七十になるが、相変わらず若々しく、仕事用のワイシャツとチノパンが窮屈でたまらなそうにしている。ジーンズと〈テバ〉のサンダルでないとくつろげない性質《たち》なのだ。

「こりゃ驚いた！　ふたりとも先月からまた大きくなったんじゃないか？　女の子が寄ってきて大変だろう。わんこたちは奥の部屋に入れちまうから、みんなでうちにあがっていけばいい。コーラとスナックくらいしかないが」

「ありがとう、ダン伯父さん。これからしばらく母さんの家に泊まるって、ルース伯母さんに知らせたくて寄ったの。出てくるときに留守電にメッセージを入れたんだけど」

「おれも五分まえに仕事から帰ってきたところで、まだ留守電は聞いてなかったんだ。何かあったのか？」

「ううん、大丈夫。子供たちの学校が何日か休みになって、私は在宅で仕事をする許可をもらったから、実家で留守番することにしたの。ルース伯母さんが来たときにびっくりするといけないと思って、先にこっちに寄ったのよ」

ダンは左の胸に手を置いて言った。「実はおれの九十三になるお袋が人工股関節の置換手術を受けたもんで、ルースが一週間ばかり面倒を見にアシュヴィルまで行っててね。おれも明日の仕事が終わったら、何日か向こうに行こうと思ってるんだ。そんなわけで、きみの母さんは教会で知り合った若いお姐《ねえ》ちゃんに留守中の家の世話を頼んでる。きみも会ったことがあるかはわからんが、たしか市の公園課に勤めてるんじゃなかったかな」

「よかった、実家に直行しなくて。母さんには電話してないの。クルーズラインの緊急用の番号は知ってるんだけど、緊急ってほどじゃないと思ったから」

「とにかくまあ、おはいり。中でゆっくり話そう。ルースが教会のお姐ちゃんの電話番号をもらってるから」

ありがたい。リリーは伯父の家でようやくほっと息をついた。子供たちはチーズサンドウィッチとソーダにありついた。ゴーゴーは落ち着きなく坐っている。ダン伯父さんが電話をかけている奥の寝室から、三匹のテリアがキャンキャン吠える声が聞こえてくる。リリーは甘い紅茶を飲みながら、なじみ深いキッチンの匂いを吸い込んだ。冷蔵庫の下段の扉には、孫たちが好きに並べ替えできるようにアルファベット形のマグネットが貼りつけてある。リリーは人心地がついて眠くなってきた。

「ほら、きみの母さんと電話がつながったぞ」ダン伯父さんが言った。「緊急用に海外向けのプリペイド携帯を使ってるそうだ」

電話越しにエコーがかかった母の声が聞こえてきた。「リリー、これだと一分ごとに百万ドルくらいかかるのよ。だから手短にお願いね。私たちは毎日愉しんでるけど、あんたのほうは平気なの？」

「平気よ。子供たちが休みになって、私も家で仕事していいことになったから、そっちの家に何日か泊まらせてもらおうかと思って。母さんたちがかまわなければ」

「もちろんいいわよ。教会で知り合ったハニー・サマーズって子が留守番に来てくれてるの。日中は働いてるから、そっちに着くのは何時頃になるかわからないけど。ルースが来られないことになって、いろいろ急に決まったものだから、ダンにだけハニーの携帯番号を教えたのよ。本人に会ったら、ちゃんと日数分のお礼はするって伝えて。急に行ってびっくりさせたらいけないから、先に電話してからにしなさいよ。犬のお薬のことはハニーに教えてあるから、わからないことは彼女に訊きなさいね。明日はマルティニーク島に泊まるの。あんたのお父さん、ゆうべはなんと踊ったのよ」

そのあとハニー・サマーズの携帯電話にかけると、ボイスメールにつながった。メッセージをどうぞ、善き一日を――。リリーは実家へ行く途中でピザをテイクアウトした。デリバリーを頼むには山ぎわの両親の家は遠すぎ、といって食料品を買い出しする気分でもなかったからだ。ピザはあとで温めればいい。食料品は明日買いに行けばいい。

車を走らせながらカーラジオをつけた。〝あの川から逃げなさい／魂をさらわれないように〟これはデズのラジオチャンネルではない。遠いかなたのナッシュヴィルから届く音楽ではない。地元のラジオだ――自分が生まれ育ったこの土地の。リリーは流れる歌声に耳を傾けた。三人の女性が声を重ねて歌っている。魂を、川を、火を、悲哀を。〝川は奪いさってゆく〟ここは自分の故郷《ふるさと》なのだ。そう実感するとともに、ナッシュヴィルを出てからここまで一度もラジオをつけなかったことに気づいた。それだけ必死だったのだ。バックミラーから目を離さず、あとを尾けられていないことを確認することに。けれども今はこうして、懐かしい音楽を聴きながら懐かしい道を走っている。馘《くび》になって却ってよかったのかもしれない。そんなふうにすら思えた。自分はここで元気に育ったのだから。子供たちもきっとすくすく育つだろう――いざとなれば、この地で。

49 お邪魔します

午後の長い影が野に落ちている。リリーは実家のドライヴウェイの端で車を停めた。郵便受けを確認するまえに、留守番のハニー・サマーズから携帯メールが届いていることに気づいた。ワンちゃんのお世話の仕方を教えるので家で待ってます、と。

ゴーゴーと子供たちは車が停まった瞬間に外へ飛び出した。これだけ好きに走りまわれる空間があるのだ。自由に遊べて、どこまでも探検できる空間が。過度に組織的なスポーツから離れ、〈ギルダズ・クラブ〉や終わりなき悲嘆の輪からも離れて過ごす時間。ふたりと一頭は家の裏手の野を山道に向かって駆けていった。

「暗くなるまえに戻ってくるのよ」リリーはうしろから呼びかけた。「あとで荷物を運び込むから忘れないで」

白い鎧《よろい》張りの下見板が近づいてくる。冬から早春にかけて漂っていた、いかにも入植者然としたわびしい雰囲気は消え、豊かな緑に囲まれた家はなごやかな憩いの住まいに見える。自然の手が点を線につなげていた――屋根とカエデの木々と薔薇の茂みと窓下の植木箱とを。

玄関のドアには鍵がかかっていた。ベルを鳴らしても誰も出てこない。リリーは鍵を開けて中に入った。

廊下のテーブルにピザの箱を置いて、声を張りあげた。「お邪魔します」左手にキッチンを見ながら、ものの数秒で正面の居間に入った。ハニー・サマーズはこちらに背を向けて坐っていた。居間のテレビの音量を大にしてトーク番組を見ている。『エレンの部屋』を。縮れたブロンドの髪、ほっそりした肩。テレビのまえで坐ったまま、ぴくりとも動かない。リリーはたちまち恐ろしくなった。ハニー・サマーズは死んでいるのではないか。ぴんと背すじを伸ばしたまま動かないなんて、死んで硬直してしまっているとしか考えられない。

「こんにちは！」リリーは大声で呼びかけた。

「ごめんなさい、もう終わるから。あとちょっとだけ待ってね」声に強い訛《なま》りがあった。このあたりで育ったのだろうと思わせる東テネシー訛り。

サマーズ嬢はリモコンでテレビを消すと、ようやく振り向いた。

「あなたが娘さんね。はじめまして、リリー」

ちりちりのブロンド頭が振り返った瞬間、リリーはなんとも妙な違和感に襲われた。ここで会うはずのない顔見知りに出くわしたときの違和感――この土地にいるはずがない人物に。それにこの声。この声はどこかで聞いた。ここではない別の場所で。

とっさに名前が出てこなかった。髪型がちがうが、〈寄り添いの輪〉にいた顔にまちがいない。あのマホガニーレッドの髪の女でもなければ、死別を経験した当事者の誰でもない。テネシー州立大学《TSU》の博士課程にいるという、あのカウンセラーだ。いつも腕や顔まわりを掻きむしっていて、ゆるくウェーブのかかった髪をしていた。いま目のまえにあるちりちりの髪をきちんとブローすればああなるはずだ。

「ルネ？」やっと名前を思い出した。

「可愛い坊やたちはどこ？」相手は質問を無視して言った。

「ルネなの？」

これはルネだ。リリーは自分に言い聞かせた。母と教会で知り合った若いお姐ちゃんじゃない。

「ハニー・サマーズ？」わけがわからなかった。何もかもが動きを止めているようだった――〝こおり鬼〟の遊びで子供たちが凍りついたふりをしているように。母が飼っている小型犬たちの甲高い吠え声も聞こえない。家じゅうがすっきりと片づきすぎている。クッションはソファの上に垂直に立てられ、本はきれいに整理され並べられている。左に目をやると、いつもごちゃごちゃに置かれているスパイス類やマルチビタミンやオメガ3のサプリなどがキッチンカウンターからごっそり姿を消していた。

〝教会のお姐ちゃん〟が立ち上がった。ぶかぶかのチェックのシャツに、ロング丈のデニムスカート。立った拍子に何かを椅子の上に取り落とした。編み物か刺繍《ししゅう》でもしていたのだろうとリリーは思った。が、相手がそれを拾うのを見て気づいた。銃だ。なぜ銃など持っているのだろう？　押し込み強盗が来るとでも思ったのだろうか？

「ここで何をしてるの？」リリーは尋ねた。

「お留守番よ」

「目的は何？」

「デズモンド」と相手は答えた。

「彼は死んだのよ」言った瞬間にリリーは悟った。彼は今こそ死んだのだと。もはや永久に取り返しはつかないのだと。これも悲嘆カウンセリングの一環なのだろうか？　デズが死んだという事実を心から受け入れるための？　そうでなければ彼は私をこんなところに置き去りにはしないはずだ。私が生まれ育った家をこんなふうに凍りつかせたまま、この女に銃を持たせたりはしないはずだ。

「あいにくだけど、私は死なんて信じないの」ルネはそう言うと、にっと口角をあげて笑った。

50　扮装《ドレスアップ》

「ねえ、目を大きく見ひらいたアニメ顔って、なんであんなに人気なのかしらね。さっぱり理解できない。あなたの顔、見てごらんなさいよ。まあひどいから」とルネは言った。「顔は真っ白、頬はげっそり、目のまわりは隈《くま》だらけ……まさに〝ヘロイン・シック〟スタイルを地でいってるじゃない。大学の頃に流行ったでしょ、おぼえてる？」

リリーは「え？」と口を開けたが、声にはならなかった。

「やだ、その口。閉じなさいよ」とルネは言った。「あなたの間抜け面が見られて、私としては満足だけど」

リリーは血の気のひいた唇を閉じた。

「銃のことは気にしないで。この家と土地を守るために持ってるだけだから」

「その銃、まさか、デズの――」

「そのまさかよ。彼が私のために置いといてくれたの」

「あなたのために？　彼はあなたのことなんか知りもしないのに？　どうしてナッシュヴィルじゃなくてここにいるの？　どうやってここまで来たの？」

「どうやって？　そうねえ――車を運転して？」

ルネであるはずがない。リリーは必死で思い出そうとした。ルネはいつもぼりぼり体を掻いていた。テネシー訛りがあったかどうかは思い出せないが、そもそも今まで彼女に注意を払ったことがあっただろうか？　最後に一度、ルネが懸念をあらわにして個人的に話しかけてきたとき以外に？　ルネという他者に少しでも興味を持ったことがあっただろうか？　ほかのメンバーを通して自分自身の悲嘆を見つめることのほうに関心があったのではないか？

そういえば入ってくるとき、玄関ドアの錠をおろしたかどうか思い出せなかった。ナッシュヴィルでは都会の常で、家に入ったら必ず中から施錠するようにしていたのだが。子供たちが入れないように錠をおろしておくべきだった。ルネがここにいるあいだにふたりが戻ってきたらどうする？　ふたりともエネルギーがありあまっているとはいえ、じきにお腹をすかせて帰ってくるはずだ。ダンの家ではチーズと食パンを食べただけなのだから。あまり遠くまで行って帰りが遅くなると母親が心配することもわかっているのだから。

「伯父の話では、あなたは教会の人だってことだったけど」

「ああ、私がどうやってあなたの両親の家の管理人になれたかってこと？　家の管理人――〝お世話係〟なんてことばよりずっといい言い方だと思わない？　別に難しくもなんともなかったわ。信心深いハニー・サマーズを始末して成り代わったとかじゃないわよ、もしあなたがそれを疑ってるんなら。単に名前をでっちあげて、日曜日の礼拝に何回か行っただけ。で、礼拝のあとにみなさんでいろいろ持ち寄ったものを食べたりするでしょ？　ポトラックだか愛餐会《あいさんかい》だか知らないけど。あれのあとに二回くらい、ちょっと残ってお皿を洗ったりしたわけ」彼女がしゃべるにつれ、次第に南部訛りがとれていくのがわかった。「あなたのお母さんとすぐにお近づきにはならなかったけどね。先にあなたのルース伯母さんと仲よくなるのが一番だと思ったから、そうしたわ。そしたらルースが私をみんなに紹介してくれて、あなたのお母さんやお母さんのお友達やらなんやら、とにかくみーんな、イエスさまが大好きでめでたいねって話よ。そのあと、あなたの伯父さんの高齢のお母さまが人工股関節の手術を受けることになって——意図すれば実現するって言うけど、あのときはほんとに神を信じそうになったわ。あまりにもとんとん拍子に事が運んだものだから。仮に今回がだめでも、すぐにまたチャンスがあるはずだって思えたし」

「ルネ、こんなやり方はまちがってる。私の身内に取り入るなんて。今からダン伯父さんに電話して、あなたがここにいていいのかどうか確認するわ」

「やめたほうがいいわよ、リリアン。そんなことをしたら、あなたを殺さなくちゃいけなくなるもの。話をややこしくする必要はどこにもないでしょ?」

殺さなくちゃいけなくなる。彼女はこともなげにそう言ってのけた。小さなあざとい笑みすら浮かべて。リリーは瞬時に決意を固めていた——死ぬわけにはいかない。子供たちのために。自分自身のために。断じて死ぬわけにはいかない。混乱よりも恐怖よりもその思いがまさっていた。

ルネは左手を——銃を持っていないほうの手を——口元に持っていくなり、かっと口を開けて歯を指で鷲摑《わしづか》みにした。

マウスピースがはずれ、ルネの口の形が変わった。頰が引き締まり、話し方が変わった。

「そこに坐って」彼女は右手の銃を居間の長椅子に向けて命令した。「私だってあなたに死んでほしくはないのよ。そりゃまあ、死んでもらったほうがいろいろ都合がよくなるとは思うけど。いいから坐って」

リリーはよろめきながら長椅子のほうへあとずさりし、転びかけて踏みとどまった。そのあいだもルネから目を離さなかった。

「ほら、坐って。あなたの子供たちはふたりとも外にいる。あの子たちが大事なら、勝手に動くような真似はしないことね。わかった？」

わからざるを得ない。目のまえの女は落ち着き払って指示を出している。リリーは坐った。ルネが大声を出さないことが救いだった。あまり声が大きいと子供たちが聞きつけて戻ってくるかもしれない。いや、戻ってこないかもしれない。山道に迷い込んでしまっていて。あるいはゴーゴーが名犬ラッシーのように危険を嗅ぎつけ、子供たちを家に入れさせないかもしれない。

居間はもはや凍りついてはいなかった。が、何もかもが整えられ、個性を奪われ、生活感がなくなっていた。住宅展示用の部屋のように。父がいつもリクライニングチェアのそばに置いていた詩篇の本がなくなっている。アップライトピアノの上に並べてあった家族写真もなくなっている。それらの写真が消えた今、リリーははっきりとそれらを思い描くことができた。現実にそこにあったときよりはっきりと——兄とアン＝クレアのフォーマルな結婚写真。自分とデズのアウトドア写真。手作りのフレームにおさまった孫たちの写真。小型犬の一群を膝にのせた母の写真。ひとつ残らずなくなっている。

「母が飼ってる犬たちはどこ？」

「トリミングに出してるとこよ。犬のにおいがすごくて、家じゅう抜け毛だらけだったんだから」

リリーは相手に向きなおった。その視線を待っていたかのように、ルネは銃を左手に持ち替えた。それから空いた右手を頭にやって、髪を留めていた二本のピンを外し、髪を——ウィッグをむしり取った。

ウィッグの下に現れたのは頭皮ではなかった。カーリーな黒いショートヘア。リリーはようやく気づいた。この顔には見おぼえがある。この美貌。この女はルネではない。出っ歯でもなければ、皮膚のかゆみに悩まされてもいない。

銃を手にしたまま、ルネはぶかぶかのチェックのシャツのボタンを外していき、銃を持ち替えながらシャツを脱いで、キャミソール姿になった。「デズモンドはいつだって即興の演技が下手《へた》くそだった」彼女は言った。「身振りが大きすぎた。思考の過程が大ざっぱで、型にはまりすぎてた。自然な演技ってもののセンスがまるでなかった。全体のコンセプトをつかむことはできても、その役になりきるために必要な細かいポイントには気づけなかった」

彼女は誘うような笑みを浮かべながらストリップを続けた。ウエスト部分がゴムになった幅広のデニムスカートをゆっくりと押し下げ、腰をくねらせながら尻へ、太腿へとずらして床に落とし、黒いレギンス姿になった。

「それでもなんとかなってたのは、ひとえに彼の気立てがよかったからよ。だから彼が演劇学部から転向して音楽の道に進んだとき、教員のみなさんはきっと一斉にため息をついたでしょうね」

彼女はにんまりと笑い、短い髪を手ぐしで無造作にほぐした。その瞬間に記憶が噛み合い、地すべりのようにリリーを襲った。知覚が現実に追いついた。

「もしかしたら、あなたはこう思ってるかもね。デズモンドは子供たちと過ごす時間を大事にするために、オペラのスターになる夢をあきらめてナッシュヴィルにとどまったんだって。でもはっきり言って、彼はどうがんばってもあれ以上のレベルには行けなかった。だって、大根役者だったから。オペラであろうと一緒よ。声そのものは問題じゃなかった。すばらしい声だったもの。あれこそまさに黄金の声だった」

51　演劇

リリーの目のまえに立っているのはニアだった。ニア――シカゴに住む義姉ディアドラの友人で、結婚式の帰りにリリーを車で送ったあの妙な女性。ストリップショーとともに見せかけの姿は消えうせ、テネシーの教会女子でもなければ研修中のカウンセラーでもない、教養あるシカゴ人《シカゴアン》がそこにいた。ニアはため息をついて背後の椅子に腰かけると、たったいま別人に姿を変えた事実などなかったかのように続けた。

「彼が転学したときはほんとうにつらかった。あなたには想像もつかないくらい、私たちはお互いに夢中だったから。結局は別れてしまったけど。あなたに手紙で説明したとおりよ」

「手紙？」リリーは訊き返した。

ニアはヨガのポーズのように片方の脚を曲げてもう一方の脚の下に押し込み、リリーの父のリクライニングチェアから上体を乗り出して言った。「もしもーし？〈寄り添いの輪〉で私の手紙についてぐちぐち言ってたのはどこの誰？」

「あなたは誰なの？　あなたのご主人の世話は誰がしてるの？」

「あの手紙を書くのは愉しかったわ。若き日の恋、青春の思い出。考えるより先にことばがあふれてきた。神秘的な体験だった。魂から湧きあがる想いがそのまま文字になったのよ」

ニアの声が穏やかになればなるほど、リリーの鼓動は激しく鳴り響いた。体内の血管が増殖し、新たな恐怖の通り道ができたかのようだった。心臓の鼓動が騒音となって室内を満たし、ニアの声をかき消してしまいそうだった。

「私はあの手紙で愛の手を差し伸べただけなのに。あなたの友情を求めただけなのに。リリアン、どうしてわからないの？　私は自分の感情にジャスミンという名前を与えただけ。花の名前同士、親しみを感じてもらえるかと思っただけ。それ以上でもそれ以下でもない。見たまんま。目のまえにあるものが現実だってことよ」彼女はそれを実証するために――ニアという現実を見せつけるために――立ち上がり、バレリーナのようにその場でくるりとまわってみせた。視線をリリーに据えたまま、最後の一瞬ですばやく頭を回転させて。銃も一緒にくるりとまわった。

「ねえ、フィンはこの恰好を気に入ると思う？　それとも妖精のお姫さまみたいな衣装を着るべきかしら？　最近の子はもっと好みが洗練されてそうだけど、フィンにはそっちのほうが愉しいかもね」

「何を言ってるの？」リリーは必死で自分に言い聞かせた――子供たちを守るのよ。それ以外のことは何もかも無視して。妖精のお姫さまも何もかも。

「こんなことになって残念だわ、リリアン。私たちはお友達になれたはずなのに」ニアはそう言うと、また椅子に腰をおろした。

「つまり、あなたはジャズミンでルネでニアで、私があなたの手紙《レター》に返事をしていればこんなことにはならなかったってこと？　そういうことなの？」

「複数よ。レターズ。私があんなに坊やたちのことを心配してたのに、あなたはふたりが元気かどうかも教えてくれなかった。どうせ私が何をしようと、デズモンドが死んだ事実は変わらないと思ってるんでしょ？　でもあなたはまちがってる。どうか現実から目をそむけないで。ああやだ、またジャズミンみたいな口調になってる。いい加減やめなくちゃ」

「あなた、多重人格なの？」

「まさか。やめてよね——なんで病理扱いになるわけ？　だったら、シェイクスピアはどうなの？　彼はいわゆる多重人格だったんでしょうか、それとも劇作家だったんでしょうか？　教えてあげる。今まであなたが見てきたものは演劇っていうの。私は控えめに言っても演劇学部の出で、言うなれば役者なわけよ。蓋《けだ》し、なかなかの手練《てだ》れであろう。とはいえ、ジャズミンには別になりすます必要はなかった。彼女は手紙に署名しただけで、人物そのものじゃなかったから。ハニー・サマーズはカメオ出演みたいなものだし、唯一演じたと言えるのはルネだけね。私が一から創《つく》り上げたのは。で、これが私。ありのままのニアってわけ」

ニアの背後の窓から見える陽の光は薄れつつあった。じきに子供たちが戻ってくるだろう。空を背にした木々の輪郭がけだるくぼやけて見える。

「どうしてネグリジェを木に吊るしたの？」リリーは尋ねた。

「どうしてかって？　あれのおかげであなたはここに来たんでしょうが。あれはフィンが見つけたの？　煽情《せんじょう》的でありながら、上品な趣があったでしょ。すばらしいと思わなかった？　そういえばあなたがお持ち帰りしたピザ、どうやって温める？　電子レンジはやめといたほうがいいわ、クラストが台無しになるから。オーヴンに入れて、低温で温めなおしたらどう？　すっかり冷めちゃったわけじゃないでしょ」

「今朝あれを木に吊るして、どうやってここまで来たの？」

「だから、車を運転してきたのよ。ロケット科学でもなんでもないわ。〈寄り添いの輪〉であれメアリーヴィルであれどこであれ、あなたより先に到着すればいいだけの話だもの。簡単でしょ？」

「私をここに来させてどうしようっていうの？」

「ピザをオーヴンに入れなさい」ニアは命じた。「ふたりの子供がお腹をすかせて帰ってくるのよ。保護者としての責任を持ちなさい！」

　突然の高圧的な態度にリリーの鼓動がぴたりとやみ、恐怖がやんだ。ニアがスイッチをぱちんと切り替えたかのように。キッチンに行けばナイフがある――リリーは心の中で唱えた――キッチンにはナイフがある。オーヴンにピザを入れたら、引き出しからナイフを取って、この女を刺し殺すのだ。

　ニアがついてきた。居間のカーペットからキッチンのリノリウムへと、裸足で軽やかに移動しながら。廊下のテーブルからリリーのショルダーバッグを取り上げると、銃を彼女に突きつけたまま、もう片方の手でバッグを探り、サイドポケットから携帯電話を取り出した。そうしてレギンスのウエスト部分にリリーの携帯電話をはさむと、バッグを玄関ドアの脇の棚に押し込んだ。

　リリーはナイフの入った引き出しを開けた。さりげなく、鍋つかみを探しているふりをしながら。引き出しの中は空《から》だった。

「私たちってどことなく似てると思わない、リリアン？　私のほうが背が高くて綺麗系、あなたは小柄で可愛い系だけど。デズモンドは私のことが忘れられなかったのね。別れたあとも私の面影を探して、私を思い出させるものしか愛せなかったんだと思う。怒らないでよ、リリー。彼はあなたのことだって愛したんだから。あなただってあなたなりに精一杯、彼を愛したのよね。それは〈寄り添いの輪〉でわかったわ」

「ピザはオーヴンの中よ。何が望みなの、ニア？」

「何よりもまず、デズモンド。言ったでしょ。だけど彼を手に入れるのは無理だから、そうなると彼の子供が必要になるわ」

「だったら、今すぐ私を撃ち殺して。あなたに子供たちは渡さない」

「いやだ、落ち着きなさいよ。あなたの子供なんて要らないの、私は自分の子供が欲しいの。デズモンドと私の子供が。ねえ、なんだってデズモンドの精子を廃棄したりしたの？　もはや理解したくもないけど。あなたが彼の凍結精子を廃棄した時点で、理解しようとするだけ無駄だって悟ったわ。彼の精子がどこにあるのか探すだけでも大変だったんだから。そもそもあなたたちが将来のことを考えて凍結保存したのかどうかもわからなかったし。彼の年代なら化学療法を受けるまえに勧められるのが一般的だっていうだけでね。おかげでありえないくらい時間がかかったわ。電話に次ぐ電話、書類に次ぐ書類に次ぐ書類――アイルランド系、大卒、髪質、体格。それだけじゃ永遠に見つからなかったかもね、クラシック音楽とオペラに強い関心があるって言わなかったら。そうやってやっと見つけたものを、あなたが無残にも殺してしまったのよ。あなたは貴重な生命《いのち》を奪い、人々の希望を奪った。私だけの問題じゃない。あなたはクリニックで不妊治療を受けるだけの余裕がない大勢の人々を支援できたはずの裕福な顧客《パトロン》の希望を奪ったのよ。私ならたっぷりお金をはずんだのに。クリニックのマネージャーのジーナのことも助けてあげられたのに。一番上の男の子がもうすぐ大学に進学するってことだったから、その分の学費と彼女の年金もどうにかしてあげられたのに。それなのにリリー、あなたは自分のことしか考えてないわけよ。ぜーんぶ自分のことばっかり。デズモンドの種をひとりじめして、ほかの人のことなんて考えようともしなかったわけ。あなたがそれほど身勝手じゃなければ、今頃はみんな別々の道を歩んでいたはずよ。だけどこうなったらもう、私たちは小さな家族になるしかないの。当面のあいだだけでも。ついでに言っておくけど、〝今すぐ私を撃ち殺して〟なんて二度と言わないことね。本気で殺されたいなら別だけど」

52　荒ぶる天使たち《ハー・フュリアス・エンジェルス》

小さな家族？　リリーは相手を穴があくほど見つめた。そうすればこの状況の意味がわかってくるとでもいうように。ニアが手にした銃と同じくらい、その落ち着き払った態度が恐ろしかった。

ニアはキッチンテーブルのまわりを歩いて半周し、銃身をひょいと動かして窓のカーテンを閉めた。キッチンの椅子の背もたれに小型の黒いウエストポーチが掛かっていた。ニアは壁に歩み寄り、キッチンの灯りをつけた。なんて華奢《きゃしゃ》な手だろうとリリーは思った。ニアは足もずいぶん小さかった。すらりとした長い腕と長い脚を持つ長身の女性にしては、手と足だけが幼い少女のまま成長するのを忘れてしまったかのようだった。

「坊やたちには何時に帰ってくるように言ったの？　もうだいぶ暗いわよ」ニアが言った。

「子供たちはここには帰ってこないわ。私のいとこの家まで歩いていったから」

「哀れなリリアン、即興のお芝居が下手くそね。それこそデズモンド並みに」ニアはキッチンテーブルのまえの椅子に腰かけると、身を乗り出して続けた。「彼には巧妙さってものが欠けてた。実生活ではそれも愛すべきことだけど、舞台上ではよろしくなかったわ。役柄の印象っていうのはちょっとしたことで変わるのよ。マウスピースで顔幅を広げてちょこっと出っ歯にしてみせるとか、そんなことでね。仮に私が生まれつきの血管腫っぽい赤あざを顔に描いたとしたらどう？　誰もが顔をそむけて見ないようにすると思うでしょ？　それがちがうのよ。政治的に正しくあるためには、醜く損なわれた外見を直視するべきだってみんなわかってるから。だから変装するならなるべく目立たないほうがいいわけ。しかも皮膚をぼりぼり掻いてるぶんには、みんなが顔をそむけるのよね——寄生虫なんかに対する原始的な恐怖を感じるんでしょう、あるいは皮膚に棲《す》みついたシラミとか。実際、あなたは一度も私と目を合わせなかったものね。あのグリーフケアの集まりで。私がうっかり茶色のコンタクトをつけ忘れたときだって、誰ひとり気づきもしなかった。あなたたちはみんな悲しみに打ち沈んで、自分のことだけに没頭してたから」

ニアは手振りを交えて話し続けた。片方の手から銃を放すことなく。「火曜の晩にミリアムに言われて廊下であなたを追いかけたとき、あなたは私と向き合うんじゃなく、並んだまま歩き続けた。あのときだけよ、私が緊張したのは。シカゴの結婚式であなたと顔を合わせたばかりだったから」

リリーはカウンターにもたれ、相手と同じように平然とした態度を装おうとした。「具体的に何をどうしたいの？」

「悪いけど、あなたのことは尊敬できないわ。未亡人としてどうかと思う。どうして何もかもに無関心でいられるの？　はしたなく遊びまわったりするほうがまだしも同情の余地があるでしょうよ。シカゴにいるあなたの義理のお姉さんが言ってたけど、デズモンドの追悼式でスライドショーを上映するのを嫌がったんですってね。〈故人の人生を祝う会《セレブレーション・オブ・ライフ》〉はお断り、希望するのは葬儀だけ。フェイスブックの追悼ページも気に入らない。悪趣味で品格に欠けるから？　まわりを見てみなさいよ、リリアン。あなたが生まれ育った家のどこに上品さがあるわけ？」

ニアは銃をぐるりと壁に向け、額に入ったクロスステッチのアルファベット入り刺繍見本《サンプラー》を指し示した。リリーの母は大のクロスステッチ好きだった。居間の本棚の上の壁には〈発禁本を読んだぞ!〉。ソファの上の壁には〈誰も見ていないかのように踊りなさい/傷ついたことなどないかのように愛しなさい/誰も聴いていないかのように歌いなさい/この世が天国であるかのように生きなさい〉。廊下の壁にはカラフルな〈生きよ! 愛せよ! 笑えよ!〉。

「私が一番むかつくのは、〝誰も見ていないかのように踊りなさい〟っていうやつよ。マーク・トウェインの名言だなんて言われてること自体、ばかばかしいったらないわ」

「あなたが私を殺したところで、私の家族が必ず捜し出して――」

「いいから黙ってて」ニアは小さな手のひらを突き出し、リリーを制して続けた。「あなたの子供は要らないって言ったでしょ。そもそもあなたのことが好きじゃないんだから。仕方ないわよね、デズモンドは私と別れてからしばらく途方に暮れてさまよって、そのうちなんとなくあなたに流れ着いたんだものね。坐りなさい、リリアン」

テーブルのまわりには椅子が四脚配置されていた。昔から変わらず。

「いいえ、あなたがそうやってしゃべりながら銃を向けてくるのに、坐ってなんかいられないわ」

「坐ってようが立ってようが、あなたを撃ち殺すくらいわけはないの。だから坐って」ニアは片方の足で椅子をテーブルの下から押し出した。「デズモンドが私のために銃を置いといてくれて嬉しかったわ。おかげで愛着もひとしおよ。あなたのクローゼットの中を見ていて、先に鍵だけ見つけたの。なんの鍵かわからなかったけど、そのあとで書斎のクローゼットの金庫を見つけたってわけ」

リリーが坐ると、ニアは立ち上がって右手の戸棚へ向かった。ふたりのあいだが大きく離れた。ニアは戸棚からプラスチックのタンブラーをふたつ取り出し、そのうちのひとつに蛇口から水を注いだ。「お水はいかが？」

リリーは答えなかった。キッチンの物の配置が変わっていることに気づいたのだ。テーブルと椅子が全体的に横長の窓のほうに寄っている。プラスチックのタンブラーにしても――母はあの戸棚にガラス製のタンブラーを入れていた。プラスチックではなく。ニアはそれもすべて計算に入れていたのだ。リリーがいま坐っている位置から突進しても、ニアにかわされて床に倒れるだけだろう。ガラスを割って破片を武器にすることもできない。ニアはひとりぶんの水を持ってテーブルに戻った。大きくあいた空間を歩いて。もうひとつのタンブラーはカウンターの上に置かれたままだった。

ニアは椅子に坐り、自分も水を持ってくるようリリーに身振りで促した。リリーは動かなかった。

「どうぞご勝手に」そう言い捨てると、ニアは背後の壁に掛かった額入りのクロスステッチに向かってタンブラーを掲げた――〈怒りを持ち続けるのは、相手の死を願いながら自分で毒を飲むようなものだ〉。

「大いなる願いに乾杯ってとこね」ニアはそう言うと、タンブラーを傾けて水を飲んだ。

53 オハイオ・プレイヤーズ

ゴーゴーの吠える声が遠くで聞こえた。子供たちと遊んでいるときの嬉しそうな吠え声。リリーは内心考えをめぐらせた――ここで下手にニアに向かっていっても撃たれるだけだ。それではまったく子供たちのためにならない。ニアは私たち一家を誘拐してストックホルム症候群に陥らせ、全員でひとつの家族になろうとしているのだろうか？　ともかく今はニアに話を続けさせ、こちらに注意を惹きつけておかなければ。

「つまり、あなたはデズの子供が欲しいけど、デズと私の子供は欲しくない。よくわからないんだけど、どうして今なの？　どうしてデズとつきあってるときに彼の子を産まなかったの？」

「そういう個人的な質問に答えるつもりはないわ。ああ、いまいましい！」ニアは椅子から立ち上がった。「よくもここまで事態をややこしくしてくれたわね、リリアン。簡単なことだったのに。あなたは私に心ある返事を書くべきだった。そうすればふたりとも幸せになれたのに。お互いに共有した思い出を胸に抱いて、それぞれの人生を歩めたはずよ。喪失感で結ばれたふたりがデズモンドへの愛を胸に、深い奈落の底から立ち上がるはずだったのに」

リリーにはニアの演技の継ぎ目が聞きとれた——繰り返し練習した台詞と即興の台詞との差が。〝喪失感で結ばれたふたりが奈落の底からうんぬん〟の部分は、流れにまかせたフリートークに聞こえるよう、入念に練習したのだろう。

「いいわ、さっきの質問に答えてあげる。あなたの気持ちを傷つけたくなかったし、デズモンドの思い出に瑕《きず》をつけるのもどうかと思ったんだけど、要はこういうことよ。デズモンドは舞台で活躍するにはあまりにも不器用だった。それはまあしょうがないわよね。私たちは舞台上で生きてるわけじゃないから。でもそれだけじゃなくて、実生活においてもデズモンドには欠けているものがあった。くしゃくしゃの笑顔から特大の足の先まで、彼はいつだって陽の光のようなあたたかさに満ちあふれていた。それでも何が足りないかって、彼には炎のような熱さがなかったのよ。穏やかな陽の光と激しく燃える炎、全然ちがうのはわかるでしょ？　私の結婚相手にはそれがあった。燃えさかる炎のような情熱が。車の事故で父親に頭を直撃されるまではね。デズモンドには炎が必要だった。情熱を焚《た》きつけて後押ししてくれる誰かが。でもあなたには本気で彼を支えようという熱意がなかった。あなたの家のキッチンのがらくた入れみたいな引き出しから、彼の声を録音した古いテープを見つけたわ。食料品のレシートやらねじ回しやら電球のパックやらお誕生日の蠟燭《ろうそく》やらでぐっちゃぐちゃの中から。おかげさまでテープは救出して、プロの技術者に修復させてるところよ。それがすんだらきちんと保管できるように」

ニアの話に耳を傾ける以上に、リリーは子供たちの声が聞こえないかと耳をそばだてていた。そうしながらもドアのほうへ耳を向けないように、キッチンの窓の閉ざされたカーテンの隙間を見つめないように注意していた。ゴーゴーの遠い吠え声が響いたのはさっきの一度きりで、あれ以上は何も聞こえてこない。「あなたがデズと子供をもうけなかったのはそれが理由なの？」その問いが自分でも皮肉めいて聞こえたので、リリーはニュートラルな調子でつけ加えた。「私にはいまひとつよくわからなくて」

「あの頃は私も子供だったのよ、リリアン。今になってわかったけど、デズモンドが炎を宿していようといまいと、それ自体はたいした問題じゃなかった。なぜなら、私がその情熱を持っていたから。私の炎を彼のために使えばよかったのよ。私なら彼の陽の光を無駄にはしなかった。きっと何かを成してみせたわ。私たちはお互いに夢中だったから。あなたの場合とはわけがちがうの。彼は妥協してあなたと落ち着いたわけだけど――要は現状に甘んじたってこと。だけど私たちの関係はちがった。オハイオ・プレイヤーズの歌じゃないけど、〝熱すぎる《トゥー・ホット》〟ふたりだったのよ。私たちはそれこそ――」ニアはそう言いながら、銃を持っていないほうの手のひらを天井に向けて差し上げた。墓掘りの場面で哀れな道化ヨリックの髑髏《どくろ》を手に取って見つめるハムレットさながら。「――お互いの虜《とりこ》だった。離れようにも離れられなかった。そういう魂が融け合うような恋を経験したことがない人には、理解しようったって無理な話よ。〝熱すぎる〟なんてことばじゃ到底言い表せない。デズモンドはよくあの歌を歌って聴かせてくれたけど。あの〝トゥー・ホット〟な歌を」

同じだ、とリリーは思った。彼は私にもよくあの歌を歌って聴かせてくれた。ただし、バンド名がちがう。『トゥー・ホット』はクール・アンド・ザ・ギャングの歌だ。オハイオ・プレイヤーズではなく。ニアがバンド名を勘ちがいしているせいか、なぜかそこまでのショックはなかった。

「デズモンドと私。運命で結ばれたふたりだった。これぱっかりは説明のしようがないのよ、リリアン。リリー？　きゃー、なにその可愛い名前！　名は体を表すって言うものね。あなたとデズモンドは可愛いほのぼのカップルだったのよね。私たちの関係はそんな生易《なまやさ》しいものじゃなかった。言うなればイカロスと太陽、レダと白鳥、そういう関係だった」

家のすぐ外で子供たちの声が聞こえた。玄関側ではなく、もっと近くの壁側にいる声が。

「犬を引き取りに行かなくていいの？」リリーは尋ねた。「トリミングはもう終わってるでしょ？」実家がこれほど静かであることはついぞなかった。

「全部手配してあるから問題ないわ。問題なのはあなたよ。せっかくナッシュヴィルのおうちをきれいにしてあげたのに、警察に通報したりして。何それ？　言うべきことは〝ありがとう〟でしょうが。警察を呼ぶってどういうこと？」

近すぎる。リリーの全身から血の気が引いた。ふたりは前庭にいる。サムが文句を言っている。「最初に決めたルールとちがうじゃんか。兄ちゃんはすぐそうやって思いつきでルールを変えるんだ」フィンが言い返している。「おまえはなんもわかってない」そのあとふたりが「腹へったー」と言い合うのが聞こえたが、どっちがどっちの声なのかは判然としなかった。

「何が望みなの、ニア？ 私たちにどうしてほしいの？ あなたがデズのことで苦しんでるのはよくわかったわ」

「本気で死ぬことだって考えた。ジュードはずっと寝たきり、そこへデズモンドの死亡記事。だけど、彼には私の知らない人生があった。どうしてもそれを突き止めないわけにはいかなかった」

「私の家に侵入したのもその一環というわけ？ アフリカ系アメリカ人のメイドに扮《ふん》して？ そもそもどうして家を掃除したりしたの？」

「決まってるでしょ？ あなたの力になるためよ。それともちろん、花を置くため。デズモンドが暮らしてた場所だもの。でもちょっと待って、まさかほんとに私が、あなたの家を掃除したと思ってるの？ あなたの家のトイレを？ 私が自らあなたの庭の木によじのぼって枝を剪定《せんてい》したとでも思ってるの？ 業者を雇ったに決まってるでしょうが。あのメイドはクリーニングサービスから派遣されて来たのよ。お隣のケンタッキー州からね。地元の企業は使いたくなかったから。全部私が指示したのよ、もちろん。スプレッドシートで作った分刻みの日程表を今度見せてあげる。自分でもほんとによくやったと思うわ。何から何まで大変だったんだから。あなたがいつ家を空けるかを把握して、自分の予定と主人のヘルパーさんたちの予定とルネの予定をすり合わせて調整しなきゃならなかった。シカゴの結婚式のときはハードなんてもんじゃなかったわ。リハーサルディナーを欠席してナッシュヴィルまで行って、翌日の披露宴に出るためにまた車で戻って。あなたがお礼のひとつも言わずに私のマンションから出ていったあと、また夜どおし運転して、ナッシュヴィルでの最後の仕上げをしにいったというわけ。うまくやりおおせて実に爽快な気分だったわ。それとはまた別に、教会の礼拝に合わせてこっちまで来るのもひと苦労だった。やむを得ず飛行機を使うこともあったけど、ラジオを聴きながら運転するほうが好きなのよね。その時間を使っていろんなことをじっくり考えられるから」

「いま家に入ったら、もう外に出ちゃだめって言われるぞ」フィンの声が一段と近くなった。

54　カブスのロゴ

だめだ。子供たちに逃げてほしいというリリーの心の叫びは届かなかった。ふたりはまだ前庭にいる。「道路に幽霊なんかいるわけないよ」サムがぐずぐず言っている。「木の上にだっていなかったじゃんか。兄ちゃんがおどかしてくるって、ママに言いつけるから」

「なんだよ、結局ママのところに逃げ込んで告げ口すんのかよ？」

子供たちの声が聞こえてもニアが一向に話をやめないのが不可解だった。前庭のほうを振り返りもせず、なんの反応も見せないのが。「デズモンドは私が命名したのよ。知ってた？ あなたが彼を〝デズ〟呼ばわりするのが私には我慢できない。彼に対して失礼でしょ。彼の家族は〝デジ〟なんて呼ぶこともあったわね。キューバのバンドリーダーのデジ・アーナズ風に。私は最初からデズモンドって呼んでたけど。そしたらみんなが真似しはじめて、彼も正式にその名前を名乗るようになったのよ」

リリーは口をはさまなかった。デズが出会ったときにデズと名乗ったことも、デズと呼ばれたがっていたことも黙っていた。カーテンの閉ざされた窓の上部のわずかな隙間を見つめ、空がベタ塗りされたように暗くなるのを眺めながら思った。この女から身を守るすべなどあるのだろうか。話しながらひっきりなしに手を振り、銃を振りまわすこの女から。もし発砲されたら、子供たちは銃声を聞いて駆けつけるだろうか、それとも逃げるだろうか？

「私が描いた夢の話をしてあげる。いいえ、夢なんかじゃない。野望というべきね。私たちみんなで一緒にシカゴで暮らして、あの子たちをふたりともいい学校に入れるの。言っておくけどほんとの名門校よ、スイスの寄宿学校とかの。まちがってもデズモンドが通ってた教区のゴミ溜《た》めとか、あの子たちがいま通ってるような公立校なんかじゃないから。あの子たちが一流の教育を受けられるように支援してあげたかった。でもあなたがその夢を打ち砕いたから、実現する見込みはなくなったわ。せっかく私がみんなのためを思って手を差し伸べたのに、あなたって人はことごとくその手をはねつけるような真似をしてくれるんだもの。だから次の手を打つしかないわけ――今のは洒落《しゃれ》じゃないわよ。ねえ、あなただってわかってるわよね。あの子たちは――外でぐだぐだ言い合ってるあのふたりは――生まれるべきじゃなかったって」

「でも実際、生まれたわ」

「生まれるべきじゃなかったって言ったのよ。生まれなかったなんてひとことも言ってないでしょ？」

リリーは子供たちを耳で追うのをやめ、投げられそうなものを目で探しはじめた。テーブルの真ん中に紙ナプキンホルダーと一緒に置いてあったはずの鉄製の鍋敷きがなくなっている。キッチンカウンターの上には父がいつも鍵を入れておく重いクリスタルガラスのボウルがあるはずだったが、それもなくなっていた。

「二十代の頃は愛がすべてだと思ってたのが、三十に近づくにつれ現実ってものを知るわけよね。みんなの憧れだったクォーターバックのスター選手が高校の体育教師になってるとか。それこそデズモンドみたいに、次世代のオペラスターだったはずの人がコーラスで歌ってるとか。しかもパリでもウィーンでもなく、ナッシュヴィルで。それを知って思うわけよ。ああ、やっぱりね——あの人には内なる炎がなかったから、って。ところがそれで終わりじゃないの。二年まえにデズモンドがシカゴの甥《おい》っ子の初聖体式に来てるのを見て、その瞬間に悟ったのよ。スターになろうがなるまいが、そんなことはどうでもいいんだって。あなたたちみんな、大変なことなんか何もなさそうな顔して、見るからに幸せそうだったんだもの。そのあと私はしばらくヨーロッパに行っていた。ジュードがまた新たな治療を受けられるように、義理の父が手配したのよ。それからやっとシカゴに戻って、大学の同窓会誌であの追悼記事を見て、デズモンドへの想いがよみがえった。あんなに愛していたのに。彼を手放すべきじゃなかった。私たちは別れるべきじゃなかった。彼を死なせるべきじゃなかった。あなたが彼を救えなかったと思うと怒りでやりきれないわ。ねえ、どうして？　看病で疲れ果ててしまったの？　これ以上は無理だって、簡単にあきらめてしまったの？　私なら有効な治療法を見つけられたかもしれないのに」

デズの甥ライアンの初聖体式にニアがいた？　リリーがおぼえているのは、教会が人であふれ返っていたことだけだ。公教要理《カテキズム》を学んだ五十人の子供と、それ以上に大勢の身内が一堂に会していた。白いドレス姿でくすくす笑ってばかりいる女の子たち、グレーやブルーのジャケット姿で神妙な顔をした男の子たち。あの頃のデズはまだ病状にどうにか対処できていた。見ただけでは闘病中とわからなかっただろう。ニアが言ったように、きっと大変なことなど何もなさそうな一家に見えただろう。

「あなたなりに精一杯やったんだと思いたいけど」とニアは言った。

子供たちがいよいよ近くにいるのがわかった。音よりも気配で。リリーは頭を動かさずに坐っていた。全身が冷たくなるのを感じた。デズの死の間際にもこんなふうに全身が冷たくなったのを思い出した。

「知ってた？　デズモンドは三年目の途中で音楽院に転学したから、厳密にはシカゴ大学の卒業生じゃないの。でもあんなふうに追悼記事が出たのは、それだけ多くの人に愛されてたからよ。それこそが私へのサインだった。あの追悼記事がなければ、あの頃の私たちがお互いにかけがえのない存在だったことを忘れていたかもしれない。シカゴにいる彼の家族に偶然会うまで何ヵ月もかかったかもしれない」

「二年まえの初聖体式のときにデズと会ったの？」リリーは尋ねた。

「あなたが考えてるのがそういうことじゃないことを祈るわ。デズモンドは高潔な人だった。どれだけ私を愛していても、結婚の誓いを破ってくれなんて言うことは絶対になかった」

ゴーゴーが外で吠えた。かまってほしいときの甘えるような吠え方。リリーは母がナイフ立てを掃除道具入れに仕舞っていたことを思い出した。上段の棚の奥、布巾やタオル類のうしろに。孫たちが遊びにきたときに危なくないようにとカウンターの上から移動させて以来、もう何年もそこが定位置になっていた。リリーは目をぎゅっと瞑《つぶ》ると、額を手でぬぐうふりをして言った。「あなたの言うとおりかもしれない。どうしてもっと早く彼に手を差し伸べなかったの？　あなたなら彼を救えたかもしれないのに。ちょっとタオルを取らせてもらっていい？　布巾はどこだったかしら」

そう言いながら立ち上がり、冷蔵庫の隣にある縦長の道具入れを開けた。木製のナイフ立てをニアに投げつけ、隙が生じたところをすかさずナイフで刺すのだ。リリーは布巾の奥を手で探った。

「ねえリリアン、私がナイフ立てだのナイフだのをそこに入れたままにしておくと思う？　あなたってほんと、まともにものを考えることができないのね。デズモンドのお母さんが言ってたとおりね。そのまま動くんじゃないわよ。振り向いたら脚を撃つから」

リリーは振り向かなかった。視界に入った冷蔵庫の側面がやけに白い。そこにびっしりと貼りつけられていた一切合財がなくなっている――家族の写真も、ウィリアム・ウェグマンの犬柄のマグネットも、教会の予定表も、子供のお絵描きも。

「さあ、今すぐ決めて。私に銃を使ってほしいのか、銃なしですませたいのか。こっちはプロのトレーニングを受けて、日々練習を重ねてるんだから。銃を抜くのに三秒もあれば充分よ。この状況じゃ抜く必要すらないけど。布地越しに撃てばいいだけだもの。ほら、坊やたちが帰ってきた。もう振り向いていいわ。なんでもないように自然に振る舞うのよ、わかった？」

リリーは振り返り、ニアの腰のあたりにあの小さな黒いウエストポーチがぶらさがっているのを見つめた。

「こう見えてこれはホルスターなの。横から手が入るように、自分でカスタマイズしたのよ」とニアは言った。「このカブスのロゴ、いいでしょ？　これも自分でつけたのよ。

この際だからはっきり言っておくわ。あなたは要らない人なのよ、リリアン。あなたの出生証明書は書斎の机からもらったし、あなたの名義と私の顔写真でテネシーの運転免許証も作ったから。パスポートだって作ろうと思えば簡単よ。仮にもデズモンドが愛したものはすべてこの世に残そうって誓いを立てたけど——子供たちのことではあなたの協力が役に立つこともあるだろうけど——邪魔になるなら消えてもらうしかないわ」

55　どろんこ兄弟

フィンとサムが暗くなった戸外から明るいキッチンへ入ってきた。ふたりとも疲れて空腹で落ち着きがなかった。あとからついてきたゴーゴーはまっすぐに水入れへと向かった。実家に来たときのいつものパターン。子供たちはキッチンに見慣れない人物がいるのを見て足を止めた。

「ゴーゴー、お帰り！　会いたかったわ！」ニアが歓声をあげると、ゴーゴーは水入れから離れてニアに駆け寄った。ニアは上体をかがめて犬を撫で、今度は子供たちに向かって言った。「ふたりともお帰りなさい！　私はパパの旧《ふる》いお友達なの。ずっとまえにあなたたちのいとこのライアンの初聖体式でも会ったし、先週末のケヴィン叔父さんの結婚式でも会ったでしょ？　また会えて嬉しいわ！」

「ぼくはもうピザを食べる気まんまんだよ」サムが一丁前の口調で宣言した。

「カブスファン？」フィンが訊いた。

ニアは椅子から立ち上がって言った。「そうなの！　気づいてくれてありがとう」リリーはさっきの会話を思い出した。ニアは練習をしていると言った。布地越しに銃を撃つ練習をしていると。同じ要領で、子供たちを相手に陽気な声を出す練習もしたのだろう。

「おばさん、見たことある」サムが言った。「放課後の柔道プログラムのチラシを配ってた人でしょ。あのときは髪が長かったけど」

「私じゃないわ」とニアは言った。「でもさすが、観察力のあるおちびさんね。実はあれ、私の妹なの。みんなデクラン家と昔から知り合いなのよ。私はニア。ニア叔母さんって呼んでね」

フィンが肩をすくめた。サムは冷蔵庫から紙パックのジュースをふたつ取り出し、兄にひとつ放ってよこした。

「ママ、もうピザ食べていい？」サムが訊いた。

「だめよ」とニアが答えた。「ママと私で話し合って決めたの。今すぐそのどろんこの服を脱いで、体をきれいに洗ってきなさい」

「とりあえずピザを少しお腹に入れたほうがいいわ」とリリーは言った。

サムが紙パックのジュースにストローを挿した。

「だめ」とニアが言った。「ピザはまだ。体をきれいにするのが先よ」

「あのさ、ここで何してんの？」フィンが訊いた。

「この年頃の子供にはこまめに食べさせる必要があるのよ」とリリーは言った。

「ご忠告ありがとう」ニアはキッチンの椅子をテーブルから引き離し、廊下のほうに向けてから坐った。ウエストポーチのカブスのロゴの脇に手を置いたまま。「この子たちが体を洗って着替えたら、教養ある家族らしく全員で坐って食事するのよ。デザートにはアイスクリームを用意してるわ」

フィンがふたりをじっと見ている。よくわからないけど、どうもおかしい——目がそう言っている。ここは母親の実家なのに、なぜ知らない女が指図するのかと訝《いぶか》っている顔だ。

「ドッグフードはちゃんと持ってきたの、リリアン？」ニアが尋ねた。

「ここに来たときはいつもこの家のドッグフードを食べさせてるわ」

「あれえ、お祖母ちゃんのわんこたちは？」サムが訊いた。「お祖父ちゃんとお祖母ちゃんが一緒に旅行に連れていったの？」

「いいえ。わんちゃんたちはスパトリートメントを受けてるところよ。お祖父ちゃんとお祖母ちゃんが留守のあいだ、私が家のことをまかされてるの」

「スパトリートメントって何？」

「シャンプーして、ブローして、爪切りをして、サテンの枕でお昼寝したりするのよ」

サムは肩をすくめた。兄弟は立ったままジュースをむさぼった。サムは喉をうるおすことしか頭にないようだった。リリーはフィンに目を向け、突き刺すような視線で息子の魂に訴えようとした――逃げて。奥の部屋の窓から外に出て。弟を連れて逃げて。

フィンが顔をしかめた。「なに？　なんか文句あんの？」

「お母さんに向かってそういう口の利き方はやめなさい」ニアが言った。

「あなたに文句があるわけじゃないのよ、フィン」リリーは言った。「でもほら、手が汚れてるから」

「はい、そこまで。汗くさい坊やたちはとっととシャワーを浴びにいって」ニアが命じた。

「あなたたちの荷物はアマンダおばさんの部屋にあるから」とリリーは言った。「シャワーを浴びたらきれいな服に着替えるのよ」

「おばさん、アマンダおばさんっていうの？」サムが訊いた。

「いいえ、私はニア叔母さんよ。アマンダおばさんってどなた？」

「母のおばのことよ。奥のゲスト用の寝室はもともと私の兄の部屋で、そのまえはアマンダおばさんの部屋だったの」とリリーは説明した。

「アマンダおばさんは年寄りで、施設に入ってるんだ」とフィンが言った。「ぼくたちもここにいるあいだに一回会いに行かないと」リリーはもう少しで笑みを浮かべるところだった。子供たちが家に入ってきてからはじめて、希望のかけらが見えた気がした。

フィンに続いてサムも廊下の奥へ向かった。ゴーゴーがふたりのあとを追った。

「だめよ、犬はこっち」とニアが言った。「ゴーゴー、おいで」

ゴーゴーはあっさりニアのもとへ引き返した。尻尾を振りながら、ふさふさの毛並みをニアに撫でさせている。イアーゴー。裏切り者。リリーは心の中で犬を呪った。

「脱いだ服は洗濯機の横に置いといて」ニアが指示した。上下の二段になった洗濯機と乾燥機は、廊下の左のドアを開けたクローゼットの中にある。「家じゅうに泥をまき散らすのは絶対にやめてね。荷ほどきするまえに掃除機をかけて大変だったんだから」

子供たちがそろって母親を見た。「服はバスルームの床に脱ぎ捨てればいいんじゃない？ 廊下は寒いから」とリリーは言った。

「だめよ。さっさとその汚い服を脱いで！」ニアがわめいた。ぎょっとするほどの大声で。

サムが顔をゆがめてわめき返した。「パパの友達だからって、そんなふうに怒鳴っていいと思ったら大まちがいだ。パパはそういうの嫌いなんだからな！」

ニアがウエストポーチに手を入れ、さっとサムに向けて振ってみせた。

「ふたりとも、言われたとおりにして」とリリーは言った。「荷物から着替えを出して、シャワーを浴びてくるのよ。ほら早く、アマンダおばさんの部屋に行って。ちゃんとシャンプーで頭を洗ってね」

ふたりは服を脱いでパンツ一枚になった。「全部脱いで」ニアが命じた。

サムはパンツを脱ぎ捨てると、まっぱだかで廊下を駆けていった。

「やだね」フィンはニアを睨《にら》みつけ、トランクス姿のまま廊下を歩いていった。

フィンが合いことばをおぼえているとしても、今すぐ逃げるわけにいかないことはリリーにもわかっていた。ふたりとも裸や下着姿のまま家を出ようとは思わないはずだ。サムは最近になって外界に対する慎みの感覚を身につけたところだし、フィンはもう思春期に入っているのだから。ふたりの荷物はまだ車の中で、奥の寝室に着替えはない。それでもドレッサーやクローゼットの中を探せば何か見つかるかもしれない。教会のバザーに出すためのタオルや服やなんかが。

「残りの荷物を車から持ってきたいんだけど」とリリーは言った。

「ほんとに？　だからって、はいどうぞって鍵を渡すと思う？　それはあとまわしよ」

フィンが寝室から出てきてバスルームに入った。すぐにシャワーの音が聞こえてきた。またフィンが出てきて奥の寝室に戻り、ドアを閉めた。

「あんなふうに水を無駄遣いするべきじゃないわ」ニアが言った。

「井戸水は温まるのに時間がかかるのよ」

リリーはそう言うと、キッチンテーブルから椅子をひっぱり出して坐った。そうして目のまえの女、銃を手にした気のふれた女に向かって身を乗り出し、静かな口調で語りかけた。

「悪いことは言わないから、もう出ていったほうがいいわ。このまま大ごとにならないうちに出ていってくれればそれでいいから。あの子たちにはかまわないで、あなたはご主人のところに戻ってあげて。そのうち家族でシカゴに行くから、そのときにまたゆっくりお話ししましょう。私たちのためにいろいろしてくれてありがとう。あのときは素直に感謝できなくてごめんなさい。事情がまったく呑み込めてなかったの。それにさっき言われたように、まともにものを考えられる状態じゃなかったから。今ならわかるけど、あなたのその気持ちがデズへの何よりの手向《たむ》けになると思う。私の息子たちの教育を支援したいって、あなたが思ってくれたことが」

「あなたの息子たち？　サムはあなたの子かもしれないけど、フィンはちがうわ。フィンはデズモンドの子よ。誰が見たってわかるでしょ。あの背の高さ。歩き方。たまたま女性の体を通って生まれてきただけで、その女性があなただったというだけ。私の夫の種がそっくりそのままあなたを通過して、ハンサムなフィンに受け継がれたのよ」

「あなたのご主人はシカゴにいるじゃない。あのマンションのベッドで寝てるんでしょ？　お願いだからもう出ていって」

「まだ理解できてないのね、私がデズモンドの子を産むつもりだってことを。あの年頃の男の子の何がすばらしいか教えてあげる。頭の助けを借りなくたって、勝手に体が反応してくれるのよ。なにしろ若いから受胎までには時間がかかるかもしれないけど、必要な仕組みはもう出来てるってわけ。だからフィンに教えてあげるの、私はこうやってあなたのお父さんを愛したのよって。そのあとのことも心配しないで——自分の子供を産んだからって、彼を見捨てたりはしないから」

56　家族

「息子をレイプするなんて許さない」リリーは震える声で言った。

「やめてよ、大げさねえ。女の子のはじめてを奪おうってんじゃないんだから。フィンにとってはただの通過儀礼よ。あと何週間かで十三になるんだから。遅かれ早かれ手放さなきゃならないのはわかってるでしょ？　必要なら鎮静剤を使ってもいいし。なんにせよ、あなただって未成年者であるあの子を裁判だなんだに引きずり出したくはないはずよ。こっちはお金には不自由してないんだから。

ねえ、ジュースをひとつ取って。立ったら椅子をちゃんとテーブルに仕舞って。物があるべき場所にないと気持ち悪くて仕方ないわ。こんな古くさいちっぽけなくそ溜めみたいな場所でもね」

リリーは冷蔵庫から紙パックのジュースをひとつ取り出し、ニアに放ってよこした。紙パックは鈍い音を立てて彼女の足元に落ちた。

「惜しかったわね。ええと？　私が右手で取ろうとした隙に襲いかかって、ホルスターを外して銃を奪うつもりだった？」

「いいえ。あなたが普通にキャッチするかと思って」

ニアは紙パックを床から拾い上げて言った。「この赤いパッケージのやつはオーガニックなのよ」

冷蔵庫の中はすっかり片づいていた。ニアに投げつけられるような一ガロンボトルの牛乳もなければ、父の大好物である〈バビーズ〉のピクルスの大瓶もない。

「さっきあなたが言ってた凍結精子のことだけど」とリリーは言った。「たしかに不妊治療クリニックにあったぶんは廃棄されたけど、ヴァンダービルトのがん研究所にはまだ精子が保管されてるの。私たちはがん遺伝子検査のプログラムを受けてたから。廃棄されたのは個人使用のためにクリニックで保管してたものだけだから、研究所にあるぶんをあなたに譲ってもらうように手配するわ。だからひとつだけ約束して。それがすんだら、私たちにはもう関わらないって」

ニアは一瞬、希望を取り戻したような表情になった。一瞬だけ正気に戻ったような。けれども、すぐにまた元の顔つきに戻って言った。「世の中みんな、演劇を専攻する人間は馬鹿だと思ってる。私はとっくに調べ尽くしたのよ。あらゆる可能性を、あらゆる希望を、あなたが与えてくれなかったあらゆる救いの手を。破壊者リリアン。クローン技術についてだって調べた。そういう実験を進めてるところがあるのよ。それだけのお金をかければ、実現する見込みがないわけじゃなかった。どうしようか真剣に悩んだわ。デズモンドをこの世に生み出すなんて、こんな名誉なことはないもの。それこそ真の再生、ルネサンスよ。そこから、ルネの名前を思いついたの。でもやっぱり、厄介なことになるかもと思ったのよね。だって私がデズモンドの生みの親になってしまったら、彼は私と子供をつくりたがらないかもしれないでしょ？」

胃の中のものが喉の奥にせり上がってきた。リリーは吐き気をこらえて立ち上がり、坐っていた椅子をなにげなく持ち上げた。これなら投げつけるのは簡単だ。

「椅子をおろしなさい。あなたが消えれば、そのぶんずっとやりやすくなるのよ。少なくとも短期的には」

リリーは椅子をおろして坐った。それから泣こうとした。涙を流して泣いて、ニアの注意を子供たちにではなく自分に惹きつけたかった。が、泣けなかった。

「リリアン、いい加減あきらめたらどうなの？　私たちは仲よくなれるわ。一緒にあの子たちを分かち合いましょ。お母さんが納得してることがフィンに伝われば、それですべてうまくいくんだから。あなたはカトリック育ちじゃないから、デズモンドや私みたいに使命感を持って生きてこなかったことはわかってるけど、それでも自分の息子にはちゃんと伝えなきゃだめよ。これはパパへの贈り物なのよ、あなたはパパのお友達を救ってヒーローになれるのよって」

その瞬間、視界の隅にフィンの顔が映った。奥の寝室のドアの隙間からのぞいた顔が。続いてドアがそっと閉まる音が聞こえた。リリーはまた歩いていって冷蔵庫を開けた。「ブリタの浄水ポットはどこへやったの？」

「ここにあるものは全部きれいにしなきゃならなかったのよ。全部。ねえ、デズモンドはほんとにここに来てあなたの両親に挨拶したの？　あなたと結婚するまえに？　信じられない。ちょっと、いつまで冷蔵庫を開けてるの？　電力がもったいないでしょ」

「これは井戸水だから、濾過《ろか》しなきゃいけないのよ」

「井戸水と言えば――シャワーの水もさすがにもう温まってるわよね」

「サムがもう浴びてるわ」リリーはそう言いながら、そうでないことを願った。サムの姿はあれから見ていない。そしらぬ顔で続けた。「電力がもったいない？　あなたは何、貧しい家庭で育ったの？」

「いいえ、誰も貧しい家庭でなんて育ってないわよ。うちは貧しくもなかったし、無駄遣いもしなかった。何を探してるの？」

「ブリタの浄水ポットはどこへやったのかって訊いたんだけど」

「そこの蛇口の水を飲みなさい。それか紙パックのジュースか。ジュースを取ったら冷蔵庫を閉めて。ここはレストランじゃないのよ」

ニアの足元で満足していたゴーゴーが甘えたように鳴き、早足で廊下へ駆けていった。奥のほうでごそごそと小さな音が聞こえる。子供たちがいよいよ窓から抜け出そうとしているのか。リリーはそうであることを祈った。

「いつまで私たちとここにいるの？　あなたが妊娠するまで？　そのまえに両親が――」

「あなたの両親は十日後に帰ってくる。そんなことはわかってるわ。私が大局を見る人間だからって、細部をひとつでも見落としてるなんて思わないことね。今からみんなが仲よくやれれば、これはおめでたい祝祭の日々にもなりうるのよ。私はまだその夢をあきらめたわけじゃないから。ほら、ドッグフードを出して。そこにあるでしょ、テーブルマットの上のドッグボウルの隣のグレーの容器の中に。プラスチックの計量カップも入ってるでしょ。ほんとはあなたが自分のを持ってくるべきだったけど」

ニアに名前を呼ばれ、ゴーゴーが尻尾を振りながらやってきた。リリーはドッグフードを出して与えた。またごそごそと音がしたようだが、気のせいかもしれない。耳の中で激しく鼓動が鳴っているのでわからない。ニアには聞こえていないようだった。

「ゴーゴーと私が仲よしなのがわかったでしょ？　殺そうと思えばいくらでも機会はあったけど。この子、私の手から生肉を食べるのよ。毒を使えばいちころでしょ。でも私だってこの子を殺したくはないわけ。デズモンドがこの子を選んだんだもの。私に去られたあとであなたを選んだようにね。それと同じで、あなたのこともできれば殺したくないと思ってる。私はそれほどまでにデズモンドを尊重してるの。あなたはそこをもっと理解するべきよ。これから毎年、夏のあいだはシカゴに来ればいいわ。あの子たちをちゃんとしたデイキャンプに通わせてあげる。ＹＭＣＡのじゃない、名門私立学校《プレップスクール》のデイキャンプに。ふたりとも、ちっちゃな弟に会うのが楽しみでたまらないでしょうね。ひょっとしたら双子や三つ子になるかも。なんでかって、排卵誘発剤を使ってるから。タイミングはばっちりよ。そうそう、義理の父の話はまえにしたでしょ？　孫の顔を見せろってうるさくて。男の子がいいんですって。息子がああなっちゃったから、孫でやり直したいってことよね」

「女の子だったらどうするの？」リリーは冷蔵庫に戻って紙パックのジュースを取り出した。

「それはないわ。感覚でわかるの。運命は必要とあらば選びとれるものよ。ほら、坐って。あなたってほんと、落ち着きがないんだから」

リリーは坐った。「もし近所の人が来たらどうするの？　ダン伯父さんが様子を見にきたら？　ここは田舎だから、誰かがやってくることなんてしょっちゅうよ」

「もしそうなったら、奥の部屋で可愛いサムの口をテープでふさいで、銃かナイフを突きつけることにするわ。あなたがドアを開けにいくまえに。だからせいぜい、そうならないようにしましょ？　ちなみにあなたの伯父さんは明日発《た》つんですってね、お隣のノースカロライナ州に」ニアはそこでふとことばを止め、天井を見るようにして首を傾げた。「今の、聞こえた？」

リリーには何も聞こえなかった。このときは。「いいえ、何も」リリーはパックの底のジュースを啜《すす》った。「あなたが職場に手をまわして私を馘《くび》にしたの？」

「あなた、馘になったの？」

「ええ。今朝解雇されたわ」

「なんてすばらしい展開なんでしょう。私は関係ないけど。単にあの花嫁人形のショックで職場を休んだわけじゃなかったのね。でもほんと、素敵な花嫁だったでしょ？　あなたがここに来ることはもちろんわかってた。次の仕事が見つかるまで、お金のことは心配しなくていいのよ。あなたがデズモンドの服をたくさんクローゼットに保管しておいてくれたことが嬉しいわ。ありがとう。タキシードにも彼の匂いが残ってた。さあ、そろそろあの子たちの様子を見にいかないとね。シャワーはいつもふたり一緒に浴びるの？　私もすっかり興奮してきちゃった。おなじみの膣内注入法《シリンジ》なんかより、このほうがずっといいわ。でも世間じゃそっちのほうが人気があるって知ってた？　昔ながらのセックスよりそのほうがいいって人が多いみたいよ。妊活プログラムでいろいろ学んだの。最初はいかにも無機質なやり方をするのかと思ってた。私の今の夫の精子を注射器で採取して、私の卵子も採取して、それをペトリ皿の中でひと晩一緒に踊らせて、そうやってできた受精卵を私の中に注入するんだろうって。でもジュードは充分に良好な精子を持ってるから、そのやり方をする必要はなかった。精液には問題ないことが検査してわかったから、凍結する必要もなかった。じゃあどうするかっていうと、夜間のヘルパーさんに帰ってもらって、部屋の照明を落として、雰囲気たっぷりの寝間着を身につけるの。あなたの結婚記念日に私が送ったみたいな、レースたっぷりのやつを。あのネグリジェ、まさかあんなふうに地下室で放置されてるなんて思わなかったんですけど！　それから音楽もかけるの。オペラを。で、しばらく彼を弄《いじ》ってから滅菌カップの中に出させて、針のない注射器みたいなシリンジで吸い上げるの。スポイトよりは若干ハイテクだけど、それほどでもないやつで。あとは自分も横になって、注入するだけ。だから横にはなるんだけど、注入はしないの。どうしても最後まではできないのよ。炎がどこにもないから。

さあ、あの子たちを連れてきましょ。あなたの言うとおり、お腹をすかせたままじゃいけないものね。いちおう凍結液も用意してるのよ。万一思いどおりに事が運ばなかったときに、フィンの精液を保存できるように。もちろん、新鮮な自然のままのがいちばんだけど」

そのとき廊下で足音がした。

57　恵みのアマンダ

フィンは合いことばを心得ていた。本人がいないところで〝アマンダ〟の名前が出たら、急いで逃げること。

キッチンにいるニアとかいうおばさんのことはどうも好きになれなかった。あの人が母さんを怒らせているのは明らかだ――母はああ見えて絶対怒っている。自分やサムに本気で腹を立てているけれど、人前だから何も言えずにいるときと同じパターンだ。あの人が廊下で服を全部脱ぐように言ってきたのも気持ち悪かった。サムみたいな幼稚園児ならともかく、自分はもう十代なのだ。

アマンダおばさんの部屋――もとい、オーウェン伯父さんの部屋だった奥の寝室に着替えはなかった。荷物のバッグはまだ車の中ということだ。でも今は母にそんなことを言える空気ではない。困った。合いことばは心得ていても、すっぱだかの弟を連れてパンツ一丁で逃げるなんて想定外だ。伯父さんの昔の服が見つからないかと引き出しを漁ってみたが、入っているのは祖母のかぎ針編みや刺繍の作品ばかりだった。そっと廊下をのぞくと誰もいなかったので、脱いだ服をこっそり取りにいこうとした。

「ちょっと！」例のおばさんに見つかった。キッチンの椅子に坐った母のそばで仁王立ちしている。「シャワーを浴びるように言ったはずだけど。あなたの弟はまだぐずぐず浴びてるの？」

サムがシャワー室にいないことは言わなかった。「ガムを取りにきたんだよ。ポケットから出すの忘れてたから」

「ガムなんか嚙んでる場合じゃないでしょ。ガムなんかやめなさい。いい習慣じゃないんだから」

フィンは相手を見返し、全身をしげしげと見られていることにきまり悪さをおぼえながら、わざとうんざりした口調で言った。「洗濯機に入れるまえにポケットからガムを出せって母さんに言われてるんだよ。じゃないと洗濯機と乾燥機がガムまみれになって大変だから。いつもちゃんと確認しないからって母さんに――」

「じゃあ、さっさとガムを出して、早くシャワーを浴びなさいよ！」おばさんはそう言うと、母の肩に手を置いた。親しみをこめたしぐさには見えなかった。

フィンは自分のジーンズと一緒にサムのジーンズをこっそりひっぱり出すと、ふたりのシャツを床に広げて、汚い服の山がまだそこにあるように見せかけた。キッチンで坐ったままの母がそっと拳を胸にあて、またあの突き刺すような視線を送ってきた。母をひとりにしたくはなかったが、自分のやるべきことはわかっていた。いつだったか母が言ったのをおぼえている。私は昔かたぎの山の女だから、自分のことは自分でできるわ、と。どういう話の流れだったのかは忘れてしまったが、あれはまだ父さんが生きているときだった。父さんがそれを聞いて微笑んだのをおぼえている。

廊下の先のキッチンで母が椅子から立ち上がり、こっちに背を向けてオーヴンの扉を開けるのが見えた。「温度が低すぎたみたい。まだ全然温まってもいないわ」

母のほうを振り返りたいのを我慢して、フィンは廊下を引き返した。

部屋に戻ると、ドアを閉めてロックしようとした。ドアノブにプッシュ式のボタンが付いているが、押しても手ごたえがなく戻ってきてしまう。フィンは机のまえの椅子をひっぱってくると、背もたれをドアノブの下に押し込んでつっかえさせた。

サムは床に坐って絵本を読んでいた。フィンはかがみ込んでささやいた。「サム、聞けよ。母さんがいいって言ったから、秘密の冒険に行ってもいいことになった。でも今すぐ行かないとだめで、しかも音を立てちゃいけないんだ」

「ママはサンドウィッチか何か作ってくれた？」

「弁当なんかないよ。そんなの持たせたら反則になるだろ。ほら、ズボン穿《は》けよ。絶対音を立てるなよ」

「パンツ穿かないでジーンズ穿くなんてやだよ。なに考えてんの！」

「冒険ってのは決まりどおりにはいかないものなんだよ。ほら、早く」

「ママに訊いてからにする」サムは母を呼ぼうとしたが、そのまえにフィンが弟の口を手でふさいだ。

「サム、母さんは合いことばを使ったんだ。〝アマンダ〟って。急いで逃げろってことだよ」

「ピザが温まってないなら、オーヴンの温度を上げればいいんじゃない？　誰でもわかると思うんだけど？」ニアが言った。

「あなたがやって。気分が悪いの」自分でも心もとない声が出た。膝が疲れて立っていられない。リリーはテーブルに戻って坐った。

キッチンテーブルの頭上の電灯がうなった。黄色いキッチンがうなった。明るく陽気なのは色だけではない。ここはそういう思い出が詰まった場所だ。自分たち兄妹が育った場所。いつもオーウェンとふたり、このキッチンテーブルで宿題をした。母はクロステッチをしながら夕食のオーヴン料理や煮込みが出来上がるのを待っていた。子供の頃から大工仕事を志していたオーウェンは、小学校の歴史の宿題でネイティヴアメリカンの村の模型を製作した。このテーブルの上で。完成した村は見事というほかなく、細部まで完璧に造り込まれていたため、親が手伝ったのだろうと非難されることになった。その疑いが晴れると一転して、オーウェンの村はブルーヒルズ小学校で永久展示されることに決まったのだった。このキッチンはずっと安全な場所だった。デズが家族に加わるまえからずっと。そのうちオーウェンが子供たちを小学校に連れていって、展示された昔の作品を見せることがあるかもしれない。

そうだ、兄さんに電話しよう。いつのまにか鼓動がすっかり落ち着いている。家族の安らぎの場、懐かしのキッチンテーブル。

「どうやって私に薬を盛ったの？　いつのまに？」リリーは尋ねた。

「さっきの紙パックのジュース。いたって簡単よ。ストローを挿すところの横っちょに、注射器の針をちくっとやるだけだもの。あなたが飲んだ赤いパッケージのやつは量を多くしといたのよね。まさか私がほんとにあなたの協力を期待してると思った？」

ニアのしたり顔が目のまえでぐにゃりとゆがんだ。

「どうせ私が自分のを飲まなかったことにも気づかなかったんでしょ？　あなたは私のことなんてほんとうはどうでもいいと思ってるのよね、リリアン。私が何をしていてどんな気持ちでいるか、一度でも私の身になって考えたことがある？　ねえ？」

58　〈ガーティーズ〉のミルクシェイク

リリーは自分の寝室にいた。何もかもがぼやけた影にしか見えない。雑音にまじって声が聞こえたり消えたりする。ノイズだらけのラジオを聴いているように。

「クソガキふたりは結局シャワーに入ってもいなかった。臭くて鼻がひんまがりそうよ」

定まらないのは視界と音だけではない。ぼんやりした思考が煙草の烟《けむり》の亡霊のように生じては流れていく。

「あの子たちの用量はもっと減らさないとだめね。完全に眠りこけてるもの。呼吸は問題ないけど、動かせないんじゃしょうがないわ」

リリーは必死で考えようとした。声を出さずに思考をはたらかせようとした。が、自分がうめき声をあげているのがわかった。なんとか思考を忍び足に落ち着かせようとした――起きていることを悟られてはいけない。何を考えているか悟られてはいけない。

「うちの主人とちがって、フィンには動ける状態でいてもらいたいの。もちろん、一方的に手でいかせることはできるわよ？　でもそれじゃあんまりでしょ。精子が飛び出る以外の反応が、うつろな哀しい目をされるだけなんて。あなたは動けるわよ、リリアン。自由にってわけにはいかないけど」

ニアが小さな手で何かをリリーの口元に運んだ。どろりと甘いミルク入りの何か。「大丈夫よ、よけいなものは入ってないから。薬ならもうたっぷりあげたでしょ？　ほら、ひと口飲んで。デズモンドとのキスはいつも〈ガーティーズ〉のバニラミルクシェイクみたいな味がしたの、知ってた？　知らなかったでしょ？　あなたは当時まだ彼と出会ってなかったものね。あなたが出てきたのはもっとずっとあとだから。私たちはふたりとも若くて純粋で、どこまでも初々《ういうい》しかった」

リリーは眠った。夢を見た。誰かが部屋に入ってきて、眠っている自分の上に石を置いていくのだ。その重みで目が覚めた。全身の筋肉という筋肉、皮膚という皮膚が鈍化し、ずっしりと重くなったようで身動きがとれなかった。口の中に強い薬品の味が残っている。頭の中の靄《もや》を振り払い、薬を呑まされたのだと思い出した。子供たちも薬に冒され、結局逃げ出せなかったのだと。この女を止めなければならないことはわかっていた。自分の子供時代の机のまえに坐っているこの女を殺さなければならないことは。

机のまえに坐っているニアの背中を見つめた。シカゴのマンションで彼女がラテックスの手袋をはめて、寝具の下の夫に触れていたことを思い出した。あのときの病人の怒りに満ちた目。もしかしたら彼は四肢麻痺《まひ》ではなかったのかもしれない。ニアにこれと同じ薬を飲まされ、動けずにいただけかもしれない。そんな考えが頭をよぎった。リリーは痛みをこらえ、喉を振り絞ってひと息に叫んだ。「フィン！ サム！」それはふたつの不明瞭ななりとなって響いた――ヒンン、ハンン。

ニアが一瞬ぎょっとしたのち、笑いだした。「あの子たちなら大丈夫よ、リリアン。言ったでしょ、最初の用量が多すぎたって。だからちゃんと調整して、フィンには少なめにしておいたわ。今夜から始められるように。一日に二回以上、四日か五日もやれば結果は出るはずよ。シカゴで一番の不妊治療専門医にかかってるんだから――ヨーロッパから帰国して以来、義理の父がとにかく男の子を産んでくれって必死なのよ。おかげで好都合が重なって、自分でもほんとに幸運だと思うわ。排卵誘発剤があれば、もううまくいったも同然なんだから。ねえ、のど渇いたんじゃない？」

リリーはぎゅっと唇を閉ざし、ニアが突きつけてくるストローを口に入れまいとした。

「薬は入ってないのよ、リリアン。デズモンドを彷彿《ほうふつ》させるためのただのミルクシェイクだから。彼がどんな匂いがしたか、どんなキスで蕩《とろ》けさせてくれたかをあなたも味わって」

「おしっこに行かせて」とリリーは言った。緩慢ではあったが、ことばははっきり響いた。

「歩けそうにないわ」

「じゃあ、這っていけるかやってみなさいよ。無理ならそこですれば？　病院用のアンダーパッドを敷いてるから」

リリーは額の髪を手で払って気づいた。髪がごっそりなくなっている。数センチあるかないかの短い房が残っているだけだ。

「私の髪を切ったの？」

「みんな一日じゅう眠りこけてて、退屈だったんだもの。だからそう、ちょきちょき切っちゃった。デズモンドは私のロングヘアが気に入ってたから。あなたの髪のほうが長くて豊かだなんて、そんなことを許すわけにはいかないでしょ？」

ニアは部屋を出ていった。リリーは手足を動かしてみた。仰向《あおむ》けの体勢から頭をあげ、肘を支えにして上体を起こし、ベッドの横に足をおろして立ち上がった。がくがくしながらもなんとか立つことはできた。小便をしたいわけではなかった。むしろ薬の作用で体内はすっかり干上がっていた。バスルームまでたどり着ければ、ニアの頭を殴るのに使えそうなものが見つかると思ったのだ。マウスウォッシュのボトルやくずかごなんかが。銃はあれから見ていない。ニアはカブスのロゴ入りのウエストポーチも身につけていなかった。

歩くのは立つより難しかった。リリーはいったんベッドに戻って考えた。足腰より腕と手指のほうが力があるかもしれない。ニアに頼んでバスルームまで一緒に歩いてもらい、そこで首を絞めるのはどうか。さっそく枕を相手にやってみた。両手で枕を鷲掴みにし、ありったけの力で絞め殺した。

薬の影響でうとうとするたびに、はっと身を震わせて目を覚ました。そうして横になったまま待った。殺しの練習によって研ぎ澄まされた心身をひそめ、息をひそめて待った。じっと耳を澄まし、思いつくかぎりの逃げ道を想定しながら。

59　長いまわり道

ニアはリリーが腕に抱えていた枕を取り上げ、頭の下に押し込んだ。それから身を乗り出してリリーの唇にキスをした。じっくりと愛おしむように。「あなたの存在は無駄じゃないのよ、リリアン。デズモンドが最後にキスしたのはあなたの唇だったのよね。彼が最後に触れたのはあなたの体だった。彼が病気だと知ってさえいれば、あなたが昔なじみの私を頼ってくれてさえいれば、金銭的にも精神的にも力になれたのに。私のもうひとりの夫があんな身だから、最先端の治療法ならどこを当たればいいかよく知ってるのよ。デズモンドの年齢ではあの手のがんで死ぬこと自体まれなんだから。私なら彼をヨーロッパに連れていくことだってできた。きっと彼を生かしておいたわ。せめて私が彼の赤ちゃんを産むまでは。具合が悪いならジュードの隣のベッドに寝てもらって、いつでも手厚い看護を受けさせることだってできた。今頃は私たち、みんなで公園にいたはずよ。あなたと私。あの子たちふたりが生まれてまもない弟を可愛がって、あなたが私にアドバイスをして。いつまでお乳をあげればいいのか、オーガニックのベビーフードはどのブランドが一番いいのか。歩きはじめの赤ちゃんには、ちっちゃな可愛いバックスキンの靴を履かせるべき？　それとももっとかっちりした靴のほうがいいのかしら、なんて。言っておくけど、今までのことは全部予想に反して簡単だった。あなたの家に侵入したり、あちこち飛びまわったり、履歴書をでっちあげて面接を受けて、あなたが入ってる自己憐憫《れんびん》サークルにもぐり込んだり。終わってみればどれも楽勝だった。あなたをここに来させるのだって、大してややこしいことじゃなかった。ところが、ここに来て悪いほうに裏切られたわ。あの子たちがこんなに厄介だなんて思わなかった」

ニアはベッドの端から立ち上がると、部屋の中を行ったり来たりしはじめた。「これわが過《あやま》ちなり、わが過ちなり、わがいと大いなる過ちなり」回心の祈りを唱えながら、腕を震わせ、胸を打ち叩いた。

「あなただけを責めることはできない。責任の一部は私にもあるのよ。もし二年まえのあの初聖体式であなたたちに会ったとき、私が自分に正直になれていたら？　私がほんとうに望んでいるのはあなたの人生だって、そんな偽らざる思いを認めていたら？　私は四肢麻痺の男と結婚したかったわけじゃない。離婚して自分の取り分をもらって、デズモンドを迎えにいこうと思えばできたはずよ。可哀想なもうひとりの夫はどのみち、お世話をしてくれる看護師と私の区別もつかないはずだから。私たちは一家で世界じゅうを旅するの。デズモンドと私と子供たちで。彼は世界の名だたるオペラハウスで歌うのよ」

青い壁を背にしたニアの顔がほのかな灯りに照らされている。リリーはその顔を一心に見つめ、そのことばにじっと耳を傾け、ニアをこの場にとどめようとした。子供たちから遠ざけておくために。

電話が鳴った。昔ながらの固定電話が鳴り響く音。子供の頃から変わらない実家の電話の音。

「留守番電話の応答メッセージ、あなたそっくりの声で入れといたから」とニアが言った。「われながらなかなかの出来よ。聞こえる？」

リリーには聞こえなかった。

ニアがベッドに歩み寄ってきて、リリーの隣に腰かけた。「ほら、よく聴いて。私がどんなふうにあなたの声を真似たか――気持ちが沈んでるのに無理して元気な声を出そうとしてる感じ。聴こえるでしょ、私がいかにあなたの声と化しているか。私たちは今このときもひとつなのよ、リリアン。あなたの人生はデズモンドと私のようにはいかなかったかもしれないけど、私たちは同じ絆で結ばれてるの。彼の愛を分かち合う者同士、固い絆で結ばれてるのよ」ニアはそう言いながら、リリーの肩をなんの気なしに撫でた。ソファで隣に坐った犬を撫でるように。リリーは手を動かしてそっとニアの頰を撫でた。相手の首は目のまえにあったが、自分の腕はまだ重たく、薬に冒された指はくすんだ枯れ枝のようだった。ニアはそんなリリーの手を包み込んで自分の頰にあてた。

「あなたはほんとうにきれいね、ニア。あなたほどの人がどうして彼と別れてしまったのか、私には理解できない」

「途中で曲がる道をまちがえた。それだけよ」

「彼を私と分かち合おうとしてくれたなんて、あなたの心の広さが今になってよくわかるわ。私は彼の二番目でしかないのに」

「あら、調子に乗らないでくれる？」ニアはからかうような口調で言った。「誰が本気であなたみたいな人と彼を分かち合おうなんて思うのよ？　あなたは彼の翼をもぎ取ったんだから。あなたは――」

「彼はあなたが来てくれることを知らなかった。生前の彼は知らなかったけど、今は知ってるわ。霊魂となって、すべてを見守ってるわ」

ニアはキャミソールをまくって裸の胸にリリーの手を押しつけ、乳房を揉ませるようにしながらささやいた。「彼は私を愛した」

それからふいにリリーの手を放して立ち上がり、またも小さな部屋の中を行ったり来たりしはじめた。リリーはもう一度手足を動かしてみたかった。薬の効果がどこまで薄れたかを確かめるために。腕も脚もいまだにベッドの一部であるかのように感じられ、自分の意のままになるとは思えない。ニアがベッドの足側で立ち止まった。そうしていきなりベッドカバーを引き剝がすと、今度はリリーの服を剝ぎ取りにかかった。ジーンズを引きずりおろして脱がせ、Tシャツをめくり上げて腕と頭から抜き取り、ブラのホックを外して腕から引き抜いた。そのあいだもリリーの腕は鉛のように重く垂れさがったままだった。「ちょっとくらい自分で動けないの？」

「どうかしら。やってみるから、ちょっと待って」

「もう遅いわ。すっかり脱がせたもの。今度は私が脱いであげる」

そのことばどおり、ニアは服を脱ぎはじめた。ルネに扮していたときからのストリップショーの続き。何度も稽古したのだろう、おそらくは寝たきりの夫のまえで。あるいは鏡のまえで。〈誰かが見ていると思って踊りなさい〉――ニアに言わせればそういうことなのだろう。

ニアは腕を交差させ、キャミソールを頭から脱ぐためにひっぱり上げた。頭がすっぽり隠れたところで抜けなくなったかのように手を止め、シミーを踊るように、あらわになった胴体をもどかしげに揺すった。そこから抜け出ると、脱いだキャミソールをタオルのように使って頬を拭き、長い首を拭き、乳房を片方ずつ拭き、みぞおちから陰部までの正中線をなぞるように——股のあいだは特にゆっくりと誘いこむように——拭いてみせた。続いてゆるゆると腰をくねらせながら、布地が汗で張りついているかのようにタイトなヨガパンツを剝いでいった。ニアと自分の体型が似通っていることはリリーも認めないわけにいかなかった。高い位置にある小ぶりな上向きの乳房、同じく小ぶりな尻。下着のTバックショーツだけとなったニアは、おもむろに指をショーツの中にすべり込ませ、そのままリリーに背を向けた。うしろ姿もやっぱり似ていた。自分と同じ小さなふたこぶの尻。ニアのほうが背が高く、全体に引き締まってはいるが。うしろを向いたままのニアが肩越しに振り返ってリリーのほうを見た。蠱惑《こわく》的な流し目だが、視線はどこかよそを向いている。うまく演《や》れているか確かめるために鏡を見ているのだった。太腿の付け根に肉割れの線は見あたらない。ニアは指を舐《な》めながら正面に向きなおった。リリーよりも張りのある乳房。出産を経験していない下腹に妊娠線はもちろんない。ニアはベッドに足を片方ずつかけながらショーツを脱いだ。丸みを帯びた太腿のあいだはリリーと同じ黒々とした陰毛で覆われていた。

「あなたを感じさせて」リリーは言った。「デズのサロメだったあなたを。あなたは彼のはじめてで、彼の一番だった」

一瞬ごとにリリーは生気を取り戻していた。アドレナリンと時間の作用が体内の薬物を無効化していった。乳房がじんわりと熱を帯び、陰部が甘くうずいた。ニアが覆いかぶさってくるのが待ちきれなかった。一刻も早くふたりの体が重なるのを感じ、彼女の裸身を抱きしめ、彼女の口に口づけ、彼女の首にこの手をかけて絞め殺したかった。この胸の憎しみが力を与えてくれるだろう。この女をかつて一度でも愛したデズへの憎しみが。あの人はいったい何を考えていたの？　最愛の子供たちを傷つけ、未熟な精子を求めて子供の純潔を奪おうとする、こんなおぞましい女を愛するなんて。十九か二十の若気の過ち？　その最悪な過去が未来までつきまとうとも知らずに。

「美しいわ」とリリーは言った。「なんて綺麗な顔。それにあなたの体――まるで二十歳《はたち》みたい」

「私のほうがあなたよりずっと背が高いのよ」

「ええ、モデルみたいに」

「この足を見て」ニアは片方の脚をあげ、バレリーナのようにつま先を伸ばしてみせた。「二十二・五センチよ。デズモンドは私のちっちゃな足がお気に入りだった」そう言うと、足を五番ポジションに重ね合わせた。「彼は私の可憐《かれん》な手もお気に入りだった」そう言いながら今度は両手を振ってみせた。リリーが両手を差し出すと、ニアは手のひらを合わせてきた。リリーの手に合わさったニアの手はやはり異様に小さかった。リリーはようやく腕が動くようになったことをひそかに喜んだ。手にも指にも力がよみがえっている。ニアは目を閉じて続けた。「デズモンドはこんなふうに私と手を重ねるのが好きだった。私の手は彼の半分しかなくて、幼い少女の手みたいだって言われたわ」

ゴーゴーの鳴き声が聞こえ、やがて吠え声に変わった。「なんなのよ、まったく。あの子をおとなしくさせてくるから待ってて。子供たちの邪魔にならないように、私の部屋に閉じこめたのよ」ニアはヨガパンツとキャミソールを身につけ、ドアを閉めて出ていった。

リリーはそろそろと上体を起こした。体はもう動く。脳内の霧は晴れ、かわりに頭がずきずきと痛むが、腕も脚も動かせる。立ち上がって室内を歩きまわり、腕をまわしながら手を広げてみた。ニアがやってきたら瞬時にベッドに戻れるよう、じっと聞き耳をたてた。次々と音が聞こえてきた――ドアが叩きつけられ、ゴーゴーが吠え、ニアが悪態をつき、ニアが叫んだ。リリーはベッドに戻って坐った。ドアが開いた。

「あの子たちがどこにもいない」ニアがわめいた。「早く服を着て。捜しにいくのよ。外の作業小屋まで調べたけどいなかった。家を抜け出すなんて、あの子たちは何を考えてるの？　こんなことしてただですむと思ってるの？」

リリーは動かなかった。一秒でも長く稼げば、それだけ子供たちに有利になる。

「まあでも、あの状態だものね。きっとまだそのへんにいるはずよ。薬が抜けてないふらふらの体で、真っ暗な外を歩こうってんだから」ニアは落ち着きを取り戻して言った。「犬を連れてるわけでもないし。ほら、坐ってないで、さっさと服を着るのよ」

ニアはリリーにジーンズを投げつけた。スニーカーも。片方がリリーの腕にぶつかり、もう片方が顔を直撃した。ルネが着ていたチェックのシャツが膝の上に着地した。絡まったシャツをほどいていると、ニアが駆け寄ってきてリリーをベッドから引きずりおろした。リリーは裸のまま四つん這いになって頭を垂れ、ニアに蹴られるのを待った――なぜ蹴られると思ったのかはわからない。ただ、こうして過ぎていく一秒ごとに、フィンとサムが一歩ずつ遠ざかっていくことは確かだった。

脚のあいだに冷たく硬いものが押しつけられた。あの銃だった。

「おとなしく協力しなさい。あの子たちがよく行く場所に案内するのよ。一緒に来てもらわないと、家の中であなたを始末するはめになるでしょ？ 山の中なら簡単だけど。でもほんとうはどっちだっていいのよ、リリアン」

ニアはそう言うと、銃口をひっこめてリリーから離れた。銃を軽く握ったまま。リリーは床に転がりながらジーンズに脚を通した。靴を履くのにはさらに手こずった。濃紺の〈ケッズ〉のスニーカー。靴ひもがなかなか結べなかった。

「私も薬が抜けてないってこと、忘れないでくれる？」リリーはシャツを着ながら言った。

「これでも協力したいと思ってるのよ。山道ならよく知ってるから」

60　冷たく暗い夜

夜空には半月が浮かんでいた。リリーはニアに先導されて勝手口から外へ出た。肌寒い湿った空気が地表を埋めつくすように広がっている。その冷ややかさがリリーに恐怖を思い出させた。打ちつける心臓を、冷たくなった指を、デズの銃を持った女が隣にいることを。

ニアがフィンのシャツをゴーゴーの鼻づらにあてた。ナッシュヴィルを発った日にフィンが学校に着ていった淡いブルーのボタンダウンシャツ。今日が何曜日なのかもリリーにはわからなかったが、ニアがそのシャツを使って息子の居場所をたどろうとしているのを目にした瞬間、一気に全身が覚醒した。ゴーゴーは懐かしげにシャツのにおいを吸い込んだ。ニアが伸縮リードのロックを外して命じた。「追いかけて《フォロー》！」ゴーゴーは命令を無視し、ニアの脚にすりすりと体をこすりつけた。ニアはもう一度フィンのシャツを嗅がせてから命じた。「取ってこい《フェッチ》！」ゴーゴーはおすわりをした。

「この子に何も教えてないの？」ニアがあきれて言った。

「犬のおやつはある？」リリーは尋ねた。自分の声がやけに遠く聞こえる。そう、ゴーゴーには何も教えていない。それはいいことかもしれなかった。

「忘れて。家に戻ってる時間がもったいないから」
「私だってあの子たちを見つけたいのよ。犬のおやつはないの？」さっきより声が近く、自
分のものらしく聞こえた。
「持ってきてないって言ってるでしょ」ふたりはまだ家から数メートルのところにいた。
「いいわ、いったん家に戻りましょ。たしか肌着のシャツがあったわよね。フィンの肌着の
シャツならもっと汗臭くてぷんぷんにおうでしょ」
ニアは犬を連れて家に駆け戻った。リリーは叫び声をあげようかと思った。が、子供たち
には戻ってきてほしくない。パティオへ歩いていって、何か武器になるものがないかとバー
ベキュー台のまわりを手で探った。家に火を放つための着火ライターか、シシカバブ用の焼
き串かねじ回しか何か。期待できないことはわかっていた。父はいつもきちんと物をあるべ
き場所に仕舞っている。道具は道具小屋に、焼き串やライターはキッチンの引き出しに。リ
リーは石を見つけた。角が平らな頁岩《シェール》。子供たちのどちらかが見つけてとっておいたのだろ
う。手ごろな大きさのそれはリリーの手にすっぽりと収まった。
「捨てなさい、リリアン」ニアの声がした。すぐそばで。いつのまに近づいたのだろう。
「あなたが飲んだミルクシェイクには筋弛緩剤が入ってた。そんなふにゃふにゃの手で戦っ
ても自分が怪我するだけよ。それとも手を撃たれたいの？」リリーは石を捨てた。
ニアはフィンの肌着をゴーゴーに嗅がせた。ゴーゴーは尻尾を振った。

「子供たちはミセス・ヤーネルのお宅に行ったんじゃないかしら」とリリーは言った。「まえにもお邪魔したことがあるから。いちばん近いご近所さんなのよ。正面の道路を歩いていったんだと思う」

「ちがうわね。ゴーゴーは自分で裏手にまわってきたもの。あの子たちも夜の道路を歩くような真似はしないと思いたいわ。ついでに言っておくと、ミセス・ヤーネルはしばらく家を空けてるんですって。固定電話に入ってたメッセージによると。よく考えなさい、リリアン！　子供ふたりが夜の十一時に外にいるのよ。ふたりともきのうみたいな昏睡《こんすい》状態でこそないけど、薬はまだ抜けてない。サムみたいな小さい子は、コヨーテやボブキャットに襲われてもおかしくない」ニアのエネルギッシュな声にゴーゴーが反応し、ぴんと耳を立てた。ニアは犬のおやつを手に握り、リリーが犬を相手にするときの高い声を真似て命じた。「フィンのところに行くのよ。さあ、行って！」

ゴーゴーがニアを引きずらんばかりの勢いで歩きだした。ニアは肩越しにリリーのほうを振り返って言った。「早くついてきて。とろとろしてたら撃つわよ」

リリーは半月の光の下で遠ざかるニアのうしろ姿を追いかけた。ゴーゴーが先導するこの小道はよく知っている。子供たちもやはりこの道を選んで逃げたのだろう。西へ向かうもっと広くて歩きやすい長い道――ひと昔まえは馬車道だった――は家族でよく歩いたが、そっちへ逃げてもおそらく簡単に見つかってしまう。ゴーゴーは子供たちがかつてデズと歩いた山道をのぼっていった。ここをたどっていくと〈鷲の巣〉《イーグルズ・ネスト》の上の尾根道に出る。そこは切り立った崖の上で、大昔の川床が干上がったブルー・ホローの谷が見おろせる。まちがっても小さな子供が夜中に歩いていい道ではないが、途中で身を隠せる場所があり、尾根道に出れば、山の斜面に木々で覆われた差しかけ小屋がある。リリーとオーウェンが子供の頃にふたりで建てた小屋だ。それがどこにあるかは子供たちも知っている。三年まえ、デズは子供たちと一緒にその小屋を建て直した。木の枝や葉っぱやお祖母ちゃんの古いカーテンなんかを使って。そうして母の日のサプライズにリリーをピクニックに連れ出し、みんなでその小屋でお昼を食べたのだった。あのときサムはまだ三歳で、道中はほとんどずっとデズがおんぶしていた。あまりにも昔のことに思える。三年まえ。自分たちが――単純に、あたりまえのように――生きていた頃。

フィンとサムはあの差しかけ小屋に行くはずだ。リリーにはわかっていた。

ごつごつと荒れた足元には石や木の根が飛び出し、まわりの木々から低く垂れさがった枝が容赦なく顔を打つ。それでもこれは昔から使われてきた山道だ。リリーはこの細道を、この山をよく知っている。五十メートルを過ぎて道が狭くなったところで、遅れをいくらか取り戻すことができた。ゴーゴーは牽引力《けんいん》を失い、崩れ落ちる小石とともに肢を滑らせながらちょこまかと進んだ。

八百メートルも進んだあたりで、道はカーブして平らな岩棚に出る。リリーはそこでニアに追いついた。ニアはゴーゴーを横に従え、岩に腰かけて息をととのえていた。標高が上がって空気はいよいよ冷たく、外界から隔絶した狭い空間だけにみられる微気候が一帯に広がっている。

「小児喘息《ぜんそく》の名残よ」ニアは浅い呼吸を繰り返しながら言った。「たいしたことじゃないわ」そう言うなり、ぱっとLED懐中電灯を照射してリリーの目を眩《くら》ませた。「あの子たちはここにいた。ゴーゴーが見つけたこれを見て」ニアが懐中電灯で照らした先には、リンゴジュースの紙パックが転がっていた。「これ以上家から持ち出してないといいけど――リンゴジュースはぜんぶ注射済みだから」

リリーは近くで見ようと歩み寄った。ニアが懐中電灯を消し、ウエストバンドから銃を抜き取った。ウエストポーチは提げていない。

「私だってあの子たちを見つけたいのよ」とリリーは言った。「こっちが動くたびに銃を振りまわすのはやめてくれない？」

ふたたび淡い月明かりに目が慣れてきた。モノクロの薄暗がりのなかでニアの口紅がコーラルレッドに艶めき、黒い巻き毛がキューピー人形の毛のように汗ばんだ眉に張りついている。

リリーはゴーゴーのリードを替わろうとした。意外にもニアはあっさりリードを手放した。もう一方の手は依然として銃を握っている。もう少し先へ行ったら――リリーは考えた――

ゴーゴーを崖の縁から突き落とせるかもしれない。子供たちが見つかってしまうまえに。
「薬でふらふらの子供たちがこの近くにいるのよ。早く一緒に捜しましょう」とリリーは言った。

ふたりは山道をのぼり続けた。ニアに替わってリリーが先導しながら。

「〝一緒に〟だなんて、リリアン、嬉しいことを言ってくれるじゃない。別にあなたの子供たちが欲しいわけじゃないのよ。でもほら、あのふたりはデズモンドと私の坊やたちにとって、母親ちがいの兄になるわけだから。みんなが血縁になるのよ、子供たちみんなが。私たちのつまらないいざこざなんかより、そのほうがよっぽど大事でしょ？」

ちがう。フィンはその場合、父親だ。リリーは心の中だけで訂正し、黙々と歩き続けた。体を動かすほどに自分が強くなる気がした。一生デズを赦さないと心に誓った。あの人が銃を購入したことを。この女を愛したことを。湧きあがる怒りがリリーを支えていた。

冷気が喘息を悪化させていると見え、ニアは遅れをとりはじめた。リリーは伸縮リードのロックをかけ、ゴーゴーをコントロール下に置こうとした。崖から突き落としてもゴーゴーは死なずにすむかもしれない。あとで戻ってきて崖下から救出すれば、折れた肢を手当てするだけですむかもしれない。そう思いたかった。

次の瞬間——銃声より早く——肩が撃ち抜かれるのを感じた。弾丸《たま》が背後から貫通し、破裂音が脳内に響いた。直後に灼《や》けつくような痛みが襲ってきた。血というより、火を噴くような痛みが。リリーは悲鳴をあげ、くずおれた。耳鳴りの向こうではしゃぎ声が聞こえる。幼い少女がけらけら笑う声。夢を見ているのだろうか。この痛みがなければそうとしか思えない。

「わかったでしょ？　はったりなんかじゃないのよ、リリアン。これ以上やっかいな喘息につきあってられないから、あなたが大声であの子たちを呼んでくれる？　そしたらみんなで家に帰れるわ。わかったら、とっとと呼び戻して。早く」

「大声なんて出せない。息もできないのに。肺を撃たれたのかも」リリーは喘《あえ》ぎながら言った。

「そんなわけないでしょ。ほら、腕の付け根に当たっただけじゃない。こっちはあなたを狙いすらしてないのよ。耳元をかすめて脅かそうと思っただけ。どうせ骨がちょっと傷ついた程度なんだから、それくらい気合で我慢しなさいよ」ニアはリリーの肩を懐中電灯で照らしながら言った。シャツが血に染まっていた。

「フィン！　サム！」ニアの声が夜を切り裂き、岩々をぬって響いた。「急いでこっちに来て！　お母さんが怪我しちゃって大変なの、助けて！」

そのときリリーは気づいた。デズの匂いがする。いま自分が着ているのはデズのシャツだ。なぜ気づかなかったのだろう？　彼が雨樋《あまどい》の掃除や落ち葉かきをするときに着ていた、趣味の悪いチェックのシャツ。立ち上がろうとしたが、自分の脚がどこにあるかもわからなかった。「アマンダ！」リリーは叫んだ。「アマンダ！　アマンダ！」すべてを吸いこんで叫んだ。声に力を与えるため、夜空を、闇を、デズのシャツの匂いを、何もかもを吸いこんで叫んだ。

ふいに銃口が頰をこするのを感じた。ニアが耳元にかがみこんでささやいた。「肩に一発くらってわかったはずよね、誰に従えばいいか。頭を撃たれたら一発でほんとに死ぬのよ。わかったら答えなさい。そのアマンダってのは何者なの？　こんなところでおばさんの名前を呼んだって意味ないわよね？」

「安全を知らせる合いことばなの」とリリーは答えた。「緊急時に誰か知らない人が学校に迎えにきたとき、その合いことばを言える人にしかついて行っちゃだめってことになってるの。フィンは小さい頃、アマンダおばさんに懐いてたから」

「じゃあ、もう一回呼びなさいよ」ニアは銃をひっこめて言った。

「あなたが代わりに呼んで。息が続かないから」ゴーゴーがリリーの肩口に鼻を寄せ、べろりと血を舐めた。リリーはのけぞり、ゴーゴーを文字どおり足蹴《あしげ》にして追いやった。

「アマンダ！」ニアが声を張りあげた。「アマンダ！　フィン、サム、早く出てきてお母さんを助けて！」

そう叫んだかと思うと、ニアは石を振りおろすように銃でリリーの顔を殴りつけた。鼻骨が砕け、血が噴き出した。「その子を蹴るんじゃないわよ。デズモンドの犬なのよ」

ニアはゴーゴーを呼び寄せると、リードをしっかりと握ってリリーの脇を通り過ぎた。アマンダの名前を呼ぶニアの声が山道をどんどん遠ざかっていく。

リリーはデズのシャツの裾を束ねて鼻から流れる血を押さえ、たちまち彼の匂いに包み込まれた。

遠くで幼い少女の声が響いた。「こんな暗いところに独りでいるのはいや」

そこで意識が途絶えた。

61　ディンクス・ソング

目覚めると青白い闇が広がっていた。昼と夜、生と死の区別がつかないおぼろげな世界。どっちだっていいのだ——リリーは思った——すべては偉大なる山の摂理なのだから。デズのように若くして悲劇そのもののような死を迎える者もいれば、ただ蹴つまずいて死ぬだけの者もいる。リリーは蹴つまずきながら夜の中を歩いた。目を覚ましてどうにか立ち上がり、よろめきながら歩いては転び、勾配が急なところは這いずりながら進み、途中で意識を失い、また目を覚まして歩いた。母オオカミのような死の呼び声を聞いた。自分がひどくちっぽけになった気がした。息子たちはさらにちっぽけだろう。

「そこにいるんでしょ、坊やたち。ほうら、出ておいで。いるのはわかってるんだから」あたりに呼びかける甲高い声が聞こえる。

「こんなところに独りでいるのは嫌なんだってば」空き地の真ん中にニアがいた。わらべ歌遊びの輪の真ん中でべそをかいてみせる女の子のように、膝を抱えて坐っている。ニアは振り返り、リリーがだらりと垂れた左腕を疲れきった右腕で支えながら歩いてくるのを見て、一気にしゃべりだした。

「なあんだ、死んでなかったのね。まあ、そのほうがいいけど。あなたが来たから独りぼっちにならなくてすんだわ。あの子たちを呼ぶのもあなたがやってね。ゴーゴーもいなくなっちゃったの。ほうら、猫ちゃん、こっちおいで。おやつがあるのに、呼んでも来ないの。猫ちゃん《キティ》――デズモンドは私のことをそう呼んでた。彼のお母さんはいまだに私をそう呼んでるわ。あの子たちも私のこと、キティって呼びたがるかもね。いかにも青春って感じの名前だと思わない？」ニアの鮮やかな口紅が泥のようにくすんで見える。「ほかのみんなにはペットって呼ばれてた。私の母はイギリス人のバレエダンサーでね、なんにも考えないで私にペチュニアって花の名前をつけたのよ。この国ではそれが豚の名前だなんて知らずに（アニメ『ルーニー・テューンズ』のキャラクター、ペチュニア・ピッグのこと）。あるいは牛の名前だなんて知らずに。牛のほうは一回しか言われたことないけど」右手には依然として銃が握られていた。ニアはそこに手があることも忘れていたかのようにそれを見おろした。

キティ。クレイジー・キティ。リリーはその名前を知っていた。デズから何度か聞いたおぼえがある。といっても、〝いかれた《クレイジー》〟が名前の頭につくのがお決まりで、話自体もお粗末なものだった。彼女は失恋の相手ですらなかった。半年間の盛大な過ち。クレイジー・キティは別れを受け入れようとせず、ずっとつきあっているふりをし続けたのだという。何ヵ月もずっと、デズが専攻を変えて転学するまで。

　空き地の東側にはカバノキの雑木林が生い茂っている。そこにあの差しかけ小屋がある。デズと子供たちが建て直した差しかけ小屋が。そこまではもう三十メートルもない。西側には尾根の縁が張り出し、高さ二十五メートルの断崖の下に、干上がったブルー・ホローの谷が横たわっている。

「だから母と私で〝ペチュニア〟を〝ペット〟に変えたの。私がお腹にいるときに、ペットことペトゥラ・クラークの昔の歌を聴いたからだって、母はみんなに説明してたわ。デズモンドがそれを〝キティ〟に変えたのよ。彼はそのほうが可愛いと思ったのね。言っとくけど、猫《プッシー》ちゃんにひっかけた卑猥《ひわい》な冗談とかはやめてよ、うんざりしてるんだから。デズモンドはそんなの絶対に許さないんだから。わかるでしょ？」

　汚れたテニスボールが転がってきて、リリーの足元からほんの数センチのところで止まった。山道をのぼってくる途中でスニーカーが脱げ、リリーは裸足だった。裸足のままその場に立ち尽くした。ふらつかないように、ボールを見ないように、ニアの視線をボールに向けさせないように。

「デズモンドと別れたときに、自分で名前を〝ニア〟に変えたの。髪も短く切った」リリーは気が気ではなかった。足元のボールを無視しながらも、今にもそれが転がってきた方向を見てしまいそうだった。

「よくそんな無関心な顔でいられるわね、リリアン。もう一回撃ってあげようか？　絶対にそんな顔じゃいられないから」

リリーは微動だにしなかった。坐ったり膝をついたりするわけにはいかない。汚れたテニスボールに注意を向けさせるわけにはいかない。まわりに頼れるものはなく、だだっ広い空間だけが広がっている。自分は巨大な標的として撃たれるためにここにいるようなものだ。ニアが何気なく手にしているあの銃で。もはや危険を知らせる合いことばも思い出せなかった。アマンダ、だったかもしれない——でももしそれが逆に、安全を知らせる合いことばだったら？　ハリー彗星の合いことばを知っている相手にはついていってもよかったんだっけ？　彗星からは逃げろ、だったかもしれない。まわりの空間がもんどりうって回り、リリーは地面に倒れた。叩きつけられた衝撃で骨が鳴った。必死で体を起こそうとした。肩からくる痛みをこらえ、渾身《こんしん》の力を振り絞って叫んだ——

「ふたりとも、隠れてなさい！　私がどうなっても出てきちゃだめ！　この人はパパの友達じゃないのよ！」

叫びながらもニアから目を離さなかった。テニスボールを体のうしろに隠そうとしたが、その必要はなかった。ニアは一顧だにしていなかった。リリーが叫びだしたときから。

「やれやれね、リリアン。こうなってむしろよかったわ。これでやっと全員が本心をさらけだしたわけだから」

ニアはウエストバンドから小さな包みのようなものを取り出すと、中からウェットティッシュをひっぱり出して手を拭いた。リリーは体を起こして坐り、あまりの場ちがいな光景に笑いだした。土や岩や空のほかに何もないこの場所で、この女は手をきれいに拭いてどうしようというのだろう？

「全員の本音がわかったことだし、これで目下の問題に集中できるわ」ニアはまたウエストバンドから何かを取り出した。ラテックスの手袋を。リリーは笑うのをやめた。ニアは手袋をはめ――片手ずつ、銃を持ったまま――はめ終えると、ウェットティッシュを使って今度は銃を拭いた。

「あなたの指紋が残るように、表面をきれいにしてるのよ。自分が何をしたか見てごらんなさい。私はあなたの友情を求めただけなのに、こんな仕打ちを受けるなんて。あの子たちが見てるといいわね。一生のトラウマになるんじゃない？　お父さんが亡くなっただけでもひどい話なのに、今度はお母さんが自分たちを置いていくんだから。自分たちの目のまえで、お父さんの銃をくわえてあの世へ行くんだから」

ニアはそこではじめて立ち上がった。歩いてきて身をかがめ、リリーの使えない腕をひょいと持ち上げた。痛みは想像を絶した。リリーは右腕を振って力まかせにニアの顔を叩き、続いて膝で相手を蹴ろうとして空振りした。ニアはリリーを地べたに倒してあとずさった。

「止めてくれてありがとう。うっかりあなたの左手を使うところだったわ。私と同じ右利きだから、鏡合わせじゃだめよね。〝悲嘆のあまり、周囲が止めるのも振りきって〟。あなたの死亡記事はそうなるはずよ。さあ、今度はちゃんと使えるほうの手でやらなくちゃ」

〝もしも私に翼があれば〟――ノラの鳩のように？ ノアの鳩のように？ 思い出せなかった。デズとはじめて出会ったときのあの曲。大迫力のソプラノ歌手が歌っていた。轟《とどろ》くような声で。素朴な歌なのに。

ニアがリリーの肩を踏みつけ、足をめり込ませた。いったいどうして――リリーは思った――これだけの痛みがまだ体に残っているのだろう？

「最後はろくに痛みも感じないから大丈夫よ」ニアが言った。「がんとちがって長引くこともないし。私が代わりにやってあげる。指紋はあとからつければいいから」

デズに言われたことばがよみがえった。きみの声は古いレコードみたいにかすれてると。そうだ、口がある――私にはまだ口がある。古いレコードみたいなかすれ声を発するこの口が。

「こっちを見るのよ」ニアが短く刈られたリリーの髪をつかんで、ぐいと顔を起こさせた。リリーはそのまま顔を突っ込んだ。ニアのふくらはぎめがけて。無我夢中で噛みつき、歯を食い込ませ、顎を噛みしめて食い破り、口中の肉を引きちぎった。おびただしい鮮血で視界蛮なシーンのような叫び声、犬の吠え声。

あとはもう何がなんだかわからなかった――棒切れを手にした子供たち、『蠅《はえ》の王』の野蛮なシーンのような叫び声、犬の吠え声。オオカミに嚙みつかれたリリーは一瞬、それがゴーゴーではなくニアで、リリーだった自分がひらめく二列の歯になったような気がした。そして落下――。

62　自由落下

遺体はブルー・ホローの谷底で発見された。短い巻き毛に朝陽が射し、暗い光の輪が血まみれの顔を縁取っていた。

「重力めが」コフマン保安官はいまいましげに吐き捨てた。まるでそれが死因だとでもいうように。まるで重力こそが、ありとあらゆる死の元凶であるかのように。

アカオノスリが一羽、蒼空《そうくう》で鋭い啼《な》き声をあげた。保安官は山の斜面を見上げた。影が光ほどにもまばゆい、さわやかな初夏の朝。

遺体にはほとんど手を触れなかったが、うしろのポケットを探ると、買い物メモ――ドッグフード、食パン、レモネード――と一緒に、リリアン・デクラン名義の運転免許証が出てきた。

「なんてこった。知り合いのご夫婦の娘さんだ」コフマン保安官はハート保安官補に向かって言った。「高校の音楽教師だったオーウェン・モーアの娘さんだ」

ふたりは遺体を見つけた男女から発見時の状況と身元を聴取した。早朝に滝まで散策しようとしていた都会の夫婦で、話を聞くかぎりでは、遺体の女性とはなんの関係もなさそうだった。そのふたりから話を聞き終わると、検視官が駆けつけるまで現場を保全して待った。

検視官一行の到着後、コフマン保安官とハート保安官補はモーア宅に向かって車を走らせた。家族に報《しら》せる仕事が容易であったためしはない。コフマンはモーア夫妻の娘が最近夫を亡くしたことを、夫妻と同じ教会に通う母親から聞いて知っていた。が、ハートにはそのことを黙っていた。詳しいことがわかるまでは、自殺だと決めてかからないほうがいいからだ。まずは家族から話を聞き、遺書を探す必要がある。ハートは保安官補になって四ヵ月、死体を見るのはまだ二度目だ。最初の死体は州道三三号線のはずれにある〈ムーンシャイナー・バー〉に転がっていた。ナイフでの刺し合いの果てに。

モーア宅までは車で十分の道のりだった。コフマンはリリーのことはあまり記憶になかったが、音楽のモーア先生のことはよくおぼえていた。マーチングバンドでトロンボーンを相手に苦しみ抜いたあの年のことも。オーウェン・モーア・シニアは善良な人にはちがいないが、世の中には行進しながら楽器を演奏するのが困難な人間もいるのだという事実がまったく理解できていないようだった。生まれつきそういう能力に恵まれない人間もいるのだ。保安官としてはそういうことにしておきたかった。

ドライヴウェイには車が二台停まっていた。二台ともディヴィッドソン郡――ナッシュヴィル都市圏――のナンバープレート。ハートが無線でナンバーを伝えた。どちらの車もロックされていた。朝の八時まえだというのに、家じゅうの照明がついているようだ。玄関ドアには鍵がかかっていたが、裏のドアは開けっ放しだった。こぢんまりとした家、すっきりと片づいて居心地がよさそうな室内。家の中にモーア夫妻の姿はなかった。

バーカラウンジャー社製のリクライニングチェアの頭上に、クロスステッチの額入り作品が掛かっていた――〈音楽は天使たちの語らいである〉。主寝室には女性物の衣類の入ったスーツケースが置いてあった。ほかの小さな寝室ふたつには何もなかったが、どちらもベッドはメイクされておらず、誰かが寝ていた跡がそのまま残っていた。ふたりはいったん外に出た。家の裏手に広がる野の向こうにふたつの山道が見える。野の草は伸びるにまかせて何週間も放置され、踏みつけられてまもない草の跡がくっきりと続いている――尾根の頂へ出る、傾斜の険しいほうの小道に向かって。ふたりはその小道をのぼりはじめた。コフマン保安官は体力には自信があったが、それでも一気にのぼるとなると相当きつかった。ようやく尾根道に出た彼は、自分より二十歳年下のハートが息を切らしているのを見て安堵した。

ふたりは三十メートルほど歩いて立ち止まった。ハートが無言でラテックスの手袋を保安官に手渡し、自分も両手にはめた。同様にタイベック不織布のシューズカバーも手渡し、それぞれ装着した。目のまえに明らかな格闘の跡があった。地面をのたうちまわった跡——高校生のレスリングの試合が野外でおこなわれればこうなるだろうというような。土が固まっているのが血のせいであることは見ただけではわからなかったが、においでわかった。錆《さ》びたような甘い血のにおい。それもまだ新鮮な。

ハート保安官補が携帯電話を取り出した。が、保安官は手で制し、雑木林のほうを顎でしゃくった。木の枝葉で覆われた差しかけ小屋の陰に犬がいる。見たこともないほど大きなジャーマン・シェパードだ。犬の隣では少年がふたり、上半身裸で震えている。そして血だらけの女性がひとり、目を閉じて横たわっている。コフマンもハートもことばを発しなかった。集中するために沈黙が必要だった。この状況を理解するために。山の中に人間がいてもなんらおかしくはない。それでもキツネが道路を横切るのと同様、今この瞬間には思いがけないことだった。

「ぼくたちのせいで死んじゃったかも」小さいほうの男の子が棒切れを掲げて言った。「ごめんなさい」

「その女の人は誰？」コフマン保安官は尋ねた。

「母さんです」年上のほうの少年が答えた。

「崖から落ちた人は？」

「ぼくたちの叔母さんだって言ってました」

「あのおばさんもぼくたちのせいで死んじゃったかも」と小さい男の子が言った。

「犬のリードはある？」保安官は尋ねた。

「あります」年上の少年が答えた。

救急医療班がヘリコプターで到着した。少年たちの母親だという女性は助かりそうには見えなかった。脈はほとんどなく、救急班員は砕かれた顔への挿管に難渋した。女性の左腕は生命を失って垂れさがり、左の腿は犬に嚙み裂かれていた。年上のほうの少年も前腕を犬に嚙まれていた。

少年たちの話はとりとめがなくばらばらだった。疲れきって怯《おび》えているだけではない。もし訊かれたら、保安官はこう答えていただろう――きみたちは薬を飲まされたのだと。

モーア宅にあったハンドバッグの中からはルネ・ホリス名義の運転免許証が見つかった。住所はナッシュヴィルの近郊都市、マーフリーズボロのカーター通りとなっていたが、番地はどの家とも合致しなかった。

死んだ女性が発見された谷底では、遺体からほど近い場所で小口径の拳銃が見つかった。銃は少年たちの父親で故人であるデズモンド・デクランの名義で登録され、盗難届が出されていた。モーア宅の引き出しからは、デズモンド・モーア・デクラン・ジュニアの家族プランに加入した携帯電話が見つかった。緊急連絡先にはオーウェン・モーア・デクランの電話番号が登録されていた。数時間後に駆けつけたオーウェンは遺体の身元を確認できず、死んだ女性の免許証と顔写真は自分の妹のものではないと言い張った。生年月日と住所が合致することを認めたうえで。

「この写真は妹にどことなく似てはいますが、別人です。それに妹の名前はリリアンじゃない。リリーです。妹は復活祭の日に生まれたんです」オーウェンはルネ・ホリスなる女性を知らなかった。

傷を負った女性は八単位の輸血と四時間に及ぶ手術を経て、容態の安定が認められた。術後にオーウェン・モーア・ジュニアが身元確認をおこない、自分の妹であり少年たちの母親であるリリー・デクランにまちがいないと断言した。鼻は醜く損なわれ、顔は腫れあがっているが、とにかく妹にまちがいないと。

少年ふたりはゴーゴーが人を噛んだせいで連れ去られるのではないかと案じていたが、その心配がないとわかるや、ふたりの小さな口からいっぺんに――まるで鳥籠から解き放たれた小鳥たちのように――話が飛び出した。集中治療室で目を覚ましたミセス・デクランもその話の大筋を認めたが、詳しい状況を自ら語るまでには何日も要した。さらなる詳細はナッシュヴィル警察によって裏づけられた。

緊急治療と聴取が終わると、オーウェンが伯父のダンの家へ甥っ子たちと犬を連れていった。

リリー・デクランはノックスヴィルの外傷センターへ移送された。その翌日に外科班が再度手術をおこなって彼女の腕を接合し、腿の傷を修復した。

ディズニー・クルーズに出ていたオーウェン・シニアとエラのモーア夫妻は飛行機で帰国した。最も近い隣人であるミセス・ヤーネルは死亡しているのではないかと疑われたが、数日後に姿を現した。七日間の無料旅行に当選し、ノースカロライナ州の観光地ブローイング・ロックへ出かけていたのだった。ミセス・ヤーネルの旅の手配にはシカゴのニア・サマーウッド名義のクレジットカードが使われていた。サマーウッドという女性の家族は遺体の確認を求められなかったが、身元は歯科記録によって特定された。遺体の引き取りを申し出た義父は警察に全面的に協力し、息子の妻のノートパソコンともう一台の携帯電話を引き渡した。ノートパソコンからはスプレッドシートで作成されたニア・サマーウッドの予定表が見つかり、ナッシュヴィルおよびメアリーヴィルでの当人の足取りと一致した。

リリーの意識は集中治療室の照明の下で薄れていった。季節はずれのクリスマスツリーのような不快な明るさが延々と続いた。やがて穏やかなモルヒネの闇がおとずれ、リリーは夫の匂いがするぱりっとしたシーツの上で体を折り曲げて眠った。手術は何度もおこなわれた。二二口径弾は上腕三頭筋を切り裂き、骨を砕いていた。踏みつけられた肩先の骨にもひびが入っていた。頰骨と鼻には再手術が必要だった。時折リリーは光の下で目を覚ました。夫と子供たちに危険が迫っていることに怯え、取り乱しながら。吐き気に襲われて目を覚ますこともあった。口の中にあふれる血と、噛みちぎった肉のやわらかさとで。

その後もしばらく捜査が続いた。「奥さんがどんな思いをしたのか、私には察することしかできないが」コフマン保安官は二ヵ月後、裁判所の外でリリーに言った。「奥さんの側からすれば、これはまぎれもなく正当な殺人だ。どこからどう見ても正当防衛なんだから。それでも、今ならまだ間に合う。私のほうでミセス・サマーウッドが誤って転落したことにしてもいい。そうすれば奥さんが証言台に立つまでもなくなる」

コフマン保安官は昔からリリーの父を知っている。リリーの母と同じ教会に通う母親もいる。このうえ誰もつらい思いをするべきではないと考えたのだった。

「いいえ」とリリーは言った。「事実を残してください。私があの女《ひと》を殺したことを。殺して当然だったことを」

「そういうことなら、せめて実名で報道されないように取り計らおう。未成年者が関わっている以上、名前は匿名にできるはずだから」

モーア夫妻の留守中にハニー・サマーズが世話を引き受けていた犬たちは、隣の市《まち》アルコアのスーパーマーケットの駐車場で見つかった。清掃員がずっと餌をやっていたのだった。

63　時間

どれほどの悲しみが時を経ても揺るがずにいるのだろう？　どれほどの悲しみがまだ見ぬ世界を相手に身構えることになるのだろう？　リリーは夜ごと夢を見た。山腹をのぼり、月に向かって吠える夜もあった。崖から転落し、叫びながら目を覚ます夜もあった。

記憶はところどころ抜け落ちたままで、すべてを思い出すことはなかった。自ら深追いしようとも思わなかった。もはやミリアムもいなければ、〈寄り添いの輪〉も存在しない。あらゆる痛みをさらけだすための場はなくなった。〈寄り添いの輪〉は解散したが、ミリアムが資格を剝奪されることはなかった——ルネが捏造《ねつぞう》した履歴書や書類はそれほど完璧なものだった。

リリーを悩ませたのは、自分よりも子供たちのほうがよくおぼえているということだった。まるで自分だけが死闘の場にいなかったかのように。とはいえ、心的外傷が記憶を封じてしまうのはよくあることだと言われた。子供たちは時に目を輝かせながら、どんな乱闘だったかを物語った。

「ぼくたちはそれはもう勇敢に闘ったよ」とサムは一丁前の口調で言った。「ぼくがおばさんの手を棒で叩いて、兄ちゃんが銃を崖から蹴っとばしたんだ。ママに言われたとおり」リリリーはあのとき自分が何を言ったかもおぼえていなかった。

ゴーゴーは四人が入り乱れるなかでリリーに嚙みつき、そのあとフィンに、さらにはニアにも嚙みついた。フィンとサムは棒切れと拳でニアに立ち向かった。

「なんでそうなったかはわかんないけど、母さんがあの人に嚙みついたら、ゴーゴーがオオカミみたいになったんだ」とフィンが言った。「で、母さんとゴーゴーがあの人を崖から突き落とした」

「すごい闘いぶりだったよ、ママ」とサムが言った。が、リリーはおぼえていなかった。言われてみればあのとき銃を蹴飛ばすよう、フィンに向かって叫んだような気もする。銃で人を撃って死なせるなど、そんなことを息子に経験させるわけにはいかなかったから。フィンはまだそんな歳ではない――やるなら自分がやるしかなかった。とはいえ、あのときは何もかもが瞬時に起こったせいで、そんなことを考える余裕もなかったはずだ。

「ママ、あのおばさんは何がしたかったの？」サムが訊いた。

「はっきりしたことはわからないけど、あのおばさんはあなたたちをさらおうとしていたの。ずっと昔にあなたたちのパパに振られたから、パパの子供を自分のものにしようとしたのね。私たちは負けずに闘ったのよ」子供たちには必ずそう伝えた。訊かれるたびに何度でも。子供たちが思い出したことを語るときには、いつでもじっと耳を傾けた。必要なだけ何度でも。

ナッシュヴィルの自宅に戻ることはなかった。秋に一度だけ荷造りをしに戻り、そのまま家を売りに出した。家じゅうの灯りがついていても、家族とアイリスが荷造りを手伝いに来てくれていても、廊下を歩くたびに、角を曲がるたびに、あの白いネグリジェを纏《まと》った亡霊の存在が感じられた。リリーは恐れを抱くと同時に、幽《かす》かな衣擦《きぬず》れの音に慰められる気がした。ニアは得られなかったものをいまだに追い求めている。それはこの世では見つからず、あの世でも永遠に見つかりはしない。それこそがふさわしい地獄だとリリーは思った。

リハビリには長い時間がかかった。元どおり腕を使えるようになるための訓練、頭部外傷による記憶障害のための認知療法。リリーと子供たちはオーウェンの家に身を寄せ、アン＝クレアが産んだばかりの女の子の誕生を祝った。デズの家族のほとんどは疎遠になった。彼らはずっとニア・サマーウッドのことを気に入っていた。義母のケイはいまだに彼女をキティと呼んでいる。痩せっぽちの近所の子だったニアは、大人になって財産のある家に嫁ぎ、そのあと夫の自動車事故で辛酸をなめた。大学時代にデズとつきあっていたことがあり、子供の頃から彼の家族を知っていたというだけで、デズが妻子を裏切ったわけでもなんでもなかった。デズの死後何ヵ月も経ったある日、ニアは大きな花束を携えてデズの母親を訪ねた。故人の思い出を語り、写真のアルバムやスクラップブックの作成を手伝った。この奇怪な話の一部始終が真実だとわかれば、ケイ・デクランの精神は崩壊していただろう。デズの弟ケヴィンと新婚の妻だけが病室のリリーを見舞い、花を持ってオーウェンの家へやってきた。義弟夫婦はその夏、フィンとサムをケンタッキー州の遊園地に連れていった。

同僚のアイリスはリリーの療養中に何度も本を差し入れ、お見舞いカードを送ってよこした。リリーがまだほとんど何もできずにいるとき、アイリスと子供たちはかわるがわる本を読み聞かせた。サムは一年生の教科書を、アイリスとフィンは交替でロバート・ルイス・スティーヴンソンを。リリーがいくらか回復してアイリスとランチに出かけられるようになると、ガードナー・リンデンがついてくることもあった。ガードナーは持ち前の明るさで場を盛りあげ、しきりに気のあるそぶりを見せたが、他愛のない会話を愉しむ以上にリリーの気持ちが傾くことはなかった。アイリスの後押しにもかかわらず。

リンデン財団では結局、解雇手続きは進んでいなかった。団体保険の自己負担での継続加入申請書類も白紙のままだった。財団はリリーが身体障害により就業不能と認められるまで、休職扱いとして保険料を支払い続けた。リリーがようやく仕事を探しはじめたのは半年後のことだった。ヘンリー・リンデンの口添えにより、ナッシュヴィルのダウンタウンにあるカントリー・ミュージック殿堂博物館でパートタイムの職に就くことになった。耳のよさは以前と変わらず、リリーは二階の奥のブースに坐って、古いテープに録音されたラジオ音源の書き起こしに努めた。

流れる声を、死者の笑い声を聴いていると安らぎをおぼえた。この世から消えるものなど何ひとつない。まちがった信仰だろうか？　それでも時は過ぎゆく。録音テープの中には古すぎてリマスターできないものもある。聴き分けようのないものも。リリーは目を閉じ、手を伸ばしてサウンドを調整する。〝さようなら　愛しい人　元気でね〟

過去を振り返ることはない。後戻りはありえない。それでも時としてよみがえる記憶がある。何年経ってもなお、明けやらぬ夜に目を覚まし、口中にあふれる血肉を味わうことになる。肉は制御不能な野性の味がする。そんなときはただ祈るしかない――怒りが呼吸とともに鎮まるまで。

エピローグ

春がめぐり一年が経つ頃、リリーと子供たちはゴーゴーを犬の訓練所に連れていった。訓練は郊外のアッシュランド・シティにある原始バプティスト教会の横の広々とした野原でおこなわれた。奥には百年まえからある墓地がひっそりと横たわり、大小さまざまな墓石が大地のいびつな歯のように地面から突き出ていた。毎土曜日の朝、三人はゴーゴーに〝おすわり〟や〝待て〟や〝伏せ〟を教えることを愉しんだ。そうしたひとどおりのしつけはデズが何年もまえに教えていたはずだが、それでもゴーゴーが初級コースに合格するには三回のセッションを要した。

中級コースの教官はエニスという名の警官で、訓練所では下の名のウィルで通していた。彼は――ウィル・エニス巡査は――未亡人の名前こそおぼえていなかったが、犬と住居侵入事件と子供たちのことはおぼえていた。何より彼女のことをおぼえていた。前年にブルー・ホローの谷で見つかった銃を追跡中だったコフマン保安官とも話をしていた。銃の盗難届を提出した巡査として、保安官から連絡を受けたのだった。

「今もまだご主人を亡くされたままで？」とウィルは尋ねた。

そのうち夫を亡くさなくなることなどあるのだろうか？　リリーはそう思いながらもうな

ずいた。ウィルは自分はもうずいぶんまえに離婚していると語ったが、リリーをコーヒーに誘ったのはその後何ヵ月も経ってからだった。

ウィルは決して先を急がなかった。リリーにはとても可能とは思えないほどの辛抱強さを持ち合わせていた。互いの犬を伴って静かに散歩する日々が何ヵ月も続いた。ごつごつした岩場を思わせる彼の顔はハンサムとは言えなくても、その目は真《まこと》を湛《たた》えていた。彼は子供たちにも深い思いやりを持って接した。自身は二頭の愛犬を家族として暮らし、元の家族は離れた場所でそれぞれの人生を送っていた――成人した娘はメンフィスで、別れた元妻はフロリダ州のオーランドで。

ウィルはまた思いがけない優雅さも持ち合わせていた。男女が対面して踊るコントラダンスの基本をリリーと子供たちに教え、一家とともに日曜午後のダンスの集いに参加した。やがて一年後にふたりは結婚し、ナッシュヴィルの北東に位置するサムナー郡に引っ越した。子供たちも新しい学校を気に入り、リリーは心機一転の再出発を心から歓んだ。

それでも、夏の夜はときに豪雨のような恐怖を呼び起こす。小さな心の部屋でどくどくと脈打つ恐怖が怒りに変わる。リリーはそっと寝室を抜け出し、勝手口から外へ出ていく。暗闇と独り対峙《たいじ》するために。夜通し歩いて涙が乾く頃には、もはや滲むことのない月をじっと見つめている。寝室へ戻るとウィルが目を覚ましている。

彼の腕のなかは松と風の匂いがする。リリーは思う――あの人が死んでしまったことを赦せば、私もまた生きることを赦されるのだろうか？

彼女はまた愛する。これは赦しだ。キツネが野を駆ける。これは赦しだ。カラスがカアカアと啼き、飛び立つ。

謝辞

次の方々に心からの感謝を捧《ささ》げる。ケイトリン・アレクザンダー、リア・ボーザック、ジェイン・デハート、マシュー・フリードマン、ジェイン・ヘラー、ジル・マー、リサ・マクガヴァン、ケヴィン・オッテム、メリル・ピーターズ、ポール・スケナジー、レベッカ・ソーントン、ジョディ・ウォーショウ、そして常にインスピレーションを与え続けてくれたドーナ・メイに。ルイーズ・コナーにも特別に感謝申し上げたい。数えきれないほどの原稿を読んで励ましてくれて、ほんとうにありがとう。J・F・フリードマンにも心からの感謝を。何から何までほんとうにありがとう。

巻頭の詩について、シャーマン・アレクシーにこの場を借りて深く御礼申し上げる。Hanging Loose Press と編集者ロバート・ハーションから許可を得て、*Grief Calls Us to the Things of This World* の一部を引用させていただいた。

ナッシュヴィルの Bea, Rita, & Maeve のビー・トロクセルにもあらためて感謝したい。*The River* の歌詞の一部を、許可を得て使わせていただいた。

同じく Maeve Thorne Music のメイヴ・ソーンにも深く感謝している。*Silence, Silence* と *California* の歌詞の一部を、許可を得て使わせていただいた。

各セクションの扉には、メアリー・シェリーの不朽の名作『フランケンシュタイン』からの一節をそれぞれ引用させていただいた。

最後に、パブリックドメインより *Dink's Song (Fare Thee Well)* の歌詞を引用させていただいたことをおことわりしておく。この歌へのかぎりない称賛の意をこめて。

解説

中野信子

『ガス燈』（一九四四年）という映画がある。イングリッド・バーグマンが主役を演じ、バーグマンはこの役でアカデミー主演女優賞、ゴールデングローブ賞主演女優賞（ドラマ部門）を受賞している。

作中、バーグマン演じるポーラに対し、夫が様々な仕掛けをしていく。例えば、ポーラは物忘れなどしていないのに、物忘れが激しいと思い込ませたり、何も盗んでなどいないのに、盗癖があるように演出したり……。タイトルになっているガス燈も仕掛けに使われる。薄暗いガス燈を見て、妻は単純に薄暗いというのだが、夫は彼女の感想を否定し、それは君の感覚がおかしいよと主張する。

このように繰り返し被害者の認知と感覚とを狂わせ、正気であるのかどうかを自分で確かめられないように仕組んで精神的に追い詰める行為を、この映画のタイトルにちなんで「ガスライティング」と呼ぶ。心理的な暴行／虐待の一種であるとして一九八〇年頃に使われ始めた用語である。

ガスライティングの舞台が会社なら、以下のような仕掛けが考えられるだろう。

被害者の引き出しを勝手に整理する。

ファイルされた書類を、別のファイルに入れ替えておく。

被害者のバッグの中に、同じ部署の別の人間の私物を入れておく。

駐輪した自転車の位置を変えておく。

自分の所有物の様子や状態が変化するたび、被害者は不思議に思うはずだ。そして、次第に自分の感覚がおかしくなったのではないかと疑い始める。大きな実害もないうえ、些細《ささい》な変化のため、被害者は誰かに相談しても理解してもらえない。気のせいではないかと笑われるか、疲れているなら早く休みなさいといわれてしまうのが関の山だろう。かえって相談相手から話が漏れ、職場であの人はおかしいと噂《うわさ》にもなるだろう。

こうして被害者は、自分の感覚や周りの人間を信用できなくなっていく。被害者は精神的に追い詰められ、周囲から孤立して絶望的な気分を味わうだろう。

置いたはずのないものがそこにある。

掃除した覚えがないのに、きれいに片付けられている。

心当たりのない相手からプレゼントが送られてくる。

鍵はかかっているはずなのに、見知らぬ誰かの手によって、自宅が花や飾りでいっぱいにされている……。

本書でも、主人公リリーを陥れようとする、見えない誰かの悪意がひたひたと近づいてくる様子が描かれていくが、ジャパニーズホラーのような、執拗《しつよう》で暗く湿った文体ではない。主人公は明らかに、悪意を持った誰かの標的にされているのに、被害状況として目に映るものは、むしろ単体では好意を連想させるものばかりだ。花、白いドレス、かわいらしい飾り。

この表面的な明るい正しさと、奥にある悪意の底知れなさとのギャップがおそろしい。アメリカ的なホラーの特徴が良い意味で、強烈に読み手を動揺させる。

ガスライティングは一見些細な行為の繰り返しなのだが、反復的に被害に晒《さら》されると、適切でない薬剤を処方されて二次的に精神を病んでしまったり、誰にも信じてもらえないという絶望から重篤なうつ状態に陥ったりする可能性がある恐ろしい行為である。

明らかに白いものを、自分以外の人間全員が口をそろえて「黒」だと言い切ったとしたら、ひょっとして自分のほうがおかしいのかと人間は疑い始めるものだ。同調圧力にどれほど人間が弱いものかということを調べる実験は数多くある。答えが非常に単純で明らかであっても、よほどの確信がなければ、多数がこれだといえばその答えのほうが正しいのではないかと疑ってしまうのが人間だ。現実にはむしろ「よほどの確信」を持っている人のほうが、あの人は正常ではない、心を病んでいるのではないかと後ろ指をさされたりすることもある。

本書では主人公リリーが心を許せる相手をすべて疑わざるを得ないような罠《わな》が仕掛けられていく。ガスライティングといえるかどうか、厳密には微妙な線ではあるが、誰も信用できなくなっていくという絶望の深さは共通している。本書を深読みすれば、近代の病理すら描かれているようでもある。理性的であろうとすればすべての人を疑わざるを得ず、信頼しようとすれば理性的であることをある程度犠牲にする必要がある。人間同士の分断を理性が促進してきてしまったその反省を、ようやく二十一世紀になって我々人類はすべき時代に入ってきているのだが、ミステリーという領野自体がこの問題提起をしているのを再び真摯に考えたくなるような筆致である。

さて、加害者の狙いであるが、当然、こうしたガスライティング的行為の目的は、特定の人物を陥れることそのものにある。具体的には、被害者の社会的信用を失わせる、精神疾患を負わせる、自殺に追い込んだりすることがこれにあたる。もちろん、被害者に苦痛を感じさせることそのものが目的となっている場合もある。

こんな行為で相手を追い詰めようなどと考えること自体、異様ではあるが、敢《あ》えて動機について考えてみるとき、身内を傷つけられた恨み、職場における過剰な競争から派生する妬みや悔しさ、金銭的な原因による加害感情、恋愛関係にまつわる感情のもつれなど、目を向ければ人間のネガティブ感情のトリガーになる要素は身の回りのいたるところに存在する。

人間は多くの場合、ネガティブ感情を処理しようとするときに、相手を傷つけるよりも自分の裁量の範囲内で処理できることを「是」と考える傾向がある。むろん、相手に対して直接間接に意趣返しをする人が存在しないという意味ではなく、意趣返しをすることが良いことだとは思われてはいない、という意味である。誰しも、相手に一矢報いたいという気持ちを持つものだろうし、それが功を奏すれば胸がすくような思いがするであろう。しかし同時に、一抹の後ろめたさが残るものでもあるだろう。

とはいえ、世の中にはこの後ろめたさをまるで感じない人間もごくわずかながら存在する。それが、サイコパスと呼ばれる人たちである。

共感することがなく、善悪の基準となる規範を持たない。ある意味、社会的な制約から自由な、興味深い人たちではあるが、敵に回すとこれほど厄介な人間もいない。同調圧力にも屈することがない（そもそも必要がなければ空気を読むことをしない）。基準を外部に求めないので、対話はもちろん平行線に終わるだろう。むしろ、対話からこちらの弱点を探られ、攻撃の足掛かりにされる。まともに組み合って勝てる相手ではない。守るべきものも持っていないから、捨て身でこちらのダメージを狙ってくる。

この相手と、どう戦い、どう自分の大切な人たちを守っていくのか。本書の後半では息をのむようなその闘争の様子が、スピード感をもって描かれていく。サイコパス独特のグロテスクな自己認識と、他者をモノとしてみるその特徴的な視点のぞっとするような冷たさと、どう対峙《たいじ》していくのか。読後もなお、著者の人間観察眼と、キャラクターを構築する力の高さにうならされる。

（なかの・のぶこ／脳科学者）

本書のプロフィール

本書は、二〇一七年にアメリカで刊行された小説『GRIEVANCE』を本邦初訳したものです。

小学館文庫

不《ふ》協《きょう》和《わ》音《おん》

著者　クリスティーン・ベル
訳者　大谷《おおたに》瑠《る》璃《り》子《こ》

二〇二〇年三月十一日　初版第一刷発行

発行人　飯田昌宏
発行所　株式会社　小学館
〒一〇一-八〇〇一
東京都千代田区一ツ橋二-三-一
電話　編集〇三-三二三〇-五七二〇
　　　販売〇三-五二八一-三五五五
印刷所――大日本印刷株式会社

ISBN978-4-09-406612-8